問津文庫

津沽名家詩文叢刊第十一種
主編　王振良

止菴詩存

周學熙　原著
宋文彬　整理

天津出版傳媒集團
天津古籍出版社

圖書在版編目(CIP)數據

止庵詩存 / 周學熙原著 ; 宋文彬整理. -- 天津 : 天津古籍出版社, 2018.11
(津沽名家詩文叢刊 / 王振良主編)
ISBN 978-7-5528-0743-1

Ⅰ. ①止… Ⅱ. ①周… ②宋… Ⅲ. ①詩集－中國－現代 Ⅳ. ①I226

中國版本圖書館 CIP 數據核字(2018)第 248974 號

止庵詩存

ZHIAN SHICUN

宋文彬 整理

出版人/ 張瑋

*

天津古籍出版社出版
(天津市西康路 35 號　郵政編碼:300051)
http:// www.tjabc.net
天津市天辦行通數碼印刷有限公司印刷
全國新華書店發行
開本 145 毫米×210 毫米　印張 19.5　字數 230 千字
2019 年 1 月第 1 版　2019 年 1 月第 1 次印刷
ISBN 978-7-5528-0743-1
定　價: 128.00 圓

周學熙

止菴詩存

尹默題

《止庵詩存》内封

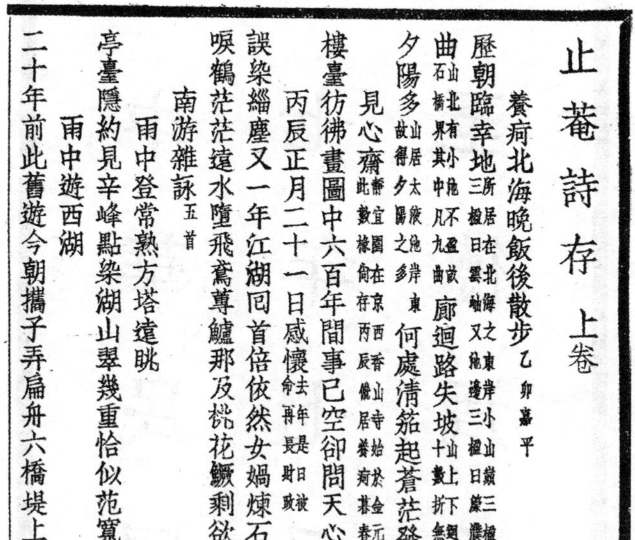

止菴詩存 上卷

至德 周學熙 緝之著

養痾北海晚飯後散步 乙卯嘉平

歷朝臨幸地（所居在北海之東岸小山嶺三楹曰崇椒又山半三楹曰雲岫又迤邐三楹曰濠濮間皆乾隆時額）容我短籐拖池小橋添曲（山北有小池不盈畝石橋界其中凡九曲）廊迴路失坡（山上下迴廊相屬凡十數折無登陟之苦）晴皐殘雪少（今春極暖雪極少）高樹夕陽多（山居太液池東岸故得夕陽之多）何處清笳起蒼茫發浩歌（苑內駐拱衛軍後路各營近因川滇有事操練極勤）

見心齋（齋在靜宜園在京西香山寺始於金元殿宇全毀僅此數椽尚存丙辰僦居養痾暮春方見杏花）

樓臺彷彿畫圖中六百年間事已空卻問天心何處見一枝紅杏笑春風

丙辰正月二十一日感懷（去年是日被命再長財政）

誤染緇塵又一年江湖回首倍依然女媧煉石天何補精衛銜山海豈填落落孤雲聞唳鶴茫茫遠水墮飛鳶尊罏那及桃花鱖剩欲乘春放釣船

南游雜詠五首

雨中登常熟方塔遠眺

亭臺隱約見辛峰點染湖山翠幾重恰似范寬圖畫裏更饒西寺一聲鐘

雨中遊西湖

二十年前此舊遊今朝攜子弄扁舟六橋堤上蕭蕭雨萬柳塘邊瑟瑟秋城郭已非憐

《止庵詩存》内頁

中華民國三十
七年七月初吉
至德周氏藏版

《止庵詩存》牌記

津沽名家詩文叢刊總序

李劍國

國人素重鄉邦文獻，方志多立《藝文志》，著録本地述作。至有薈萃前賢文集撰著者，郡邑叢書作焉。明人海鹽知縣樊維城纂輯《鹽邑志林》，開啓風氣，而清世、民國爲盛，若《畿輔叢書》《吴興叢書》《武林掌故叢編》《貴池先哲遺書》等，多達七八十種。郡邑書之纂，劉世珩《貴池先哲遺書序目》嘗云：「所以景仰前賢，嘉惠後學，乃士大夫鄉里所應爲之事也。」昔元代婺州蘭溪人吴師道編《敬鄉録》十四卷，録其鄉賢詩文。而民國永嘉黄群輯鄉賢著作，亦以《敬鄉樓叢書》爲名。「敬鄉」者，本《詩經·小雅·小弁》：「維桑與梓，必恭敬止。」郡邑之編，皆以見本鄉人傑地靈、文物之盛，寄托桑梓之情也。

較之古邑名都，天津建邑未久，明永樂二年始置天津衛，於今方六百餘年。雍正三年升衛爲州，九年復升爲府，轄六縣一州。逮乎清季，直隸總督駐於津城，李鴻章、袁世凱相繼於此興辦洋務。光緒二十六年，天津陷於八國聯軍，淪爲列强租界。自此九河下梢之地，乃成百里洋場之都，天府津渡，工商重鎮，達官遺老蟻聚，騷人墨客麕集，物華之繁，超乎往昔矣。

《天津志略·文藝》云：「天津雖爲通都大埠，民風稍涉奢華，但澹泊致遠之士仍守本抱樸，鄙物質之享樂，而致力於藝術之陶冶，而度其『富貴如不可求，從吾所欲』之生活。以言著作，則歷代之文存詩稿，多如恒河沙數。……今日争以奢侈相炫，食多珍饈，衣錦晝行，惟三津尚發越前光，綿綿不墜，實晚近不數睹之邦矣。」津人藝文之作，《天津縣新志》著録明清二百七十七人、五百三十種。《天津志略》復益三十六人、七十二種。金大本《津人著述存目》乃增至四百人，著述近千。今人高洪鈞氏編著《天津藝文志》，又增入天津所轄郊縣鄉人著作，凡得著作千五百種左右，作者六百餘人。此中大部爲清世、民國人，三百年之文質彬彬，洵爲大觀也。

今存津人詩文別集，以康熙間刻龍震《玉紅草堂集》爲早，此後所存者甚衆，惜乎單部零種，未及彙編，管中一斑，難窺全豹。方今各地學人，頗重本土文獻之整理研究，地方出版社亦引爲己任。吾津文事繁充，撰作衆多，自應不愧前賢，免落後塵。所幸者，王振良君與問津書院同儕，正着手編輯《津沽名家詩文叢刊》，搜集整理王煐、查爲仁、梅成棟、楊光儀、嚴修、王守恂、華世奎、章鈺、郭則澐、李金藻、蘇星橋、陳誦洛等津人詩文集，將陸續出版，以彰顯津門藝文之盛。振良本吉林人，受業於南開，從事於報社。久居津城，認作故鄉，舊事新聞，諳熟於心。與同氣編輯《天津記憶》《品報》《問津》，十數年孜孜矻矻，鍥而不捨，世所难能，其志可嘉。而津沽名家詩文之刊，尤爲盛舉，誠儒林雅事，津門之幸也。

余生山右，讀書教學於南開已四十餘年，然居於斯而昧於斯，話及津事，每茫茫然。幸振良常臨陋室，聆其高論，閱其文編，津門數百年之事，遂知一二。前時振良索序，以弁叢刊之首。今稽考文獻，粗陳陋見，庶免「夏蟲語冰」之譏爾。

甲午歲清明後一日草於釣雪齋

（李劍國，南開大學文學院教授、博士生導師）

序一

葉嘉瑩

宋子文彬性喜詩詞，方其幼少年之時，父母以爲詩詞不切實用，曾一度禁不使學，然天性所近，非外力可改，宋子乃遍訪津沽詩詞之名家，薰染日久，所作亦漸入門徑。其後，有人介紹來我班上旁聽，光陰易逝，以至於今，蓋已有十三年之久矣。偶然隨班上同學交來習作，頗有可觀，而其所寫序跋䜪應之文字，則更爲諸同門之所不及。近日應友人之請，爲近代北洋實業開拓者、詩人周學熙先生之《止庵詩存》二册做成校點工作，即將問世，因書數語，以爲獎勉。

迦陵　丁酉夏日於南開大學寓所

序二

涂宗濤

周學熙先生是近代著名實業家，曾兩任中華民國財政總長。對於周先生的詩，我以前沒有讀過。此次，宋文彬君點校周氏《止庵詩存》，囑我寫一篇序言，才使我得見其詩作。其詩集收詩逾千首，這可以看出，周先生是很喜歡寫詩的。他的國學根底相當不錯，在詩學方面很有修養，很有功力。當然，這和他的家學有關係。正如周先生在《止庵詩存》自序中稱其喜讀香山、放翁詩，他的詩風確實很接近白居易和陸游，語言平實，但其中也有他的感慨，好句子也很多，像《思故鄉》所云「買花每入市中市，採藥常尋山外山」等。《始雪二首》中的第一首：「正喜兼旬暖似春，瞬看大地白如銀。天工祇管豐年兆，不惜街頭露臂人。」則表現了周先生關心民間疾苦，也是一首很不錯的詩。周學熙先生的詩和其同時代的名詩家的作品相比，是毫不遜色的，惜其詩名被其實業家之名所掩。

我和宋文彬君相交多年，他十分勤奮，自學成才，殊爲難得。文彬君正當壯年，希更加勤奮，定能百尺竿頭，更進一步，予有厚望焉！

涂宗濤

二〇一六年十一月二十三日於津門寓所時年九十有二

自序

宋文彬

辱承問津書院主者王振良先生不棄，假以架藏民國刊本《止庵詩存》，囑予點校，思付開雕，顧以傳之海內，斯意極善。

夫人心不能無所感，有感不能無所寄。所寄者何？莫尚於詩矣。人但稱周止庵氏精於理財，而不知其詩造詣之深。周氏家學所承，遠有端緒，其詩法香山、放翁兩家，温厚以爲體，沈鬱以爲用，造意正平，措辭典雅，出諸自然，不賞艱澀，境由情生，辭隨意啟，或寄懷山水，或感慨忠憤，以直筆抒閑情，名章俊句，錯出其間。集中多爲紀事之作，有花前月底，把酒臨風之興，而絕少偎紅倚翠，滴粉搓酥之辭，字煉句琢，尠有才情，把臂前賢，流風可仰。

彬學識譾薄，且囿於聞見，點校失當之處，知所不免。詩云：「嚶其鳴矣，求其友聲。」倘有四方博雅君子，瑶箋賜教，匡余不逮，是所衷心切禱者也。

歲在柔兆涒灘律中應鐘之月宋文彬然君氏書於析津且自堂

凡例

一、此次點校以一九四八年至德周氏自刊本《止庵詩存》《止庵詩外集》爲底本。

二、原書錯訛衍奪處，悉出校記，於按語中詳之。

三、原書异體、通假、本字、俗字混用現象頗多，蓋以稿本付之手民之故，此次點校，酌情易爲通行字。

前言

宋文彬

一、周學熙生平簡述

周學熙，安徽建德（今東至）人，清同治四年十一月二十六日（西曆一八六六年一月十二日）生於金陵，卒于一九四七年八月十二日。乳名元瑞，譜名學熙，字緝之，別號定吾。六十歲後，又號止庵、卧雲居士（取放翁詩「身卧雲山萬事輕」之意）。清光緒十九年（一八九三）舉人，官至直隸按察使。創辦直隸工藝總局、北洋支應局、高等工業學堂、灤州礦務公司、唐山啟新洋灰公司，總理京師自来水公司，相繼建成天津、青島、唐山、衛輝華新紗廠，成立長蘆棉墾局。北洋政府時期兩次出任財政總長。在中華民國的實業界，與南通張謇齊名，有「南張北周」之譽。

一九二五年，周學熙退居林下，建師古堂藏書樓，從事寫作、史料整理工作。一九三〇年，周氏在北平寓所附設師古堂刻書局，刊行大型叢書《周氏師古堂所編書》，收書五十餘種，計數百卷，周學熙親自編著的便有二十種。周氏晚年著有《止庵詩存》及《止庵詩外集》（師古堂課作）。

周學熙與天津頗有淵源，讀其自叙年譜可知，其八歲即隨父舉家移居天津，前後居津數十載，與津門名士趙元禮、章式之等多有交游。

二、周學熙的家學傳承

安徽建德周氏一門，自周學熙之父周馥於清同光之際崛起後，書香傳家，歷久不衰。

周馥（一八三七—一九二一），字玉山，號蘭溪，謚慤慎，安徽建德人。清咸豐十一年（一八六一），李鴻章讀到周馥的文章後，十分欣賞，延其入幕，主文案。清同治四年（一八六五），周馥得直隸州知州銜。清同治六年（一八六七），任金陵工程局襄辦，次年，得知府銜。清同治十二年（一八七三），辦理永定河、黃河河務。清光緒七年（一八八一），任天津海關道。清光緒十四年（一八八八），遷直隸按察使。中日甲午戰爭爆發後，總理淮軍前敵營務處。清光緒二十五年（一八九九），任四川布政使、直隸布政使。清光緒二十七年（一九〇一），署理直隸總督北洋通商大臣。次年，調任山東巡撫。清光緒三十年（一九〇四），署兩江總督。清光緒三十二年（一九〇六），調任兩廣總督，晚年寓居天津。

周馥由淮軍幕僚致身顯赫，在治河、屯田、創建海軍、開設商埠等方面頗有政績。周馥一生讀書不輟，尤喜《易經》及儒先學案，著有《易理匯參》《負暄閑語》《玉山詩集》等，其著作結集成《周愨慎公全集》，内容分爲奏議、公牘、詩文集、年譜、雜著等。

以讀書振興門閥，在周馥所處的時代，是最好也是最常見的選擇。周馥所著《負暄閑語》是一部家訓類著作，分「讀書」「體道」「處事」「待人」等十二類，主要叙述其生平力學所得，及經歷、見聞，附載歷代理學家語録。他告誡後輩要「隨時參悟，以助學力」「即能謹守數語，終身不决，亦必受用良多」。是書首列「讀書」一項，提出讀書應以四書、五經及性理要籍爲主，中學爲主，西學次之。列「崇儒」一項，强調讀書之要旨：「今日正學不明，特聖賢學問無人講求。即文字亦鮮解悟，甚且誹謗聖賢，輕棄禮法，晦盲否塞，於斯爲極，不知何日開明，然天不變，道亦不變，久之，自有正學昌明之日。我家子弟，總以專重儒修爲主，不可邪趨旁騖。考求西學，原屬因時制宜。聖賢處今日，斷無不變法之理，亦斷無不問取西法之理，要不可逐末忌本，蔑視聖教，獲罪於天，不可逭也。」

周馥十分重視對兒輩的教育，據周學熙自叙年譜所載，其六歲初習識字，八歲入塾讀書，九歲在天津與其三兄同宿塾中，十二歲習作文，十五歲（居建德）因在籍無塾師，遂從長兄課讀，日夜用功，逾年入泮。十九歲治舉業，從劉丹庭（啟彤）先生看課。當時，其父幕中多一時賢俊，周學熙熏陶漸染，得窺各學門徑。二十歲，周學熙奉父命，隨兩兄執贄宿儒李蒓客（慈銘）先生門下。當時，李氏主講學海、問津諸書院。

周馥以程朱理學爲宗，自然希望後輩能講求正學，求得科名。清光緒十四年（一八八八），周馥之長子周學海參加江南鄉試，得中第二十九名舉人，次子周學銘中順天副榜第七名。清光緒十八年（一八九二），周學海、周學銘中同榜進士，周學銘選庶吉士。清光緒十九年（一八九三），周學熙應順天鄉試，得中第十八名舉人，此乃周氏一門科名之興盛期。周馥作《子學海學銘同榜登第志喜兼勖熙淵煇三子四首》志喜，有句云：「二周芳躅甯追步，千佛萱幃許乞靈。自是貽謀承祖德，錯教僚友説祥刑。」「髫齡騎竹重闈喜，今日登科我已衰。禄養傷余瞻墓木，聲華望汝護門楣。從來勤學天無負，須屬諸孫志莫移。」

三、從《止庵詩存》解讀周學熙的內心世界

周學熙所著《止庵詩存》上、下兩卷（不含外集）計收詩一千六百餘首，有如此之數量，則不難看出周氏確實是喜歡作詩的。周氏在《止庵詩存》自序中稱「乃喜讀香山、放翁詩」。通讀其作品後可知，周氏此言是相當實在的，其詩風和白居易、陸游很接近。他之所以喜歡白居易和陸游詩作的風格，一方面可能是性情相近，還有一個方面，可能是受其父的影響。周學熙的詩風和其父周馥的詩風有些接近，周馥曾寫有《憶少年事效白香山體十一首》，可見其喜歡白居易的詩風。

周學熙作詩，技法相當純熟，尤其是律詩，頷聯和頸聯寫得十分自然，足見功力。如：

堪笑人間畢世狂，聊將粥飯答年光。明朝未必今朝是，來日何如去日長。般若一經無盡藏，彌陀六字自資糧。相期得證無生忍，攜取醍醐共舉觴。（《甲子六十初度》）

寥落田園有樂天，及今況復義熙年。未能樂土營三窟，已是浮家歷五遷。南渡衣冠等塗炭，西征道路慘風烟。夷齊倘弗辭周粟，薇蕨焉能百世傳。（《有

感二首》之一）

木壽雁烹本自爲，病侵虎噬欲何之。百年日月雙飛轂，萬里河山擲一棋。天地無情猶橐籥，乾坤有象作蓍龜。平生磨蝎甘憂患，老奉丹心是我師。（《有感二首》之二）

一生好入名山游，垂老翻成市隱謀。滄海田中新世界，紅塵堆裏舊春秋。數椽且復親鉛槧，小圃聊堪荷棘耰。欲問鄉園歸雁少，夕陽明處怕登樓。（《市隱》）

荷枯桂落負佳時，老圃秋容又一奇。魏紫姚黄難比美，環肥燕瘦總生姿。芳心不覺風霜苦，傲骨還憑雨露滋。陶令東籬無此景，喜開三徑好尋詩。（《飽觀萬家名菊率成俚句即呈園主壁丞先生二首》之一）

莫羨柴桑歸去時，東園名菊更新奇。美人高士無凡品，立鶴翔鸞有古姿。滿坐芝蘭熏酒醉，一庭風露覺衣滋。未言割愛頭須插，且擘籐箋贈小詩。（《飽觀萬家名菊率成俚句即呈園主壁丞先生二首》之二）

掃空大患奈身何，茅屋三間則已多。翠柏有心迎雪立，石樓無耳任風過。挽瀾徒屹中流柱，垂涕難休同室戈。燈燼欲殘看瘦影，居然蕭寺老頭陀。（《古

香齋題壁二首》之一）

休問桃源路幾何，放懷斗室得春多。彌天壘塊杯中盡，閲世微塵枕上過。萬里車書聯几席，千年玉帛化干戈。澄心似海皆仙境，剩欲扁舟訪普陀。（《古香齋題壁二首》之二）

人生樂事在鄉關，回首思之覺破顔。石上輕雲從足起，枝頭好鳥伴身閑。買花每入市中市，採藥常尋山外山。天幸倘歸遼海鶴，可憐腰脚已非頑。（《思故鄉》）

車塵門外浩縱横，環堵蕭然百慮清。架有藏書消日永，室無長物得身輕。招呼風月詩中景，檢校江山夢裏程。師友凋零閑過少，敢欺衾影負平生。（《小疾旬日不出》）

以上諸詩，中間兩聯都寫得十分流暢，這可能和其少時所受的訓練有關。因爲在舊時，小孩子的啟蒙讀物中便有《笠翁對韵》，在學習作詩之前，先要學習對對聯。周學熙擅長作對聯，今以其晚年所作聯語爲例：

高第起科名，祇落得朝市虛聲，林泉孤詠；中興際生長，更何期晚經兵燹，終見大同。（八十自壽聯）

五十年落落風塵，同詠霓裳，空悲逝水；三千卷煌煌文獻，常留鉛槧，永鎮名山。（挽胡宗楙聯）

蓄道德，能文章，并世孰如公，奚只視辰星之可數；共功名，同甘苦，平生獨知己，得無見落月而生悲。（挽王筱汀聯）

健筆久凌雲，一世詩豪今孰匹；舉杯空對月，百年夢境古同悲。（挽趙元禮聯）

這些聯語皆詞意渾成，吐屬自然。

周學熙倡導實業，他所處的時代，是中國社會發生激烈變革的時代，但在他的詩集中涉及這兩個方面的作品却很少，絶大多數作品是記録其交游與家事的。

在周學熙的詩集中，除一定數量的宴游作品外，有兩類值得特別關注，一類是其懷念先人之作，此類作品是因祭祀或值先人的生日、忌日而作；另一類則是由自身及家事所引發的，如生日感懷、家中添丁等。這兩類詩作在內容方面其實是有關聯的。通過這兩類作品，我們可以了解周學熙在事功之外，內心究竟牽掛何事。

周馥的臨終詩有「皇天偏厚我，世運愧難旋」（《天命已盡書示家人》）之歎，周學熙的《示兒最後語》已轉向周氏家族家風之延續：

先公篤守程朱學，孝友傳家忠厚存。門祚興衰原有自，願兒詩禮教諸孫。

祖宗積德遠功名，我被功名累一生。但願子孫還積德，閉門耕讀繼家聲。

「門祚興衰」在動蕩的社會環境中，已非人力所能左右，周學熙的詩中多有身累功名，似有未盡其才未展其志，無可奈何之意。「勛業文章」在其詩中多次出現。如：

勛業不救時，文章不傳世。負此七尺軀，平生多顛蹶。（《病中示諸子》）

勛業文章志已虛，形骸土木卧蝸廬。箋題萬軸塵封盡，悔不終身作蠹魚。（《藏書歎》）

蕭蕭白髮獨心驚，勛業無成誤有名。（《生日燈下感懷》）

周學熙對於周氏家族而言，是一個過渡性人物，其父周馥崛起后，周學熙一輩多有作爲，但他的後輩呢？當時已處於社會變革時期，時局動蕩，此前，周氏家族賴以崛起和興盛的環境已經完全改變了，此後，對於周氏家族的發展而言，頗多未定因素，這無疑增加了周學熙內心的焦慮。「啟後承先守素風，心常履薄臨深中」（《歲暮感懷》）是其內心活動的真實寫照。周氏家族的功業科名，在晚清十分顯赫，周學熙在其詩中時常憶及往日之盛，如：

我生初及中興年，家慶椿萱福禄綿。（《丙子除夕薦辛盤》）

橐筆中興思祖武，楹書季世望孫賢。（《喜得皓孫書》）

弱歲青衿方食餼，及今回首是昌期。百年家國中興日，一第功名發軔時。棣鄂聯輝曾韡韡，椿萱并茂正熙熙。滄桑屢易清芬在，庭訓難忘燕翼詞。（《憶昔》）

《憶昔》詩中自註頗多，如數家珍式地記録了周氏家族往日的榮光，「聯翩釋褐繼諸昆，盛世弦歌萃一門」（《紀夢》）的紀夢之作，則是周學熙夢中對昔日家族盛況的再現。

父兄去世后，作爲周馥第四子的周學熙成爲了一族之長，責任非同一般，如何傳承祖德，培養子孫，使周氏家族能夠興盛綿延，是頭等大事。《止庵詩存》中有數十首詩涉及這一主題，數量不少。如：

霜葉丹黃滿眼秋，殘年百感戀松楸。衰宗扶植無長策，樂幾艱難有隱憂。（《癸酉九月回籍省墓》）

勛業文章志未攄，固應身世落樵漁。四方蓬梗無安土，三宿桑根有愛廬。學禮諸孫勤祏主，如愚季子典楹書。千年城郭巍然在，遼鶴猶當識故居。（《故都止園題壁》）

憶昔徽音在耳邊，慈祥愷惻望能傳。箕裘未紹辜陰騭，桑梓堪憐尚沛顛。（《病起追慕慈親》）

蘭水鐘峰秀莫倫，祖宗德澤尚如新。一身梗泛三千里，百口椒繁六十春。閱世頓驚朝市改，傳家猶賴簡編親。梓桑敬止思無斁，似讀仍期代有人。（《閱孝友堂家乘有感》）

于今福蔭孫曾輩，思嗣徽音有幾人。（《先妣忌日感懷》）

祖宗靈爽三龕在，天地清明萬象新。禮樂不隨朝市改，詩書仍望子孫親。
幽燕從古多名族，源遠流長自有真。（《上元節祀祖後支祠開會議事》）

遺書永付兒孫守，舊札還將師友傳。（《先公忌日祭後感言》）

巢空一瞥付雲烟，獨抱遺經待子傳。（《戊辰冬舉室離津感賦二首用迴環
韵寄呈七九弟兼訓諸子》）

槖筆中興思祖武，楹書季世望孫賢。（《喜得皓孫書》）

喜見吾宗福不回，先公德澤久栽培。桃觴花甲三多慶，蓬矢林壬四世開。
門祚已徵龍譽起，家聲又聽雁行來。（《實之九弟今年周甲得曾孫俚句志喜》）

勿笑詒謀惟酒食，門楣他日尚崢嶸。（《得第三曾孫女》）

詩書要守重闈訓，弓冶還期一技精。且漫轉移隨世態，須持孝友振家聲。
（《訓勉嘉良孫》）

剥復循環原有數，綿延似續總堪思。料當海宇承平日，正是家聲再振時。
（《喜長子明泰年五十得第一子》）

大耋之年何所望，尚期冢嗣繼書香。（《長子明泰年今五十始得子名嗣良

取宗嗣之義詩以紀之》）

遺經恐墜先人訓，收族常憂後嗣單。（《七十初度述懷》）

啟後承先守素風，心常履薄臨深中。（《歲暮感懷》）

于今創業堪垂統，繼述還期後嗣賢。（《光緒戊寅先公遺命辦施醫事忽忽七十年此願未償今歲兒子明焯始定章成立至德衛生會開辦醫院規模宏遠聊以告慰》）

先公篤守程朱學，孝友傳家忠厚存。門祚興衰原有自，願兒詩禮教諸孫。（《示兒最後語二首》之一）

祖宗積德遠功名，我被功名累一生。但願子孫還積德，閉門耕讀繼家聲。（《示兒最後語二首》之二）

從「箕裘未紹辜陰騭」（《病起追慕慈親》）、「遺經恐墜先人訓」（《七十初度述懷》）等詩句中，可見周學熙內心的焦慮，似有前途未卜之意。

有關周氏家族祭祀的主題，在周學熙的詩中也多有體現，如《丁丑歲暮祀祖》《中元節祭先》《先公秋祭感言》《先公祠宇在河東道阻已數年今春仍在孟莊故居春暉堂設位遥祭感賦》《清明家祭》《歲暮祀祖》《先公春祭在孟莊春暉堂行禮》《寒露節先公秋祭畢朋來茶集》《亂後第一次謁先公祠》等，數量近三十首。

重祭祀，是慎終追遠之意，《禮記·祭統》中云：「凡治人之道，莫急於禮。禮有五經，莫重於祭。夫祭者，非物自外至者也，自中出生於心也。」舉行祭祀儀式可以增強家族的凝聚力和家族成員的責任感。祭祀大致可分爲「家祭」和「祠祭」，所謂「家祭」，是紀念去世不久的家人；所謂「祠祭」，則近乎祖先崇拜。當然，祭祀也有祈求祖先庇佑之意，在當時動蕩的時局中，人們很容易將對來日的希望寄托於人力之外的神秘力量。

一九三三年，周學熙籌建各處家祠，建濟南慤慎公家祠，成立金陵慤慎公家祠，成立蕪湖紀念堂，建至德周氏先賢家祠。關於周家的祭祀情況，周一良在其所著《鑽石婚姻雜憶》中稱：「周馥的子、孫、曾孫三代按輩份排列，舉行三跪九叩禮，每次一人單獨出列，誦讀祭文，大約是周學熙所撰。每年聽一次，所以記下了頭幾句：『洪維我周，忠厚開基，肇遷蘭水，文武英姿……』」由此可知，祭祀的規模應該不小。祭禮的反復舉行，使得周氏家族成員通過一些程式化的禮儀，重温家族「全盛日」的記憶，家族的過去與當下因此發生關聯，孝友傳家、詩書繼世的傳統也由此獲得「生長」的機會，家族的記憶在不斷的講説中變得越來越厚重……

統觀《止庵詩存》，私意以爲，以詩作水平的高下來講，周學熙雖然算不上一流的詩人，但他在詩的創作方面，絕對可以稱得上是行家裡手，這對於一位以作詩爲餘事的實業界巨子來説，是難能可貴的。

目録

止庵詩存序／張元濟……〇〇一
止庵詩存自序／周學熙……〇〇三
止庵詩存上卷 至德周學熙緝之著
養疴北海晚飯後散步……〇〇三
見心齋……〇〇三
丙辰正月二十一日感懷……〇〇三
南游雜詠五首……〇〇四
雨中登常熟方塔遠眺……〇〇四
雨中游西湖……〇〇四
冒雨游湖西諸山……〇〇四
晚晴登五雲山……〇〇四
登廬山牯嶺望雲海……〇〇五
丁巳仲春游鄧尉先宿玄墓寺次晨冒雨觀梅匆匆而歸二首……〇〇五
趣園偶題……〇〇五
花塢小築落成二首……〇〇五
喜七弟過訪北戴河趣園見賦二律奉和原韵二首……〇〇六
趣園吟并序……〇〇六
趣園即事……〇〇七
白玉簪……〇〇八
雨後見月……〇〇八
乳燕……〇〇八

海濱觀月……〇〇八
秋田喜雨……〇〇九
海上小舟……〇〇九
趣園下山作……〇〇九
聞宣統遜帝前日步游香山
有感……〇〇九
奉和姚慎思李公祠頤園納凉
二首……〇〇九
八月六日到香山松雲別墅……〇一〇
香山雨中作……〇一〇
山居即事二首……〇一〇
清暉閣……〇一一
聽濤軒……〇一一
仰止堂……〇一一
習静齋……〇一一
甲子八月至德縣壽石山房落
成喜賦……〇一一
甲子六十初度二首……〇一二
乙丑元日試筆二首……〇一二
游普陀雜詠七首……〇一二
閏四月十五日到普陀步姚
慎思原韵……〇一三
宿寺樓烈風竟夕……〇一三
磐陀庵僧出示萬歷玉帶……〇一三
登佛頂山游慧濟寺……〇一三
仙人井外觀潮……〇一三
寧波天童寺净心上人屬題
觀音洞水月亭……〇一四
定海道中……〇一四
庭中楸樹今始着花喜賦……〇一四

冒雨游旅順舊臺塢感懷二首……〇一四
觀旅順戰圖……〇一五
大連老虎灘即景……〇一五
參觀傅笠漁青年會學校……〇一五
石本別莊題壁……〇一五
奉題李君道衡大連勸業博覽會出品圖説……〇一六
約道衡爲嚮導未值遂獨尋金州北山響水寺滿山皆松泉從殿旁洞出流過階除落澗作三疊如小瀑布聲甚幽韵因賦一絶……〇一六
十月十六暮雪……〇一七
暮雪獨坐寒甚感賦……〇一七
雪霽怯寒閉户……〇一七
六十一初度感賦……〇一七
二月二十六日到香山松雲別墅桃花正開喜賦……〇一八
香山登清暉閣遠眺……〇一八
香山觀雪……〇一八
香山小住偶題……〇一八
香山晨起小雨又聞炮聲……〇一九
盛暑得雨有秋意二首……〇一九
重游勞山柳樹台二首……〇一九
七月中夜泛海二首……〇一九
大連月夜泛海二首……〇二〇
丙寅大連中秋對月三首……〇二〇
喜晤李薑隱同年贈詩奉和原韵……〇二〇
邵君慎亭邀閻君紉韜李君道

衡黄君越川同游響水寺張道士殷勤具鷄黍薄暮始歸……〇二一
題王岷源字幅爲慎亭……〇二一
題孫君夢錫海上琴緣圖……〇二一
風雪中傅君笠漁見訪……〇二一
游湯崗子却憶江浦温泉……〇二二
營口回大連道中遇雪……〇二二
挽大連雙貞女……〇二二
斗室……〇二二
丁卯人日賦寄緯齋青田……〇二二
沽上修禊分韵虹字……〇二三
庭花盛開病起感懷三首……〇二三
安奉道中……〇二三
九月中由大連至旅順沿途滿山紅柘青松炫爛可愛……〇二四
感懷……〇二四
七弟見懷青島消夏一首即步原韵……〇二四
海濱六十有三初度七弟寄賀率步原韵以博一粲……〇二五
戊辰二月十七日微雪初晴登香山過玉華山莊栖月崖雨香館循玉乳泉而歸得句……〇二五
戊辰新秋青島消夏……〇二五
七弟見示詠懷率和……〇二五
金志安評示青島下河地格和以答意……〇二六
題楊味雲三月城南觀桃圖二首并序……〇二六
題無錫貫華閣圖二首……〇二六

六十有四初度辱荷武青田吴伯生詩祝感懷答謝……○二七
移家青島適值賤辰承伯生詩賀率賦答意……○二七
戊辰冬舉室離津感賦二首用迴環韵寄呈七九弟兼訓諸子二首……○二七
盆蘭并蒂二首……○二八
焯恩二子游美勗言……○二八
己巳九月重游潭柘寺……○二八
己巳重九日同立弟宿戒壇寺……○二九
己巳六十五初度二首……○二九
庚午六月六日游青島市外九水登窑各村……○二九
有感……○二九
觀遠海漁舟……○三○
閉户……○三○
庚午八月偕立弟入香山痔發未能登陟喜沅叔見訪……○三○
庚午八月巨溟同年偕游香山一宿而别惜未盡興……○三○
巨溟同年六十壽二首……○三一
庚午重陽雨後繼以大雪展讀樂天放翁詩二首……○三一
詠諸葛……○三一
六十六初度二首……○三二
辛未元旦……○三二
辛未正月過津舊寓登樓見辛卯揚州所得舊琴匣破塵封琴囊有僧小航畫山水感賦……○三二

辛未養痾西苑一甫來游數日
　即歸……○三三
養雲軒古木……○三三
西園養痾……○三三
湖上雜詠四首……○三三
病中口占二首……○三四
六十七初度二首……○三四
壬申元旦口占……○三四
自勸二首……○三五
壬申正月作……○三止
師鄭同年以鄉薦四十年爲杯
　酒之約適養痾西山賦詩
　寄謝……○三五
答巨溟琴石論詩……○三五
有感……○三六
南海日知閣題壁四首……○三六
山居……○三六
山居雜詠四首……○三七
　雨後散步……○三七
　朝霧……○三七
　雨晴……○三七
　閑身……○三七
松雲別墅題壁……○三七
山居日課禪經……○三八
天太山道中書所見……○三八
山居即事……○三八
題習靜齋壁……○三九
聞雁……○三九
放言……○三九
秋晚入城……○三九

病中取香山語自慰二首……〇四〇
病起……〇四〇
自嘲老態題畫像二首……〇四〇
胡季樵同年以所刻叢書見贈
賦謝……〇四一
六十有八初度二首……〇四一
癸酉三月重過揚州口占二首
贈贊卿侄婿……〇四一
肩輿游勞山北五水戲作……〇四二
青寓看花……〇四二
自述……〇四二
山居……〇四二
匯泉公園晚步……〇四三
海濱雨霽……〇四三
香山秋居二首……〇四三
題譚貞女殉禮圖二首……〇四四
山禽……〇四四
山花……〇四四
山月……〇四四
山家……〇四四
山居即事……〇四五
自壽六十九二首……〇四五
自喜……〇四五
自況……〇四五
白露後下山倚裝作……〇四六
癸酉九月回籍省墓二首……〇四六
六十九初度寄七九弟暨諸侄
二首……〇四六
甲戌二月游金陵無錫遇雪
而歸……〇四七

奉和范之先生癸酉除夕之作……〇四七
松雲別墅雜詠六首……〇四七
養雲軒……〇四七
習静齋……〇四八
聽濤軒……〇四八
仰止堂……〇四八
五宜榭……〇四八
清暉閣……〇四八
雨後晚眺……〇四八
山中賞雨……〇四九
山中病足……〇四九
憫老步康節林下吟韵……〇四九
老病自勉三首……〇四九
聞蟋蟀……〇五〇
讀擊壤集……〇五〇
松雪別墅題壁……〇五〇
夏日山居……〇五〇
園居消夏……〇五一
養生……〇五一
自詒二首……〇五一
今歲七十頭眩廢書專持佛號
默坐養心作歌述懷……〇五二
有感……〇五二
玩易……〇五三
六月二十六日重到香山……〇五三
題齋壁……〇五三
自咍二首……〇五三
頭眩……〇五四
腿痛……〇五四
有感題著書圖……〇五四

四十年前常游揚州僧舍至今思之恍如隔世……○五四
甲戌過金陵復成倉橋……○五四
游金陵舊貢院門前商場……○五五
甲戌十月過蕪湖省老宅有感……○五五
游鼋渚廣福寺呈量如上人……○五五
甲戌十一月初二日先妣忌辰……○五五
生日感懷……○五六
七十雙壽寄賀內子……○五六
勸游寄內子……○五六
勸游二首……○五六
七十初度述懷四首……○五七
西游雜詠十二首……○五八
避生會西游關中過華州寄謝親友……○五八
過華陰望太華……○五八
對華山慕希夷先生……○五八
題玉泉院希夷石像影本……○五八
由陝州一日抵西安望咸陽周陵有感……○五九
雪中登長安北城望咸陽……○五九
酒樓眺雪二首……○五九
登雁塔見元祐慶歷諸公題名……○五九
回車雪中重瞻太華……○五九
洛陽謁周公廟……○六○
游伊闕懷古……○六○
乙亥元旦試筆二首……○六○
乙亥二月二十六日偕七弟大覺寺看杏花遇林詒老……○六一

乙亥三月同七弟立之游青島勞山諸勝偶得小詩聊作紀念十首……○六一
蔚竹庵道中……○六一
宿華嚴寺……○六一
重游太清宫……○六一
擬營對華小築……○六二
游北九水……○六二
明霞洞……○六二
登德人廢炮台……○六二
重過登窑看聚仙庵古耐冬盛開……○六三
海濱公園二首……○六三
止園題壁……○六三
過雙清遍設鉄栅云護飲料阻游人戲作……○六三
題林斐成鷲峰山莊二首……○六四
秋夜……○六四
游覺生寺觀永樂華嚴大鐘……○六四
七十有一自壽二首……○六四
乙亥九月二十五日味雲約仲虎彤士劍秋蔭伯同飲春明酒樓後游陶然亭遇散原老人暨伯夔君任若木諸公偕立之七弟同來分韵得老字一首……○六五
仲虎先生七旬壽辰二首……○六六
乙亥初冬游拈花寺愛其閑静將營菟裘爲終老計因借其廢厨五楹修葺爲静室既竣

頗軒敞十月二十二日與立弟夔恩二兒曁子貞紹棠養吾希文諸友本寺長老全朗量源等十人仿樂天爐峰草堂故事具齋施茶果以落之喜賦俚句……〇六六

丙子正月三日重過北海濠濮間口占……〇六七

立之七弟六十壽辰二首……〇六七

丙子人日仲虎招飲同席共壽八百喜賦……〇六七

丙子正月二十四日立弟六十壽與一甫六十七同生日又值西甫七十壽合之予年七十二實弟五十五共三百二十四歲一甫絜同登最高樓攝影賦詩爲紀念……〇六八

丙子正月至津幼梅見訪暢叙離悰贈詩屬和勉效壞歌聊當鼓腹二首……〇六八

一山先生見示十老詩勉步元韵……〇六八

正月冒雪游北海公園二首……〇六九

二月二日大雪後登瓊島遠眺……〇六九

丙子二月三日先妣百齡晉二追慶自拈花寺進香回聞第一曾孫女生賦以志喜……〇六九

止園題壁二首……〇六九

三月三日偕七弟約仲虎少楠劍秋稷壇修禊潤之蔚如彤

士不期而遇……○七○
三月中北海公園探杏……○七○
濟南止園養痾……○七○
濟南家祠春祭畢未得南歸展
墓感賦二首……○七一
懷金陵故居……○七一
懷蕪湖先弟……○七一
讀易理臆言……○七二
説病……○七二
濟寓喜見海棠二首……○七二
金牛山觀杏二首……○七二
青島春暮看花二首……○七二
驅車游李村丹山……○七三
下河于村小憩……○七三
魚鱗瀑道中……○七三
知足歌……○七三
雜感三首……○七四
食戒……○七四
平生……○七四
逭暑二首……○七五
七十有二初度感懷二首……○七五
老態……○七六
山中……○七六
憶江南二首……○七六
老逸……○七七
讀易二首……○七七
晨興獨坐……○七七
香山懷古……○七七
丙子七月與子貞同居香山喜
壽田藻亭遠來適立弟自津

至賦詩持贈率步原韵用志嘉會二首……○七八
丙子七夕後四日壽田藻亭一甫子貞同飲西山酒樓立弟即席賦詩屬和因步原韵兼寄同坐諸公……○七八
丙子七月癸巳同年公宴巨溟賦詩屬和勉步原韵……○七九
贈孫芸生并序……○七九
丙子七夕癸巳同年公宴芸生世兄賦詩屬和勉步原韵……○七九
富春舟中作……○八○
七里灘謁子陵祠宿桐廬……○八○
九月十六日平津車中觀月……○八○
探梅……○八○
酬筱汀親家見惠壽詩三首……○八一
七十二初度息庵七弟寵以詩章謹步元韵……○八一
丙子除夕薦辛盤二首……○八一
丁丑元日試筆……○八二
二月十一日大雪中遊西郊三首……○八二
自幸……○八二
止園題壁……○八二
晚霽獨坐……○八三
游西郊長安寺留題……○八三
清明日獨游稷園山桃正開感賦……○八三
早起出游看花……○八三
止園花放小坐……○八三

山中喜雨……〇八四
松雲別墅題壁……〇八四
仲虎屬題其夫人楷書詩冊遺墨……〇八四
觀書有感……〇八四
雜感二首……〇八五
暑中喜雨……〇八五
山居即事……〇八五
自詒……〇八六
賀楊味雲親家七十壽二首……〇八六
中秋對月三首……〇八六
避地天津重九與西甫一甫市樓登高二首……〇八七
七十有三生日感懷二首……〇八七
登市樓觀雪三首……〇八七
丁丑歲暮祀祖……〇八八
吊俞節士福焜兼慰巨溟同年……〇八八
孟莊書室題壁二首……〇八八
息侯金粱少保同出陳桂生侍郎門下屬題其女孫曉雲女士之弟子名伶趙金蓉詩集悵望師門不勝今昔之感二首……〇八九
避難津沽聞至德舊宏毅學舍屋毀書焚坦亭樹伐季青侄率眷入深山禹良孫逃徽州感賦……〇八九
七月十五對月……〇八九
中元節祭先……〇九〇
有感……〇九〇

自詒……○九○
養心……○九○
秋思二首……○九○
止足……○九一
對凫老人重印聖迹圖徵詩……○九一
借花市小屋爲靜室書此補壁……○九一
重九日雨莊約同西甫子貞震初佩璵小酌觀菊并登新華最高樓因憶南中親友……○九二
冬至前五日得雪約西甫子貞佩璵同飲市樓遠眺用重九詩韵……○九二
先妣忌日泣賦……○九二
七十四初度二首……○九三
痴頑……○九三
達觀……○九三
生日思親二首……○九三
有感三首……○九四
讀書有感……○九四
戊寅除夕二首……○九五
己卯元旦津寓試筆二首……○九五
得鄉書感賦……○九五
病中示諸子……○九六
吊張勛伯撫軍二首……○九六
題北洋名公致外舅劉閣學公書札二首……○九七
檢焚舊牘有感……○九七
游英公園五十年老海棠盛開……○九七
喜次孫嘉良授室二首……○九八
登樓有感……○九八

五月二十日佛號滿千萬聲
二首……………………………○九八
有感……………………………○九九
七月六日洪水突至津埠盡成
澤國……………………………○九九
自遣二首………………………○九九
遥望水中樓閣有感……………○九九
中秋對月………………………一○○
庭中夾竹桃入秋大開…………一○○
重陽日九弟招飲市樓二首……一○○
九月十九日同九弟約西甫一
甫雨莊佩璵蔬酌爲展重陽
會和佩翁詩原韵………………一○一
七十有五初度兒輩進重游泮
水圖爲壽感賦二首……………一○一
生日述懷二首…………………一○一
己卯除夕感懷…………………一○二
庚辰元旦試筆三首……………一○二
自詒……………………………一○二
水仙二首………………………一○三
孟莊宅偶題二首………………一○三
題齋壁…………………………一○三
病中作二首……………………一○四
養生……………………………一○四
虚静……………………………一○四
隨分……………………………一○四
安禪……………………………一○五
憶昔……………………………一○五
却病訣二首……………………一○五
老妻閑話二首…………………一○五

讀醇王傅相海軍大閱記書後二首……一〇六
先外舅劉閣學公百齡追慶三首……一〇六
追慕慈親……一〇六
病起偶吟二首……一〇七
病中謝親友相問……一〇七
養病……一〇七
白頭……一〇七
題畫十首……一〇八
夢游靈隱……一〇八
答友人約游山……一〇九
老病……一〇九
有感……一〇九
自勉二首……一〇九
無心……一一〇
市隱……一一〇
喜雨二首……一一〇
游倪氏林園……一一〇
有感二首……一一一
邀友看花……一一一
戲嘲老態……一一一
奉和鶼庵自笑原韵……一一二
棄産感言……一一二
養慵……一一二
自儆……一一二
曠觀……一一三
孟莊新葺止園消夏四首……一一三
自笑……一一三
清明道阻不得掃墓……一一四

喜得皓孫書二首……一一四
壽俞巨溟七十……一一四
中秋憶故鄉……一一四
先公秋祭感言……一一五
重九約諸友登高茶會二首……一一五
子貞一甫同訪孫氏園觀菊四首……一一六
再至壽豐觀菊賦呈園主人孫俊卿三首……一一六
河東萬氏園觀菊感賦……一一六
飽觀萬家名菊率成俚句即呈園主璧丞先生二首……一一七
立冬後重訪孫氏觀菊仍用前韵二首……一一七
看雲……一一七
病榻偶吟二首……一一七
游李氏荒園有感……一一八
自歎二首……一一八
七十有六自壽二首……一一八
故都止園題壁……一一九
娱老……一一九
先妣忌日祭……一二〇
自遣……一二〇
放歌……一二〇
病中自廣……一二〇
紀十月二十二日事……一二一
災後寄族人……一二一
自解……一二二
痴頑……一二二
生日思親……一二二

古香齋題壁 一二三
有感 一二三
津友贈梅竹二首 一二三
觀風雪有悟二首 一二三
小疾 一二四
耐病二首 一二四
病起偶題 一二四
秋夜 一二四
斗室 一二五
傷老 一二五
有感 一二五
除夕守歲 一二五
辛巳元旦試筆 一二六
憶昔 一二六
古香齋題壁二首 一二七
上元感賦 一二七
達觀 一二七
對食 一二八
自題像贊二首 一二八
衰病却醫 一二八
思故鄉 一二九
小疾旬日不出 一二九
初春得雪二首 一二九
津寓午睡 一二九
登樓 一三〇
戲擬閑中富貴 一三〇
俚句自述 一三〇
題室人七十六肖相 一三一
自況二首 一三二
郊游二首 一三二

春暮二首……………………………… 一三二
敬止齋題壁四首……………………… 一三二
雜感二首……………………………… 一三三
讀史二首……………………………… 一三三
題故鄉災民册二首…………………… 一三三
小園二首……………………………… 一三四
道室偶題二首………………………… 一三四
惜花二首……………………………… 一三四
踏青二首……………………………… 一三五
高卧…………………………………… 一三五
有感…………………………………… 一三五
寄俞壽田親家………………………… 一三五
花時子貞西甫雨莊震初諸人
常約公園相遇賦贈…………………… 一三六
得壽田去臘書云將迂道赴申
沿途艱阻無定程俟到再告
今已兩月不禁感喟…………………… 一三六
先公祠宇在河東道阻已數年
今春仍在孟莊故居春暉堂
設位遥祭感賦………………………… 一三六
自曠…………………………………… 一三七
約雨莊上巳日同游李氏舊園………… 一三七
邁老…………………………………… 一三七
自幸…………………………………… 一三七
寄慨…………………………………… 一三八
公園桃開有感二首…………………… 一三八
病齒不能咀嚼戲作…………………… 一三八
感歎…………………………………… 一三八
喜春二首……………………………… 一三九
惜春二首……………………………… 一三九

無心……一三九
治生……一三九
修禊吟二首……一四〇
上巳日一甫約偕子貞西甫雨
莊震初茶叙賦贈……一四〇
止足……一四〇
觀化……一四一
菖蒲詠……一四一
送一甫赴秦皇島避囂……一四一
吊姜女墓……一四一
詠山海關……一四二
公園遣興二首……一四二
奉和楚卿見示修禊原韵……一四二
題天津三多里故居……一四二
詠得年……一四三
寄皓孫二首……一四三
課孫讀書有感二首……一四三
清明家祭……一四三
寄傲……一四四
遣懷……一四四
閉門……一四四
惜花三首……一四四
落花二首……一四五
郊游有感……一四五
花時思還舊都不得今五歲矣
感懷賦此寄諸老友……一四五
園中春暮海棠初胎却憶舊都
稷壇最盛游人如織……一四六
憶昔……一四六
孟莊止園種菜二首……一四六

自寬……一四六
寓意……一四七
月夜聞笛……一四七
排悶……一四七
老景……一四七
市樓顧曲……一四七
信天二首……一四八
世網……一四八
負暄……一四八
有感……一四八
答友人問老態……一四九
憫世……一四九
勸酒吟二首……一四九
午睡……一四九
好静……一五〇
新霽……一五〇
無生訣……一五〇
閑身……一五〇
四時樂……一五一
掩扉……一五一
戲詠公園所見……一五一
病起偶吟……一五一
夜坐……一五一
自詠……一五二
有感二首……一五二
慨歎……一五二
災民歎二首……一五二
易歎……一五三
禮歎……一五三
史歎……一五三

詠歐戰二首……一五三
自詒二首……一五四
小疾……一五四
憶昔……一五四
讀史有感……一五五
病起追慕慈親二首……一五五
記夢……一五五
風霾連日不出……一五五
春寒……一五六
春殘……一五六
止足……一五六
題齋壁……一五六
連日風霾偶出攖疾戲作二首……一五七
省事……一五七
大庶妣小祥忌日祭告哀思示七九兩弟……一五七
種蔬……一五七
無身……一五八
二然……一五八
因果……一五八
郊行……一五八
憫世運……一五八
乘興……一五九
慨世……一五九
悶極思遠游……一五九
衰病吟……一六〇
偶健……一六〇
老逸歎二首……一六〇
閑趣……一六〇
夜坐二首……一六一

藏書歎二首…………一六一
夏初雨霽…………一六一
倏短二首…………一六一
自艾二首…………一六二
煩惱…………一六二
得失…………一六二
春暮一甫約彤皆一山及予茶
　談一山有作謹步元韵…………一六三
自慚二首…………一六三
病起食粥…………一六三
土山公園散步…………一六三
暮鴉二首…………一六四
病中作…………一六四
拔齒感言二首…………一六四
雨霽獨坐…………一六四
閱孝友堂家乘有感…………一六五
病起偶作…………一六五
自感老境二首…………一六五
小園…………一六六
閱焯兒及諸孫游北戴河詩
　有感…………一六六
獨坐…………一六六
自慨…………一六六
古香齋題壁二首…………一六七
對客…………一六七
歎息…………一六七
無心…………一六七
坦然…………一六八
讀白陸詩二首…………一六八
閑逸…………一六八

長孫女會孫于歸黃氏喜賦二首……一六八
春暉堂對菊懷舊友……一六九
萬璧臣家觀菊……一六九
寶之九弟今年周甲得曾孫俚句志喜……一六九
重陽約友登高感賦……一七〇
新買小磁屏彩繪山水絶佳康乾時物也喜題二絶……一七〇
題齋壁……一七〇
累日不出門述所事……一七一
雪後書所見……一七一
生日述懷二首……一七一
先妣忌日感懷二首……一七二
閉户……一七二
始雪二首……一七二
雪霽出游……一七二
記夢三首……一七三
冬夜聞蟋蟀有感二首……一七三
讀莊子……一七三
同諸遺老茶樓分韵得漚字……一七三
晚眺……一七四
水仙花二首……一七四
憫老……一七四
有感……一七四
夢游濟南三首……一七五
慨世……一七五
七十七自壽二首……一七五
自遣……一七六
勸世……一七六

書幸……一七六
閉户……一七六
夜坐……一七七
歲暮感懷……一七七
憫世……一七七
檢閱自記年譜有感……一七七
開歲余年七十有八矣立春前
夕枯坐……一七八
冬夜獨坐……一七八
戲作……一七八
深夜吟……一七八
春雨後郊游……一七九
祀竈二首……一七九
歲暮祀祖二首……一七九
辛巳除夕……一八〇

止庵詩存下卷 至德周學熙緝之著

壬午元日試筆……一八三
醉歌……一八三
春日遣懷……一八四
春閑……一八四
困中度歲……一八四
元辰感賦……一八四
讀史有感……一八五
自怡……一八五
苦風霾……一八五
驚蟄……一八五
夢江南……一八六
山家……一八六

止園題壁……一八六
堤上小步……一八六
止足……一八七
小園閑趣……一八七
曠觀……一八七
看畫……一八七
憶昔……一八八
孟莊寓新闢小農圃……一八八
春晝二首……一八八
身世……一八八
憫南洋華僑二首……一八九
游公園山桃始開……一八九
吊陳西甫……一八九
挽趙劍秋……一八九
答子貞約同入舊都作伴看花……一九〇
清明日栽花二首……一九〇
大公園看海棠四首……一九〇
越日再至大公園觀海棠將謝
又賦二首……一九一
上巳未出悶損……一九一
得第三曾孫女……一九一
癸巳科五十年團拜席上作……一九一
三月二十五日魯卿約一甫雨
莊震初實弟同集市樓品茗
并攝影爲紀念率賦……一九二
寄題癸巳鄉舉五十年紀念圖……一九二
春寒……一九三
自題攝影……一九三
詠斧二首……一九三
登久安新五層樓望遠感賦……一九三

題一甫入泮試藝稿二首……………… 一九四
自嘲老境……………………………… 一九四
聞五月十日至德城内及堯渡
鎮并紙坑山周村均被毁于
兵新舊兩祠皆焚先是縣政
府借祠辦公屢函屬移未果
故是有難二首……………………… 一九四
感事…………………………………… 一九五
看雲三首……………………………… 一九五
和一老移居静園元韵二首………… 一九五
病起自歎……………………………… 一九六
秋園花木盛茂老妻病痿經年
今得肩輿游觀喜賦二首…………… 一九六
讀史有感二首………………………… 一九七
小園遣懷二首………………………… 一九七
息庵七弟病神經二年未得常
談昨邀敬之弟與實之九弟
及子侄輩聚飲于春暉堂甚
爲歡洽承惠二律因步元韵
以志嘉會……………………………… 一九七
重九日雨莊約偕味雲伯屏佩
瑜一甫震初實弟市樓登高
口占二律……………………………… 一九八
止園愛晚亭觀紅葉三首…………… 一九八
河東萬家看菊………………………… 一九九
思鄉…………………………………… 一九九
壽豐公司觀菊賦贈主人孫俊
卿三首………………………………… 一九九
七十有八自壽四首………………… 一九九
先妣忌日感痛四首………………… 二〇〇

有感……二〇一
生日諸子羅拜獨歎長孫隻身遠去三年不歸二首……二〇一
生日謁祖……二〇一
生日家宴感言……二〇一
十二月十六日大寒節申時初得雪……二〇二
十八夜又得微雪……二〇二
今歲窘甚而乞援者絡繹苦無以應……二〇二
喜雪……二〇二
除夕守歲……二〇三
元旦試筆……二〇三
夜坐……二〇三
上元節祀祖後支祠開會議事……二〇四
擇廬見示和東坡元旦立春三首因步原韻……二〇四
上元過天后宮前有感二首……二〇四
連日春宴傷食病作自警……二〇五
偕老吟二首……二〇五
病小愈沅叔招游舊都廠肆却謝……二〇五
一炷清晨香效康節體……二〇六
病起小園散步……二〇六
楚卿慎之一甫雨莊震初伯平實弟及余在永昌西餐公祝佩璵七十壽即席賦詩二首……二〇六
二月十六日春分小公園山桃初放佩瑜震初同游四首……二〇六
味西公治行得傳沅叔太史增

湘撰墓志金息侯少保梁入
清史補傳感賦……二〇七
午後游園口占……二〇七
讀倦出游登市樓遠望……二〇八
歎老……二〇八
惜春……二〇八
上巳日游倪氏園林二首……二〇八
第一公園海棠六十年前物今
尚盛開二首……二〇九
清明後降雪二首……二〇九
約一甫子貞佩瑜雨莊伯平震
初同游倪園踏青茶聚……二〇九
勤儉吟……二一〇
庸庵太保寄示近作感昔知遇
率成俚句……二一〇
和庸庵太保酬津友韵二首……二一〇
喜雨二首……二一一
慎之先生猥以拙句爲木齋尊
兄壽賦詩言謝欽愧交并謹
答元韵……二一一
自廣……二一一
得雨爲飢民慶……二一二
歎世……二一二
小園……二一二
和伯平看花遲暮吟元韵三首……二一三
題李子貞三知足齋額二首……二一三
鳧茈詠……二一三
哀時……二一四
乞婦歎……二一四
對食歎二首……二一四

首夏雜興二首……二一四
遣興……二一五
雨後平津道中所見……二一五
重入止園舊宅二首……二一五
永康胡同關宅見太平花……二一六
又見菩提樹花……二一六
入舊都五日即回津車中作……二一六
和一山落齒韵二首……二一七
賀味雲親家與仲虎同歲重游泮水四首……二一七
訓勉嘉良孫二首……二一八
自曠……二一八
閲世……二一八
詠吕碧城女士二首……二一九
北京自來水紀念二首……二一九
和佩瑜感懷韵二首……二一九
夢入家山桃源道中……二二〇
風雪登樓……二二〇
小園……二二〇
自然……二二〇
和佩瑜散步庭前一首……二二一
止園消夏……二二一
思鄉……二二一
紀夢……二二一
嘉孫大學四年畢業得法學士文憑……二二二
自慰……二二二
六月二十六日偕子明泰孫嘉良游天津馬廠國際俱樂部啜茗觀荷口占三首……二二二

雨後馬廠野游……………………二三三
心地……………………二三三
觀幻……………………二三三
病中短歌二首……………………二三三
七月五日雨後若木味雲約同
人茶叙口占……………………二三四
和佩瑜七夕立秋連雨有感
二首……………………二三四
自幸二首……………………二三五
秋花……………………二三五
止足吟二首……………………二三五
題焯兒及孫男女重游北戴河
詩册二首……………………二三六
憫老二首……………………二三六
秋園晚眺二首……………………二三六
答友人邀游二首……………………二三七
新重陽日邀友人茶聚……………………二三七
和味老防空一首……………………二三七
自笑……………………二三七
得第四曾孫女命名啓賢……………………二三八
題止園齋壁……………………二三八
有感……………………二三八
病中作……………………二三九
楚卿見示題先慤慎公暨吴太
夫人百齡紀念圖謹依韵奉
答……………………二三九
癸未重九日雨莊約同楚卿一
甫子貞伯平若木魯卿震初
中原六樓茶會即席賦二首……………………二三九
書家訓序言畢紙有餘幅因題

二絕以抒悲懷……二三〇
詠止園紅葉二首……二三〇
秋葉紅黄相間最愛晚晴尤覺鮮艷……二三〇
觀紅葉偶成……二三〇
詠牽牛……二三〇
詠薜荔二首……二三一
詠盆菊……二三一
觀紅葉有感二首……二三一
止園散步……二三一
先公忌日祭後感言……二三二
止園秋末題壁……二三二
止園瓜架豆棚上覆薜荔紅葉最盛……二三二
和伯平見示止園學道二什……二三二
紅葉今年最盛最久……二三三
今年壽豐園菊晚十月初始得邀子貞往觀……二三三
十月初二日子貞正初伯平同觀壽豐園菊富麗比去年更盛主人招待甚殷率賦絕句以謝盛誼……二三三
七十九生日感言二首……二三四
答苓泉見示病中紀夢詩……二三四
題止園齋壁……二三五
讀先公年譜感賦……二三五
季木葬事紀念……二三五
答友人問疾戲述情狀……二三六
病起偶吟二首……二三六
病中作……二三六

楚卿賜和五章融會儒釋闡發真詮至理名言百讀不厭謹狃俚句以志忻佩二首……二三七
答謝友人賜和生日詩……二三七
先妣忌日自傷二首……二三七
追思慈訓一事未成悲悔無地……二三八
答友人問近狀……二三八
冬寒……二三八
食葷……二三九
和樂天勸歡韵……二三九
天津河北大悲院叢林復興志賀二首……二三九
生日思親……二四〇
楚卿一甫芷升子貞雨莊伯平震初諸公日前爲賤辰開公宴情誼優渥今備粗筵非敢云報謹狃俚句聊表謝忱……二四〇
生日上供二首……二四〇
生日逢冬至得初雪步伯平韵答賀……二四一
久困警區頗思江湖之游……二四一
冬至日喜初雪……二四一
登中原六樓望晴雪日暮始歸……二四一
第三公園散步觀晴雪……二四二
飯後同人登新華五樓觀雪率成……二四二
避地吟并序……二四二
臘月十四日雪後楚卿邀家庭食堂消寒二集茶會即席賦和……二四三

除夕詠……二四三
甲申元旦試筆……二四三
題松下聽琴圖二首……二四三
眉壽金婚紀詠二首并序……二四四
題春暉堂家宴圖……二四四
題眉壽圖卷……二四五
甲申立春日作……二四五
慰老……二四五
病足小愈喜賦……二四六
自怡……二四六
讀老子有感……二四六
眉壽金婚親友惠詩謹賦俚語
答謝盛誼……二四六
正月十三日立春后一日爲消
寒第六集承芷升約茶聚即
席賦詩謹步元韵……二四七
甲申八十生辰筵資助賑用賦
俚句敬告親友謝却贈遺……二四七
八十生日感言二律……二四七
正月十七日焯兒爲就營業攜
眷南行有感三首……二四八
紀病……二四八
紀病中夢……二四八
小病兼旬不出門亦無客至
戲作……二四九
二月三日苓泉寓小集和伯平
韵韵親友介壽有以鹿鳴重
宴相期者詩以謝之……二四九
花燭今逢周甲回憶鄉舉已五
十年有感……二五〇

第三公園看山桃有感……二五〇
三月三日楚卿約同人茗叙即席賦二首……二五〇
三月四日曉游公園山桃始開……二五一
游第四公園得句二首……二五一
三月十一日花燭重諧慶日謁祖後子孫輩蔬食會餐畢攝影爲紀念……二五一
舊英公園看海棠有感……二五二
小齋茶聚和伯平韵……二五二
小雨初晴芷升伯平楚卿子貞及七弟同游第四公園海棠丁香盛開二首……二五二
四月五日南隣失火幸未成災……二五三
憶江南……二五三
浴佛日茶集和芷升韵……二五三
王紹溥五十壽……二五三
題王欣夫抱蜀廬校書圖……二五四
四月初立夏後一日同一甫伯平看壽豐孫氏園牡丹歸途口占……二五四
簡邀楚卿芷升子貞正初惠臨茶叙二首……二五四
喜長子明泰年五十得第一子……二五五
長子明泰年今五十始得子名嗣良取宗嗣之義詩以紀之……二五五
邀友過談……二五五
觀壽豐園太平花初開……二五六
齊照巖八十壽……二五六
吳怡生八秩壽……二五六

桀良孫南行入大學賦此示之
二首……二五六
陳庸庵太保八十八壽……二五七
夏至前六日妻課僕種蔬喜夜
得雨二首……二五七
自題畫像……二五七
自豪……二五七
題孔少軒遺墨……二五八
小暑後五日一甫達有喬梓約
同芷升伯平赴馬廠觀荷……二五八
馬場觀荷和伯平韵……二五八
小雨獨坐……二五九
明恩售京宅有感……二五九
夏夜漁翁……二五九
偶過津門舊邸……二五九
立秋日得雨新涼邀友借家庭
食堂茶聚……二六〇
和楚卿書齋茶聚韵……二六〇
艱食歎三首……二六〇
枵腹吟二首……二六一
感時二首……二六一
昨作艱食歎今日悔之作此自
勵……二六二
素位吟二首……二六二
七夕詠……二六二
詠琴……二六二
和一山美人換名馬韵……二六三
紀事二首……二六三
七月初九適與子貞擇廬鑑波
不期而遇同至楚卿書室小

憩去後始知是日爲其夫人
誕辰特呈俚句以伸補祝……………… 二六三
聽鶯………………………………………… 二六四
新九月九日爲夏曆七月二十
二白露後一日登高無處賦
此寄興三首……………………………… 二六四
九月十日芷升約茶聚即席賦………… 二六四
戲紀昨事………………………………… 二六四
閉户……………………………………… 二六五
將約同志置郊外薄田爲菟裘
計二首…………………………………… 二六五
紅葉吟四首……………………………… 二六五
八月八日震初茶集次伯平韵………… 二六六
答謝煒章賜詩…………………………… 二六六
國香送黄菊紫鷄冠各二盆…………… 二六六
中秋對月用伯平韵……………………… 二六六
小公園遇九十二老人自言秦
姓潁州府人從馬玉崑軍中
多年二首………………………………… 二六七
自寬二首………………………………… 二六七
讀楚卿叠和九十二老人詩前
後六首命義高超因賡二首
答之……………………………………… 二六七
雙十節前一日孟莊茶聚楚卿
有詩謹步原韵二首……………………… 二六八
雙十節約同志游小公園後在
子貞家小憩……………………………… 二六八
八月晦日止園茶聚暢觀紅葉
因作長句以寄慨………………………… 二六八
重九約同人登公園小土山後

在子貞三知足齋茶聚用楚
卿止園看紅葉韵……二六九
甲申重九同人登高賦詩遣興
率成三首……二六九
邀友觀止園紅葉賦以見意……二七〇
觀孫宅牆頭紅葉有感……二七〇
九月三日楚卿子貞正初來止
園觀紅葉留餐暢談而別得
句爲紀念……二七〇
題孝女金龍吉殉祖母事二首……二七〇
分詠止園紅葉各景四首……二七一
止園紅葉特盛九月六日具茶
果邀七九弟暨子侄輩同觀
得句爲紀念……二七一
重九登電梯升中原五樓茶聚
達觀……二七二
重九朝晴與楚卿同登公園小
土山遠眺……二七二
依韵答和楚卿九日嘗餻二首……二七二
霜降後四日園中紅葉更盛已
十餘日矣勢將摇落賞玩有
感二首……二七三
天津河北大悲院重興前往敬
香留題寺壁二首……二七三
詠殘紅葉……二七三
大悲院禮觀音像二首……二七四
立冬前五日同伯平往壽豐
觀菊……二七四
題荔軒觀察令媛俶方女士夢
鶴吟草……二七四

九月十九日一甫雨莊邀登中
原五樓看菊會……………二七四
先公忌日家祭感痛…………二七五
詠紅葉飛落…………………二七五
立冬後一日賀震初新居茶聚
即席賦………………………二七五
立冬後乍寒三日不出門今日
赴伯平茶聚喜甚率賦二首……二七五
有感…………………………二七六
生日燈下感懷二首…………二七六
擬約友作旬餐會書以徵意
二首…………………………二七六
歲暮感懷四首………………二七七
芷升家茶集…………………二七七
十月六日旬餐第一集喜賦
二首…………………………二七七
旬餐第二集速客詞二首……二七八
旬餐得句欣承楚卿賜和多首
依韵奉答聊以寫懷二首……二七八
傷食小瀉自儆………………二七八
十月十日喜得微雪三首……二七九
雪中震初邀茶聚未赴詩以謝
之二首………………………二七九
喜雪口占一絶………………二七九
憫老…………………………二七九
雪後小飲二首………………二八〇
小園玩雪……………………二八〇
旬餐第三集致詞……………二八〇
旬餐第四集速客吟…………二八〇
旬餐第五集速客吟…………二八一

十一月二十六日旬餐第六集
速客吟……………………二八一
冬月二日先妣忌辰延僧禮懺
感賦……………………二八二
有感……………………二八二
十一月二十八日補行旬餐第
六集詩以助興……………二八三
十二月六日旬餐第七集速
客吟……………………二八三
冬日述懷…………………二八三
冬至後小聚得句…………二八四
生日自歎二首……………二八四
題陳一甫雲水萍蹤圖……二八四
却謝友人頌壽詩…………二八五
薪米奇貴詩以自慰………二八五
臘八日伯平齋中茶集即席賦……二八五
十二月十六日旬餐第八集速
客吟……………………二八五
詠止園木稼三首…………二八六
冬日自怡…………………二八六
十二月二十二日旬餐第九集
速客吟二首……………二八六
歎世……………………二八七
俞壽田八十四壽…………二八七
汪仲虎八旬開慶…………二八七
止庵八十自撰壽聯………二八七
歲暮感懷…………………二八八
題杖朝圖…………………二八八
第九集旬餐即席助興……二八八
安貧……………………二八九

養生……………………………二八九
立春喜晴………………………二八九
挽俞壽田………………………二八九
立春二日得雪喜作……………二九〇
小除夕九弟借止園茶集僕役
人少諸事簡略賦此道歉并
助吟興二首……………………二九〇
除夕遣懷………………………二九〇
乙酉元旦試筆…………………二九一
自幸……………………………二九一
題苓泉仿劍南體詩句册………二九一
人日前一朝預慶靈辰小齋茶
集即席助興……………………二九二
戲詠市態………………………二九二
雨水後二日得雪………………二九二
正月十六日一甫芷升震初同
人聚飲伯平齋中二首…………二九二
正月二十六日驚蟄後四日新
歲旬餐第一集速客吟三首……二九三
旬餐本極簡單忽生還席之舉
迹近徵逐殊失本義賦此以
求解免二首……………………二九三
盧木齋先生九十壽……………二九三
乙酉正月二十四日七弟七旬
預慶九弟同邀子貞在春暉
堂小宴七弟賦詩四首即依
韵和其二以志慶辰……………二九四
贈七弟神經病療養法四首……二九四
二月初六旬餐二集速客吟
二首……………………………二九五

二月初三街頭一蹶賴行人扶起幸未受傷賦以自慰……二九五
旬餐以過水麵薄餅餉客賦此道歉……二九五
春分久陰悶甚……二九五
二月十二日郊游……二九六
有感……二九六
郊游……二九六
味西公家事感言三首……二九六
春陰喜晴二首……二九七
清明前五日公園訪友……二九七
先公春祭在孟莊春暉堂行禮……二九七
邀友游園二首……二九八
詠落花……二九八
二月二十三踏青二首……二九八
看花有感二首……二九八
庖人散去旬餐廢止僅具杯茗聊以助興……二九九
和園中桃開韵寄佩瑜……二九九
馬場脩禊五首……二九九
感事二首……三〇〇
悔過吟……三〇〇
書三月二日事……三〇一
公園看海棠……三〇一
止園榆梅盛開……三〇一
連日看花得句二首……三〇一
便餐遵改十八日恭候奉答楚卿……三〇一
衰老歎五首……三〇二
詠紫藤花……三〇二

三月十八日小集喜雨……三〇二
因果……三〇三
明天二首……三〇三
小雨初晴郊外游覽……三〇三
歎老二首……三〇三
喜立夏二首……三〇四
依韵奉和佩嶼喜雨詩……三〇四
老趣二首……三〇四
哀族難……三〇五
書事……三〇五
傷食病中作……三〇五
止園雜詠……三〇六
隨安二首……三〇六
尊天二首……三〇六
焯兒去滬傷足已半年今歸始得見知書此訓之二首……三〇六
味雲書來自傷衰老賦以解之……三〇七
壽豐園太平花盛開勝於往年二首……三〇七
述懷……三〇七
閉户經旬無客至聊以自嘲……三〇七
詠蝴蝶……三〇八
止園小集賦以助興……三〇八
感歎……三〇八
植樹節……三〇八
芒種喜陰……三〇九
慨歎故鄉孝友堂公産亂後全空仍望子侄輩將來興復……三〇九
告焯兒養病法二首……三〇九
煩惱……三〇九

小雨乍晴止園茶集二首……三一〇
擬孝友堂公産善後策書後示子侄……三一〇
讀曾文正日記萬事由天命説書後……三一〇
端節後三日楚卿家小酌……三一〇
憶舊都敝宅別九年矣不禁惘然……三一一
病起……三一一
庸庵少師八十九壽重宴恩榮有詩志感敬和元韵以侑康爵……三一一
小病初蘇雨後園中散步……三一二
哀故鄉……三一二
病中作二首……三一二
小暑久旱微陰邀友茶集……三一三
生計二首……三一三
游倪氏園……三一三
道室偶題……三一三
六月十一先祖妣忌日祭……三一四
食啓新公司配給麵蒸食有感……三一四
春暉堂茶話二首……三一四
閉門……三一五
游農村……三一五
雨過倪園觀蓮……三一五
立秋三首……三一五
仲穀侄六十壽……三一六
有感……三一六
七夕喜雨……三一七
聞日本息兵感言……三一七

雨霽熱甚……三一七
時計改回舊制……三一七
處暑夜得雨乍涼勸友出游……三一八
新秋乍涼邀友小聚二首……三一八
喜晴散步……三一八
驟涼……三一九
如夢二首……三一九
有感二首……三一九
仁静堂茶集……三一九
慶昇平……三二〇
述治道……三二〇
陽曆重九泰昌里雨莊寓茶集……三二〇
平生……三二〇
藐躬……三二一
自詒……三二一
震初齋中茶集……三二一
挽楊斐然即呈煒章先生……三二一
中秋遇雨有感二首……三二二
八月十八夜子時地震二首……三二二
秋陰……三二二
八月二十三日國軍莅津歡迎盛況……三二二
寒露節先公秋祭畢朋來茶集……三二三
乙酉重九邀友登高……三二三
止園紅葉六首……三二三
一甫約十九日中原六樓茶集二首……三二四
十月初旬觀壽豐園菊二首……三二四
詠殘紅葉二首……三二四
即事……三二五

十月十四日震初齋中茶集……三一五
題齋壁……三一五
先妣忌日祭……三一六
喜雪二首……三一六
妻病痹已五年今幸八旬同壽賦此自頌……三一六
十一月十八冬至日春暉堂茶集賦呈助興……三一七
得焯兒信青島紗廠有回復之望感賦……三一七
冬月初四日紹良得男是爲第一曾孫大雪後一日有進冬至陽生之象取名啓晋以志之……三一七
安命……三一七
冬至遣興……三一八
題莊良孫女祝壽畫幅……三一八
信數……三一八
歲暮夜坐……三一八
歲暮病中……三一九
新歲感懷……三一九
丙戌元旦口占……三一九
立之七弟七十壽……三二〇
除夕病足襲放翁句遣興……三二〇
卧病三月第一次出門山桃將放二首……三二〇
病起又見公園山桃初開感賦四首……三二一
久雨初晴小園散步二首……三二一
上巳前一日重游小公園二首……三二一

病起春暉堂小憩……三三一
讀史有感……三三一
楚卿齋中茶話即席賦贈二首……三三一
止園今歲花較稀別有幽趣二首……三三二
舊英公園海棠盛開……三三三
雨晴止園散步……三三三
嘆故鄉善舉無成……三三三
泰兒年五十一得第二子于吾爲第六孫命名述良期其善述吾慈善之志也詩以紀之……三三三
齋中静坐二首……三三三
小園遣興……三三四
雨後藤花盛開聞鶯二首……三三四
太平花四首……三三四
叔弢家太平花既枯又發新枝二首……三三五
壽豐園太平花盛開有感二首……三三五
五月朔得第二曾孫取名啓益詩以志之……三三五
佩瑜端午詩來步韵答賀……三三五
春暉堂獨坐……三三六
亂後第一次謁先公祠……三三六
光緒戊寅先公遺命辦施醫事忽忽七十年此願未償今歲兒子明焯始定章成立至德衛生會開辦醫院規模宏遠聊以告慰……三三六
前年至德經亂本村全毁一片瓦礫今秋勉修宗祠以供祀

事……………………………三三六
重修族譜…………………………三三七
賀楚卿丁亥重游泮水二首…………三三七
祖妣忌日告祭……………………三三七
病中自念三首……………………三三八
夜坐………………………………三三八
止園静坐二首……………………三三八
楚卿見示中秋奉懷一首依韵
奉和……………………………三三九
星期小集步楚卿即席元韵…………三三九
丙戌重九雨莊約同伯平震初
及九弟中原六樓登高望遠
即席賦二首……………………三三九
詠止園紅葉十一首…………………三三九
丙戌雙十節子貞以魚羹餺飥
約楚卿嘗食頗得鄉村風味
賦以志謝三首…………………三四〇
詠晚紅葉二首……………………三四一
壽康里見子貞鄰家滿屋紅葉
極盛口占一絶…………………三四一
觀壽豐園菊二首…………………三四一
丁亥新春茶集喜賦………………三四二
借宿啓新招待所…………………三四二
還北平止園………………………三四二
道旁柳色二首……………………三四二
游頤和園養雲軒…………………三四三
頤和園船游………………………三四三
城南公園看山桃…………………三四三
市飲………………………………三四三
看紅芍藥…………………………三四四

寫入生壙四首……三四四
昌運宮開土六尺下細膩光潤可稱中上吉壤二首……三四四
四月十二日癸巳同年聚餐紀事……三四四
丁亥三月爲亡妻營葬西郊屢過西直門見售太湖石于道左購置止齋庭中形容靜穆如相親敬感賦……三四五
北海看牡丹已殘……三四五
念佛……三四五
秋園……三四五
示兒最後語二首……三四六

止庵詩外集 師古堂課作 至德周學熙緝之著

春風三首……三四九
春雪三首……三四九
晚晴二首……三五〇
嚴子陵釣台……三五〇
公園晚眺四首……三五〇
農家二首……三五一
黃鶴樓二首……三五一
聞鷀二首……三五二
黃金臺……三五二
古松……三五二
蘇武廟……三五三
山居……三五三
大沽口觀潮……三五三

夏日閑興……三五三
新秋……三五四
洛陽懷古……三五四
送客游邊……三五四
送客登泰山……三五四
採茶歌二首……三五五
種竹……三五五
湖山小隱……三五五
贈僧……三五六
老馬……三五六
謁李文忠祠……三五六
海光寺訪古……三五七
客中旅懷……三五七
中秋口號二首……三五七
光武廟……三五七
寒食感事……三五八
題五老圖步杜祁公原韵……三五八
菊……三五八
燕……三五九
西湖放棹歌……三五九
重陽……三五九
觀魚……三六〇
蓮……三六〇
春雨……三六〇
夏日山居即事……三六〇
雪晴晚望……三六一
瓜……三六一
梅花……三六一
雪中偶成……三六二
立春……三六二

毛遂……三六二
留侯……三六二
花朝……三六三
食筍……三六三
韓信……三六三
信陵君……三六三
三月三日……三六四
魯仲連……三六四
讀書……三六四
詠鏡……三六四
荆軻……三六五
賈誼……三六五
雷……三六五
東方朔……三六五
夏夜……三六六
范蠡……三六六
董仲舒……三六六
穫稻……三六六
管寧……三六七
秋日旅行……三六七
周瑜……三六七
虞翻……三六七
荀彧……三六八
祈雨……三六八
叔孫通……三六八
田横……三六八
詠牛二首……三六九
樂毅……三六九
蕭何……三六九
圍棋……三六九

孔融……三七〇
廬山……三七〇
人日……三七〇
王粲……三七一
張子布……三七一
華陀……三七一
早春……三七一
譙周……三七二
春日郊外……三七〇
臧洪……三七二
鶴二首……三七二
虎……三七三
金陵懷古……三七三
詠玉……三七三
端午二首……三七三
華山……三七四
題杜子美書堂……三七四
硯……三七四
狄仁傑……三七四
鸚鵡……三七五
函谷關……三七五
宋璟……三七五
弓……三七五
太行山……三七六
觀潮……三七六
漢江……三七六
笛……三七六
韓愈……三七七
道觀……三七七
闕里……三七七

上元觀燈……三七七
西湖二首……三七八
渡船……三七八
張九齡……三七八
春晴……三七九
聞柝……三七九
紙鳶……三七九
讀易……三七九
樵歌……三八〇
白荷花……三八〇
筑……三八〇
銀河……三八一
荷錢……三八一
苔痕……三八一
古劍……三八一
簾波二首……三八二
雁字……三八二
秋柳……三八二
觀弈……三八三
社酒……三八三
寇準……三八三
魚羹……三八三
歐陽修……三八四
釀雪……三八四
范仲淹二首……三八四
韓琦……三八四
焦山……三八五
岳飛……三八五
司馬光二首……三八五
文彥博二首……三八五

花影……三八六
王安石……三八六
巢燕……三八六
蘇軾……三八六
送春二首……三八七
無絃琴……三八七
新月……三八七
荷塘消夏……三八八
太白酒樓……三八八
芙蓉……三八八
伐冰……三八八
新柳……三八九
山寺晚鐘……三八九
寒蟬……三八九
石首魚……三九〇
漁翁……三九〇
鴿哨……三九〇
烹茶……三九〇
静趣……三九一
微雨……三九一
曲江……三九一
村行……三九二
聽琴……三九二
蘭亭……三九二
校書……三九二
鞦韆……三九三
揚州懷古……三九三
耶律楚材……三九三
磨墨……三九四
古鏡……三九四

小孤山……三九四
山雲……三九四
鹽……三九五
昭明選樓……三九五
清談……三九五
茅屋二首……三九五
拜石……三九六
方孝孺……三九六
黃觀……三九六
桃花源……三九七
胡廣……三九七
楊士奇……三九七
戚繼光……三九七
老樹……三九八
半臂……三九八
訪友……三九八
冰二首……三九八
黃淳耀……三九九
梧宮……三九九
殘柳……三九九
銅鎮紙……四〇〇
馬嘶……四〇〇
采石磯……四〇〇
促織……四〇〇
俠士……四〇一
冬夜……四〇一
席……四〇一
倪瓚……四〇一
負暄……四〇二
聞歌……四〇二

越王臺……四〇二
橄欖……四〇二
羊二首……四〇三
勸農二首……四〇三
九華山……四〇三
水仙……四〇四
井……四〇四
初夏……四〇四
菘……四〇四
岳陽樓……四〇五
垂絲海棠……四〇五
燭二首……四〇五
曉霧……四〇五
食菱……四〇六
長江……四〇六
雁來紅……四〇六
筆筒……四〇六
早雪二首……四〇七
柿……四〇七
嵩山二首……四〇七
芭蕉……四〇八
周遇吉……四〇八
春寒……四〇八
諸葛菜……四〇八
滕王閣……四〇九
薔薇……四〇九
箸……四〇九
古塔……四〇九
角黍……四一〇
錢唐江……四一〇

夾竹桃……四一〇
食西瓜……四一〇
木鐸……四一一
暮虹……四一一
山藥……四一一
木瓜……四一一
鵝……四一二
鹿……四一二
春曉……四一二
村醪……四一二
中泠泉……四一三
枕……四一三
棼尾春……四一三
聞笳……四一三
枇杷……四一四
藕……四一四
海濱四首……四一四
簾鈎……四一五
黄山……四一五
丁香……四一五
白鹿洞……四一五
蓼花……四一六
孔雀二首……四一六
秋雲……四一六
太湖……四一六
供菊……四一七
箏……四一七
前題有感……四一七
塞上二首……四一七
腌菜……四一八

牧童……四一八
虎邱……四一八
尋梅……四一九
葡萄酒……四一九
春陰……四一九
雨花台……四一九
白鷗……四二〇
琵琶……四二〇
送客……四二〇
露珠……四二〇
納凉二首……四二一
寒山寺二首……四二一
釣魚五首……四二一
萍……四二二
秋色……四二二
落葉二首……四二二
秋風二首……四二三
星……四二三
花瓶二首……四二三
大庾嶺二首……四二四
薪……四二四
金魚……四二五
游山二首……四二五
古佛……四二五
春草三首……四二六
春日即事……四二六
髮……四二六
落花……四二七
月夜……四二七
竹杖……四二七

野花二首……四二七
巫峽……四二八
晚霞……四二八
楓……四二八
假山……四二九
羽扇……四二九
初晴……四二九
豆腐……四二九
蛛網……四三〇
天台山……四三〇
古槐……四三〇
古鼎二首……四三〇
酒家……四三一
蛤蜊……四三一
蜂……四三一
莫愁湖……四三二
玫瑰……四三二
尺……四三二
帆影二首……四三二
蔗……四三三
象……四三三
醉翁亭……四三三
荷梗……四三四
紡車……四三四
待月二首……四三四
種菜……四三五
畫鷹二首……四三五
石鐘山二首……四三五
羅漢松……四三六
顯微鏡……四三六

稻田二首……四三六
銀魚……四三七
蛙……四三七
汾水二首……四三七
山茶……四三七
馬鞍……四三八
炊烟……四三八
棗……四三八
蟻陣……四三九
青塚……四三九
桐葉……四三九
鍼……四三九
聽雨……四四〇
芹……四四〇
駱駝……四四〇
天目山……四四〇
冬青……四四一
竹榻……四四一
绿陰……四四一
醉蟹……四四二
黄蝶……四四二
洞庭湖……四四二
鷄冠花……四四二
撲滿……四四三
秋池……四四三
核桃……四四三
蝸牛……四四三
釣絲二首……四四四
紙……四四四
燈花……四四四

柳絮……四四四
金谷園……四四五
鰣魚……四四五
曉色……四四五
獨鶴……四四六
桑葉……四四六
哈密瓜……四四六
五臺山……四四六
秋葵……四四七
深院……四四七
月餅……四四七
熨斗……四四七
水紋……四四八
鄱陽湖……四四八
立冬……四四八
柏……四四八
虎皮褥……四四九
江雪二首……四四九
食粥……四四九
爆竹……四五〇
潼關……四五〇
菖蒲二首……四五〇
夜坐……四五一
歸鴉……四五一
羅浮山……四五一
食芋……四五一
畫屏……四五二
返照……四五二
紫藤花……四五二
富春江……四五二

蠶……四五三
搗衣石二首……四五三
鐘聲……四五三
松子……四五四
峨眉山……四五四
棉花……四五四
香爐……四五四
孤雲二首……四五五
洛水……四五五
蠟梅……四五五
冬夜……四五六
太湖石……四五六
春晝……四五六
萱草……四五六
長城……四五七
羊毫筆……四五七
白兔……四五七
繩床……四五七
柳堤……四五八
剪刀……四五八
白芍藥……四五八
山海關……四五八
斧三首……四五九
紅蜻蜓……四五九
初晴……四五九
夏雷四首……四六〇
晉祠……四六〇
湖景……四六〇
秋塞……四六一
看雲二首……四六一

秦關二首……四六一
秋菊二首……四六二
菱角……四六二
題柱……四六二
新雁……四六二
楓岸……四六三
鴨爐……四六三
玉壺……四六三
初冬二首……四六三
松濤二首……四六四
晝錦堂……四六四
釣雪……四六四
貂裘……四六四
除夕……四六五
椒酒……四六五
春暖……四六五
走馬燈二首……四六五
佛手……四六六
天津橋二首……四六六
清明……四六六
雞舌香……四六七
麒麟……四六七
梳風……四六七
銅雀臺……四六七
梨花……四六七
青衫……四六八
豐年……四六八
送酒……四六八
栗……四六八
槐夏……四六九

盤……四六九
枕戈……四六九
鳩……四六九
書帶草……四七〇
天河……四七〇
琴匣……四七〇
謝公墩……四七〇
中元……四七〇
菽豆……四七一
秋雨……四七一
枯荷……四七一
擊磬二首……四七一
肉脯二首……四七二
泥二首……四七二
居庸關二首……四七二
菊樽……四七二
秋水……四七三
詠霜……四七三
皮冠……四七三
習射……四七三
鼠二首……四七四
冬日……四七四
茯苓……四七四
花萼樓……四七四
合歡鏡二首……四七五
臘日……四七五
胡麻……四七五
景星……四七五
春餅……四七六
歷下亭……四七六

鵲噪……四七六
春宵……四七六
連理木……四七六
山情……四七七
鴛鴦……四七七
觀舞……四七七
錦繡……四七七
閏月……四七七
靈芝……四七八
穀雨……四七八
膾二首……四七八
桃岸……四七八
寶髻……四七九
故宮……四七九
龍……四七九
滇池……四七九
羊毫筆……四七九
喜雨……四八〇
荷葉粥……四八〇
消夏雜詠……四八〇
扇……四八〇
新涼……四八〇
落日……四八一
天河……四八一
早秋……四八一
殘暑……四八一
中秋玩月……四八二
牽牛花……四八二
菊影……四八二
尺……四八二

登高……四八二
柿……四八三
雲峰……四八三
華清宮……四八三
茶鼓……四八三
立雪……四八三
冰紈……四八四
擫笛……四八四
冬蔬……四八四
金山……四八四
冰床……四八四
雪夜……四八五
走馬燈……四八五
春餅……四八五
山桃花二首……四八五
早起二首……四八六
春暖……四八六
送春二首……四八六
聽泉……四八六
柳絮……四八七
稻田……四八七
蛙聲……四八七
清談……四八七
雄黃酒……四八八
曉色……四八八
比目魚……四八八
蟬聲……四八八
荷葉二首……四八九
殘荷……四八九
冰……四八九

病馬……四八九
聞雷……四九〇
鴿……四九〇
秋熱……四九〇
月餅……四九〇
聽雨……四九〇
帆影……四九一
得勝歌……四九一
嘉陵江……四九一
東籬採菊……四九二
霜降……四九二
落花生……四九二
墨梅……四九二
乞新茶……四九二
車螯……四九三
江亭晚眺……四九三
殘菊……四九三
自行車……四九三
初雪……四九三
雁……四九四
費宮人故里……四九四
冬青樹……四九四
家書……四九四
天鵝……四九四
春雪……四九五
早梅……四九五
踏青……四九五
蝴蝶……四九五
春柳……四九五
蠶……四九六

太平花……四九六
蟻鬥……四九六
滌硯……四九六
妙峰山……四九六
楊梅……四九七
初夏雜詠……四九七
古槐……四九七
飲冰……四九七
蝗……四九七
湯餅會……四九八
絲瓜……四九八
蓮鬚……四九八
竹椅……四九八
自鳴鐘……四九八
秋興……四九九
美人蕉二首……四九九
祀孔……四九九
蟬二首……四九九
嫦娥……五〇〇
芋……五〇〇
錢塘觀潮……五〇〇
苔痕……五〇〇
碧雲寺……五〇〇
紅葉二首……五〇一
聽歌……五〇一
白塔……五〇一
雷峰夕照……五〇一
故鄉……五〇一
後記／宋文彬……五〇二

止庵詩存序

今人言詩者，有新舊之别。何謂舊？恪守前人法度，選詞貴雅，運事必審聲調氣韵，或崇魏晋，或摹唐宋，隱然各有其疆域，非習之數十年不能達其堂室者，是爲舊詩。何謂新？出口成文，純任自然，句之短長，殊無定式，多不用韵，等於常談，其體仿自西洋，是爲新詩。二者之間，嚴守畛域，互爲詆斥，幾有不能并立之勢。余竊非之。夫詩以言志，言志者，所以抒寫其性情，而非用以彰文字之美，若必逞妍鬥巧，則是桎梏其心思，而何有於言志？然必如新詩之盡廢格律，毫無可以吟詠之趣，則竟寫散文可已，而又何有於詩？余不能詩，而獨喜讀《白氏長慶集》，展卷吟玩，深有感於吾心。謂是爲詩人之詩，不圖今又於周君止庵得之。止庵之詩冲和雅澹，置之《長慶集》中，殆無少遜。其《皃玼詠》《枵腹吟》及《憫世》《慨世》《勸世》諸作，則白氏之諷喻詩也；其《趣園吟》《山居雜詠》《知足歌》《七十述懷》《病中自廣》及《告諸子寫入生壙》諸作，則白氏之閑適詩也；其《憫華僑》《歎災民》《哀族難》《悔過吟》諸作，則白氏之感傷詩也。止庵先官直隸，有政聲。民國既建，長財政，多所擘畫，尤以振興實業爲務。其宦迹與白氏若相類，若不相類，而從政不得行其志，潔身引退，暮年多病，栖心釋梵，則全與白氏合。其所作詩大都成於退居之後，自言以香山、放翁詩爲養心藥餌，故濡染於白氏者尤深。史稱樂天詩詞書於觀寺陲候牆壁之上，道於妾婦牛童馬走之口，繕寫模勒衒賣於市井村校，兒童競習歌詠。斯集既成，流播之廣，殆將如是。是則止庵之詩，其必可於新舊二者間各據一席，且可爲之溝通也乎。民國紀元三十七年十月，世姻愚弟海鹽張元濟拜序。

止庵詩存自序

余本不能詩，弱冠從事舉業，專習試帖，中年風塵奔走，學殖荒落，迨暮年多病，百事謝絕，乃喜讀香山、放翁詩，聊當養心藥餌，亦無意于吟詠，偶有所觸，率成俚句，隨手棄去，不復收拾。今兒輩從故紙堆中搜得若干首，録而藏之，又自丙寅歲起，吾宗子弟聯師古堂月課，每拈題擬賦以爲之，倡有若干首，并附于後。竊維詩以言志，折楊黄華，皆足寄興，不必計其詞之工拙，且觀古人有積數十年心力，而不得一紙之流傳者，又或本非詩人，而其單詞隻句反膾炙人口者，此殆有幸有不幸歟？然則詩之工者未必傳，傳者未必工。當其時，不過如歐陽公所謂「鳥獸好音之過耳」而已，何所容心哉？吾詩雖拙，亦可見吾之所志，故姑存之，聊示雪泥鴻爪云爾，不足供大雅一粲也。乙亥九月，止庵手記。

止庵詩存上卷

至德周學熙緝之著

養疴北海晚飯後散步

乙卯嘉平。

歷朝臨幸地，所居在北海之東岸，小山巔三楹曰崇椒，又山半三楹曰雲岫，又池邊三楹曰濠濮，間皆乾隆時額。容我短藤拖。池小橋添曲，山北有小池，不盈畝，石橋界其中，凡九曲。廊迴路失坡。山上下迴廊相屬，凡十數折，無登陟之苦。晴皋殘雪少，今春極暖，雪極少。高樹夕陽多。山居太液池岸東，故得夕陽之多。何處清笳起，蒼茫發浩歌。苑内駐拱衛軍，後路各營近因川滇有事，操練極勤。

見心齋

静宜園在京西香山寺，始於金元，殿宇全毁，僅此數椽尚存，丙辰僦居養疴，暮春方見杏花。

樓臺彷彿畫圖中，六百年間事已空。却問天心何處見，一枝紅杏笑春風。

丙辰正月二十一日感懷

去年是日被命再長財政。

誤染緇塵又一年，江湖回首倍依然。女媧煉石天何補，精衛銜山海豈填。落落孤雲聞唳鶴，茫茫遠水墮飛鳶。蒓鱸那及桃花鱖，剩欲乘春放釣船。

南游雜詠五首

雨中登常熟方塔遠眺

亭臺隱約見辛峰，點染湖山翠幾重。恰似范寬圖畫裏，更饒西寺一聲鐘。

雨中游西湖

二十年前此舊游，今朝攜子弄扁舟。六橋堤上蕭蕭雨，萬柳塘邊瑟瑟秋。城郭已非憐去鶴，江山猶是問浮鷗。清時美景閑難得，到處臨歸爲小留。

冒雨游湖西諸山

笠屐乘幽興，名山獨往回。雲依螺黛轉，雨挾瀑花來。殘句。

晚晴登五雲山

新晴山色好，來陟五雲巔。圖畫羅千里，旃檀邈百年。峰迴疑礙日，江迴欲吞天。搔首風塵外，乾坤意渺然。

登廬山牯嶺望雲海

飛棧方驚蜀道難，白雲堆絮忽漫漫。廬山真面今誰識，且作滄溟萬里看。

丁巳仲春游鄧尉先宿玄墓寺次晨冒雨觀梅匆匆而歸二首

柱天勛業等雲烟，喜得名山姓氏傳。十里香花千載伴，幾生修到郁公緣。墓在寺內，爲晉青州刺史郁泰玄也。

笠屐匆匆破曉烟，萬株香雪不虚傳。花枝有盡情無盡，留與名山結後緣。

趣園偶題

戊午。

聯峰之麓臨滄海，新築園林儗輞師。槐下有風清午簟，荷邊過雨漲秋池。偶看西子凌波戲，閑赴東鄰把釣期。栗里商山今不遠，會心深處鮮人知。

花塢小築落成二首

回首平生馬少游，人間萬事付悠悠。小齋臨水軒窗净，曲徑環山草木幽。閉户光陰如太古，寄懷風月亦千秋。殷勤一片江南興，疏柳門前繫釣舟。滄桑幾度賦歸來，萬事從今笑口開。性定空山忘歲迴，神完大地見春回。招呼風月鋤三尺，收拾乾坤酒一杯。緑野堂前舒愛日，漁歌樵唱頌臺萊。

喜七弟過訪北戴河趣園見賦二律奉和原韵二首

庚申。

紛紛朝市軟紅塵，誰訪桃源古渡津。茅屋新茨堪下榻，石舟垂釣可怡神。千重翠嶂詩中畫，幾緉青芒物外人。領略山林閑經濟，羞稱廊廟有絲綸。近奉督辦棉業之命，辭不獲，已先設籌備處，以通民隱。

退舍休牽上瀨船，千秋泉石爲誰妍。山川俯仰成陳迹，風月婆娑有宿緣。涉世久拚菱作芡，會心同悟火栽蓮。海天浩渺情無限，願祝人間好夢圓。弟昔有水閣之議，近適得戴河東沿地四十餘畝，此願未知何日遂也。

趣園吟并序

甲子六月。

憂居三載，久廢吟詠。今夏重來海濱，讀中峰禪師廣録，于静中觀物妙，動處悟真源，覺人生得失榮辱皆屬幻緣，苦樂悲歡，本無自性，返觀内照，煩惱即是菩提，世人徒自縛耳。因長言以詠之。

昔營小築東海上，倏忽寒暑已十更。數椽茅屋雖云陋，千樹槐柳午陰清。問余胡爲甘寂寞，自來幽趣無人争。放眼不觸塵埃障，側耳不接市井聲。檻外凌波滄溟小，杯中倒影星辰傾。君不見，桃花源裏猶人耳，山川信美疑仙城。净土極樂對咫尺，唐虞未邈在平明。松爲妻兮鵲爲子，風吟雨噪皆天成。吁嗟乎！莊生齊物乃剩語，韓子非達仍善鳴。世間萬事空如洗，一室盎然太古情。我正逍遥忘歲月，始知土苴亦長生。

趣園即事

小園數畝剪榛荊，閉户偏多物外情。脱著簑衣旋冷暖，淺深花影判陰晴。低承墮露蛛絲重，高趁斜陽燕腹明。更有中宵會心處，前村天籟起驢鳴。

白玉簪

由來色相盡虚花，自有幽芳對晚霞。閲世風塵泥未涴，前身冰雪玉無瑕。清陰乞護依林下，白石尋盟傍水涯。千古美人在空谷，一般秋思落誰家。

雨後見月

一樣團圞月，今宵覺倍妍。山空新雨後，海闊近秋邊。光豈殊清濁，形寧論缺圓。從教塵宇净，萬里鏡孤懸。

乳燕

銜泥燕子爲誰忙，幾日飛雛各四方。應會天心無私覆，人間得失渾相忘。

海濱觀月

雨洗天方净，秋高月更親。蟲聲聞唧唧，樹影見鱗鱗。玉宇彌空際，金波絶點塵。渾忘今世界，却悟本來身。

秋田喜雨

隱隱輕雷送雨聲，山田霑足喜秋成。農民一飽關誰事，且卜天心見太平。

海上小舟

碧水茫茫遠接天，扁舟一葉任風牽。休言萬里乘槎客，若個人登彼岸邊。

趣園下山作

七月二十七日。

年年游屐太匆匆，幾度幽芳寂寞紅。今日倚裝與花約，好凌霜雪待春風。

聞宣統遜帝前日步游香山有感

隆準人稱萬乘尊，即今徒步訪山園。崖前尚有遼時柏，休唱庭花欲斷魂。

奉和姚慎思李公祠頤園納涼二首

門外原無市，園中別有天。虛堂風自遠，近水月能先。蓮動魚兒戲，林深燕子穿。炎凉隨地易，襟抱故超然。相業垂千古，游人憶勝朝。寄懷瞻古柏，乘興渡平橋。流水鳴琴杳，空亭待鶴招。夜來明月上，把酒欲相邀。

八月六日到香山松雲別墅

甲子。

四圍山色翠濤傾，快似蛟龍縱壑情。不用丹經研秘訣，臨風洗耳聽松聲。

香山雨中作

白絮漫漫作浪堆，新秋一雨净塵埃。參差樓閣依稀見，恰似仙山海上來。

山居即事二首

山居幽趣與誰論，數卷壇經晝掩門。三徑草深風習習，一窗松老雨昏昏。泉鳴細竇聞嗚咽，雲度層崖看吐吞。耳目都緣天宇净，欲評色相已忘言。

紛紛寵辱且休論，百丈紅塵不到門。村舍弦歌忘歲月，寺樓鐘鼓送朝昏。清風入牖情如舊，急雨摧山勢欲吞。因悟世間憎愛盡，天心消息本無言。

清暉閣

小閣崢嶸倚翠微，凌烟無夢到荆扉。人間晚景須珍重，日日憑欄送夕暉。

聽濤軒

滿壑松風静不譁，濤聲偏喜到山家。夜來好寄平生快，皓月長空萬里槎。

仰止堂

石橋西畔小茅堂，窄窄柴門短短牆。山色溪聲關不住，動人詩思到江鄉。

習静齋

萬松深處卜幽居，静對青山展道書。一炷爐香清晝永，不知身已到黄初。

甲子八月至德縣壽石山房落成喜賦

何代摩崖壽宇開，草堂今始起山隈。相期月夜敲詩鉢，將待風晨把酒杯。幾片白雲浮檻出，四圍青嶂撲窗來。故鄉勝迹垂千古，快事平生第一回。

甲子六十初度二首

六十年來爲底忙，于今悟得自心王。世情蒼狗雲千態，身事黄梁整理者按：「梁」通「粱」。夢一場。本不應來無足快，便從此逝又何傷。花開週甲重新數，記取池蓮絕妙香。

堪笑人間畢世狂，聊將粥飯答年光。明朝未必今朝是，來日何如去日長。般若一經無盡藏，彌陀六字自資糧。相期得證無生忍，攜取醍醐共舉觴。

乙丑元日試筆二首

六十一年金玉身，于今幸作太平民。天心若致唐虞盛，自有皋夔濟世人。

鼙鼓聲中舊歲除，及今四海共車書。屠蘇飲罷人稱壽，斗室絪緼似泰初。

游普陀雜詠七首

乙丑。

閏四月十五日到普陀步姚慎思原韵

扁舟來佛國，島嶼勢迴旋。塵外原無世，山中別有天。金波浮日月，紺宇入雲烟。不學長生術，逍遥已是仙。

宿寺樓烈風竟夕

帶海横吹一夜風，夢魂摇曳樹聲雄。朝來試起推窗看，多少危舟駭浪中。

磐陀庵僧出示萬歷玉帶

煌煌帝業等雲烟，玉帶於今四百年。莫道天家遺璽在，何如佛國有燈傳。

登佛頂山游慧濟寺

攜笻直上一峰孤，俯瞰滄溟地欲無。古寺雲開新雨後，虚堂烟定放參餘。帆懸白水飛明鏡，簾捲青山入畫圖。放眼塵寰成極樂，百年端合寄僧廬。

仙人井外觀潮

雷奔雪湧海天荒，欲問瀛洲意渺茫。駭浪堪驚人世險，放平心地是慈航。

寧波天童寺净心上人屬題觀音洞水月亭

攜筇直上石崖巔，俯瞰塵寰意渺然。洞裏乾坤人不識，心空隨地有金仙。
松風未足比清華，語下明心是到家。悟得楊枝空色相，莊嚴還仗古烟霞。

定海道中

島嶼迴環四面通，舟行竟日畫圖中。浮天點點青如滴，道似江南實不同。

庭中楸樹今始着花喜賦

一樹高楸十載栽，今年始得報花開。庭前喜氣盈千尺，從此春風歲歲來。

冒雨游旅順舊臺塢感懷二首

光緒初，先公任津海關道兼沿海營務處。頻年渡海，與先岳劉薌林公經營旅順海防。予時率內子歸寧，炮臺船塢皆先岳督修，苦心毅力，駐旅十年。後履烟台，登萊青道任。甲午，旅、大、威海淪陷，而烟台獨全，豈非人謀勝天心耶？至今烟民祠祀之。

卌載先公攬轡臨，于今遺壘尚峥嶸。山川不盡興亡恨，日日潮頭有怒聲。

欲訪羊公墮泪碑，天寒霧雨正霏微。愴懷幾度滄桑後，猶是當年老令威。

觀旅順戰圖

海天莽莽漲烟塵，彈雨横飛殺氣昏。今見畫圖魂欲斷，可知當日荷戈人。

大連老虎灘即景

數椽聊借虎灘頭，門掩松陰曲徑幽。野市遍懸沽酒旆，村童慣習弄潮舟。天連水遠浮仙島，雨散雲開見蜃樓。寄語緇塵名利客，何如物外得清游。

參觀傅笠漁青年會學校

安定遺規世鮮宗，何期今日見高風。百年塵劫歸遼鶴，萬里烟雲付冥鴻。周室菁峨開治譜，漢家草澤崛英雄。佇看海宇澄清業，盡在先生杖履中。

石本別莊題壁

昔年，每在北戴河逭暑，今夏避地至大連，僦居老虎灘。日本人石本鏆整理者按：「鏆」字誤植，當爲「鑽」。太郎別莊，傍山臨海，頗得幽致。

海外重尋近水村，人間難覓舊巢痕。連山虎踞藏深壘，曲徑蛇蟠上嘯園。舍邊有嘯月園酒樓。萬里金波天際曉，幾家燈火雨中昏。殘年住世原爲客，省事經旬不出門。

奉題李君道衡大連勸業博覽會出品圖說

海徼風雲迭長雄，廿年生聚闢鴻濛。豈圖鵜鰈來珍異，已卜車書見大同。月旦品題超象外，經綸成算本胸中。他年萬國衣裳會，佇奏量才玉尺功。

約道衡爲嚮導未值遂獨尋金州北山響水寺滿山皆松泉從殿旁洞出流過階除落澗作三疊如小瀑布聲甚幽韵因賦一絶

乙丑九月。

乘興驅車上翠微，一庵獨叩白雲扉。平生願識廬山面，三疊泉聲似或非。廬山有三疊泉，最爲名勝。

十月十六暮雪

紛紛白雪糝空庭，滿目雲山失故青。最好樓臺明遠岫，兩三燈火似疏星。

暮雪獨坐寒甚感賦

倚杖風迎袖，憑欄雪滿衣。忘情詩淡泊，久客夢依稀。山近寒光集，天低暮色圍。茫茫塵宇凈，萬里雁孤飛。

雪霽怯寒閉户

積雪仍封徑，高齋獨掩扉。寺遥鐘韵短，地僻市聲稀。落日淡無色，孤雲寒不歸。爐香伴清坐，息盡萬緣非。

六十一初度感賦

六十一年同幻夢，三千里外寄閑身。烟雲變滅青山在，蓬梗飄零白髮新。塵世蟭螟多浩劫，故園桃李幾芳春。浮生不是無歸處，指上分明月滿輪。

二月二十六日到香山松雲別墅桃花正開喜賦

丙寅。

一樹桃花撲面紅，春光也自到山中。放教萬壑青松裏，看是繁華却不同。

香山登清暉閣遠眺

千村桃柳艷無邊，渺渺平原錦繡川。更上最高峰頂看，星羅棋布到胸前。

香山觀雪

白雪春風亦快哉，光摇銀海浄無埃。漫山松翠驚如失，萬樹梨花一霎開。

香山小住偶題

世外原無劫，園中別有春。樹摹風氣勢，花借雨精神。屋小爐香久，山深鳥跡馴。羲皇猶在眼，莫問避秦人。

香山晨起小雨又聞炮聲

三月初五日。

隱隱輕雷細雨飛，烽烟忽起四山圍。枝栖尚有飄摇感，堪歎哀鴻何處歸。

盛暑得雨有秋意二首

炎午能令金石流，蕭然暮雨倏成秋。人生容易驚霜鬢，大造何心判葛裘。

衰年火宅苦炎熇，一雨欣然百慮消。唤起江南烟水興，扁舟載酒過湖橋。

重游勞山柳樹台二首

依稀舊隱傍巖前，一别蕭條十二年。滿目青山尚如昨，笑人雙鬢已皤然。

誰把山林作戰場，十年三度閱興亡。崖間危石依然在，堪笑人生爲底忙。

七月中夜泛海二首

朗月孤圓碧海深，金波萬點夜沈沈。輕舫獨放蒼茫裏，快寄平生落落心。

皓月當空萬里秋，扁舟恰似鏡中游。寄聲朝市緇塵客，可有今宵此樂不。

大連月夜泛海二首

滄溟放棹欲何之，正是風來月到時。一樣清光三萬里，天心原不判華夷。

天高玉宇净無塵，大地山河日日新。今夜月明滄海遠，浮沈誰識鏡中身。

丙寅大連中秋對月三首

十年孤劍伴征鞍，遼右居然老幼安。今夜月明秋萬里，不知身在旅中看。

放懷高詠獨憑欄，月色偏宜海上看。百丈紅塵飛不到，興來忘却五更寒。

浩然風露海山間，吹盡浮雲月自閑。住世已如千歲鶴，夢魂猶繞漢時關。

喜晤李薑隱同年贈詩奉和原韵

聯臂簪花日，驚心已卅年。清風懷海上，舊雨聚樽前。高卧雲封屋，營生果代田。商山今再見，未讓采芝賢。

邵君慎亭邀閻君紉韜李君道衡黄君越川同游響水寺張道士殷勤具鷄黍薄暮始歸

萬松迷衆壑，一徑入仙居。賓主情如故，杯觴樂有餘。清泉喧亂石，落日伴歸車。好記雲深處，他年共結廬。

題王岷源字幅爲慎亭

一日班荆成永訣，數行珠玉見平生。他年化鶴歸來日，華表山頭看海清。

題孫君夢錫海上琴緣圖

披圖海上共移情，千載孤桐寄意行。借問崖前隱君子，太公何似伯夷清。

風雪中傅君笠漁見訪

門掩空山野徑斜，寒風栗烈雪飛花。數聲凄斷穿雲雁，一片依稀點樹鴉。白髮無情侵歲晚，青燈有夢到天涯。袁安深愧高人訪，却憶山陰好事家。

游湯崗子却憶江浦温泉

丙寅十月二十六日。

隆冬日暖似春初，沂水高風樂有餘。莫恨江南歸未得，天心原自慣乘除。

營口回大連道中遇雪

平生百事仰天公，幾日清游興未窮。正恐歸途偏寂寞，故教瓊玉戲空中。

挽大連雙貞女

大患從來爲有身，雙雙白璧竟成塵。可憐北里嬌痴女，猶似紅羊劫裏人。

斗室

庵居歲月捷飛騰，門外滄桑幾廢興。托足儘同栖樹雀，安心遂比閉關僧。一尊繡佛清齋鉢，數卷青緗小炷燈。堪笑莊生觀未達，逍遥何必羡鯤鵬。

丁卯人日賦寄緯齋青田

金戈匝地動春雷，何怪昆明有劫灰。逆旅光陰欺弱柳，故鄉消息問寒梅。天津橋畔鵑聲遠，冥海濤頭蝶夢回。閑坐小窗生意盎，山茶初試一枝開。

沽上修禊分韵虹字

永和陳迹太匆匆，俯仰無心任化工。三月鶯花頻入夢，千年詠事已成空。幼安異地雲留鶴，逸少斯文氣吐虹。滿眼金戈天自朗，一觴羡不負春風。

庭花盛開病起感懷三首

料峭春寒病骨摧，空庭寂寞報花開。吟箋欲展情無那，獨把遺山誦百回。

幾樹新花閉院門，厭厭扶病怯芳尊。少陵無限東州恨，欲詠兵車已斷魂。

綽約花枝颭晚風，病回春滿四山中。焚香細讀桃源記，欲訪清溪放釣筒。

安奉道中

丁卯八月。

重巒從古障迴川，車轍于今掣電穿。火車自溪湖至雞冠山，連穿二十四山洞，每洞前後阻溪澗，皆架橋而過。天限華夷人語別，中韓僅隔一鴨綠江，舟車絡繹，而言語截然不同。地聯海陸市情便。

中、日、韓三國百貨萃集，交易殷富。漫山紅紫楓榛樹，夾道青黃稻菽田。沿線多高麗人來開水田。父老未忘先德事，星霜飛挽説當年。甲午中日之役，先愍慎公以直集奉旨任前敵營務處兼辦糧台。時無火車，冰天雪地，馳驅于鳳凰城連山關間，千里運籌，艱難萬狀。

九月中由大連至旅順沿途滿山紅柘青松炫爛可愛

海澨延秋逸興酣，林巒秀色撲征驂。此中合着詩人未，紅樹青山憶劍南。

感懷

殘生已似再眠蠶，俯仰乾坤入夢酣。風捲落花紅片片，雨催新柳碧毿毿。蔬齋一鉢忘兼味，茅屋三間勝住庵。何日得尋雲水去，芒鞋竹杖遍江南。

七弟見懷青島消夏一首即步原韵

利名刊盡一身閑，滌蕩襟懷祇有山。月下收罾魚極樂，雲邊帶箭鶴孤還。健攜芳榼青峰頂，狂弄扁舟碧水灣。海外烟霞期共老，勸君莫惜鬢毛斑。

海濱六十有三初度七弟寄賀率步原韵以博一粲

相期同作武陵人，海嶠歡生斗室春。持偈好捐身外事，還丹常養谷中神。消磨歲月雙芒屩，俯仰乾坤一幅巾。已種蟠桃堪共老，不愁雀噪對空囷。

戊辰二月十七日微雪初晴登香山過玉華山莊栖月崖雨香館循玉乳泉而歸得句

破曉杖策獨方羊，輕寒料峭雪似霜。披徑綴衣草露白，入林霑屐松花香。畫棟雀穿知人闃，印泥鴻迹笑我忙。貪看春雲遲出岫，山中一日如年長。

戊辰新秋青島消夏

天青雲白十分晴，幾樹槐陰午更清。誦罷黄庭無一事，北窗高卧領蟬聲。

七弟見示詠懷率和

戊辰七月青島病愈。

白頭歲月苦鬅鬙，萬事烟雲忌有心。悔不讀書無那老，憂從識字直于今。打包剩禮三龕佛，買宅寧期十載陰。擊碎乾坤高着眼，頓忘塵劫罷呻吟。

金志安評示青島下河地格和以答意

存吾順事歿由天，何處青山不可扦。方寸久知無礌磈，彼蒼要自有衡璇。茅檐孫子期千祀，草澤英雄得幾年。願束芒鞋隨杖履，北平游約踐整理者按：原書「踐」後脱一字，疑爲「前」。言。

題楊味雲三月城南觀桃圖二首并序

今春暮入燕京，味雲約隨樊山諸公游雩壇。山桃盛開，一時吟興頗酣，散後匆匆東渡，回首有滄桑之感。八月，令弟攜此圖過連灣，屬題，率賦二絶以志雪泥。

繽紛紅雨落杯中，雋語深情妙化工。留得畫圖千載後，風流當與永和同。

秋風容易到天涯，幾日春城爛熳花。無那桃源漁父恨，重來始覺是仙家。

題無錫貫華閣圖二首

清平佳士重憐才，此閣風情亦壯哉。一代人文關氣運，豈徒名勝足低徊。

滄桑萬事付雲烟，高閣欣成劫後緣。天地有情終不老，好留圖畫到千年。

六十有四初度辱荷武青田吴伯生詩祝感懷答謝

天留老眼看桑田，且幸膠東有數椽。四海鴻嗷空袖手，一生駑鈍負華巔。幼安遲暮終歸里，永叔艱難尚表阡。但使河清人可俟，多君美意頌延年。

移家青島適值賤辰承伯生詩賀率賦答意

漫道桃源好避秦，已觀東海幾揚塵。百年幸有青編在，兩曜偏催白髮新。天下蒼生思衽席，人間景福待經綸。感君妙轉扶輪手，黍谷能回歲暮春。

戊辰冬舉室離津感賦二首用迴環韵寄呈七九弟兼訓諸子二首

沽上萍踪六十年，綵衣錦紱倏華巔。敢誇世澤門興駟，堪嘆心期水墮鳶。事業幾隨征戰盡，姓名翻畏道塗傳。千秋先德空回首，青草祠堂日暮烟。

巢空一瞥付雲烟，獨抱遺經待子傳。紙上是非多鹿馬，塵中飛躍任魚鳶。得人可挽滄桑劫，閲世須登泰華巔。寄語雁行同努力，希夷合有墜驢年。

盆蘭并蒂二首

己巳人日。

幽芳兩兩喜同心，開向尊前寄意深。鄭重山林涵養日，也曾飽受雪霜侵。

孤芳自賞苦無鄰，并蒂花開却有因。世外桃源何處覓，一庵長養十分春。

焯恩二子游美勖言

己巳七月初三日行。

莫負四方志，真成萬里行。天空異域近，海闊暑風清。習尚觀民隱，盈虚辨國情。胸中塵俗净，所得自分明。

己巳九月重游潭柘寺

偶尋方外入山游，回首雲烟二十秋。宣統庚戌曾游此。九叠奇峰真鬱勃，千年梵宇尚深幽。拂簷修竹參差出，繞砌清泉曲折流。莫道燕京名勝少，江南寺寺有斯不。

己巳重九日同立弟宿戒壇寺

鞍山寺裹又重陽，緑樹迎霜已半黄。千歲虬松枝偃仆，五朝螭碣字微茫。粥嫌數米知年歉，衣待裝棉怯晚凉。話久却忘清夜徂，起看斜月過西岡。

己巳六十五初度二首

多難餘生真若浮，又開六十六春秋。家如旅舍誰賓主，身似輕雲任去留。殘齒天教蠲肉食，病腰人羡耐園游。新傳半偈長生訣，一炷爐香歲月悠。

欲待河清奈老何，偏憐斗室得春多。蘭芽競茁愚兼魯，棣鄂聯芳嘯且歌。市虎已教拚墮瓦，冥鴻原不憶張羅。即今便悟空王理，萬變雲烟一笑過。

庚午六月六日游青島市外九水登窑各村

逶迤海澨自成村，石叠梯田水遶門。終歲勤劬甘半飽，也勝戎馬遍中原。

有感

突鬢蓬頭短後衣，夷風漸靡古風微。百年禮樂難求野，一室芝蘭欲掩扉。東里西施誰竟是，壽陵餘子若爲譏。痴頑莫笑深村叟，老死山林未必非。

觀遠海漁舟

天低浪闊碧沈沈，帆静還如不動心。歷遍風濤三十載，却從漁父覓知音。

閉户

坐旁斷簡隨時讀，庭下幽花次第開。往事全拋空劫外，却疑身似夢中來。

庚午八月偕立弟入香山痔發未能登陟喜沅叔見訪

西山最愛晚秋天，無定陰晴態更妍。紅葉漸添花錦繡，白雲飛起玉蜿蜒。四郊村落如圖畫，百里峰巒列几筵。微疾未能追杖履，好風吹袂亦欣然。

庚午八月巨溟同年偕游香山一宿而别惜未盡興

卅年馨桂氣相求，把袂名山契更幽。松影罨窗多暇日，泉聲繞砌盡清流。天連遼冀乾坤大，地屬金章歲月遒。正喜崖前紅樹晚，停車好爲夕陽留。

巨溟同年六十壽二首

庚午八月二十四日。

四十餘年踏軟塵，於今欣作葛天民。千秋著述懷鉛槧，一代坊型仰席珍。飽德未妨甘食淡，多文那復計家貧。名山事業無疆壽，奚羨莊生説大椿。

大隱本無朝市争，門欽通德有清名。艷傳棣鄂登科事，喜讀萱幃正雅聲。籬下晚花陶靖節，帷前生草鄭康成。優游歲月唐虞世，好誦南山進兕觥。

庚午重陽雨後繼以大雪展讀樂天放翁詩二首

黄花時節雪漫天，紅樹青松分外妍。山徑寂寥人迹罕，好迎白陸到窗前。

虚簷聽雨興方賒，十日山林便是家。造物念人甘冷淡，故教白雪映黄花。

詠諸葛

功名自古怨天慳，盡瘁終輸高卧閑。六出未回三鼎祚，空留遺憾在人間。

六十六初度二首

世難生如寄，年衰感獨多。舊交詩裏見，佳日病中過。不雨雲歸壑，奔林鳥脱羅。安心今有法，歲月敢蹉跎。

一身如掣電，萬事等浮烟。但使貧能濟，遑憂子象賢。室温梅耐久，窗冷月增妍。不學餐芝術，虚懷儘足仙。

辛未元旦

忍疾扶衰又見春，荆妻相慰白頭親。世尊蓂莢初開日，家重屠蘇後飲人。堂構竟分千里遠，栝棬猶薦百年新。延齡何必昌陽復，一碗藜羹飯味真。

辛未正月過津舊寓登樓見辛卯揚州所得舊琴匣破塵封琴囊有僧小航畫山水感賦

廢巢燕去偶登樓，琴匣塵封斷未修。四十一年驚昨夢，尋僧論畫到揚州。

辛未養疴西苑一甫來游數日即歸

漫言容易又新秋，總角論交盡白頭。爲愛清泉尋廢殿，空邀皓月弄扁舟。心摧遼海千年感，興繼斜川五日游。鄭重與君期晚節，菊花香裏入山不。

養雲軒古木

老樹扶疏日影長，托根猶及見君王。奇材自古嗟盤錯，大厦於今想棟樑。青杏纍纍曾玉食，蒼松鬱鬱尚天香。百年雨露消磨盡，輸與游人一夏凉。

西園養疴

秉燭光陰百慮除，日長人倦午抛書。静聽小雨喧還寂，閑看輕雲卷復舒。巖壑欲登身轉怯，杯盤雖具意先疎。不因椎髻來相問，全似山僧退院居。

湖上雜詠四首

一雨全消暑氣空，新荷偏趁夕陽紅。緩拖籐杖闌干角，飽領清香陣陣風。

天教白髮遂閑情，獨步空廊聽鳥鳴。松際清光深夜月，驚心偏是子規聲。

水態通明春似海，山容静穆日如年。相看不厭人來往，數盡鷗邊隻隻船。
雨過雲開見遠山，忽看倒影入波間。天光上下皆虚幻，晤得空明處處閑。

病中口占二首

將心何處倩人安，白髮青燈強自寬。但得胸中無一事，也勝百服少還丹。
飢溺從來禹稷年，不聞陋巷有憂煎。風雲變態吾何與，剩欲騎驢太華顛。

六十七初度二首

天涯霜露不勝情，邱壠心傷缺醴牲。萬里關河驚斷夢，百年鄉社負歸耕。養身鏡裏鬢毛白，抗志樽前髀肉生。幸有遺經付孫子，夜窗相伴短燈檠。
迂儒何計答年光，占盡痴頑老未妨。性定驚濤還坦蕩，身閑寒日亦舒長。重編舊學書無佚，别卜新阡骨有藏。從此逍遥殘歲月，扁舟隨處武陵鄉。

壬申元旦口占

六十八翁新歲月，一家四處喜同春。止園半畝風光好，幸作唐虞擊壤民。

自勸二首

歲月侵人日夜馳，清游火急莫須遲。山高水遠多幽處，會有登臨不得時。

盈虛消長總由天，酒美從無不散筵。往事漫嗟飛鳥迹，譬如六十八年前。

壬申正月作

讀《金剛經》感言。

煩惱俱生幻識中，光明本自與天通。須知般若純真際，不獨魔空佛亦空。

師鄭同年以鄉薦四十年爲杯酒之約適養痾西山賦詩寄謝

彈指蟾宫四十秋，清輝無恙不勝愁。論交文字皆青眼，話舊風塵盡白頭。尊酒愧君虚左席，山林容我作孤游。他年重宴承平日，同詠霓裳聽鹿呦。

答巨溟琴石論詩

千古詩人里巷間，兔爰鴻雁不須删。故宫禾黍多哀思，白雪皇荂總一般。

有感

貧乃士之常，病則老所同。君胡不自適，鬱鬱於胸中。淵明有道者，茅屋遭祝融。樂天信達士，六十身被風。而其心磊落，真可摩蒼穹。人生真寄耳，所守在寸衷。形骸爲外物，金紫盡樊籠。於斯生厭喜，無乃鳥迹印天空。

南海日知閣題壁四首

壬申五月十八日。

歷盡風波萬里船，天留老眼看雲烟。鑑湖一曲今誰賜，容我逍遥過十年。

飄泊身如不繫船，望中樓閣若浮烟。問君日日知何事，一覺因循五百年。

屋小纔如一葉船，林間巖壑渡頭烟。留連風景忘身世，猶是桃源放棹年。

閣小如乘天上船，宫花寂寞柳含烟。曲江風物今何似，堪憶唐人及第年。

山居

數椽茅竹傍松居，户滿青山案滿書。一點無塵人境絶，直疑身世到華胥。

山居雜詠四首

雨後散步

攜得枯藤伴寂寥，前山雨過曉烟消。興來不覺尋幽遠，一路溪聲到石橋。

朝霧

喜從峰頂露朝陽，又見濃陰布下方。白霧漫漫渾似海，依稀塔影似帆檣。

雨晴

朝雨霏微懶出行，小軒趺坐愜幽情。眼昏不辨楞伽字，閑對爐香看晚晴。

閑身

贏整理者按：「贏」通「羸」。得閑身盡日游，祇應林下與溪頭。喬松影短晝初永，啼鳥聲長山更幽。

松雲別墅題壁

此身雖老志彌堅，常若春冰虎尾邊。萬事低摧消厄運，一心磊落敵災年。洛陽風月思康節，履道園林羨樂天。住世漫云當去客，書生習氣在陳編。

山居日課禪經

受養心珠不染塵，胸中留得四時春。雲容變去明生滅，溪響喧來悟果因。大地是枰人是弈，青山爲主我爲賓。滄桑歷劫尋常事，鄭重爐香定裏身。

天太山道中書所見

籃笋尋幽景最奇，風光觸目耐人思。一村無水居偏聚，千仞迴峰路轉夷。櫨未艷時先敗葉，桑從焚後出新枝。此間消長類如此，天地何心物自爲。過街塔村，長五里，全然無水，而居户甚蕃。出風雨門，行山脊，過一片石，路極寬平，不知其在山上也。黃櫨迎霜鮮紅，今年雨多，葉全敗萎。香山最高峰有神桑，數百年物，今春被焚，僅餘焦炭一撅，乃發嫩枝，亦奇矣。

山居即事

愛山忘地僻，避世覺身輕。雲起峰巒換，風來户牖清。改詩消午倦，拜石驗平生。莫謂成孤寂，黃鸝不斷聲。

題習靜齋壁

已悟吾生真若浮，林泉送老百無憂。雲容石態朝殊暮，野草幽花春到秋。偶爾會心成獨笑，有時信脚作孤游。城中車馬紅塵客，也得山翁此樂不。

聞雁

家山望斷幾烟嵐，雲水歸來好住庵。老厭風塵悲去雁，年年秋思滿江南。

放言

已無咄咄手書空，別是人間老鈍翁。粥去飯來殊草草，花開木落總忽忽。晨興愛就東簷日，夜靜知防北牖風。天地陰陽歸變理，也能康濟一身中。

秋晚入城

捲地西風滿眼秋，放懷隨處寄悠悠。身閑始覺乾坤大，時難偏驚歲月遒。三畝未謀歸邑宅，一椽難借見山樓。殘年無復安排計，書肆茶坊得小留。

病中取香山語自慰二首

香山六十八病風，予病眩。

中歲幸逃夭折厄，即今衰朽已爲遲。身無官守家無債，正好寬閑養病時。

我生周甲已天幸，况復餘年近古稀。大化爐錘知有主，去何所戀住何希。

病起

塵紛消盡意愔愔，一宿栖禽喜茂林。已駕驪車還小住，浮雲變滅本無心。

自嘲老態題畫像二首

心唯一不愧，事却百無營。宴集慚生客，箋題避舊名。衣寬肱股活，食簡腹胸清。老眼昏難合，猶希見太平。

倏忽常嚴百歲身，無端誤墨也傳神。笑他不失本來面，却作人間强項人。

胡季樵同年以所刻叢書見贈賦謝

桂苑香消四十年，又摹老眼看桑田。山河故國皆殘土，身世秋波已逝川。舊業未隨征戰盡，高風猶藉槧鉛傳。知君別有探驪訣，恰似南華木雁篇。

六十有八初度二首

多難餘生厭市喧，入山深處即桃源。米分齋鉢蘇鄰里，字校殘經課子孫。調氣敢希衰體健，安心方識外身存。剩償秉燭清游願，詩滿奚囊酒滿尊。

滿頭霜雪百憂經，濁酒三杯半醉醒。何日蒼生得蘇息，舊時朋輩已凋零。風塵澒整理者按：「澒」字誤植，當爲「澒」。洞河山暗，滄海横流草木腥。自怪痴頑殊耐老，夜窗高詠一燈青。

癸酉三月重過揚州口占二首贈贇卿侄婿

春寒不減舊京華，三月揚州未見花。二十四橋風景在，獨憐月夜起清笳。

遼天野鶴緲雲烟，一別揚州已卅年。莫訝婿今頭易白，兒孫又見滿堂前。

肩輿游勞山北五水戲作

癸酉四月十一日。

輿人相戒脚跟牢，怪石崚嶒水怒號。堪笑衰翁頑似鐵，歷經世險等秋毫。

青寓看花

向言花晚怯春寒，幾日芳菲倏已殘。分付園丁勤護惜，明年扶杖引孫看。

自述

早隨射策六徵車，晚避司農兩焚魚。得失久抛空劫外，功名從負此心初。喜分方外齋厨供，還讀兒時胄監書。風疾未嬰無技遣，香山雖樂比何如。

山居

效《擊壤集》體。

年老身當逸，心清境亦遷。林泉惟屬我，風月豈論錢。無是無非地，不寒不熱天。問今何歲月，如在結繩前。

滙泉公園晚步

獨往山林趣不同，炎曦忽已換清風。池心初月斜鈎白，樹杪殘陽一抹紅。鳥語蟲聲來聒聒，衣香人影去怱怱。眼前生滅無窮境，都在先生一笑中。

海濱雨霽

閑出柴門望，新泥路欲迷。波摇孤嶼活，雲截亂峰齊。草茂蛙聲壯，林深鳥韵低。老人無定處，隨意過橋西。

香山秋居二首

老來髀肉怯車舟，且喜西山得近游。峰勢頻迴便深秀，泉聲入細轉清幽。風生萬木凉如洗，雨過千巖翠欲流。最是一年孤賞處，動人詩思正新秋。

天遺疏庸遠市紛，一邱常卧養心君。乍晴松影窗中見，方曉鶯聲枕上聞。鎮日高居臨絶壑，有時孤岫送閑雲。名山終老非無事，静對爐香校典墳。

題譚貞女殉禮圖二首

既倒狂瀾萬事新，閨門泄沓總輕身。誰知南國江沱處，猶有冰霜自矢人。

禮教於今盡撤藩，婚姻道苦更何言。斯人一息争千古，忍讀吟箋幾斷魂。

山禽

滿耳濤聲萬壑松，一庵常是白雲封。林間時有禽來往，誰謂幽人鮮過從。

山花

薄有山花次第開，疏疏紅紫間階苔。一雙蝴蝶翩翩舞，肯爲幽人破寂來。

山月

玩月山中景一奇，飛空如見衆峰馳。浩然風露清宵後，却過松陰故故遲。

山家

山居侵曉静無嘩，松影環窗緑透紗。忽聽雞聲出林表，白雲深處有人家。

山居即事

平生淡泊是吾師，獨往幽栖與性宜。地静松聲歸壑遠，日閒花影上階遲。林間鳥隱飛方覺，葉底蓮敷落始知。雅有天機堪入畫，寂無人處好尋詩。

自壽六十九二首

少小聞言羨古稀，如今所得亦幾微。人生體本同天地，不悟無生念念非。
人人券内有期頤，畢竟期頤又幾時。松老槿榮原一致，樂天安命是吾師。

自喜

庵居事簡意偏長，自喜林泉草木香。四面雲山來几席，一庭風月入杯觴。每從野叟尋孤寺，偶遇詩僧説盛唐。俯仰幾忘身世處，齋心直比到羲皇。

自况

老病秋來日日增，扶衰猶賴故溪藤。豈無鄉國思南越，每爲風塵困北溟。落落殘經娱短景，寥寥交舊等晨星。放懷不覺掀髯笑，自况居然退院僧。

白露後下山倚裝作

恬退由來與老便，襟懷無日不翛然。腥膻屏盡消前業，疾恙微留鎮厄年。心遠地偏原具足，時和身泰敢求全。一年容易君休歎，贏得秋風亦美緣。

癸酉九月回籍省墓二首

霜葉丹黄滿眼秋，殘年百感戀松楸。衰宗扶植無長策，樂幾艱難有隱憂。方信王侯等螻蟻，總知華屋變荒邱。青山似特憐游子，出岫孤雲故故留。

重到江南老眼明，最難佳日是秋晴。四山緑樹間紅樹，一路泉聲送鳥聲。溪父分潭攜子釣，村翁倚户看孫耕。故鄉風景猶如畫，誰挽天河洗甲兵。

六十九初度寄七九弟暨諸侄二首

歎息棠華兩墜紅，得年誰料屬羸童。大、二兩兄皆未周甲，余幼多病。艱危身世三肱折，飄泊鄉心五處同。彭澤且遺多子憾，香山還有半身風。浮生變滅須臾事，始悟瞿曇説苦空。

豈信金丹有大還，平生耐事儘痴頑。一無所病惟除老，百不如人祇是閑。榘矱前徽全廟享，鶺鴒新兆得峰環。六世祖中丞公、處士公，先考慤慎公，三鄉賢家祠今年落成。仲兄味西改葬得佳城。何時遂作青春伴，白髮清尊話故山。

甲戌二月游金陵無錫遇雪而歸

乘輿江南好覓詩，杏花春雨正當時。具區萬頃波真壯，鍾阜千峰雪亦奇。無限風光輸繡口，不多故舊盡銀髭。老身尚及中興日，一度游來一度思。

奉和范之先生癸酉除夕之作

年年爆竹歲除中，造化弄人似戲工。芻狗催成千世界，兵戈製就幾英雄。北窗小隱羲皇上，東魯斯文日月同。願祝先生金石壽，放翁故事懶治聾。

松雲別墅雜詠六首

養雲軒

世事難逢笑口開，林泉幽處好徘徊。松如有意循簷長，雲自無心入牖來。

習静齋

歷盡人間憂患深，老來方解惜光陰。閑持蠹簡聊遮眼，静對爐香得養心。

聽濤軒

何事言齊物本虚，莊生名論豈誣歟。聽來萬籟知誰使，夜半松聲忽起予。

仰止堂

攜得琴書遠市城，聊將小隱畢餘生。莫嫌四顧無鄰舍，山半時聞笑語聲。

五宜榭

面面窗開不受塵，天然圖畫得傳真。四時美景知何限，一日閑來是主人。

清暉閣

依山小閣樹爲垣，衹見清陰不見門。莫笑老身孤寂慣，青禽來去伴朝昏。

雨後晚眺

頓消殘暑覺身閑，徙倚柴門未上關。萬壑争流溪驟響，千林欲瞑鳥初還。泥融曲折路旁路，雲散横空山外山。天與幽人助清興，玉鈎斜挂柳梢彎。

山中賞雨

變態風雲匪所思，向來山色失峨嵯。乃知天地多涵蓄，烟雨空濛又一奇。

山中病足

山居恰似閉關僧，涉澗穿林謝不能。長日惺惺三尺拂，清宵寂寂一孤燈。幽花解笑空相向，頑石無言喚不膺。獨守湛然方寸地，光明常是日東升。

憫老步康節林下吟韵

百花代謝已無存，蒲柳還希不老春。蠹簡親來頭易眩，賊風襲去足難伸。飽飢細忖錙銖飯，寒燠時稱絲絮茵。垂暮熟觀天下事，敢疏調護孑遺身。

老病自勉三首

矍鑠期頤豈力爲，金丹秘訣更多歧。鼠肝蟲臂從他化，一卷南華是我師。

瘦薄于今竟白頭，便從此逝亦無憂。劉伶荷鍤猶非達，薪盡何嘗火不留。
添膏獨惜夜深燈，爲善孳孳愧蹇登。一息尚虞聞道晚，未臨易簀且兢兢。

聞蟋蟀

嘯傲烟霞歲月深，恝然萬事不關心。無端驚起清宵夢，淒切秋蟲砌下吟。

讀擊壤集

堪羡堯夫值令辰，年逾七十太平民。乾坤浩浩何妨樂，草木閑閑總是春。堯典邃深聲自永，羲經悟徹筆通神。余生恨晚風塵老，天挺人豪寤寐親。

松雪別墅題壁

山如四壁樹爲樊，小屋參差便是村。着個飄然白鬚叟，那須世外問桃源。

夏日山居

一庵門掩得深藏，物妙天機靜裏商。風起飛鳶先作勢，雨淋老柏自生香。胸無壘塊乾坤大，坐有詩書日月長。送盡夕陽山更好，恍然世界本清涼。

園居消夏

寄身廢苑意翛然，一點無塵境自仙。雲霧半藏山外寺，樓臺翻映水中天。荷心曉露香恒遠，松頂斜陽翠更鮮。好景每從閑處得，未妨粥飯送流年。

養生

恃强信弱兩皆非，勤慎治身理庶幾。甘美略嘗防過食，清涼才覺便添衣。晨興調息神常斂，夜住空心夢自稀。更有一言君記取，常存歡喜是天機。

自詒二首

重圍突出利名場，老廢方知少壯忙。足軟妨行高下路，眼昏才讀二三行。萬松過雨秋先到，白鳥吟風晝倍長。莫妙香山安樂法，恍然身世兩相忘。

已墮黃塵七十秋，風霜雨露總悠悠。百年勛業空尋鹿，千古文章祇汗牛。逆旅何常留客過，太虛不礙有雲浮。齋心玄牝功應驗，合是愁時也弗愁。

今歲七十頭眩廢書專持佛號默坐養心作歌述懷

一日少一日，一年老一年。形骸薄似露，世事去如烟。人生無根蒂，飄泊誠堪憐。我少不更事，功業冀騰騫。已飢與已溺，夙夜廣憂煎。孰知竟大謬，忽忽雪盈顛。高飛翼不振，疾走足不前。廢然方自省，聞道恨未先。蘭膏終自苦，樗櫟始能全。狂瀾既已倒，一葦安障川。母乃自貽戚，于人何尤焉。晚始驚夢覺，瓣香師昔賢。懔懷芻狗訓，服膺木雁篇。如此積有歲，稍稍名利捐。無奈迫衰羸，病魔相糾纏。展書未終卷，目昏頭亦旋。從兹常默坐，私淑蓮宗禪。冥心依極樂，彷佛見金仙。稱名萬德具，愚頑可立鐫。曠然遺身世，如獲解倒懸。俯仰天地間，一味信前緣。鋒刀常坦坦，毒藥也便便。吾雖垂日暮，誓以補前愆。倘或笑非達，更請問樂天。

有感

世變離奇道始尊，恍然魔佛本同根。空化遇物何忻厭，幻質於人孰怨恩。萬籟松聲風度壑，一簾竹影月當門。閑觀綠野桑麻長，依舊桃源洞裏村。

玩易

堪笑痴頑七十年，晚知糟粕是陳編。得閑舒卷雲歸岫，無礙光明月在淵。滿地落花酣舞蝶，半天高柳聚鳴蟬。却從一畫前觀易，萬物盈虛總自然。

六月二十六日重到香山

獨有山居興味長，紅塵隔盡暑全忘。千巖滴翠才如洗，萬木無風亦自凉。拄杖不嫌坡犖确，焚香偏愛屋深藏。老人去住原皆幻，清夢還應上沅湘。時有友約游衡山。

題齋壁

桃源何處覓仙鄉，小隱山林世可忘。地僻衣貧差近古，民淳穀賤罕言荒。蔬餐漸減知年邁，書課常閑覺日長。莫道河清難久俟，北窗高卧便羲皇。

自咍二首

胸中莫留一點事，眼底常展數行書。冶金代石雖不足，美睡甘餐却有餘。人寰何處覓仙居，但使塵襟痛掃除。更得深山結茅屋，淡然身世到黃初。

頭眩

剎那遷變不停留，知命應無事可憂。眩作祇同身泛海，人生斯世本來浮。

腿痛

微痾留得壓災年，足蹇何妨心泰然。衣食幸無奔走事，山游況復有行纏。

有感題著書圖

萬方多難一身勞，弱弩寧能息怒濤。垓下幾人憐覆轍，隆中何日識英豪。飄搖風雨鴟音苦，寥落河山馬骨高。千載興亡天有眼，好將詩禮付兒曹。

四十年前常游揚州僧舍至今思之恍如隔世

揚州精舍是僧家，雲水相逢自在茶。壁上淡描三世佛，庭前長養四時花。晨堂粥鉢香如積，夜殿鐘魚静不譁。四十餘年醒一夢，于今梵宇起清笳。

甲戌過金陵復成倉橋

一別金陵六十秋，慈闈空有數椽留。多情最是倉橋水，猶記兒時舊釣游。

游金陵舊貢院門前商場

一闈聲中路欲迷，入門無復舊威儀。喚回五十年前夢，萬士肩摩接卷時。

甲戍（整理者按：「戍」字誤植，當爲「戌」。）十月過蕪湖省老宅有感

故園南望路迢迢，多難生經壯志消。正憫哀鴻聞野哭，更堪戎馬養天驕。百年堂構廬將敝，十載風烟木已凋。剩有先疇付兒輩，好持世業共漁樵。

游鼉渚廣福寺呈量如上人

重作梁溪五日游，最饒清景是鼉頭。漁歌起去扁舟遠，梵唄聞來小寺幽。幾曲畫橋聯澗壑，千林紅葉映松楸。平生愿得茅庵隱，請揀湖山佳處留。

甲戌十一月初二日先妣忌辰

痛別慈颜廿八年，恩深顔復到華顛。兒今七十親當慰，欲獻清尊泪已先。

生日感懷

衰年感慨多，對酒獨高歌。身事同看鏡，民風等逝波。無從修禮樂，誰與息干戈。不判今宵醉，清暉奈月何。

七十雙壽寄賀内子

齊眉古稀看，清福自來難。庭内原無棘，階前却有蘭。長齋心淡泊，緩步體輕安。好隱鹿門去，青松共歲寒。

勸游寄内子

家雖居是客，身却老如嬰。欲學長生術，無妨放浪行。有蔬餐易美，得杖步能輕。孫子何須念，惟留心地耕。

勸游二首

事業文章老已休，今朝游得且須游。待將足軟頭旋日，錦褥華堂祇自囚。

人生何事得安排，荷鍤劉伶亦自佳。玉食錦衣難貸老，不如一杖兩芒鞋。

七十初度述懷四首

示子兼謝諸親友。

放翁幸及宣和末，我去宣和又幾辰。夢裏衣冠如隔世，眼中魚鳥亦親人。獨游拄杖寧嗟老，宴客多蔬豈示貧。自矢終年當閉戶，春冰虎尾事吾身。

滿目瘡痍不忍看，自慚迂拙誤儒冠。遺經恐墜先人訓，先公嘗諭子孫，以讀書明理爲本分事業。收族常憂後嗣單。本族自兵燹後，生計凋零，不滿百丁，嘗贍恤之。身以白圭爲玉律，心從玄牝養金丹。獨憐南國烽烟久，惆悵鄉閭又揭竿。至德縣毗連江西，五月有匪竄入，甚猖獗，邑人多避難。

世上何人不白頭，忍看滄海溢横流。眼昏脚蹇便多逸，頭眩三年，今稍減。飯足蔬安敢過求。絶葷已六年。陰慶萱圖開百秩，吴太夫人今年百齡追慶，謹著圖詠爲紀念。敝廬藻薦嗣千秋。金陵先公故宅今改家祠。絶知道義無今古，愚婦終懷恤緯憂。

預鎸墓碣待終藏，自撰墓志已刻成。自笑閑身底事忙。且辨荆鈫整理者按：「鈫」字當爲「釵」。貽燕翼，今秋爲長孫紹良授室沈氏女。更謀衽席起虹梁。募建至德縣萬善橋，三月告成。菊畦新闢軒楹爽，濟南新闢止園，種菊千本。荷苑清游肺腑凉。今夏獨居頤和園讀書養疴。倘遂龐公遺子願，年年菽水勝稱觴。

西游雜詠十二首

避生會西游關中過華州寄謝親友

車走塵飛疾似風，浮生何啻一驚篷。整理者按：「篷」字誤植，當爲「蓬」。數來秦漢駒光裏，望去崤函蝸角中。社櫟不材今已老，蓼莪增痛古應同。雲天高誼情無極，遥寄華封祝與公。

過華陰望太華

用崔顥韵。

山奔萬馬赴神京，俯瞰中原局早成。欲喚希夷醒舊夢，喜瞻蓮崿得新晴。雨收巨掌容都斂，雲截三峰勢轉平。我已久忘名利客，長生未學學無生。

對華山慕希夷先生

抗懷千載慕希夷，車走紅塵路不知。今日儼然瞻道貌，巍巍壁立是鬚眉。

題玉泉院希夷石像影本

傳來幻影見真仙，枕石翛然正熟眠。欲喚先生跨驢背，于今一夢又千年。

由陜州一日抵西安望咸陽周陵有感

入關先後幾英雄，黃土誰尋宿莽中。函谷空聞騎犢叟，華陰難遇墜驢翁。千年都會山無恙，萬里征車軌已同。遥望先陵嗟日暮，烟塵撲地眼矇矇。

雪中登長安北城望咸陽

巍巍秦漢舊山川，俯仰興亡意惘然。哀怨餘音聞出塞，圖形故迹渺凌烟。何年北海羝還乳，幾輩東門犬尚牽。却憶灞橋風雪裏，古來驢背有人傳。

酒樓眺雪二首

七十衰翁作壯游，西瞻自古帝王州。灞橋今日饒風雪，却爲尋詩上酒樓。

高樓百尺不知寒，四面雲山雪裏看。城郭已非歸鶴杳，令人空憶古袁安。

登雁塔見元祐慶歷諸公題名

科名梵行兩成塵，興廢何堪説往因。畢竟聞人名不朽，非關塔雁亦津津。

回車雪中重瞻太華

岧嶢悵望雪盈顛，心與名山結後緣。掌擘巨靈原示幻，祠空武帝漫求仙。百年僕僕塵瀰海，萬事茫茫杵倚天。準備芒鞋春暖日，峰頭放眼看雲烟。

洛陽謁周公廟

定鼎堂空護短垣，門前膴膴是周原。茅茨雖見民風古，禮樂誰知王道尊。三代衣冠徒想像，千年廟貌僅虛存。試思營洛當時意，體國何曾恃虎賁。

游伊闕懷古

千載名山孰主賓，百年興廢每相循。周原膴膴塵依舊，砥道平平轍已新。寺過兵戎無剩宇，碑尋牧豎有知津。樂天去後辜風月，詩酒流連更幾人。

乙亥元旦試筆二首

大耋初開喜欲顛，元辰氣象勝年年。雖驚爆竹聲除歲，却似風光廿載前。民國以來歲歲戒嚴，禁用爆竹，今歲始聞此聲。

屠蘇飲罷意方羊，靜對銅爐一炷香。堪笑白頭閑不得，滿腔心事爲人忙。時本籍至德旱災，正籌賑務。

乙亥二月二十六日偕七弟大覺寺看杏花遇林詒老

喜從荆樹逐繁華，邂逅詩人笑語譁。麥隴縱横鮮浥露，杏林高下艷争霞。借炊紅粟留僧舍，遥指青帘問酒家。願祝年年春日健，萬株花底話桑麻。

乙亥三月同七弟立之游青島勞山諸勝偶得小詩聊作紀念十首

蔚竹庵道中

山深不見市塵喧，始信淳風太古存。叠石爲田才片土，依巖結屋自成村。千尋絶壁疑無路，一派清溪直到門。滿耳松聲滿眼竹，雖非世外亦桃源。

宿華嚴寺

海角名藍又一奇，絶無人處忽開基。峰巒迴互溪多折，樓閣參差路亦危。萬籟松喧供梵唄，百年花發見孫枝。殘生倘得身長健，願借茅庵後日期。

重游太清宫

夢醒黄粱二十年，天留老眼看雲烟。久經滄海猶身健，再到名山亦宿緣。樹杪着花皆古干，竹根繞石遍清泉。羽師能記前朝事，欲訪知音問七弦。清光緒間，先公撫東時，七弟及弢侄嘗信宿寺中，有韓道士善鼓琴，今其徒劉道士行伍出身，曾隸先公部下，猶津津談往事。

擬營對華小築

在蓮華崮下大勞觀旁。

滄桑閲遍厭紛華，方幸吾生今有涯。矮屋三間方丈席，小園半畝四時花。百年荏苒原爲客，一日清閑便似家。但得蓮峰風月好，亦無心事覓丹砂。

游北九水

九水山輸二水奇，溪聲滮滮柳絲絲。傍崖十里田高下，恰似江南春暮時。

明霞洞

黄精玉竹遍山新苗。

春曉丹台照綺霞，漫山靈藥茁新芽。秦皇倘識神仙境，何事空勞海外槎。

登德人廢炮台

故壘憑陵萬里風，濤聲淘盡幾英雄。依稀戰血留殘壁，空對桃花寂寞紅。

重過登窰看聚仙庵古耐冬盛開

古寺無人晝掩扉，群山赴海作重圍。輕陰留得花常好，不似桃源去後非。

海濱公園二首

廿載風雲戰壘空，桃花依舊照筵紅。閲來千古興亡事，都在潮痕漲落中。

身健心閑春暮天，看花品茗送流年。眼看碧海波千尺，帆穩何如早繫船。

止園題壁

小園遁迹市城間，車馬無聲鎮日閑。池引清泉如絶澗，牆圍高樹似深山。心安北平。

始覺乾坤大，身退方知道路艱。抱甕灌蔬吾事了，柴門雖設却常關。

過雙清遍設鐵柵云護飲料阻游人戲作

院静林深晝掩門，闃無人迹破苔痕。清泉自愛在山日，謀食誰曾問本源。

題林斐成鷲峰山莊二首

乙亥八月二十八日。

卅載消沈雪上鴻，巍峨棟宇忽盤空。仙山樓閣居然是，會着游人入畫中。

久聞高士得身閑，啓宇層崖不畏艱。今日登臨天地別，始知仙境在人間。

秋夜

乙亥九月，香山作。

萬卉争春百鳥鳴，尋芳載酒總關情。秋來別有會心處，卧聽空階蟋蟀聲。

游覺生寺觀永樂華嚴大鐘

文物莊嚴比鼎彝，萬鈞一簴整理者按：「簴」字誤植，當爲「簴」。幾回移。低徊五百年間事，可有鐘聲似舊時。鐘高丈八，重三萬斤，銅質，內外鑄《華嚴》《金剛》等經全部，沈度書，小楷極精，明初置大內，後移萬壽寺，繼又移此。

七十有一自壽二首

乙亥冬月。

百年富貴等浮雲，老桂冬榮亦自欣。足蹇逢山貪緩陟，耳聾觀樂喜微聞。賞心兄弟傳詩草，繼志兒孫誦典墳。莫道河清難久竢，今朝得酒且醺醺。

此身愈老愈顛狂，落日銜山幸有光。慣作清游知稼穡，時尋佳釀問坊場。門稀車馬諸緣凈，坐擁圖書萬事忘。笑慰荆妻同鶴髮，齋盂蔬水勝桃觴。

乙亥九月二十五日味雲約仲虎彤士劍秋蔭伯同飲春明酒樓後游陶然亭遇散原老人暨伯夔君任若木諸公偕立之七弟同來分韵得老字一首

不上江亭二十秋，城南名迹多荒草。天留我輩看滄桑，回首風雲如電掃。傾心宇内幾詩人，相逢客裏惟稱好。年年風雨妒重陽，今歲天清寒不早。青山萬古總無情，憑高一嘯抒懷抱。九原可作誰與歸，鸚鵡香魂空懊惱。衰柳蒹葭帶野水，天涯恨别陽關道。留連古寺日已斜，門外車聲塵浩浩。人言盃珓可乞靈，世間萬事憑蒼昊。駐顔不守汞與鉛，裹腹但豐梨與棗。爾來交舊若晨星，勸君莫惜金尊倒。如此清游更幾回，人生難得閑中老。

仲虎先生七旬壽辰二首

南國蜚聲仗劍游，滄桑閲遍雪盈頭。平章軍國三千牘，嘯傲湖山五十秋。務觀老勤鉛槧業，淵明質不斗升謀。共來燕市高歌地，擊筑相從大白浮。

相知恨晚惜殘年，炳燭光分問字筵。話雨每思春韭夜，看花常趁早鶯天。仰瞻甲第清芬册，喜誦嚶鳴雅詠箋。并世耆英賡洛會，二張齒德邁前賢。

乙亥初冬游拈花寺愛其閑静將營菟裘爲終老計因借其廢厨五楹修葺爲静室既竣顏軒敞十月二十二日與立弟夔恩二兒暨子貞紹棠養吾希文諸友本寺長老全朗量源等十人仿樂天爐峰草堂故事具齋施茶果以落之喜賦俚句

相業祁公邈莫攀，也希屏迹叩禪關。清泉白石胸中有，紙帳蘆簾物外閑。務觀老懷歸繡佛，樂天生計入香山。具齋施果今猶昔，想像爐峰亦解顏。拈花寺在北平城内鼓樓西偏二里許，地極僻静，始於前明嘉靖，原名千佛寺，清康熙、雍正間，重加修拓，敕賜今名。北平自光緒中葉後，屢經變亂，内外諸刹，一切古像、法器，摧殘殆盡，獨兹寺巍然如故，無絲毫損失，是由全朗上人道行高潔，感召人天，默叨佛佑。區區寄居都城五十年，今衰朽餘生，得結香火因緣，誠屬至幸，然俯仰興懷，不盡河山之感矣。

丙子正月三日重過北海濠濮間口占

二十年前此養疴，金元老樹幾摩挲。雲烟回首消磨盡，輸與西風一棹歌。

立之七弟六十壽辰二首

堪羡萱庭戲綵袍，詩書更喜起兒曹。燈紅酒緑歡無極，白髮蒼顔氣自豪。四海風雲同轉軸，五湖烟水可容篙。願期介壽承平日，耄耋相從醉濁醪。

相對尊前雪滿顛，恍如梨棗戲當年。早膺薦辟匡時策，晚好吟哦壽世篇。桑海幾番原是幻，桃源一室也稱仙。算來六十無疆壽，猶似方中日在天。

丙子人日仲虎招飲同席共壽八百喜賦

相從高會及新春，盡美東南共主賓。劫後貞元舊朝士，尊前長慶老詩人。引年衛武思康爵，飽德温公喜率真。不數義熙閑甲子，放歌同作葛天民。

丙子正月二十四日立弟六十壽與一甫六十七同生日又值西甫七十壽合之予年七十二實弟五十五共三百二十四歲一甫絜同登最高樓攝影賦詩爲紀念

三世論交歲月遒，歡聯棠棣海添籌。神清喜對千秋鏡，足健同登百尺樓。元白貽謀思比屋，陶朱送老弄扁舟。會當圖像追坡叟，笠屐相從放浪游。

丙子正月至津幼梅見訪暢叙離悰贈詩屬和勉效壤歌聊當鼓腹二首

白頭相對兩衰翁，四海瘡痍痛疾癃。誰嗣風流來稷下，空懷豪傑入關中。版圖自古征車苦，蓬島于今弱水通。君有文章能壽世，何妨星值蝎磨宫。

海山風雪憶當年，回首滄桑意惘整理者按：「惘」同「惘」。然。鵬舉鷃飛同是樂，雁烹木壽總堪憐。胸羅文繡矜書笥，腹饜膏粱恃硯田。詩酒清狂如昨日，羨君今作地行仙。

一山先生見示十老詩勉步元韵

乾坤我貸作陳人，大患由來貴有身。桃裏難尋秦氏邑，柳邊尚醉葛天民。苔岑落落星臨旦，萍水茫茫海漲塵。且喜乞言遥介壽，芝蘭緘得滿腔春。

正月冒雪游北海公園二首

清塵廢苑及新春，樓閣仙山畫本真。古木寒鴉雖寂寞，相逢也有覓詩人。

扶杖衝寒踽躅行，天容慘淡静無聲。飢烏獨啄枝頭絮，誰念茅檐待粟情。

二月二日大雪後登瓊島遠眺

雪霽寒光照眼明，憑高身直小蓬瀛。北山屏嶂横千叠，化作銀濤萬里平。

丙子二月三日先妣百齡晉二追慶自拈花寺進香回聞第一曾孫女生賦以志喜

欣聞設帨值昌辰，追慶金萱百二春。今日拈花叨福蔭，他年詠絮得傳人。秀鍾襁褓重闈愛，美奂門楣四葉新。堪羨兒曹强過我，含飴早及黑頭身。

止園題壁二首

且喜鷦鷯占一枝，春花秋月總相宜。性耽泉石閑成癖，坐擁圖書老不知。幸有微痾容避客，苦無傑思諱言詩。浮生歲月皆羈旅，常似扁舟不繫時。

四面濃陰綠滿城，小園半畝愜幽清。源泉修梘思遺澤，溫室繁花悟養生。魚戲波平春沼暖，鳥啼風定曉窗明。人間自有桃源境，豈獨神仙傳美名。

三月三日偕七弟約仲虎少楠劍秋稷壇修禊澗之蔚如彤士不期而遇

冰雪纔消曳杖過，耆英邂逅笑顏酡。天教戹閏芳時晚，人重延年美意多。故社有情憐草木，中原無計止兵戈。佇看大地春風遍，萬里塵清海不波。

三月中北海公園探杏

誰言節候萬方同，廢苑春深雪未融。瓊島螺青輸北塞，瀛洲草綠怨東風。鴿翻黑白盤空際，魚戲東西倒影中。造物無情寧有意，杏花偏向日邊紅。池邊雪未消盡，東坡上，杏林已露紅梢。

濟南止園養痾

丙子三月南游車中腰脚劇痛，遂止濟南。

老病方知行路難，江南花事夢中看。小庭風月情無奈，聊展吟箋强自寬。

濟南家祠春祭畢未得南歸展墓感賦二首

一年一度薦烝嘗，未展松楸倍慘傷。咫尺音容天際遠，白雲深處認吾鄉。

滿眼春暉草色新，清明時節倍思親。年年先壠虛牲酒，不及墦間有祭人。

懷金陵故居

絶裾妄謂志承先，違侍晨昏五十年。今日追思揮泪地，空餘風木恨終天。自二十歲離膝下，仕宦奔走，中間得侍慈闈者纔三數年耳，乙巳赴寧省覲，叩辭時，吾母垂泪，從此慈顔未得再見。

懷蕪湖先弟

先公晚年所營，今爲義莊祠宅。

先澤留遺已卅年，故園喬木長風烟。椿萱隱德思無量，今日孤寒有義田。先公孝友堂、先妣樂濟會，各置田千畝，永濟孤貧。

讀易理臆言

墜緒茫茫勢已摧，閉門絶學就誰裁。先公手澤羲經在，日抱遺編誦百回。

説病

四大原來暫假同，病由不病在其中。吾今覺痛却非痛，悟得無身患自空。

濟寓喜見海棠二首

江南薊北百花繁，禁足慨慨欲斷魂。喜得一枝破岑寂，畫闌相對却無言。

綽約芳姿幾度春，年年寂寞怨風塵。今朝老眼殷勤看，贏得花時作主人。

金牛山觀杏二首

一道清溪幾曲灣，參差紅杏萬松間。漁舟四處閑來往，全似江南舊隱山。

千樹山顛并水涯，風和日暖正飛花。兩三茅屋成村落，可有青簾賣酒家。

青島春暮看花二首

又見梨開雪滿枝，今年春比去年遲。天公有意憐衰老，故遣芳菲特後時。

老人病蹇重遲回，桃杏争春處處開。風舉雲車能縮地，千村萬樹就身來。

驅車游李村丹山

村村桃李占春光，車走風馳道路長。一日遍看花百里，放教閑事却成忙。

下河于村小憩

花紅柳緑麥青青，野市山村歷歷經。會得堯夫行樂意，小車何處不堪停。

魚鱗瀑道中

輕輿直上碧崔嵬，細徑盤迂折百回。削壁天成雲外立，危崖路絶石中開。日移樹影知峰轉，風挾溪聲似雨來。最愛小亭觀瀑處，野人苦茗勝新醅。

知足歌

寄九弟。

人生七十風前燭，要脱天刑解桎梏。掃除胸中閑是非，忘却世上虚榮辱。身無痼疾家無憂，寒有粗衣飢有粟。時時退步即安然，道德五千在知足。吁嗟兮，世事難言第一籌，塞翁失馬爲忠告，霜天正厲雁行飛，月黑須防矰繳觸。

雜感三首

服玉餐芝術不傳，浮生變滅等雲烟。從今只合空山老，飲水茹蔬亦自仙。

養生藥餌總無靈，疾恙孱軀實飽經。杜漸防微在衣食，似飢乍冷費調停。

世途何處不迍邅，屋漏真如對帝天。師友凋零身亦老，心香常爇影衾前。

食戒

年老百憂輕，疾病爲至戚。須臾或不慎，飲食成勍敵。鴆毒隱肥甘，殺業開自吃。缶豆與盤蔬，過飽猶及溺。念此獨何心，口腹敢求適。人生非金石，一息如拱璧。先師懍明訓，朝乾更夕惕。生熟寧無崖，鼠壤有餘瀝。我本多難身，衆矢集一的。淡泊養真元，勿負天所錫。

平生

平生多危𨉖，垂老百無成。劍守刻舟迹，瑟求膠柱聲。功名忘甑墮，文字愧蛙鳴。

獨幸齋居樂，還教夢寐清。詩書千載契，湖海一身輕。莫問滔滔者，狂歌伴耦耕。

逭暑二首

香山作。

何處能逃夏，人休爲熱忙。心專能忘暑，性定自生凉。披甲趨前敵，流金總道場。老年容易過，轉眼是秋光。

一入香山境，翻然悔昨非。騰騰辭火宅，寂寂掩雲扉。天净塵如洗，峰迴翠作圍。晚來防快意，露坐却添衣。

七十有二初度感懷二首

酸寒病骨久龍鍾，左髖酸痛已五年。身世安危不繫胸。差慰靈馨開四世，今年喜得曾孫女。尚需文史課三冬。擬助徐磊生立國學研究會，未成。族微士苦兵兼役，族丁本少，徵兵徵役苦不堪言。歲熟天蘇劫後農。故鄉兩歲匪旱，今年豐收。蒿目鄉園無奈老，錦衣空惜夜行蹤。

殘年惟羨地行仙，放浪山巔與水邊。蓬艇爲家波蕩漾，籃輿探險徑盤旋。峥嶸五頂雲中境，縹緲雙林海外天。北五臺、南普陀皆佛國聖境，可避亂。何日茅庵遂終老，姓名得避世人傳。

老態

禮簡交游絶，身慵日月長。看書惟引睡，得句亦旋忘。食少嫌餐薄，衣輕負體强。中宵不成寐，枯坐默焚香。

山中

山中不覺暑，隨事可怡情。吟罷花間坐，餐餘樹底行。看雲胸次豁，聽雨夢魂清。此是期頤券，何勞問廣成。

憶江南二首

誰助南游興，天清雁影過。稻粱隨地足，橘柚渡江多。落日依高嶺，秋風逐逝波。放翁詩卷在，八十尚烟蓑。

暫住家如客，支離病起身。游偏於水適，老更與山親。柳暗三湘雨，花明五嶺春。中宵勞夢想，强學少年人。

老逸

幸得老時逸，方知去日忙。心期邈雲漢，魂夢繞江鄉。獨立乾坤隘，孤征道路長。頹齡能善忘，且復近壺觴。生平數十年爲國計民生及故鄉教養，諸事皆付雲烟，思之惘然。

讀易二首

渾沌乾坤萬古來，無端鑿竅立三才。五千年後兵戈劫，盡自庖羲一畫開。

大易原居未畫前，湛然誰象帝之先。尼山道統仁爲首，可信淵源在韋編。

晨興獨坐

未起荒雞舞，頻驚畫角吹。風雲蒼狗幻，歲月白駒馳。身老家如寄，時艱夢亦悲。茫茫江海遠，搔首欲何之。

香山懷古

山川無改色，父老有遺思。地萃三朝勝，香山古迹甚多，遼永安陵、金甘露寺、清行宮，梵宇十餘處。人班萬里師。香山健鋭營，平金川功最著。殘林栖鳥少，故壘夕陽遲。零落宮牆在，披榛訪斷碑。

丙子七月與子貞同居香山喜壽田藻亭遠來適立弟自津至賦詩持贈率步原韵用志嘉會二首

一邱小隱藏身久，千里高朋覿面難。各有文名垂宇宙，共來白髮對青山。袖中海外新詩本，襟上江南舊酒斑。暫得林泉同作主，人間晚福是能閑。

浮生衰病藥難除，差幸閑身得自如。萬壑深藏忘歲月，一窗高卧有詩書。梵修空慕唐三藏，酒會猶慚漢二疏。且喜明簪聯棣萼，清談雅詠到黃初。

丙子七夕後四日壽田藻亭一甫子貞同飲西山酒樓立弟即席賦詩屬和因步原韵兼寄同坐諸公

高會耆英慕古風，翠微峰下興無窮。催詩欲雨當頭黑，拚醉流霞滿頰紅。天地有情人不老，江山無恙歲仍豐。清游莫厭盤飧薄，真率猶堪故事同。

丙子七月癸巳同年公宴巨溟賦詩屬和勉步原韵

江山爲主我爲賓，借句。垂老身名孰與親。幾度中原看逐鹿，何時郊藪見游麟。愴懷桂籍情如夢，感念萍蹤語益真。願頌期頤還矍鑠，年年同醉玉壺春。

贈孫芸生并序

熙自童年受知于濟寧孫文恪，翹首師門五十餘年，風塵奔走，未遂瞻依。今夏得晤賢孫芸生世兄，雍容儒雅，克紹家風，以詩書教授國人，欣佩無量。謹賦俚句，用申景仰。

兩荷生成豈宿因，熙十六歲入泮，二十九歲領鄉薦，皆出師門。斗山青及不材人。風塵有幸江河壯，天地無私草木春。鄉試首藝，蒙師特賞，評中有「長江大河，滔滔汩汩」之語。喜見箕裘賢繼世，愧虛衣缽老爲民。山陽夢斷侯芭痛，車笠心期白首新。

丙子七夕癸巳同年公宴芸生世兄賦詩屬和勉步原韵

文場早退幸全師，身世渾如未算棋。迹近香山廢還往，心隨務觀學頑痴。人間甲第風塵老，癸巳于今四十四年矣。天上星橋歲月移。近有依新曆七夕修乞巧故事者。今日詠觴推伯獻，難忘清白聖明時。

富春舟中作

丙子九月。

山如玳瑁水琉璃，秋晚江村景益奇。柏紫橙黄遮路斷，渚清沙白渡舟遲。入雲疊巘重難數，澈底游魚樂可知。到此平生不虛讀，李營邱畫放翁詩。

七里灘謁子陵祠宿桐廬

富春一宿夢魂清，不盡江山萬古情。窗外波摇沈宿影，枕邊風送遠灘聲。桐君香火隆秋賽，嚴子雲礽重祖祊。隱德自隨天地永，豈須簪組始垂名。嚴祠爲裔孫世守，今七十幾代矣。

九月十六日平津車中觀月

如海沈沈夜碧天，豁然風露浩無邊。平生百感都消盡，萬里横空看月圓。

探梅

丙子大雪前二日，同人有消寒之約，賦此寄意。

底事探梅日有程，冰霜百折餞餘生。尋來東閣知心少，盼到南枝醉眼明。驛使魂消家萬里，綺窗夢斷月三更。衰翁春意胸中滿，笑挈奚囊踏雪行。

酬筱汀親家見惠壽詩三首

伴影青燈白髮鬖，故人情重有詩函。喚回三十年前夢，風雨蓬窗抵掌談。

已拚分作溝中脊，何意人知爨下音。八表同昏今昔感，停雲猶見百年心。

開緘珠玉滿籐箋，龍馬精神宛現前。愧乏瓊瑶鳴瓦缶，心香遥祝大椿年。

七十二初度息庵七弟寵以詩章謹步元韵

不作忮求氣自和，榮枯夢境付南柯。引年未恨昌陽少，閱世方知枳棘多。炳燭夜游良有以，漉巾日飲更無何。天教棣萼春難老，剩覓桃源把臂過。

丙子除夕薦辛盤二首

爆竹聲中閱歲華，老人一室静無譁。驚回五十年前事，御果猶傳百姓家。

我生初及中興年，家慶椿萱福禄綿。今日青燈映白髮，難忘索棗戀衣牽。

丁丑元日試筆

光陰催老苦無情，閉户方知樂趣生。胝手六書摹絹臼，栖心二典見牆羹。几横松影香盤篆，窗透花姿鳥弄聲。歲月優游人自壽，昌黎何事不平鳴。

二月十一日大雪中游西郊三首

誰見荒郊白屋貧，梨花萬樹艷無倫。天公作意抛珠玉，妝點人間富貴春。

白雪陽春和久空，探梅逸興幾人同。會心直入莊嚴地，身在漫天花雨中。

累盡閑身自在行，心清大地放光明。天教老眼瞻仙境，海畔銀山擁玉城。

自幸

功名遇合命多慳，導引長生術不傳。啜粥茹蔬窮巷裏，誰知也過古稀年。

止園題壁

學盡痴呆歇盡狂，數椽容膝得深藏。盤蔬有味身彌健，車馬無聲晝更長。掃净萬緣三尺劍，行持半偈一爐香。老龐非不兒孫念，却笑斤斤八百桑。

晚霽獨坐

一編終日掩齋扉，雨過泥深客屨稀。莫笑衰翁耐孤寂，人間可愛是斜暉。

游西郊長安寺留題

九衢轂擊厭車塵，極目郊原浩蕩春。山寺無僧花正好，天教閑處着閑人。

清明日獨游稷園山桃正開感賦

傾城桃李旋成塵，閱盡貞元幾度春。莫笑衰慵耐幽獨，天留冷眼看花人。

早起出游看花

繁華洗盡少年痴，破曉看花亦自奇。萬紫千紅春意鬧，怡情偏在獨游時。

止園花放小坐

一窗寂寞送年華，世事無涯生有涯。且喜眼前春意滿，相看不厭故園花。

山中喜雨

春來久旱，四月二十八日夜雨連朝。

霏微連夜雨，身喜出塵寰。澗曲添懸溜，雲封失遠山。尋詩驢滑滑，載酒鳥關關。一片江南興，依稀若夢間。

松雲別墅題壁

丁丑六月。

且喜閑身與世忘，一邱一壑得彷徉。豆棚瓜壠知時熟，酒椀詩囊伴日長。觀化百年餘蝶夢，歷途跬步盡羊腸。殘生何幸衰中健，讀罷西窗看夕陽。

仲虎屬題其夫人楷書詩册遺墨

幾幅蘭箋翰墨香，知君伉儷勝鴻光。乾坤清淑歸彤管，家國憂危入錦囊。名媛由來多厄運，斯文終不祕幽芳。會看笙磬同梨棗，松雪名傳內美彰。

觀書有感

詩書之厄始嬴秦，世事如棋局局新。借句。自古已聞天補石，于今又見海揚塵。

夢回蕉失難尋徑，春去桃空莫問津。安得生公重説法，有情都作點頭人。

雜感二首

問把浮生物理推，月盈日昃儘相催。縱教天地隨人轉，誰見江河到海回。身外萬緣空嚼檗，夢中一境苦依槐。英雄千古皆兒戲，讀盡囊編笑口開。

倏然白髮寄山村，物我無心孰怨恩。燕倚春風趨畫棟，牛禁暮雨入柴門。炎炎火宅騰新焰，叠叠沙溪剩舊痕。掃盡浮雲天地別，烏啼花落自朝昏。

暑中喜雨

苔色侵階潤，簷聲入牖宣。嶺頭封舊路，樹杪挂新泉。頓失炎天苦，翻成縮地仙。江南烟雨意，千里落尊前。

山居即事

老人何計得消閑，除却吟哦事事艱。目暗松窗慵遠矚，足孱蘚磴罷躋攀。波光掩映塔旁塔，雲影參差山外山。欲寫丹青無妙手，戲題齋壁且開顔。

自詒

丁丑八月，風鶴中得第二曾孫女。

山河終古在，天地本來寬。世以平爲福，心從問去安。蔬餐矜食美，文祿慰承歡。無限斜陽好，雲烟過眼看。

賀楊味雲親家七十壽二首

三世論交晚倍親，雷陳誼復結朱陳。甘棠稷下曾留蔭，正笏朝端不染塵。今喜笄珈同壽考，久聞蘭桂盡儒珍。平生低首推通德，剩撫新醪説往因。

貫華閣上繼詞仙，五嶽歸來擁卷眠。紀事竟分班馬席，吟秋欲續庾徐篇。著書歲月閑中老，住世滄桑劫外緣。八表同昏數知己，開懷共慶古稀年。

中秋對月三首

茫茫大地突風塵，道路誰憐骨肉親。今夜月明天萬里，清光猶照亂離人。

滿眼烽烟滿眼秋，從來邊釁爲封侯。無情最是今宵月，舉酒難消萬古愁。

烽火連天夜色寒，團圞鄉夢得歸難。清暉偏照流亡屋，獨倚高樓不忍看。

避地天津重九與西甫一甫市樓登高二首

殘山剩水夢中身，濁酒黃花孰與親。我輩異鄉爲客慣，眼前多有失家人。用王維韵。

萬方多難一身輕，苦雨淒風更滿城。正復無糕題未得，劉郎原不負詩名。

七十有三生日感懷二首

目能給視耳能聽，福禍原非在杳冥。東海已揚塵浩浩，中原方見火星星。斷機芸衆生無計，屏藥荆妻禱有靈。天相殘年敵憂患，常嚴屋漏寸心銘。

知也無涯生有涯，宣和尚及已堪誇。遼天幾見千年鶴，銀漢誰通萬里槎。蝸角疆分猶愛國，桃源路失漫思家。河清自古人難俟，聊喚芳尊聽暮笳。

登市樓觀雪三首

丁丑十二月十六日。

郊原蕭瑟阻清游，莫放山陰訪戴舟。一片寒光千里目，動人詩思最高樓。

扶搖直上一身輕，欲挽天河洗甲兵。大地如銀春有意，流民百萬待歸耕。

逐癘驅蝗屬望深，蒼生待澤勝甘霖。祥霙小試空中戲，猶見乾坤愛育心。

丁丑歲暮祀祖

千載雲礽歲祀崇，雞豚不改舊家風。心驚幕火尋栖燕，目擊烽烟送斷鴻。落落羲經綿世澤，茫茫媧石補天工。時危祖德方知厚，竹報平安五處同。

吊俞節士福焜兼慰巨溟同年

一朝完大節，百世發幽光。浩氣文兼武，休名弛亦張。中原方湏整理者按：「湏」字誤植，當爲「須」。洞，巨室盡流亡。馬革平生志，神歸德不傷。天變風雲色，人争日月光。一門三世表，千載四維張。黄口生猶寄，丹心死不亡。英靈山嶽在，伯道竟何傷。

孟莊書室題壁二首

聊將一室視山邱，閉户寧知歲月遒。大地龍蛇方競走，深林鹿豕可同游。琴尊嘯傲空千古，書劍縱横隘九州。領取淵明觀大化，未應白髮伴閑愁。

學業空疏悔已深，惟將淡泊惜光陰。利名畫斷急揮劍，血氣調和時撫琴。一色青蔬覘地力，數聲黄鳥驗天心。老年無復箴規友，自課神明對影衾。

息侯金梁少保同出陳桂生侍郎門下屬題其女孫曉雲女士之弟子名伶趙金蓉詩集悵望師門不勝今昔之感二首

莫從荆棘問飛蓬，五十年間萬事空。鶯囀皇州曾是夢，夢中何處覓春風。

陌上飄塵兩不知，桑田滄海更堪悲。公孫妙舞今何世，忍賦芬芳弟子詩。

避難津沽聞至德舊宏毅學舍屋毁書焚坦亭樹伐季青侄率眷入深山禹良孫逃徽州感賦

戊寅七月。

亂離時世故鄉思，一紙音書百種悲。大厦竟辜寒士庇，遺經奈失遠孫期。心援骨肉金難寄，夢繞松楸木已衰。堪嘆老身耐飄泊，琴囊劍匣尚相隨。

七月十五對月

紙灰驚起樹栖鴉，今夜何心玩月華。一樣清暉多少泪，流民百萬已無家。

中元節祭先

盤蔬粗薦獨泫然，家國興亡七十年。追痛先親談往事，亂離豈衹在生前。

有感

春秋不作痛詩亡，浩劫蟲沙劇可傷。安得桃花山外地，子孫世世守耕桑。

自詒

萬緣前定有天裁，七十殘年念已灰。除却焚香并啜粥，別無一事上心來。

養心

彭殤一致總成塵，大患從來爲有身。天地委形何足戀，要將淡泊養心君。

秋思二首

蘆溝事起，倏經一年，蔓延全國，不勝感喟。

方寸成灰鬢已絲，借句。那堪務觀示兒詩。烽烟遍地生難料，寒暑催人老不知。

海內英雄争崛起，天涯骨肉盡流離。千年青史重回首，試閲金元代謝時。百年酣夢委塵埃，太華騎驢亦壯哉。日月不情終不老，風雲何去復何來。盛時將相原無種，劫後詩書尚有灰。自古興亡雖定數，要憑人事挽天回。前詩太衰颯，又作以振之。

止足

松菊從吾好，琴書結古歡。流年如水逝，浮世等雲看。蟬腹腥膻絶，蝸廬坐起寬。餘生知止足，何物動憂端。

對皃老人重印聖迹圖徵詩

圖成聖迹日經天，盛事今看步昔賢。滄海横流驚一世，尼山教澤亘千年。珍藏要似經留壁，浣讀還如韋絶編。近聖人居公最甚，故應洙泗有薪傳。

借花市小屋爲静室書此補壁

結廬人境絶紛譁，心似山僧已棄家。塵拂藜床如是足，三椽六尺又何加。百年日月輪欹枕，萬里江山剩斷笳。從此清齋無別事，讀書纔倦即看花。

重九日雨莊約同西甫子貞震初佩璵小酌觀菊并登新華最高樓因憶南中親友

城郭當年邈莫尋，遼東歸鶴此登臨。菊因逢閏開偏早，酒爲澆愁酌更深。話舊幾人誇總角，憑高何處寄鄉心。青天莫問空搔首，且聽飛鴻有遠音。

冬至前五日得雪約西甫子貞佩璵同飲市樓遠眺用重九詩韵

山河錦繡恨難尋，被野祥霙喜已臨。萬里途平鴻迹遠，千村澤透麥根深。待看日月銷兵象，先見乾坤育物心。痛飲市樓驚歲晚，天涯白髮幾知音。

先妣忌日泣賦

痛失慈幃已卅年，雞豚空薦涕泫然。松楸淪入兵戈地，腸斷飛鳶跕跕天。聞飛機轟炸至德城鎮甚烈，孝友堂故宅亦被毀過半。

七十四初度二首

秉燭光陰豈久留，况經多難又添籌。百年幻境輪欹枕，萬里烽烟怯倚樓。憂國有心存典籍，思親餘痛墜箕裘。兒孫勉慰尊前意，且祝江南寺寺游。

殘息才支鬢已凋，放懷且喜解天弢。漫思卷石填滄海，將見强弓息怒濤。一篆清香持小劫，半杯濁酒餞今朝。書生自有千秋業，閉户寧能與世鏖。

痴頑

超然塵網養心君，獨有痴頑二字真。不是將心敵憂患，和心忘却始全神。

達觀

淵明視家如逆旅，前途漸窄猶惕惕。放翁曠達無與倫，來本不應去何慼。自古汾陽曾有幾，至今思之同拂霓。掃空泡影見真吾，一點靈光毋自汩。

生日思親二首

少小羸尫豈永年，萱堂顧復百憂煎。今朝白首思萊舞，難挽音容拜几前。

幼志輕離重顯揚，老知菽水勝羔羊。絶裾一失悲風木，抱恨終天衹自傷。

有感三首

戊寅臘八日。

吾家世存忠厚慈祥，先考生平極重教育，力培後進。先妣軫恤孤貧，推解不遑，且常以此訓子孫。熙數十年節衣縮食，罄貲施濟，所恨時乖事舛，迄無長策。今經大亂，收集餘燼，令兒輩聯合慈善同志，組織持久善舉，常承先志，不墜家風，于焉是賴，惟世變方殷，後顧茫茫，不知能否天假之緣，尤惴惴焉。

夢境艱危萬苦辛，登山無徑渡無津。曉雞一唱窗虛白，依舊藜床自在身。

平生屋漏矢銘心，萬事低摧口欲喑。畢竟乘除天不爽，安然粥飯到而今。

幼承慈訓勖推恩，施濟常存在耳言。一事無成今白首，愧將艱鉅付兒孫。

讀書有感

勛業文章愧不能，臨窗展卷意兢兢。未曾聞道身先老，辜負兒時半夜燈。

戊寅除夕二首

光陰彈指雪盈顛，志道無聞愧昔賢。詩禮已辜庭訓守，筋骸奚比石頑堅。衰時舊業回潮迹，濁世浮名入暮烟。若問此心真面目，返觀七十四年前。

物態從教日日新，閉門聊得樂吾真。心游與世相忘地，身是叨天獨厚人。萬里風雲雖變色，百年禮樂尚知津。燈前静對爐香裊，幾樹梅花别有春。

己卯元旦津寓試筆二首

大地春回氣象昌，太平民物慶熙穰。蚩尤毒霧能多少，自是堯天舜日長。

齠齔隨親抵析津，回觀却似夢中身。童心未盡慈顔邈，反掌興亡七十春。

得鄉書感賦

陋邑衰宗故國情，承平版籍孑遺丁。登樓心怯斜陽處，愁聽雲邊斷角聲。飛機仍時轟炸，族中老幼逃亡，壯丁全被徵調。

病中示諸子

勛業不救時，文章不傳世。負此七尺軀，平生多顛蹶。豈謂不逢辰，獨遭天地閉。筋骸如芭蕉，先秋已凋敝。寒煖苦節宣，飢飽費調劑。絮衣勝腋裘，蔬食屏雞彘。居室才尋丈，蹇步怯階砌。性本愛山林，清游等夢寐。陳編希尚友，白陸尤深契。風日偶晴和，出門無所詣。朋輩如晨星，寥寥幾後裔。晤語重悲傷，多言取罪戾。亦或巾柴車，獨往無人際。心曠天宇高，眼明風月霽。徘徊賦小詩，俚句詮真諦。足已聊自忻，恍如舟不繫。人生固有涯，泡影誠危脆。富貴如春花，誰哉能罔替。稽古賢哲士，經綸在利濟。撫衷自循省，視身若疣贅。殘年百念灰，恨鮮身後惠。戚族衣弗完，鄉鄰食弗繼。睦姻與任恤，庭訓志未逮。引痛切肌膚，每思輒橫涕。喘息告諸兒，慈祥吾祖制。餘慶豈汝私，幹蠱惟汝勵。勤儉而推解，忠厚而孝悌。世界莽風雲，屋漏質天帝。瓜瓞卜綿綿，至性爲根柢。世澤倘能延，含笑從此逝。

吊張勛伯撫軍二首

赫赫當年定遠侯，玉門生入隱鋤耰。天教鼎沸中原日，難使英雄得首邱。歸田合肥，戊寅城陷，走鄉僻，溘逝。

叱吒曾令萬馬空，興亡未決若爲功。年荒四野多豺虎，錯不藏身人海中。

題北洋名公致外舅劉閣學公書札二首

群賢濟濟中興年，謦欬芝蘭入錦箋。鎖鑰北門傷往事，空留紙上幾雲烟。

先君槖筆起江南，袍澤惟公共苦甘。今日馨香留異代，燕齊相望兩燈龕。民國十年，直隸士紳請建先君專祠於天津，與公烟台祠宇相望，北洋監司中所僅有也。

檢焚舊牘有感

五十年間萬事空，羞將老眼送歸鴻。幾多家國心頭血，盡付雲烟變滅中。

游英公園五十年老海棠盛開

薄靄輕陰護艶妝，天公有意惜春光。憑肩仕女嬌無耐，逐隊兒童喜若狂。乍囀流鶯知驟暖，頻招遠蝶似聞香。花顔不改承平日，夢繞西園欲斷腸。頤和園海棠，昔年最盛。

喜次孫嘉良授室二首

巳整理者按：「巳」字誤植，當爲「己」。卯五月初八日。

種德詒謀百慮寬，青廬借地在國民飯店禮堂行禮。喜承歡。禮嚴著代孫由子，瓜衍椒繁倚杖看。

新蓮并蒂及時栽，喜見孫枝次第開。繡褓已乘雙竹馬，明年迎得石麟來。長孫前年完婚，已得兩曾孫女。

登樓有感

朝市飄蓬五十年，清時無補又烽烟。倚闌不覺斜陽晚，貪看孤雲伴鳥還。

五月二十日佛號滿千萬聲二首

余稱佛號，初無定課，自丙寅年始，每日定二千聲，計程十有三年矣。

不貪世諦不朝真，七十年來百苦身。今日稱名過千萬，可能歸作佛邊人。

少年猛志喪吾真，憂患如山集一身。老慕金仙方徹悟，夢中何事得由人。

有感

人家最忌事事足，此語吾聞于胡公。消長陰陽天不爽，君看熱極必生風。

七月六日洪水突至津埠盡成澤國

須臾平陸變深淵，真似黄河水自天。風捲濤聲村樹杪，日摇波影市樓顛。幾多行李成漂杵，百萬流民在露田。安得賢能如趙抃，療飢拯溺獲生全。

自遣二首

風塵歷盡雪盈頭，勛業文章志已休。赢得身心如木石，丹經讀罷且清游。

七十年來醒幻夢，三千里外寄閑身。茹蔬啜粥由天賦，底事能憂淡泊人。

遥望水中樓閣有感

烟樹微茫景一奇，凌波樓閣鬱參差。流民圖已無人繪，却賦東坡海市詩。

中秋對月

一年容易又中秋，萬里歸心浩莫收。情話千端無處訴，殷勤惟有月當頭。

庭中夾竹桃入秋大開

空庭幾樹竹兼桃，次第秋花伴寂寥。寒蕊不妨招蛺蝶，疏枝猶得集鷦鷯。雖非金谷繁華勝，也似雲臺逸興饒。方寸清虛天地闊，始知鵬鷃等逍遥。

重陽日九弟招飲市樓二首

用王維韵。

四海烽烟愴此身，白頭兄弟倍相親。舉杯更勸茱萸酒，翻羡耆年是壯人。九弟年最少，今已五十八矣。

菊花十里伴閑身，回首揚州孰與親。地老天荒今古恨，難忘百口渡江人。憶五十年前重九日，在揚州與大兄携手出北門看菊。

九月十九日同九弟約西甫一甫雨莊佩璵蔬酌爲展重陽會和佩翁詩原韵

九日重逢醉眼青，舊交零落若晨星。涉川安得先三甲，通道誰能遣五丁。玩世光陰同野馬，弄人造物是寧馨。黄花開晚知無恨，十度風霜又飽經。

七十有五初度兒輩進重游泮水圖爲壽感賦二首

青衿繞膝慰高堂，六十年前夢一場。盛世衣冠隨籍去，中天禮樂付詩亡。車書翻作乾坤厄，文字誰聞翰墨香。儘有英才遍閭里，稱名那復列宫墻。

漢官儀已蕩無存，釋菜誰知聖道尊。萬里欃槍悲浩劫，千年秦火痛餘温。牛刀莫笑弦歌地，燕翼還思通德門。畢竟詩書能繼世，區區衣鉢付兒孫。

生日述懷二首

老人風燭亦欣然，漫説添年是減年。口羨香醪看客醉，心懸峻嶽藉詩傳。光陰難繫花間露，世事如飛草上烟。晨粥一盂宵一枕，忮求消盡即神仙。

文章勛業本無期，獨有箕裘願不移。遺愛心欽南服日，慈祥耳熟北堂時。衰殘已戢希文志，頑健還資務觀詩。身後可能流澤遠，尚將繼述望諸兒。

巳（整理者按：「巳」字誤植，當爲「己」。）卯除夕感懷

守歲兒輩喜欲顛，老人心緒獨紛然。羈危故國三千里，湏（整理者按：「湏」字誤植，當爲「澒」）洞風塵五十年。何日黎元登衽席，無邊蒼狗幻雲烟。高堂菽水嗟難再，扶拜龍鍾俎豆前。

庚辰元旦試筆三首

元日光華氣象新，陽回斗室又生春。老人拜舞無多祝，再睹昇平作幸民。

又見辛盤百果堆，故鄉風味笑顏開。筋骸倘似常年健，准擬江南買棹回。

未敢貪天壽且康，甘餐美寢答春光。心危不減華胥夢，腹儉還贏齏瓮香。

自詒

夢境何休短，齊觀孰等量。養成知命學，修作引年方。食少同珍餌，心虛即道場。任教桑海幻，身事付蒼蒼。

水仙二首

出水花枝照眼新，一番冰雪一番春。會來天地無私意，隨處桃源可問津。
孤潔無言遠世情，亭亭金玉自天成。夷齊千載風猶在，白石清泉共此生。

孟莊宅偶題二首

八十開年已半强，市朝經閱幾滄桑。從教舊曆更新曆，却認他鄉作故鄉。椿蔭難回驚歲月，槐陰未茂怯風霜。龜堂願學隨緣住，日日街頭看戲場。
萬緣歇盡寸心安，斗室端居似海寬。枕葄探源同志少，荆榛塞路獨行難。蘭芽競秀知春早，松蓋辭榮耐歲寒。風雨漂揺常閉户，一篇木雁養金丹。

題齋壁

浮沈人海愧虚生，霜鬢龍鍾老已成。楹有藏書期世遠，室無長物覺身輕。隨緣施藥非言惠，遣悶尋詩不計名。安得女媧還煉石，尚摩病眼看河清。

病中作二首

宴客室寒，又傷生冷，壯熱三日。

聲色侵人病莫興，老來貪食更堪憎。美餐入胃如吞石，甘果凝胸比飲冰。下箸危於臨大敵，選珍難似覓良朋。膏肓豈是無端至，氣血摧傷藥不勝。

一飯疏虞廢寢興，百番反側百般憎。胃寒安得回丹火，脾濕殊難解澤冰。減膳禮疏慚對客，加餐情厚怯邀朋。老人謬試千鈞弩，奮臂方知力不勝。

養生

隨緣息念安天命，慎食防微却病魔。此事躬行須自策，養生妙訣本無多。

虛靜

進食不多能養氣，見人時少得安神。五千道德惟虛靜，要識精微後此身。

隨分

暑寒不忘衣加減，風雨惟依室徜徉。康濟自身愧康節，也知隨分答年光。

安禪

一生碌碌爲人勞，老識安禪可補牢。剩有晨鐘并夜磬，戲將聲寂問兒曹。

憶昔

名場憶昔少年雄，徒步風塵百里中。孝秀書生從古重，貞元朝士與誰同。城民今故輸遼鶴，家國興亡付雪鴻。今日一燈依病榻，青編有味勝兒童。十五歲時由本邑赴郡試，一百八十里，徒步兩日到達，不知苦也。今日衰殘，不能出户，惟手一編，對燈影耳。

却病訣二首

跏趺半結倚籐床，收視環臍轉火光。守得痴頑却病訣，如天大事莫思量。

電光石火有何常，日日隨緣作道場。無慮無思名極樂，半飢半飽是仙方。

老妻閑話二首

庚辰，余七十六，妻七十五。

二人一百五十一，頭童齒豁舌猶存。滄桑往事從何説，尚把艱危告子孫。

世界安危常草草，家庭興替亦悠悠。休嗟三黨尊行少，兒輩于今且白頭。

讀醇王傅相海軍大閱記書後二首

千古河山似弈棋，賢王上相亦何爲。蒼生浩劫今方始，五十年前運已移。
天厄英雄恨不平，危機常向盛時生。乾坤解紐嗟何及，誰使連鷄勢不成。

先外舅劉閣學公百齡追慶三首

憶從親迎謁音容，倏痛弓藏馬鬣封。今日營齋天地别，還思海外覓仙踪。
俎豆馨香寄海東，當年却敵出奇功。令威今昔河山感，謦欬如聞百歲翁。
上壽期頤復幾時，即今冥慶重追思。乾坤不朽綱常在，一世孤忠百世師。

追慕慈親

夢裏音容無計覓，松楸千里心恒惕。老昏偏記在童年，乞芋牽衣猶歷歷。七八歲時，喜食龍潭熟芋，常向母乞制錢一二文，市食之。

病起偶吟二首

十日春光病裏看，牆頭柳潤鵲聲乾。晴明頗動青鞋興，心怯堤邊未減寒。
百歲原難樂事多，好春況復病中過。今朝生氣纔絲髮，便擬尊前發浩歌。

病中謝親友相問

病魔難遣亂時屯，故舊還因異地親。報語加餐須努力，相看都是白頭人。

養病

簾櫳聲靜木陰移，正是清閑養病時。書策目昏無日課，睡餘遣悶却吟詩。

白頭

少日心期慕白頭，白頭今屆復何求。挽車方識騎驢樂，得隴翻增望蜀憂。葉底蠶眠徒自苦，花間蜂逐爲誰謀。淵明豈惜前途窄，高卧羲皇歲月悠。

題畫十首

小病兼旬，閉户無聊，坐對屏山，率得俚句，拉雜書之，聊志卧游情趣云爾。

相對屏山作卧游，此身如在百花洲。烟波縹渺鐘聲遠，欲往溪邊喚去舟。
柳黄草緑早春天，最好風光是水邊。十里鶯啼聲不斷，家家齊放釣魚船。
一派溪山不染塵，田園廬舍亦仙人。此心若使殊巢許，縱有桃源莫問津。
兩岸青山解送迎，波平帆飽一舟輕。老夫對此生狂思，身似江湖萬里行。
十載姑蘇夢裏踪，層層塔影一聲鐘。今看圖畫添幽致，試劍池邊好着儂。
四面山如碧玉堆，白雲深處有仙臺。亭中一叟依稀見，猶帶筆床茶竈來。
病餘足蹇目猶昏，書策塵封更閉門。忽見江南舊游地，水村山寺得重温。
柳陰驅犢水如漿，四野催耕處處忙。屋角鳴鳩勤唤雨，聲聲猶帶杏花香。
桑陰幾處卧閑牛，蠶事豐成麥有秋。莫笑農家終歲苦，一生衣食與天謀。
高文無那病支離，獨有雲山興未衰。百感衷情難縷訴，請看十絶畫中詩。

夢游靈隱

身入名山衆壑深，路隨啼鳥亦無心。莓苔一徑知何處，風送溪聲過竹陰。

答友人約游山

游山本是覓閑方，却爲游山特地忙。我欲結茅最佳處，開門朝夕對山光。

老病

馬失非爲禍，花開豈有長。病知浮世苦，老悔少年狂。殘息半甌粥，清心一篆香。老聃原學易，妙理問羲皇。

有感

草草光陰一百年，百年曾見幾人全。天心夢夢逢陽九，世界茫茫閲大千。已歎中原紛逐鹿，更看大地墮飛鳶。會須喚醒希夷叟，驢背相期太華巔。

自勉二首

術無導引還延算，計乏奇贏尚厚生。百事敢貪天賦予，要將爲善矢雞鳴。

莫嗟枝葉傷秋落，好培根蔕待春生。知幾一念天臨汝，陰德由來若耳鳴。

無心

莫執無心尚有心，好將禪寂老光陰。中天月到光盈室，大地春生綠滿林。

市隱

一生好入名山游，借句。垂老翻成市隱謀。滄海田中新世界，紅塵堆裏舊春秋。數椽且復親鉛槧，小圃聊堪荷棘耰。欲問鄉園歸雁少，夕陽明處怕登樓。蟄居津租界三年矣，未能越境一步，悶極。

喜雨二首

四月一日。

掃淨風霾別有天，霏微小雨助花妍。小公園山桃初開。人生隨遇須如此，一點無塵便是仙。

暄日尋芳有幾回，東風啼鳥十分催。天教微雨殷勤護，留待詩人載酒來。

遊倪氏林園

依水園林氣象舒，幾行高柳蔭扶疏。豐碑大碣將軍墓，木斫牆圬處士廬。雨足尚添新菜甲，潦收難覓舊芙蕖。山邱華屋今無恙，贏得平泉世世居。洪水後，荷盡淹，只有大柳蔬畦與高塚映帶，頗得幽致。

有感二首

寥落田園有樂天，及今況復義熙年。未能樂土營三窟，已是浮家歷五遷。南渡衣冠等塗炭，西征道路慘風烟。夷齊倘弗辭周粟，薇蕨焉能百世傳。

木壽雁烹本自爲，病侵虎噬欲何之。百年日月雙飛轂，萬里河山擲一棋。天地無情猶槖籥，乾坤有象作蓍龜。平生磨蝎甘憂患，老奉丹心是我師。

邀友看花

乘健偷閑有幾何，春光九十本無多。今朝日麗花枝好，酒椀詩囊莫負他。

戲嘲老態

老來嬌怪勝兒時，百事多乖懶護持。不耐輕寒偏惡燠，甫傷餔啜又號飢。耳聾肆應支吾對，足蹇孤行寸步移。最笑閉門苦岑寂，枯腸搜索打油詩。

奉和鵜庵自笑原韵

同是閑雲自在身，任教東海又揚塵。一春美景無多子，十日清游有幾人。與世不諧難避俗，得天獨厚尚全真。桃源未必非凡境，尋得溪山作幸民。

棄産感言

萍踪卅載似浮槎，垂老翻驚四面笳。洗甲回天寗有日，連烽遍地等無家。未能松菊留三徑，已是圖書散五車。白傅田園尚寥落，吾廬何恨寄天涯。買宅燕京已卅年，今有事變，棄之南下，而故鄉值不能歸之苦，從此飄零，不知何日得安居矣。

養慵

不覺年光速，翻嫌人事忙。擬游還怯步，得句亦旋忘。粥晏晨鐘後，書抛午枕旁。時時留小疾，天賦養慵方。

自儆

浮生百歲少，得笑幾回難。戒懼逢災眚，從容遇事安。齋心銘屋漏，息念鎮波瀾。逆順休忘道，胸中抵海寬。

曠觀

窮通倚伏要觀全，世事誰將後視前。快意每招衰病苦，多財還損子孫賢。春花秋草無私地，山月江風自在天。二十四年猶一瞬，汾陽富貴亦雲烟。

孟莊新葺止園消夏四首

小園草草勝居鄉，袖手晨昏一炷香。莫笑閑坊人事少，殘年光景喜深藏。

掃盡紅塵喜不禁，閉門還似入山深。茅齋低小偏忘暑，幸借籐梢半畝陰。

豈慕夷齊北海濱，疏慵聊得養天真。因時花鳥娛清晝，隨分杯盤洽比鄰。

炳燭餘光已悔遲，誰知閉户有餘師。枕經葄史嗟何及，曳杖閑吟白陸詩。

自笑

自笑龍鍾百不能，庵居淡泊曲吾肱。漫言居易三齋月，終歲蔬餐薄過僧。

清明道阻不得掃墓

養親負米恨無能，寒食鵑聲感不勝。望斷家山懸萬里，夜來魂夢繞荒陵。

喜得皓孫書二首

弱息投荒瘴海邊，魚沈雁杳已三年。花開花落驚殘序，雲卷雲舒任際天。定遠心期輸汗馬，伏波身世仰飛鳶。衰翁幸展平安字，贏得甘餐與熟眠。

家國興衰不百年，艱危歷盡尚身全。衣冠却走蠻荒地，衽席翻依瘴癘天。槖筆中興思祖武，楹書季世望孫賢。乾坤消息空搔首，撫簡燈前一泫然。

壽俞巨溟七十

士林道義久蜚聲，奚止文章重鹿鳴。却禄直追陶靖節，著書何讓鄭康成。千年史鏡扶名教，百世儒宗啓太平。天地有情終不老，祝君矍鑠見河清。先生著作甚多，其《鏡古録》《儒宗軌範》二種，最有裨世道。

中秋憶故鄉

佳節仍多難，浮生剩得閑。野花供老眼，濁酒慰愁顏。世變朋儕少，時危道路艱。江南風月好，何日故鄉還。

先公秋祭感言

先公天津專祠在河東，道阻，權在孟莊宅設位舉祀，宅南院今春新葺三楹，名春暉堂，將爲子孫供奉香火之所。

音容宛在拜尊前，淒愴秋霜已廿年。先公辛酉九月棄養，今已二十年矣。瀛海難忘完趙璧，析津猶記絶羲編。先公晚年住孟莊，著《易理匯參》。楹書世亂思繩武，豚整理者按：「豚」字誤植，當爲「豚」。豆時荒愧掩肩。千里松楸空拭目，故鄉何日熄烽烟。光緒庚子，兩宮蒙塵，先公奉旨入都議和，與八國聯軍統帥在西苑瀛台艱苦折衝，約成，兩宮始得回鑾。前年，熙葺屯絹胡同宅，立先公紀念堂，俾子孫歲時瞻拜云。

重九約諸友登高茶會二首

一年容易又秋高，天與清閑貸我曹。落帽漫矜當去客，題糕猶得幾詩豪。長空雁度無留影，四海鯨吞有怒濤。半醉半醒堪玩世，且浮杯茗當醇醪。

晨星寥落數交游，惆悵津門幾度秋。避世陶潛甘閉户，憂時王粲怯登樓。壯心尚共杯傳手，殘鬢難禁菊滿頭。且喜置身塵壒整理者按：「壒」字誤植，當爲「壒」。外，乾坤萬事莽悠悠。

子貞一甫同訪孫氏園觀菊四首

黄花滿眼帶香歸，結伴清游與世違。欲仿義熙人載酒，風流文物是耶非。

繁華事散與誰論，獨有柴桑逸興存。開遍東籬偏寂寞，孤芳相對却無言。

秋容老圃倍精神，千種芳名色色新。扶杖繞廊忘日暮，别花原自屬閑人。

名花幾日尚争妍，容易秋光又一年。尊重風霜堅晚節，莫將過眼付雲烟。

再至壽豐觀菊賦呈園主人孫俊卿三首

捲地西風百卉殘，徘徊三徑意闌珊。天公獨展東籬興，留得黄花最後看。

金英春植到秋寒，十日暄晴兩度看。多少辛勤供眼福，賞花容易養花難。

秋容雖淡有餘歡，要是人間晚景難。解笑花迎重至客，痴心不厭百回看。

河東萬氏園觀菊感賦

一别長安四度春，上林辜負幾芳辰。欣逢陶令開香徑，聊勝湘纍問水濱。醉月已忘當去客，迷花猶是可憐人。天涯行遍吾廬好，爲愛東籬雨露新。

飽觀萬家名菊率成俚句即呈園主璧丞先生二首

荷枯桂落負佳時，老圃秋容又一奇。魏紫姚黄難比美，環肥燕瘦總生姿。芳心不覺風霜苦，傲骨還憑雨露滋。陶令東籬無此景，喜開三徑好尋詩。

莫羡柴桑歸去時，東園名菊更新奇。美人高士無凡品，立鶴翔鸞有古姿。滿坐芝蘭熏酒醉，一庭風露覺衣滋。未言割愛頭須插，且擘籐箋贈小詩。

立冬後重訪孫氏觀菊仍用前韵二首

風塵邂逅惜才難，三日還應刮目看。要信天成真傲骨，凌霜不見一枝殘。

緩拖籐杖步珊珊，三至東籬興未闌。歸去尚攜香滿袖，見時容易別時難。

看雲

老懷孤寂百無思，閑看飛雲任轉移。坐久不知天色暮，長空偏愛落霞遲。

病榻偶吟二首

身世今如退院僧，庵居歲月捷飛騰。驚回七十年前夢，衹有寒窗半夜燈。

鼎沸中原又幾經，白頭衰病任伶俜。儘餘薄粥支殘息，四野哀鴻不忍聽。

游李氏荒園有感

昔日園翁肆盛筵，椿庭趨侍意翩翩。春花豈得朝朝好，秋月難教夜夜圓。儘有蒼穹新雨露，空餘培塿舊山川。平泉自古多遺恨，獨憶希文思灑然。

自歎二首

濟世才庸近寡恩，虛生何以立乾坤。一身温飽耽餘蔭，鎮日優游妄自尊。未使親疏俱得所，安知禍福總無門。邯鄲夢覺須臾耳，回首平生事孰存。生平所辦故鄉善舉一無所存，真可慨歎。

憂懷夙夜懔淵冰，道德文章不足稱。東國冠裳方在厄，西方公據更何憑。簡篇莫化青衿子，鉢飯難周白業僧。宏願未償看就木，千年應愧漆光燈。

七十有六自壽二首

浩劫年光東逝波，浮家又見四年過。避地來津，今已四年。籠紗密護風前燭，策杖徐行雨後坡。堪笑迂拘觀本草，不妨安樂住行窩。白雞倘假金蛇幻，星家言我明年辛巳歲當壽終。途窄淵明較已多。淵明甫六十，遽謂前途窄。

世界蝸牛角上攻，茫茫逐鹿若爲雄。清芬幸寄春暉裏，慈範還昭净業中。津寓今年修春暉堂，供祖宗香火。京西極樂寺開净業堂，永奉吴太夫人神位。身謝坡仙萬事足，心懸渭伯九州同。樓頭莫恨寒光短，萬里霞烘落照紅。

故都止園題壁

勛業文章志未攄，固應身世落樵漁。四方蓬梗無安土，三宿桑根有愛廬。學禮諸孫勤祏主，如愚季子典楹書。千年城郭巍然在，遼鶴猶當識故居。止園在城西屯絹胡同，後院立先公紀念堂，歲時舉祀。前院聚所藏書籍及師古堂家刻書版，命明恩典守之。

娱老

身如槁木髩成絲，峰頂餘暉落尚遲。玩世不爲明日計，息心常若未生時。偶尋耆宿嘗茶話，戲賽兒童鬥草詩。野鶴閑雲自今古，伯倫荷鍤又何爲。

先妣忌日祭

一別慈容四十年，蓼莪抱恨竟終天。難從圖像親言笑，衹見雞豚整理者按：「豚」字誤植，當爲「豚」。列几筵。定省晨昏無復事，瞻依靈爽亦虚傳。春暉未報傷衰草，空向秋波哭逝川。借句。

自遣

静對爐香百慮捐，清輝夜月豈常圓。隨緣樂去身無累，諸有空來性坦然。藏壑光陰飛野馬，解弢世事等浮烟。殘年自合青天管，熟讀南華内外篇。

放歌

大聖生時盜始多，禮爲亂首論非苛。衹聞狐鼠依城社，不見禽魚脱網羅。石未煉來天有漏，山能銜去海無波。乾坤浩浩群兒戲，千古英雄奈若何。

病中自廣

二十韵。

過去及現在，孰爲今與昔。上古在目前，光陰倏過隙。賢聖同仙佛，精神昭典籍。上下千萬年，其光長赫赫。人生本如寄，處處皆火宅。壽夭較短長，總計不滿百。即事生悲欣，寒暑成災厄。五蘊苦之因，八還苦之迹。却病有何方，安心是藥石。去住一無嗔，久暫兩俱懌。胸中養浩然，所遇忘順逆。譬如有冬夏，豈能無朝夕。幽明通晝夜，理故著周易。知命乃樂天，索隱并探賾。得失平等觀，我見頓冰釋。鯤鵬縱海天，蟣虱安禪席。秋菊不争春，朝菌不攀柏。認取主人翁，誰云當去客。東土本無居，西方亦非隔。神游歸太虛，勿謂前途窄。

紀十月二十二日事

聞是日至德城陷，居民逃避山谷，四十里内盡成焦土，獨吾村宗祠無恙。

已遭旱魃又兵車，痛惜黎民靡孑餘。千里田園成赤壤，萬家廬舍盡焦墟。魂飛脱阱奔林鹿，胆破沈淵漏網魚。尚見孤村宗祏在，上蒼應念隱君居。吾祖自中丞公唐時隱居紙坑山，今千三百年矣。

災後寄族人

闔境皆成焦土，宗祠幸在，亟籌款救濟族戚。

莫歎衰宗族不孳，乾坤消息寸心知。移風端自分朱墨，挽劫終思拯溺飢。千載清芬延世德，始祖中丞公自唐以孝友稱。百年厚澤述先慈。先妣一生慈善，至今義田未廢。天公與善無差忒，後嗣英才視此詩。

自解

鴉鳴鵲噪動機先，要信人生各有緣。社鼠城狐原是運，池魚幕燕亦關天。間中富貴心空爾，壽外康寧數偶然。但得痴頑如鉄石，也成一日地行仙。

痴頑

人言閑静似而非，惟有痴頑二義微。蟠木不争溝脊斷，孤豚整理者按：「豚」字誤植，當爲「豚」。豈羨廟犧肥。鳶魚飛躍皆天性，鵬鷃逍遥總化機。大冶鑄金寧有意，鼠肝蟲臂又何譏。

生日思親

風燭餘年風木悲，此生難再是兒時。每思煨芋承顏樂，尚記分梨繞膝嬉。蒿蔚豈酬天地德，松楸徒撫雪霜姿。廿年一別鄉千里，空憶荒林聽子規。

古香齋題壁

世事紛紛了不知，閉門白陸是吾師。飯餘茶罷抛書後，清坐燒香賦小詩。

有感

素抱希文憂樂衷，百年至計一朝空。生當剥復貞元際，身愧浮沈天地中。赤手未抒三黨難，白頭猶望九州同。鄭公裔竟汾陽勝，世世惟勤力穡功。

津友贈梅竹二首

隨處桃源好問津，故人同作太平人。分來梅竹清齋供，渾似貞元第裏身。

唐花照眼白頭新，鼙鼓聲中作幸民。唤醒揚州卌載夢，蠟梅天竹萬家春。

觀風雪有悟二首

任教平地忽生風，幻滅原歸不動中。天際飛花千萬斛，可能一點礙虛空。

世間生滅境千般，冰炭侵難片刻閑。放眼乾坤真實相，掃空六用是無還。

小疾

櫛髮頭仍悶，寬腰腹未舒。一身猶是贅，萬事莫非虛。籠玩新孳鳥，池觀舊放魚。齋心同止水，小疾自能袪。整理者按：「袪」通「祛」。

耐病二首

頻經雨打花餘萼，幾兆焚如燕覓窩。何怪暮年能耐病，平生憂患本來多。

既以爲人已愈有，未能無疾算偏長。乘除消息由天定，且把虛懷抵壽康。

病起偶題

拓開心緒一身輕，砭去頭風兩眼明。災害每從衰運至，功名原自得天成。百年日月無愆晷，千里關河有定程。啼鳥候蟲非作意，昌黎漫説不平鳴。

秋夜

衰疾秋無奈，高年夜有情。霜嚴衾似鐵，月净几如瑩。繁響微蟲語，長空斷雁征。祇愁鄉夢遠，歷歷到天明。

斗室

斗室養殘軀，乾坤一腐儒。仰承三聖學，瀦玩六經圖。活水觀魚躍，清風聽鳥呼。耄荒人事少，且復兀枯株。

傷老

一生桎梏利名場，聞道功疏老始傷。昨日不知今日是，存身豈識外身長。春來塞北蕪仍緑，秋至江南稼亦黄。天地無私同覆載，區區人世説彭殤。

有感

滄海横流已遍遭，抱殘守闕敢辭勞。百年溝壑鴻毛重，萬里關山馬骨高。會洗金戈河痛挽，自銷鐵戟浪争淘。焚香夜祝天垂祚，濂洛諸儒媿禹皋。

除夕守歲

庚辰。

磊落將如此老何，皤皤白髮得天多。焚餘灰爐詩筒在，殿後光陰爆竹過。霄漢幾人曾煉石，虞淵無處更揮戈。深宵那復童年趣，一炷清香禮佛陀。

辛巳元旦試筆

用除夕韻。

燭殘餘焰奈風何，重七之年已足多。萬事盡拋雲外去，一生都付夢中過。祥開日月占豐穀，瑞靄河山兆止戈。椒酒尚扶衰後健，且追白叟誦彌陀。

憶昔

六十年前辛巳，十七歲，由秀才考優等，補廩生。

弱歲青衿方食餼，及今回首是昌期。百年家國中興日，李文忠方任北洋，歷三十年，百政俱興。一第功名發軔時。後十二年，癸巳科中式舉人。棣鄂聯輝曾韡韡，大兄乙酉拔貢，戊子舉人。二兄戊子副榜，辛卯舉人。壬辰，大、二兄同榜進士。七弟癸卯經濟特科，九弟癸卯舉人。椿萱并茂正熙熙。先君是年補津海關道，歷升直臬、川藩，兩江、兩廣總督。先慈康祥，清齋禮佛四十餘年。滄桑屢易清芬在，庭訓難忘燕翼詞。自唐朝，始祖及六世祖以孝友文章著稱。先君著《負暄閑語》，訓子孫世守書香，勿忘禮教。

古香齋題壁二首

仍用除夕韵。

掃空大患奈身何，茅屋三間則已多。翠柏有心迎雪立，石樓無耳任風過。挽瀾徒屹中流柱，垂涕難休同室戈。燈燼欲殘看瘦影，居然蕭寺老頭陀。

休問桃源路幾何，放懷斗室得春多。彌天壘塊杯中盡，閲世微塵枕上過。萬里車書聯几席，千年玉帛化干戈。澄心似海皆仙境，剩欲扁舟訪普陀。

上元感賦

堪慰衰翁自在身，圖書滿架未爲貧。一門甲第慚通德，半畝荒園負隱淪。閲世不知朝市改，撫辰猶見歲華新。街頭燈火今猶昔，閉户還留斗室春。

達觀

得過一日且一日，後事茫茫誰可必。無端妖伏雷擊牛，未見滂沱月離畢。魯使酒薄邯鄲圍，陽虎貌惡孔子厄。才與不才孰者全，雁烹木壽俱逢吉。

對食

食飲隨緣要適宜，飽諳世味此中思。精粗濃淡初何擇，甘苦辛酸祇自知。茶興每回微倦後，酒香常在獨醒時。人生底似安蔬好，晚歲東坡是我師。

自題像贊二首

庸庸碌碌，本來面目。食有青蔬，居有白屋。風月婆娑，光陰迅速。不怍于人，笑容可掬。

菩薩低眉，金剛怒目。彼何人斯，齒稀髮禿。燕居溫溫，色容齊遬。保此形骸，還我素服。

衰病却醫

一杯薄粥氣如絲，過歷餘生豈自期。足底雲浮常似醉，眼前霧隔竟成痴。陳篇展轉辭難理，故友遭逢氏不知。逆旅去留天所命，何勞折柬更迎醫。

思故鄉

人生樂事在鄉關，回首思之覺破顔。石上輕雲從足起，枝頭好鳥伴身閑。買花每入市中市，採藥常尋山外山。天幸倘歸遼海鶴，可憐腰脚已非頑。

小疾旬日不出

車塵門外浩縱横，環堵蕭然百慮清。架有藏書消日永，室無長物得身輕。招呼風月詩中景，檢校江山夢裏程。師友凋零閑過少，敢欺衾影負平生。

初春得雪二首

滿庭飛雪趁風斜，舞向枝頭似落花。分付兒僮漫除掃，好催梅信到山家。

霏霏繞樹去還來，偶聚階前玉作堆。人事無心袛此似，不妨隨處笑顔開。

津寓午睡

七十年來寄斷蓬，旌麾兩世亦匆匆。一庵高卧餘何羡，常是家山入夢中。余八歲來津，今年七十七，烽火漫天，思歸不得。先君曾任天津道、長蘆運司、直隸臬司，余繼踵斯席，皆陳迹矣。

登樓

憂患如山一笑空，西窗睡起夕陽紅。欲舒老眼無高處，獨自登樓送去鴻。

戲擬閑中富貴

貧賤驕人古有之，天然富貴最堪思。一畦葵長羅旌節，兩部蛙鳴勝鼓吹。管領湖山卿相業，招呼風月帝王師。書城坐擁無窮樂，懶和淵明乞食詩。

俚句自述

八章，章八句。

世人行述，率多溢美過情之譽，予甚耻之。病榻無聊，默溯平生，耿耿于懷，爰著俚語，以當私誄，質之君子，無譏厚顏。

時當中興，誕生鍾阜。鼎盛家庭，椿萱并茂。十六食芹，居然孝秀。迨及壯年，鹿鳴方奏。幼學。

京曹筮仕，十載邂逅。東魯北直，先君治舊。津道蘆鹺，廉訪最久。愚也不才，忝踵三綬。宦迹。

謬綰度支，民生莫厚。經營實業，心餘力否。後樂先憂，於己無取。志在養民，徒呼負負。實業。

倏焉耆齡，蟄居甕牖。從事鉛槧，殘闕抱守。鑿納楹書，光前裕後。追維庭訓，睦婣孝友。刻書。

屢顧梓桑，教養粗究。水旱頻仍，兵燹重遘。哀我父老，流離顛仆。車薪之火，杯水何救。善舉。

而我獨安，實深内疚。饘粥有資，數椽可覆。雖曰豐亨，衣褐飯糗。閉户息影，兢兢屋漏。儉約。

車馬無聲，度此清晝。西方彌陀，未嘗離口。白陸詩篇，未嘗去手。回溯平生，幸哉天佑。清修。

石火電光，何物弗朽。消息盈虛，知足常有。累世搢紳，不爲不偶。七秩餘生，不爲不壽。知足。

題室人七十六肖相

滿面春風，神采淵若。早歲辛勤，晚年淡泊。目昏能視，齒落能嚼。雖則蹣跚，知足常樂。

自況二首

過得一日又一日，世間萬事海茫茫。此身商略無歸處，布被蔬餐即道場。

生值玄黄血戰時，一身泛泛欲何之。終年謝病因疏客，竟日無營却愛詩。

郊游二首

謝客捐書鎮日閑，攜筇原野散腰頑。偶經橋畔多時立，待得漁舟一一還。

輕陰薄靄露春光，天意無私草木芳。似有疑無蕪際緑，半含乍吐柳梢黄。

春暮二首

三月春陰柳絮飛，山桃含蕾尚枝稀。街頭袒臂群兒戲，竊笑衰翁未減衣。

橋邊迎日得春多，一水鱗鱗已緑波。堪憶江南微雨裏，扁舟四處起漁歌。

敬止齋題壁四首

壯歲功名志未攄，老來作計更迂疏。生涯零落從無恨，四壁蕭然却有書。

靈府寧容外物干，四方多難却辛酸。放懷獨有圖書樂，莫繪流民不忍看。

老學痴頑不慣愁，世間萬事付悠悠。干戈擾攘春秋際，陋巷何曾禹稷憂。

積雪嚴霜一掃空，千紅萬紫又春風。天心剥復人難測，自有英雄草澤中。

雜感二首

千年王霸若風馳，治亂興亡復幾時。天地不仁原橐籥，還將芻狗示兒嬉。傷劫運。

版築魚鹽世有之，風雲際會待昌期。胼胝八載無家日，正是垂裳端拱時。思盛世。

讀史二首

蟲沙浩劫幾時終，禍始蚩尤已自雄。歷代幅員經亂展，况今天使五洲同。

王霸奸雄祇論成，從來正統本虛名。試開青史從頭數，幾日黎民享太平。

題故鄉災民册二首

上年以來，敝邑屢遭空軍轟炸，十室九墟，其幸免者，嗷嗷待哺。

飛空鋒鏑技争奇，歎息黎民靡孑遺。天地好生終不爽，須知陰隲有倫彝。

不徒發粟意殷殷，要識民生在力勤。處處春耕齊荷鍤，家家秋稼卜如雲。及時安輯田園去，免見流離道路分。寄語鄉鄰諸父老，好留功德到榆枌。

小園二首

透牖暄風拂面來，方知大地已春回。番番花信從頭數，擬伴園丁次第栽。
堪笑衰翁氣力微，一冬篝火亂書圍。今朝忽動青鞋興，喜見墻頭蝴蝶飛。

道室偶題二首

藐藐一身同墜露，悠悠萬事等浮雲。金經讀罷香初燼，獨倚西窗送夕曛。
眼明始見乾坤大，心静方知歲月長。密訣丹經皆迹象，饑餐渴飲是周行。

惜花二首

冷烟苦雨方無奈，烈日暄風又不支。人事多乖常似此，幾何調燮得中時。
江南臘首先舒柳，代北春深待放梅。天運無私隨地轉，好花原不爲人開。

踏青二首

秋深花謝到春殘，斗室身如坐井觀。今日出門平野緑，始知天地本來寬。

日麗風和絶點埃，荒郊且喜又春回。衰翁偶動尋詩興，林下水邊特地來。

高卧

義熙人易老，高卧傲羲皇。藥餌常堆案，箴銘獨滿牆。生涯憑市井，歸思繞江鄉。已是辭家客，寧論夢短長。

有感

青史若蓍龜，燈前掩卷思。風塵燕趙客，耕釣帝王師。運至臨高閣，時違泣斷碑。知音千載遇，今古幾鍾期。

寄俞壽田親家

十年居久別，七年前同居香山消夏。千里夢相親。等是無家客，公避地入川已三年，余滯津沽已四年。都忘有限身。公年八十，余七十七。鶯花懷故闕，故都花時，屢欲往觀，未遂。風雨渡迷津。公今擬赴申江，道途艱阻，不知何日得到。何日重杯酒，江山共主賓。

花時子貞西甫雨莊震初諸人常約公園相遇賦贈

同是天涯客，相逢絮語頻。不才生計簡，多難故人親。腸斷江鄉夢，心驚海國春。年年花下遇，重見白頭新。

得壽田去臘書云將迂道赴申沿途艱阻無定程俟到再告今已兩月不禁感喟

字密心如見，情深語益親。安危無定所，去住不羈身。易失鬘叢路，難知鯉簡津。相期同歇浦，尊酒慰歸賓。

先公祠宇在河東道阻已數年今春仍在孟莊故居春暉堂設位遥祭感賦

往事鴞音口卒瘏，空留祠宇寄津沽。廿年孺慕悲楹奠，先公辛酉見背，今二十年矣。百歲清芬仰畫圖。四壁懸先公百齡紀念圖詠。風雨敝廬猶昔在，枌榆舊社及今無。原籍專祠早被摧毁。式憑靈爽應含笑，飲胙孫曾滿坐隅。

自曠

蝴蝶莊周夢本同，大千世界一微蟲。日消經帙詩牋裏，生寄蔬餐藥餌中。得意無時無美景，放懷是處是春風。桑田滄海俱觀盡，不待修多説苦空。

約雨莊上已整理者按：「已」字誤植，當爲「巳」。日同游李氏舊園

記取重三日，清游恰兩人。平泉仍舊主，緑野又新春。蝶影迎花徑，鶯聲送水濱。追懷杯酒樂，往事問漁津。

邁老

不作衣冠累，寧辭鬢髮凋。春從蓑屐老，日向雉盧消。眷屬宵栖鳥，筋骸雨敗蕉。抛書酣午枕，魂夢也逍遥。

自幸

人容藏老拙，天許作疏狂。彝鼎常堆案，圖書獨滿床。鳥迎風過語，花送雨餘香。隨遇閑成趣，翛然與世忘。

寄慨

義利幾能辨，隆污道不同。家私隨手散，生世轉頭空。身出浮雲外，心安陋巷中。庖丁篇有味，妙語善刀終。

公園桃開有感二首

天涯忽已遍春風，纔繞公園幾樹紅。驚起少年京輦夢，宫牆迤邐杏花中。
燕南芳訊太匆匆，獨有山桃歲歲紅。狂態欲尋花下醉，故人難復一尊同。

病齒不能咀嚼戲作

慣忍轆腸本自奇，旋停鶴料亦相宜。不嫌叱犬還投骨，未問噭鴻却食糜。梁上獨憐新燕乳，欄間堪笑老牛呞。一杯饘粥原無恨，大嚼屠門竊鄙之。

感歎

天地無情春不留，落花風裏獨登樓。亂離夢切還鄉兆，老病詩多爲國憂。羌笛數聲關塞月，衣砧一片漢宫秋。古今共盡兵車恨，青史偏誇萬户侯。

喜春二首

久閱風霾可奈何，連朝麗日得清和。天心憫我窗中老，陌上尋花忽已多。
世事無涯生有涯，春風到處是吾家。衰翁力少心猶壯，欲伴園丁學種花。

惜春二首

已過百五尚餘寒，寥落公園露處難。安得江南花似錦，小軒品茗剩憑闌。
九十春光强半過，妒花北地苦風多。却看野燒依稀緑，好景原來耐折磨。

無心

熟讀蕘夫林下吟，自家康濟亦愔愔。看花卧雪平常耳，萬事無心喜不禁。

治生

禍福無端不可尋，莊生于此費沈吟。治生莫妙鞭其後，虎不能攖病不侵。

修禊吟二首

蘭亭高會著清名，天地無情却有情。俯仰山川千載邈，招呼風月一身輕。形骸共盡杯中物，絲竹常留絃外聲。誰識右軍胸百感，永和原不是承平。

流觴曲水久知聞，詠事風流屬右軍。俯聽清流多寄託，仰觀峻嶺亦遥深。高懷直欲前凌古，陳迹猶思後視今。千載江山無定主，問誰能起繼斯文。

上已整理者按：「已」字誤植，當爲「巳」。日一甫約偕子貞西甫雨莊震初茶叙賦贈

一杯清茗度芳辰，太液瀛洲説往因。地最多情河畔草，天教得意水邊人。偷閑隨柳青鞋健，道故班荆白髮親。千載蘭亭無恙否？江山爲主執整理者按：「執」字誤植，當爲「孰」。爲賓。

止足

逸老無如止足觀，一窗高卧有餘歡。籐陰滿架全忘暑，筱火圍爐不覺寒。風月放將詩句寫，溪山贏得畫圖看。但教方寸清如水，丈室猶應抵海寬。

觀化

王侯與螻蟻，共盡一塵微。萬里隨鵬去，千年任鶴歸。乾坤真旅舍，今古幾漁磯。大化原無極，應知躍冶非。

菖蒲詠

拜竹何由隱者名，春風被處且催耕。杏花柳葉羞爲伍，白石清泉過此生。利劍新抽和露重，安車早過覺風輕。還思甲洗兵銷日，太守鞭傳政有聲。

送一甫赴秦皇島避囂

滄桑世事若雲烟，何處桃源別有天。自古海濱稱大老，羨君陸地作行仙。雄文正氣思驅鱷，遠水長空看墮鳶。島上逍遥真樂土，秦皇名迹且千年。

吊姜女墓

忍枯萬骨築堅城，豈料關山盡曳兵。孤塚難平千載恨，至今朝夕看潮生。墓在海中，距山海關數里。

詠山海關

原來四海一家春，天地無私孰主賓。獨使孤城傳萬世，至今愁殺度關人。

公園遣興二首

衹慣痴頑不慣愁，偷閑日日作園游。桃花開後春光老，紅蕊何曾笑白頭。

幽燕三月始知春，草緑花紅日日新。除却鶯聲無與語，天教閑處作閑人。

奉和楚卿見示修禊原韵

同是山林春暮天，右軍獨步擅華年。多情樂事無今古，幾輩詩名有後先。修竹虛懷塵外客，流觴痛飲酒中仙。及時好景君須領，買斷風光不用錢。

題天津三多里故居

何啻深山隱薜蘿，閑居陋巷得三多。牆圍隙地分畦菜，門繞清溪擁釣蓑。學退有書還熟讀，興來無酒亦高歌。先人槐蔭風烟老，詩禮趨庭幾度過。

詠得年

濂溪窗裏風光短，康節窩中日月長。知命有緣隨木雁，樂天無事問彭殤。忘身徇欲原非計，夏葛冬裘豈待商。自愧虛生樗櫟壽，懸疣附贅負蒼蒼。宋儒周子五十七，大程五十四，二程七十五，張子五十八，朱子七十一，邵子七十八。

寄皓孫二首

萬里投荒日似年，伶丁顧影自堪憐。驚心更有難言處，仰視飛鳶瘴海邊。

歎爾雙荆一已無，眼穿似續我年徂。玉門若待封侯入，休問含飴墓草枯。

課孫讀書有感二首

世運荆榛痛塞途，士風凌替竟屠沽。空齋市遠清如水，獨課童孫誦典謨。

風露凄清月影沈，伊誰能會此時心。神游揚拜賡歌世，獨自挑燈出苦吟。

清明家祭

松楸南望涕縱横，歲歲雞豚客裏行。千里魂飛蝴蝶夢，三更愁聽杜鵑聲。心摧邱壠今朝恨，痛切門閭昔日情。等是羈危虛墓祭，何殊子厚謫邊城。

寄傲

靈府寧容外物侵，高吟且喜滌塵襟。閑如不雨雲歸岫，清似無風月滿林。與世相忘猶落落，閉門獨坐亦愔愔。琴書可寄南窗傲，千載陶公是賞音。

遣懷

衰年無地寄心期，九十春光百首詩。棖觸每從花落後，推敲常在月升時。階前獨立頻搔首，枕上沈吟幾斷髭。欲和淵明榮木句，脂車策驥愧先師。

閉門

難從世外覓田園，老厭風塵欲閉門。但擁詩書無客至，不聞市井有聲喧。紅殷萬朵花盈檻，緑净千竿竹繞垣。得似深山人徑絶，怡然自樂即仙源。

惜花三首

最早山桃幾樹芳，塵霾連日逞風狂。天心欲解名花厄，留得輕陰護海棠。公園山桃已過，海棠未開。

已過清明花未開，春光易老妒風霾。輕寒薄靄還多幸，留待衰翁扶杖來。

三月春寒花事遲，獨憐風日易離披。老人慣及晨星起，最愛含苞帶露時。

落花二首

暖日烘窗柳脚斜，杜鵑聲裏客思家。東風不管春光老，故向尊前送落花。

年年春色動鄉思，客裏看花不厭遲。最是落紅來枕上，天涯歸夢乍醒時。

郊游有感

桃花無主幾人游，歲歲芳踪不可留。衹有春風似相識，石橋依舊水東流。

花時思還舊都不得今五歲矣感懷賦此寄諸老友

春歸何處迹成陳，歲歲花時又一新。燕去尚留樑上壘，桃開難識洞前津。但師康節藏窩裏，休向長安問水濱。天地無心人事改，江山爲主我爲賓。

園中春暮海棠初胎却憶舊都稷壇最盛游人如織

嫩蕊絲垂無限嬌，多情紅燭伴春宵。稷壇盛事渾如昨，欲醉花前鬢已凋。

憶昔

西禁棠陰出屋高，花時芳氣若醇醪。當年退食公廷晚，繞樹千回亦足豪。西苑海棠高數丈，花開滿樹，每于退食過之，愛不忍去。

孟莊止園種菜二首

五載羈危別故都，不堪舊圃盡榛蕪。寄廬薄有三弓地，自種青蔬佐筍厨。

多難何心花滿闌，朝開暮落更悲觀。及時小雨添畦菜，贏得齋盂卒歲餐。

自寬

世途易可出艱難，嘗味須經苦辣酸。事去無心何得失，疾來不藥亦輕安。歡聲籠鳥春同享，伏影盆魚海樣觀。與物相忘隨地足，老人歲月本閑寬。

寓意

豪傑原先天下憂，韜光養晦若爲儔。直鈎去餌方垂釣，五十年來不解愁。

月夜聞笛

玉人何處倚闌干，橫笛偏吹行路難。寫盡關山無限恨，清暉況是客中看。

排悶

時危身老欲何之，那復山顛并水涯。息盡機心還對弈，苦無傑思强題詩。遠追朋輩看花約，近伴兒童鬥草嬉。一炷晨香風定後，黄庭兩卷晝陰移。

老景

耄耋光陰古更稀，一窗昏曉亂書圍。茶甘飯軟支殘息，不管門前俗是非。

市樓顧曲

千家歌舞作生涯，變調齊摹塞上笳。見慣興亡心似鐵，更無人唱後庭花。

信天二首

人生事事仰天公，垂老彌勤屋漏功。一息尚存生理在，此心常與彼蒼通。
雞鳴爲善日孳孳，天付神明勿負之。太極本從無極始，真源何慮復何思。

世綱

坐受陰陽寇，橫招利欲侵。存身同蠹蘖，歷境等蹄涔。醉去車堪墜，醒來鹿漫尋。一朝開世綱，萬里縱仙禽。

負暄

淳風誰及結繩前，憂患原從識字先。讀破縹緗千萬卷，何如曝背負茅檐。

有感

順正方知命，忮求豈事天。蛾焦因撲焰，蟻鬥爲爭膻。花好無千日，樗生有百年。誓心若冰雪，魂夢也翛然。

答友人問老態

昔愛名山絶頂登，于今足蹇罷行縢。枝梧對客儀常略，抖擻尋花興偶增。頗有時紅惟賴酒，髮無可白直如僧。溪橋施藥尤堪笑，聾叟相呼兩不應。

憫世

搔首青天問弗膺，蟲沙浩劫恨填膺。百年有限如炊久，萬事無憑若夢徵。愛鼠尚留眠後食，憐蛾還護佛前燈。此心不泯知誰會，欲學禪床入定僧。

勸酒吟二首

一寸光陰一寸金，勸君莫厭百杯深。花前月下時時有，難必身閑酒滿襟。
人生夢境苦蘧篨，醉後方知樂有餘。借問風塵名利客，何如信脚到華胥。

午睡

隨分生涯不願餘，身閑且免負蝸廬。午窗一枕寬如海，齊斗堆金視土苴。

好静

晚年惟好静，高枕看人忙。醉裏乾坤大，閑中日月長。摘花香入袖，得句秀充囊。自在方爲樂，千金無此方。

新霽

塵霾連日若飛烟，天宇今朝忽朗然。簇簇新花偏色潤，關關小鳥却聲圓。蔬添舊圃堪烹甲，竹過鄰園未剷鞭。緑柳扶疏陶令宅，令人追憶義熙年。

無生訣

欲問無生訣，先從莫造因。餐眠常淡泊，呼吸要輕勻。世入無懷氏，身爲鼓腹民。不憂真極樂，即此是能仁。

閑身

當去辭家客，遷流避地人。枕中一瞬夢，襟上十年塵。雲閉桃源路，烟迷楚國津。江山留片土，風月寄閑身。僑居天津英租界，已經五年。

四時樂

春花秋月醉顏酡，長夏荷風送棹歌。更喜冬來書課久，樓偏西面夕陽多。

掩扉

朋本難逢老更稀，迷花醉月事多違。春歸無復青鞋興，把卷籐陰晝掩扉。

戲詠公園所見

傾國争妍時世妝，不嫌袒臂髮披猖。一年好景君須記，睟面朱鉛趁海棠。

病起偶吟

老病龍鍾百不能，一庵身寄冷如冰。簡編有味還遮眼，蔬水無營且曲肱。興到舉杯胸壘塊，睡餘覽鏡髮鬅鬙。爐香坐對籐陰轉，直似深山退院僧。

夜坐

勞勞盡日果何圖，夜坐方知勝故吾。喜見明星小止觀，拓空大地半跏趺。三更月上凉如水，萬籟風清兀似株。堪笑人辜燈下影，良宵添得睡功夫。

自詠

逝水年光過古稀，閉門萬念付憨痴。清游每恨同儕少，涉世方嗟見事遲。偶剪松枝通曲徑，旋添藤蔓補疏籬。是間幽趣誰能比，問着衰翁却不知。

有感二首

百憂交集獨吞聲，閲盡艱危世念輕。堪歎痴人偏説夢，徒聞豎子亦成名。

身如大海一孤舟，逆順安危不自由。飽歷風濤羡平地，何如乘勢早帆收。

慨歎

天教師饉降奇災，又見良田盡雪埋。誰嗣昌黎大湖祭，鴻飛無澤更堪哀。聞至德清明大雨雪，麥苗盡萎，災民更無望。

災民歎二首

何幸先民盛世生，己飢己溺最關情。越州菑記潮州祭，欲誦曩編泪已傾。

人代天工作帝基，一夫失所痛連肌。堯時洪水湯時旱，豈有黎民歎仳離。

易歎

混沌乾坤本泰然，庖犧一畫忽開天。陰陽消長無時已，遂啓兵戈憶萬年。

禮歎

唐虞三代遞相推，兵禍偏隨制作開。天地不仁視芻狗，從知亂首禮爲媒。

史歎

自從黃帝勝蚩尤，千載征誅啓夏周。歷代興亡觀大事，直稱戰史續春秋。

詠歐戰二首

大千世界海茫茫，何處希夷問睡鄉。欲駕雲車盱隻眼，崑崙頂上看興亡。
進化文明豈有終，忍將才智逞英雄。盛衰倚伏須臾事，抑滿方知造化公。

自詒二首

人許衰稱壽，天容逸養痾。地偏來客少，園小得春多。花信從頭數，鶯聲聒耳過。一窗風月好，無事且吟哦。

古今同逆旅，天地一迂儒。自分閑藏拙，還教默守愚。畦蔬方拆甲，籠鳥已將雛。會得時行樂，吾生與物俱。

小疾

小疾纔三日，潛衰似十年。春衣仍短褐，午飯僅疏饘。花影移階緩，鶯聲出谷圓。呼兒屏藥餌，一笑百憂蠲。

憶昔

生平懷壯志，垂老際時艱。幸爾抽簪早，居然抱璧還。風晨游海嶠，六十歲後，百事謝絶，避居大連數年。雪夜度關山。五十避徵召，同趙幼梅冒雪出山海關，夜抵葫蘆島。往事尊前訴，清談尚解顏。

讀史有感

乾坤留正氣，今古幾儒冠。濟劇奇才易，投艱大節難。胡天旌節落，易水劍鋩寒。青史論成敗，須將冷眼觀。

病起追慕慈親二首

自從弱冠到華顛，曾幾晨昏依膝前。天地無情人易老，山川有路境難還。劬勞罔極孩提日，疾恙誰憐耄朽年。最恨絶裾垂泪別，痛心何計及黃泉。

憶昔徽音在耳邊，慈祥愷惻望能傳。箕裘未紹辜陰騭，桑梓堪憐尚沛顛。願借馨香供樂國，京西極樂寺念佛堂，供奉先慈神位。思承志事續卑田。捐款樂濟會，擴充義莊。衰遲自分無多日，努力仁施報九泉。

記夢

憂患平生老已忘，夢中豺虎忽猖狂。晨窗驚覺心猶悸，恰聽鶯聲繞畫廊。

風霾連日不出

已是天公度外人，風雲變幻不關身。齋居偏覺年光速，掃地焚香送暮春。

春寒

撲地風塵何所之，隔江絲竹盡哀思。春寒袖手情無奈，滿腹遺山集裏詩。

春殘

海國春殘幾日留，駢肩士女語鈎輈。新花移植更番艷，自是游人不解愁。風霾過後，公園游人轉盛。

止足

一春能幾日晴明，歷代無多時太平。泉石優游堪適性，風雲變滅亦怡情。看花艷極容先悴，玩月光盈魄始生。人事原來須止足，補天填海總難成。

題齋壁

白髮乘衰日日新，一庵常掩寄閑身。明窗換紙迎朝日，小圃移花及暮春。窺户流鶯如妒夢，入簾乳燕不生人。心安自是神仙境，何必桃源別問津。

連日風霾偶出攖疾戲作二首

堀堁揚塵天地昏，中人勃鬱又煩冤。從今熟領雌風味，窮巷深居獨閉門。

三日蠹蜳氣益衰，食眠失度骨支離。老夫堅卧消災訣，但信天公不信醫。

省事

衰老能逃名利場，直將省事作良方。終年謝客身因懶，三日捐書字旋忘。喚夢新鶯驚枕早，穿花小蝶撲衣香。荒園寂寂饒生意，門外車聲爲底忙。

大庶妣小祥忌日祭告哀思示七九兩弟

回思侍食逌尊前，痛失音容倐一年。忍見新阡滋宿草，空留遺像薦疏筵。驚心歲月同朝露，極目江鄉入暮烟。何日山程兼水驛，安然扶櫬到牛眠。

種蔬

留得青錢買緑蓑，先生讀罷即高歌。新知每歎同心少，舊夢仍循熟境多。天際有鴻何慕弋，門前無雀可張羅。種蔬幸得三弓地，斗室春深養太和。

無身

乾坤俯仰幾陳人，除却江山萬事新。三五月輪圓缺魄，廿番風信去來春。空花豈得兼求果，幻影如何更覓真。道德經中唯妙語，欲無大患在無身。

二然

理數循環孰後先，行時生物總由天。當然人事原當盡，若到成功却自然。

因果

寂然不動感而通，易理明明説化工。賢哲畏因俗畏果，吉凶悔吝問心中。

郊行

醉眼偏從郊外醒，緩拖藤杖獨彳亍。柳陰西畔多時立，爲愛平蕪一片青。

憫世運

危微精一審幾先，歷聖相承道統傳。禮樂凌夷三代邈，乾坤解紐萬方顛。狂瀾莫底横流柱，大海寧回東逝川。五百年間名世出，痴心猶望日中天。

乘興

歷盡艱危萬事輕，身閑乘興偶郊行。喜聽黄鳥隨喉囀，貪看青疇抵掌平。僅有詩囊堪作伴，亦無酒券得關情。歸來尚補童孫課，燈火清熒起誦聲。

慨世

淵冰取譬懔規箴，臨履何時不薄深。豈料讀書同博簺，還思瓦注勝鈎金。是非自古無公論，得失從來忌有心。蝶夢莊生觀大化，魚游惠子問知音。一篇木雁掀髯讀，才不才間好細尋。

悶極思遠游

忍將生世付飛蓬，垂老能甘牖下終。莫歎風塵埋俠骨，尚存冰雪守孤衷。寒山樹挂殘雲白，野寺鐘來夕照紅。一笑縱觀天地別，此身合寄五湖中。

衰病吟

七十七頹翁，乘衰百病攻。一身如野鶴，萬事付冥鴻。柏老迎霜翠，花新帶雨紅。祥金羞躍冶，脩短任天公。

偶健

歲月去峥嶸，風塵久困横。一朝稍棄疾，百體忽還嬰。目爽憑闌眺，身輕舍杖行。久衰逢偶健，天地別生成。

老逸歎二首

逸老人稱耄耋年，脩然飽食得安眠。那堪四海無家日，滿目瘡痍忍漠然。

衣食無營鎮日閑，儼然一蠹寄人間。手援天下雖非計，安得心如鉄石頑。

閑趣

新陰繞屋勝花時，門掩蒼苔日影遲。静對小窗無俗事，祇餘看畫并題詩。

夜坐二首

散樸澆淳事事新，燈前吊影百年身。平生壯志成痴絶，海内知心尚幾人。

少壯雄心醉簡編，風流猶及渡江前。老來百事渾忘却，惟愛青燈似舊年。

藏書歎二首

勛業文章志已虚，形骸土木卧蝸廬。籤題萬軸塵封盡，悔不終身作蠹魚。

結繩時代樂于于，文字繁興性始渝。門内若能徽五典，一身自是一唐虞。

夏初雨霽

身閑新雨霽，開卷對窗光。藤蔭侵簷密，槐花滿院香。溪深篙影緑，門静迹苔蒼。長日如年永，笳聲送夕陽。

倏短二首

天地生成孰後先，茫茫大化幾千年。潛消暗换人誰在，暑往寒來歲已遷。冬雪霏時萬木净，春風被處百花妍。彭殤倏短終虚妄，熟讀蘭亭序後篇。

鼠肝蟲臂總無心，何事偏爲躍冶金。頑石不知生老病，浮雲奚問去來今。曠懷自蓄詩中畫，閲世常留弦外音。撫几長吟三太息，且將白陸豁胸襟。

自艾二首

蠶絲自縛一衰翁，不是愁中即病中。讀破南華無用處，從知書外少真功。

愁病原來總是空，最憐當境困難通。人生大夢終須覺，何事糾纏幻影中。

煩惱

天時多病魔，人事多憂悒。病從有我生，憂從有我入。無我即無身，無身即無執。身我皆不有，煩惱何處集。

得失

憂患與生來，壯盛隨年去。冰炭自交戰，甘苦常吐茹。事過平等觀，當境徒悲遽。身本同太虚，煩惱奚所據。百年前後思，得失在何處。

春暮一甫約彤皆一山及予茶談一山有作謹步元韵

四人莫逆相逢笑，神馬尻輪儘放懷。住世不知何歲月，寄身且喜在天涯。年光如夢春明好，山氣留人日夕佳。願祝同登無量壽，興來隨意置清齋。

自慚二首

李子貞日事導引，陳一甫日行十里，皆七十康强。予一無所能，今及耄年，筋骸支離矣。

伯陽導引奪天功，健步希夷若御風。豈料飢餐并困卧，也曾儌倖百年中。

渴飲飢餐百不能，祇將任運樂騰騰。飛鵬斥鷃慚無地，猶勝藜床病莫興。

病起食粥

更把晨窗粥幾杯，茫茫大化任遷推。落花啼鳥皆生意，笑口何妨處處開。

土山公園散步

飽歷風塵寸步艱，相逢野叟尚開顔。自憐觸處低摧慣，培塿如看百仞山。

暮鴉二首

野處相親有暮鴉，也同鵝鴨各知家。倏然一夕枝頭伴，秋月春風閱歲華。
待得歸鴉接翅時，柴門半掩夕陽遲。老人曳杖行無事，閑數疏林占幾枝。

病中作

筋骸如木首如風，殘息支離嘯傲中。莫怪老人能耐病，寓形天地本來空。

拔齒感言二首

變滅浮雲本自閑，身非我有更誰關。百年骸骨終塵土，何必嗟嗟一齒間。前四齒生膿已二年，百藥無效，决然拔去。
從來柔弱勝剛堅，骫骳包含已有年。自此世無切齒事，祇留唇舌與周旋。

雨霽獨坐

小雨初晴一味凉，花根土潤自生香。悠然百慮清如水，始覺幽居日倍長。

閱孝友堂家乘有感

因故鄉遼遠，將先公所遺贍族產業移交南方長房接管。

蘭水鐘峰秀莫倫，祖宗德澤尚如新。一身梗泛三千里，百口椒繁六十春。閱世頓驚朝市改，傳家猶賴簡編親。梓桑敬止思無斁，似續仍期代有人。

病起偶作

老來氣血憊，百體無堅牢。譬如住敗屋，樑榱棟亦撓。無時不顛覆，風雨更屢遭。衣食雖兢畏，寒暑日夜鏖。溘然嬰小疾，卧榻百呼號。生氣纔絲髮，去死争秋毫。岐黃術已渺，西士僅皮毛。自分非膏肓，疾豎行見逃。置身大化中，縱浪隨驚濤。應盡便須盡，何必事圭刀。絶食病良已，三日復陶陶。乃知天壤內，何者非徒勞。

自感老境二首

門巷清於水，襟懷冷似冰。目昏愁簡至，足蹇怯階登。風雨驚摇落，杯觴厭逐徵。厨人羹玉糝，供此在家僧。

家國艱危地，乾坤否塞時。已無三日計，空有百年期。舊苑鶯啼早，荒江雁到遲。飄零朋輩盡，往事幾人知。

小園

不緣侯印學陰行，天地無情終有情。白傅光陰多暇逸，放翁生世半承平。百年忽忽誰知悔，千載寥寥幾善鳴。好鳥自啼花自放，小園春至也敷榮。

閲焯兒及諸孫游北戴河詩有感

丁巳夏，曾侍先公游太平石，賦詩有「窗外緑槐，門前碧海」之句。

憶昔椿庭扶杖游，轉頭二十五春秋。窗前緑樹陰猶在，門外清波去不留。痛惜桑田變滄海，忍看華屋徧山邱。兒孫敢望能繩武，且喜新詩雅韵流。

獨坐

書册乍抛思慮息，杯觴久罷故交稀。明窗静領閑中趣，一篆清香送落暉。

自慨

衰殘襟抱若爲開，殺氣乾坤但可哀。萬里家山隨夢去，百年身世入心來。門楣尚想清芬繼，閭里空思狂簡裁。教澤不延天地否，誰回厄運育英才。久思培植故鄉教育，未遂。

古香齋題壁二首

三間茅屋寄閑坊，車馬無聲日影長。自喜耄荒人事少，讀書纔倦即焚香。

孤豚整理者按：「豚」字誤植，當爲「豚」。不羡犧牲貴，叢棘何防整理者按：「防」同「妨」。蘭蕙香。歷盡艱危心淡泊，悠然身世兩相忘。

對客

高會當年抵掌時，文章勛業若風馳。于今別有同心處，相視無言一笑知。

歎息

歎息平生志未伸，謬思仁壽躋斯民。晚將咄咄書空手，終作騰騰任運人。嫂溺不援原有道，井從莫救豈徒仁。此心自矢軒天地，肯爲他緣負本真。

無心

憑他電掣一身安，萬事無心天地寬。舉念即時皆火宅，放懷隨處是烟巒。灰深積雪爐常暖，焰短摇風燭易殘。春燕秋鴻自來去，痴人何苦動悲歡。

坦然

百折經過始坦然，誰能遇境燭機先。人情苦樂原無定，世事升沈各有緣。山色遥連雲外影，湖光近接鏡中天。縱觀萬象難名處，秋月何心分外妍。

讀白陸詩二首

一間陋室藏身穩，三尺孤桐寄意深。千載同心惟白陸，須知弦外有遺音。
白如修竹陸如蘭，一樣清芬象外觀。寄興山川隨處適，放懷天地着身寬。

閑逸

愈老愈知行路艱，柴門雖設晝常關。世間魚鳥從飛躍，天際風雲任往還。捐盡浮名方是逸，掃空執相始能閑。秋來獨有抒懷處，籬下幽花亦解顔。

長孫女會孫于歸黄氏喜賦二首

齠齡百藥最關懷，廿載居然詠絮才。今日乘龍逢快壻，好傳燕譽到妝臺。

宜室宜家德不形，悠悠福禄到遐齡。百年好合從今始，詩禮毋忘絳帳經。

春暉堂對菊懷舊友

蓬梗飄零歲月馳，秋光又到菊花時。尋芳每覺風霜早，遇閏翻嫌雨露遲。今秋苦旱。

落落清游稀舊侶，疏疏寒花弄新姿。幸留晚景春常在，老圃攜筇祇自怡。

萬璧臣家觀菊

去年同一甫往訪，主人他出，縱觀而歸，乃承賜精品數盆，答謝以詩。今日重游，不嫌前此之唐突矣。

萬家名菊久心存，往歲驅車憶叩門。錦繡迎階香自遠，璆琳滿室品俱尊。分金高誼驚殊艷，擊缽清詩勝晤言。今日殷勤温舊夢，稱名應識隱君園。

實之九弟今年周甲得曾孫俚句志喜

喜見吾宗福不回，先公德澤久栽培。桃觴花甲三多慶，蓬矢林壬四世開。門祚已徵龍譽起，家聲又聽雁行來。待看弟齒如兄日，五代同堂美備哉。

重陽約友登高感賦

是日爲吾族宋代殉節將軍泰星公生日。承平時，年年闔族公祭，演劇稱觴，甚盛會也。

重陽佳節倍思親，況值吾宗祖慶辰。碧血丹心千載在，紅楓黄菊九秋新。萬方多難無安土，一席清尊有故人。憑吊英雄如過鳥，登樓王粲已愴神。

新買小磁屏彩繪山水絶佳康乾時物也喜題二絶

誰染丹青景物殊，令人身欲老江湖。依稀似入還鄉夢，一路溪山盡畫圖。

半生羈宦走天涯，小屋閑坊便是家。垂老欲尋高絶地，青山缺處白雲遮。

題齋壁

十月二十日。

莽莽乾坤一腐儒，北窗高卧傲唐虞。目空天地無今我，夢醒滄桑有故吾。四野風清聞唳鶴，中庭月白見栖烏。蕭然斗室堪吟嘯，剩欲提壺趁市沽。

累日不出門述所事

紅塵堆裏得身閑，門對清溪竟日關。課罷黄庭無一事，焚香讀畫當游山。

雪後書所見

十月二十四日。

夜闌瑟瑟隔窗聽，曉見祥霙積滿庭。飢鼠潛行欺枕席，寒鴉迴陣撲郊坰。近迷樓宇千重白，遥露雲天一抹青。坐久東窗清徹骨，爐灰旋撥火星星。

生日述懷二首

九萬鵬程醉裏看，世間何物動憂端。人稱耄齒衰中健，天許浮家險處安。遍地笳聲欺倦枕，終朝藜粥愧加餐。會期江上風烟净，還我平生舊釣竿。日與英美開釁，收津租界，搜查居民，敝廬尚無恙。

何必星宫問斗牛，人間萬事付悠悠。百年日月輪欹枕，千里江山入倚樓。已駕驪車仍小駐，將拋鴻案尚淹留。殘年自有安心法，秋月春花用酒酬。星家言，愚夫婦今年四月當壽終，乃同病數月，危而復安。

先妣忌日感懷二首

卌載長齋似水清，巍巍慈德莫能名。馨香俎豆無由報，儲得青錢買放生。

慈惠從來不顧身，年年推解到孤貧。于今福蔭孫曾輩，思嗣徽音有幾人。

閉户

閉户還留天地春，逍遥鵬鷃本同倫。飯餘宴坐殘書伴，夢醒孤吟短燭親。意適風雲隨聚散，興來花鳥助精神。陶潛容膝真堪樂，何必桃源遠問津。

始雪二首

正喜兼旬暖似春，瞬看大地白如銀。天工祇管豐年兆，不惜街頭露臂人。

搔首孤吟慰寂寥，空庭飛雪正蕭蕭。坐看野外鴻泥遠，却掃門前屐齒消。

雪霽出游

嫩日清風雪漸消，杖藜乘興不辭遥。放狂泥酒投村店，信步尋梅度野橋。數點栖鴉争繞樹，斷行征雁没冲霄。天空萬里塵氛净，拾得新詩破寂寥。

記夢三首

年垂八十尚偷生，藥餌藜羹日有程。萬事不堪醒眼看，溪山入夢尚分明。

萬叠峰巒是故鄉，十年歸計枉思量。夜來一榻寒燈下，行遍家山覺夢長。

繞村喬木尚扶疏，彷彿荒園認故居。父老逢迎問踪迹，千家寥落盡邱墟。

冬夜聞蟋蟀有感二首

紗護風燈到曉明，爐温蟋蟀尚冬鳴。周家過歷秦期促，大數原來本裏生。

虎食病侵盡可哀，雁烹木壽若爲材。倘非佛説通三世，天理難憑人事推。

讀莊子

心浄常明無盡燈，身閑且作在家僧。任教世上愁千斛，讀破南華喜不勝。

同諸遺老茶樓分韵得漚字

蟲沙浩劫未應休，時難偏驚歲月遒。不覺爛柯人已老，聊從擊筑客同游。山河興廢雲千態，身世安危海一漚。酒緑燈紅非復昔，夕陽好處且登樓。

晚眺

一尊相屬醉顔酡，大似飛禽出網羅。檻外長天秋水遠，牆頭高樹夕陽多。歸牛笛逐墟烟起，護鴨竿扶野艇過。何處青山堪送老，御風吾欲上三峨。

水仙花二首

仙凡骨相本非同，泉石生成金玉躬。静坐獨聞香細細，與人偏在寂寥中。

不隨梅影鬥羡横斜，獨立亭亭自一家。仙子豈争金帶貴，頭銜仍是玉無瑕。

憫老

鬢髮蕭然歲月馳，平生壯志果何爲。安危遍歷狂心歇，寒暑潛移病骨知。歸雁穿雲天有際，虚舟逐浪海無涯。夕陽空羡西窗好，起讀黄庭已恨遲。

有感

陽消陰長問庖犧，倚伏循環孰主之。梵宇尚觀周禮樂，梨園還識漢官儀。大千世界微塵渺，五百年間名士期。天地不仁視芻狗，英雄何代不兒嬉。

夢游濟南三首

背郭堂深映碧流，出門隨意弄輕舟。風光得似江南否，十里青山眼底收。東流水。

畫舫呼來近岸移，參差樓閣綠楊垂。南山千佛羅屏嶂，倒影湖光又一奇。鐵公祠。

代北燕南久倦游，誰知歷下似杭州。最堪詩酒留連處，城市湖山共一樓。北極閣。

慨世

世間生滅境，何物不能抛。富室連千棟，貧家覆一茅。蟻忙緣據穴，鳩噪爲争巢。得失須臾事，同歸幻影泡。

七十七自壽二首

孰爲主宰孰疏親，七十餘年夢裏身。往事依稀如隔世，舊交零落盡陳人。宅邊柳樹今無恙，洞口桃花別有春。從此閑雲將野鶴，耄期幸作葛天民。

茅齋息影復何求，一領茸氈一布裘。身世如鴻依水宿，心期似鹿愛山游。龐公不作兒孫念，陶令能寬旦夕憂。誰挽天河重洗甲，八荒可望上高樓。

自遣

榮枯脩短總由天，耄齒光陰豈偶然。獨放高歌須酒後，閑拈秀句到花前。江湖不羡魚濡沫，廊廟應嫌蟻慕膻。但得影衾無愧怍，晝甘藜粥夜酣眠。

勸世

禍有胎兮福有基，天麻敬讶視人爲。潛消魔力蠲葷血，静息機心屏弈棋。春雨花開先有信，晴雲日出不嫌遲。世間無限閑恩怨，黄雀螳螂却問誰。

書幸

掩耳不聞笳鼓聲，黄塵堆裏且偷生。飽經危殆身差免，備歷艱難事竟成。腹有箴規忘世濁，胸無冰炭覺心清。長齋繡佛殘生活，贏得青蔬一鉢羹。

閉户

破巢危幕苟安居，閉户方知樂有餘。愛覽溪山頻讀畫，厭趨市井久懸車。鶯聲近和風前笛，梅影斜揮月下鋤。得趣偶然成獨醉，不辭世俗笑迂疏。

夜坐

寂寂復惺惺，中宵酒半醒。倚屏雙几滑，掩卷一毡青。香燼風生牖，燈殘月滿庭。功名今逝水，搔髮感頹齡。

歲暮感懷

俯仰乾坤萬事非，天涯歲暮願多違。抱經志士青燈老，射石將軍白髮歸。孤渚風凄無雁宿，空庭月墮有鴉飛。冰霜不遏陽和氣，猶待春回百卉菲。

憫世

世間何處異羊腸，局促轅車衹自傷。等是逍遥飛斥鷃，爲誰辛苦轉蜣蜋。崑崙頂上山河壯，蓬島宫中日月長。獨立蒼茫天地别，任教瞥眼幾滄桑。

檢閲自記年譜有感

少日一心三不朽，畢生十事九成空。詩書莫繼先人業，惠澤難伸慈母衷。病聳吟肩詩有祟，狂疏世態酒無功。今看雪上鴻泥迹，歷歷崎嶇是夢中。

開歲余年七十有八矣立春前夕枯坐

殘生日月捷飛騰，兀爾盲聾喚不譍。蟲臂鼠肝何必較，魔宫佛國孰爲憑。二千年史輸供蠹，九萬里天枉化鵬。今古幾人醒大夢，華峰驢背看雲興。

冬夜獨坐

景短經旬不出門，夜闌無客對芳尊。松肪刻畫瓶花影，筱火綿延布褐温。風急天青稀雁過，月明窗白亂鴉翻。闢心料理殘生計，佛粥春盤次第論。

戲作

有人謂辛巳年壽當盡，今日立春，交壬午矣。

已把金蛇視白雞，彭殤何物不能齊。今朝水馬江頭看，千里東流躍躍西。

深夜吟

昆明劫後有餘灰，休歎斜陽景莫回。止觀脱離愁境界，按摩消滅病根荄。伊川語妙直須去，務觀詩狂不應來。夢醒却看深夜月，一窗松影伴寒梅。

春雨後郊游

家在清溪小市西，春郊過雨草萋萋。輕飄弱柳翻翻舞，自在嬌鶯特特啼。天向空垂青野盡，山從遠出白雲低。桃花流水在人世，欲訪漁翁路已迷。

祀竈二首

禮隆三代普編氓，歲暮馨香習送迎。五祀獨存今不覺，萬家烟火看昇平。

千年祀事尚如新，一飯原知合有神。會得監民圖上意，家家黔突是深仁。

歲暮祀祖二首

宦游兩世寄天涯，臘鼓聲中閲歲華。七十年間常是客，八歲隨侍到津，前後居此七十年矣。三千里外已無家。至德兵燹，住屋全毁。尚歌麟趾徵家慶，不掩豚整理者按：「豚」字誤植，當爲「豚」。肩示國奢。弈葉清芬思燕翼，静看香篆繞梅花。

雞豚整理者按：「豚」字誤植，當爲「豚」。不匱歲朝供，饘粥猶堪守素封。繞膝承歡賡燕譽，病腰扶拜苦龍鍾。心殷志述三遷訓，目見祥開五世宗。南國烽烟遍桑梓，且將俎豆寄萍踪。

辛巳除夕

不復雞占命自安，生涯隨遇本來寬。輩尊且近椒花酒，腹儉仍甘苜蓿盤。喜擘吟箋娛歲晚，驚聞爆竹怯更闌。閏餘贏得春回早，花信還應舊曆看。今年閏六月，十二月十九日立春，新曆則爲二月四日矣。

止庵詩存下卷

至德周學熙緝之著

壬午元日試筆

水馬重逢六十年，昔時青鬢今華顛。太平景象家家足，凱奏歡聲處處傳。閉户丹鉛忘歲月，拂簷松竹長風烟。兒童莫笑鄉音改，已是孫曾四世延。

醉歌

余乙丑，妻丙寅，今值壬午，合計百五十五歲。

一青牛，一赤虎，細數流光又當午。昔爲華冑今俘虜，滿眼江山誰是主。哺可含兮腹可鼓，世味不如村酒醹。前有扶，後有輔，爛醉且向街衢舞。道旁觀者環如堵。借問翁姥幾春秋？二人一百五十五。從此到終身，盡爲閑日月，不須磨蝎重推數。吁嗟乎！君不見，古來蓋世幾英雄，青史功名皆莽鹵。鹿門偕隱還辛苦，子孫數典多忘祖。海有時而枯，石有時而腐。况乎人生彈指，陳迹隨仰俯。去者不可挽，來者不可拒。周與？蝶與？胡不物化樂栩栩。萬歲千秋兮，誰識松根一坏土。

春日遣懷

春風和暢好披襟，攬物興懷喜不禁。麗日紅渲鸚嘴艷，輕波緑醮鴨頭深。登山臨水騷人興，醉月迷花處士心。拈起龜毛三尺拂，絲毫無復俗塵侵。

春閑

水秀山明地，風和日麗時。花開頻載酒，月上獨吟詩。倦鳥棲林静，輕雲出岫遲。閑身隨處適，清味少人知。

困中度歲

舊英租界改爲極管區，四路封鎖，出入檢查。

多難光陰速，兵戈又歲除。時危儀節簡，道阻過從疏。徇俗無冠服，長齋有筍蔬。親朋多潦倒，吾敢歎虚居。

元辰感賦

拜起龍鍾尊俎前，屠蘇飲罷意愴然。傳家乏術辜弓冶，濟世無聞愧槧鉛。險阻鄉關如越國，飛騰歲月若奔川。任教門外塵揚海，斗室焚香看篆烟。

讀史有感

古今成敗付悠悠，青史功名每倖投。燕市悲歌空擊筑，荊州愴賦强登樓。江山有盡星霜老，天地無私禾黍秋。千載風雲全偶爾，臯夔不遇亦巢由。

自怡

得失胥捐寵不驚，放懷天地若忘情。黔婁自樂輕猗頓，顏子無心羡老彭。儘領山川長供養，莫辜風月負平生。春來曉夢初醒後，恰聽黄鸝三兩聲。

苦風霾

幽燕無奈是春朝，十日寒光九怒飆。却憶江南圖畫裏，杏花夾岸弄輕橈。

驚蟄

八十衰翁未減衣，倚闌吟嘯弄春暉。無言生意來天地，撲面青蟲習習飛。

夢江南

嫩黄柳色曉鶯啼，江雨初過百草齊。莫怪詩人頻載酒，烟籠猶是六朝堤。

山家

白雲深處有人家，樹繞清溪一徑斜。白首不知山外事，雞豚整理者按：「豚」字誤植，當爲「豚」。自給話桑麻。

止園題壁

浮生莫歎不逢辰，百折猶存劫後身。小沼魚游方得所，深林鳥語始知春。任教遼鶴千年化，除却江山萬事新。借句。鋤菜灌花多樂事，茅簷還我一儒巾。

堤上小步

閉户息塵羈，攜笻傍水涯。習勞方健飯，乘興尚尋詩。魚影依橋密，鶯聲出院遲。數時知候轉，岸柳半黄絲。

止足

消憂惟止足，易可出艱難。鼷鼠臨河偃，鷦鷯占樹安。微醺名酒罷，半吐好花看。會到無言處，幽人白骨觀。

小園閑趣

淵明誰識義熙人，自是無懷上古民。老矣拚無鴻鵠志，怡然留得水雲身。槿籬竹屋開三徑，豆粥藜羹敵八珍。萬事直如風過耳，眼前常喜一花新。

曠觀

過得一日且一日，耐得一年是一年。世間萬事皆天定，何必思量後與前。荀氏九公聊復爾，武侯六出亦徒然。深觀寒暑推遷理，自古從無不散筵。

看畫

不病不窮萬事足，無思無慮一生閑。茅齋自有安心法，面壁常看畫裏山。

憶昔

利名得失苦匆匆，閱盡春花幾日紅。回首閑愁千萬斛，直如鳥迹印空中。

孟莊寓新闢小農圃

緑陰四合不知鄰，半畝桑麻雨露新。莫道仙源無處覓，短垣咫尺隔紅塵。

春晝二首

春濃晝永意愔愔，一寸光陰一寸金。午睡乍醒忘早暮，晨游乘興計晴陰。攜筇覓句情先往，宴坐觀書趣轉深。願駐韶華人不老，日移花影正天心。

天教晝接荷龍光，獨有熙春樂未央。綉閣捲簾風送暖，錦堂高枕午添長。韶華似水繩難繫，日影如梭晷可量。最是惜花人起早，本來無事却成忙。

身世

壯志隨年往，虚名逐水流。心平災自退，身儉富何求。匹馬關山路，長鯨海市樓。于今俱夢破，曾熟一炊不。

憫南洋華僑二首

寶藏從興已百年，因緣先着祖生鞭。巍巍華屋今非昔，難向山邱問一廛。

遍地桃花遍地金，生成雨露此中深。王侯富儗來天厭，可惜當年篳路心。

游公園山桃始開

西甫逝世三日矣。

新晴扶杖啓柴扉，不覺郊原景物非。野外漸知閑地少，眼前時見故人稀。風搖堤柳番番起，日射山花片片飛。領取春光無限意，好攜童冠舞雩歸。

吊陳西甫

總角論交六十年，及今回首更潸然。牛衣從識平生厄，鹿御還欽晚節堅。忻頌琴聲留北海，感隨椿蔭入西川。遺金區處傳清白，猶憶忠言野席前。

挽趙劍秋

把臂京華四十秋，悠悠朝市任沈浮。早登廊廟甘時忤，晚落江湖爲國憂。行水經綸資覆蕢，如山簿籍賴紓籌。儘多事業憑沆瀣，回首平生涕泗流。

答子貞約同入舊都作伴看花

風雲變色海揚塵，息壤彈丸尚見春。莫問上林花事好，市朝能得幾閑人。

清明日栽花二首

清明時節客魂迷，道路村氓與夏畦。小圃何心重花事，年年辜負子規啼。

庭荒無意惜芳菲，千里家山十載違。艷紫夭紅易摇落，獨憐寸草送春暉。

大公園看海棠四首

舊英租界中街大公園，光緒初，先君任關道時同税司德璀琳所捐辦，園中海棠係當日所栽，至今年年花最盛，游人如織。

年年喜見海棠新，今見花飛又一春。最惜年年看花地，幾回曾見去年人。

海棠花發逐年新，今日花開别有春。衹記年年看花地，不須更問主花人。

一年花事一番新，天地無私總是春。燕語鶯啼留不住，看花偏是惜花人。

千花百草一時新，蜀艷巍然六十春。底事年年花下過，更無人記種花人。

越日再至大公園觀海棠將謝又賦二首

六十年來萬事新，甘棠幾樹尚争春。常留餘蔭深遺愛，豈祇花光照後人。

百尺棠陰雨露新，一年能得幾多春。殷勤記得繁枝處，尚待來年説與人。

上已（整理者按：「已」字誤植，當爲「巳」。）未出悶損

萬方多難若爲家，料峭春寒茗未芽。欲出清游無伴侶，空齋獨坐看飛花。

得第三曾孫女

嘉良出。

喜聞鸑鳳兩三聲，況復充閭又一行。四世開先期嶽降，比鄰待嫁卜河清。竹林露早頻添茁，蘭葉春遲始吐萌。勿笑詒謀惟酒食，門楣他日尚峥嶸。

癸巳科五十年團拜席上作

霓裳同奏渺雲烟，湏（整理者按：「湏」字誤植，當爲「湏」。）洞風塵五十年。天上不無星主酒，

人間仍有地行仙。山河依舊花迎客，日月常新雪滿顛。星紀再周還健在，鹿鳴重宴又翩翩。

三月二十五日魯卿約一甫雨莊震初實弟同集市樓品茗并攝影爲紀念率賦

兩世交情六十秋，相看鏡裏雪盈頭。鄭侯第宅欽堂構，晏子楹書愧冶裘。幾度滄桑醒倦枕，一杯芳茗上高樓。同游丰采整理者按：「采」字誤植，當爲「采」。皆神駿，努力勛名溢九州。

寄題癸己整理者按：「己」字誤植，當爲「巳」。鄉舉五十年紀念圖

癸巳恩科至壬午，五十年。三月二十六日，曾叔度值年，醵金聚飲，稷園牡丹盛開，汪孟舒繪圖爲記念。熙卧病津門，未能赴會，謹寄題一律以志盛舉。

春夢初醒五十年，文壇回首若登仙。空餘身世天涯感，誰識文章海内傳。洛社耆英留故事，山陰觴詠紀群賢。稷園尊酒花迎笑，紅蕊何曾怨白顛。

春寒

大地無私總是春，餘寒尚中百衰身。關懷獨有天涯客，撫序偏驚陌上人。日嫩重裘三度減，風遲弱柳一番新。村醪可買朝朝醉，留待陽和作幸民。

自題攝影

髭鬚白盡鬢毛禿，飽領風塵容可掬。世間憂樂本來空，還我平生真面目。

詠斧二首

隔山樵斧聽丁丁，滿壑松風送遠馨。日落長歌歸去晚，白雲深處一肩青。

析得薪樗一老翁，運斤揮手却成風。歸來弗覺腰間重，帶月行歌氣自雄。

登久安新五層樓望遠感賦

知非吾土強登樓，王粲依人尚遠游。更上欲窮千里目，不知何處是荊州。

題一甫入泮試藝稿二首

五十年前奪錦來，筆飛墨舞出心裁。平生志事關天下，不愧希文始秀才。

昇平雲路寸階難，泮水珍如鐵網珊。一字一珠堪擊節，雲礽應作典型看。

自嘲老境

耐病衰猶閑，無憂樂有餘。軟炊躬稼米，爛讀世藏書。倚户期歸鳥，臨池數放魚。夜來燈炷小，一枕到華胥。

聞五月十日陽曆六月廿五日。**至德城内及堯渡鎮并紙坑山周村均被毁于兵新舊兩祠皆焚先是縣政府借祠辦公屢函屬移未果故是有難二首**

禍福循環若有期，盈虚消長孰爲之。負乘致寇由來事，堪歎愚氓總不知。

洪楊劫後繼馨香，人事天心浩莫量。城市爲墟原倚伏，山林何故有興亡。舊祠毁于洪楊之亂，同治初修後，新祠先君手建，成于光緒初年，六七十年間水旱頻仍，元氣未復。

感事

一生不傍訟庭邊，八十翻遭票屢傳。財本五家公共物，酒無百歲不終筵。亡羊能補今非晚，失馬仍還後勝前。禍福無門天有眼，好將倚伏觀其全。

看雲三首

暮年心事在烟巒，陟磴攀崖興已闌。高閣捲簾醒醉眼，閑將雲勢作山看。

家山千里夢中探，欲話幽深孰與談。恰好雲容能百變，層巒叠嶂似江南。

晴空萬里果何之，來似從容去若馳。舒卷無心誰管得，人生自在只如斯。

和一老移居静園元韵二首

由來静室是祇園，住世因緣福有門。安樂本因無意得，羡君淡漠養天根。

憶曾卜築静宜園，繞屋扶疏翠掩門。回首林泉懸夢想，五年足不踏松根。余小築在香山静宜園中，名松雲别墅，今因亂已五年不能往居矣。

病起自歎

天地無情終不老，人生斯世貴有道。不才下走百無成，忝爾所生傷懷抱。平生憂患積如山，坐使百病形枯槁。默數餘年迫耄期，自慚樗櫟人稱好。少壯光陰瞥眼過，十年讀書恨不早。僕僕風塵湏整理者按：「湏」字誤植，當爲「須」。洞中，日月逝矣空懷寶。文章未足欺盲聾，弓冶辜負承祖考。慈幃垂訓沛仁施，三黨孤寒仍潦倒。本不計薤上露易晞，亦不計門前雪自掃。生前燕幕等烟消，身後鴻泥如電掃。民生國計兩無裨，旦暮蔬粥徒自保。及今桑梓不聊生，疫癘連年加旱潦。醫農兩事願終虛，憂心清夜常如擣。吁嗟乎，風前殘燭日崦嵫，驪駒在門殊草草。縱假數年亦何爲，一生叢過無由禱。太息人間一蠹魚，自問何以答蒼昊。

秋園花木盛茂老妻病痿經年今得肩輿游觀喜賦二首

小園爛熳壯秋容，勃勃蓬蓬氣所鍾。病足老妻生意在，忻占來日快扶筇。

買得春秧待雨栽，秋晴穀實百花開。從知造化無窮妙，萬物生成自在培。

讀史有感二首

乘輿容易救衰難，時勢英雄互控摶。得失是非誰管得，祇留成敗後人看。

鑄金躍冶願難窮，大化無心本至公。千古英雄彈指過，百年何事不成空。

小園遣懷二首

柴門破落不曾開，小小園林也曠懷。莫恨泥深無客迹，且尋徑曲有詩材。枯籐引蔓旋成架，新竹行鞭已破苔。牆外紅塵飛不到，免教俗慮入胸來。

小園何處可抒懷，相對沈吟木不材。延目千秋盡齏粉，怡情三徑掃莓苔。青黃穀報連番熟，紅紫花迎次第開。順物自然隨意足，不教冰炭逐心來。

息庵七弟病神經二年未得常談昨邀敬之弟與實之九弟及子侄輩聚飲于春暉堂甚爲歡洽承惠二律因步元韵以志嘉會

白頭兄弟倍相親，同是天涯淪落人。四海兵戈罹浩劫，一堂棣蕚尚熙春。放懷莫使悲憂極，頤壽當令飲食勻。杯酒聯歡無量福，愁城打破氣常新。

身作醫王心事藥，仙方難得此心閑。棲神直擬鯤鵬上，涉世還參木雁間。眼下不憂千尺浪，胸中常有萬重山。桃源可訪期聯袂，待看兒孫濟世艱。

重九日雨莊約偕味雲伯屏佩瑜一甫震初實弟市樓登高口占二律

金戈遍地若爲歡，尚插茱萸興未闌。去歲清游如夢境，今朝舊侶盡儒冠。三千里外同爲客，二十年來不屬官。更上一層慚脚力，且尋高處望家山。

客中重九罄幽歡，朋舊追隨尚倚闌。堪笑瀝巾虚緑酒，却誇落帽等黄冠。糕無故實難題字，盤有清齋不仰官。俯仰滄桑傷往事，且看雲物當江山。

止園愛晚亭觀紅葉三首

津寓今年新闢小園，栽薜荔數叢，重陽後，居然絢爛，因憶香山紅葉之盛，惜五年未得觀。

小院新栽薜荔叢，居然燦爛得猩紅。五年不蹋巖前路，引起香山入夢中。

春買新秧倚壁栽，秋風吹艷入窗來。人生隨地皆成趣，贏得秋容笑口開。

愛晚亭前景一奇，無花有艷也離披。霞烘老眼成孤賞，殊勝春風二月時。

河東萬家看菊

盼到黄花又一年，依然四海漲烽烟。雲蒸霞蔚姿仍艷，露浥霜侵色益鮮。高士襟期多淡泊，主人情誼久殷拳。新妝異態還層出，常與秋風結後緣。

思鄉

獨立溪頭望，南山路不分。鄉心日暮切，萬里送歸雲。

壽豐公司觀菊賦贈主人孫俊卿三首

年年匆促別花前，今日相逢又一年。幾度秋風人易老，爲珍晚節且留連。

海隅無處不氛埃，獨對黄花笑口開。莫怪秋容還燦爛，胸中原自有春回。

年年常作別花人，一度花開一度新。十色五光皆俊傑，方知百鍊是金身。

七十有八自壽四首

匆幸頹齡病體輕，燈前顧影更心驚。鼓盆早凛莊生達，舉案還延孟媪生。荆妻病痿三年，今秋危而復安。鼠臂蟲肝何足較，藜羹糗飯尚關情。官府配給食糧，老少各有定數。

哀宗寒戚多顛沛，誰挽天河爲洗兵。本邑被兵，城内外及近郊市十里市鎮、村落均被焚毀，災民露宿，惜無法拯救。

已外形骸發浩歌，暮年心事本無多。塤篪彰表方揮草，味西二兄入清史傳，并補墓志。宗祏摧殘尚補蘿。故鄉宗祠被毀，正修復。食僅雙弓延歲月，籌虛三策斡山河。從今野鶴應相似，一片閑雲隱碩薖。

年垂八十似嬰孩，獨守痴頑養不材。屋角有風仍護竹，溪頭無雪且尋梅。久停棋弈機心息，閑弄琴書醉眼開。棖觸老懷惟一事，千年禮樂盡秦灰。

漫將朝士數貞元，白首交游百不存。千載詩書輸祖澤，百年簪紱負君恩。範圍天地休言否，草昧雲雷却用屯。炳燭光陰如石火，一經猶欲教諸昆。

先妣忌日感痛四首

慈雲失蔭至于今，國破家傾日景沈。三十五年憂患過，幾回揮泪幾酸心。

自安體魄到桃源，形勢空憑術士言。若道先靈庇游子，如何事事總驚魂。

薄宦輕離遠膝前，未能終養恨終天。鄉園南望多豺虎，不撫松楸又十年。丁未秋，署直臬，乞終養，未遂，遽遭大故，未能一日侍養，傷哉。

每憶兒時疾未平，長齋日日誦經聲。此恩無計涓埃報，常積青錢買放生。余生多病，吾母長齋念佛四十年，今垂八十，乃母之賜也。

有感

河北華新紗廠今改公大廠，今日柬請茶會，爲事務所新屋落成。

隔溪歲歲有桃開，贏得清陰遍地栽。辛苦難忘當日事，種花人尚看花來。

生日諸子羅拜獨歎長孫隻身遠去三年不歸二首

老邁顛危壽敢云，厭觀世事苦紛紛。頑孫莫解重闈孝，海角天涯闃不聞。

水源木本義何云，天性乖違起亂紛。千里安危縈夢寐，忍教陌路不相聞。

生日謁祖

形骸徒在久中虛，扶拜龍鍾禮已疏。祖蔭獨憐殘老日，萬方多難一身餘。

生日家宴感言

挽粟飛芻計不材，萬方粒食費疑猜。蕪詞漫詡吟箋擘，萊彩難令懷抱開。失教稚孫千里去，乞援疏戚百書來。儘多家國關心事，芋栗堆盤懶舉杯。

十二月十六日大寒節申時初得雪

今年春夏皆未得透雨，入冬又無雨雪，今日始見微雪。

喜見祥霙兆歲豐，太平有象九州同。老夫一飽真天幸，贏得殘年嘯傲中。

十八夜又得微雪

又見空中戲撒鹽，天公有意慰閭閻。先教大地塵氛净，指日春回雨露霑。

今歲窘甚而乞援者絡繹苦無以應

人生得失有來由，知命安天底用求。莫怨飄風飛墮瓦，不聞驚浪覆虛舟。一身淡泊原無患，三黨孤寒尚有憂。飢溺豈關顏巷事，手援天下若爲謀。

喜雪

十二月十九日午後大雪，明年歲朝立春。

久旱祥雲玉作堆，先春十日喜陽回。天心愛育民生福，百萬歸農解甲來。

除夕守歲

壬午。

暗換潛消總不知，一年容易又星移。山河破碎聊尋醉，天地蒼茫獨詠詩。九折危途憐馬力，百迴夢境愴雞啼。燈花燦爛爐烟直，正是陽回黍谷時。子正二刻立春。

元旦試筆

癸未七十有九，是日子正立春，午正日食。

一枕邯鄲兩鬢皤，平生憂患夢中多。孑遺幸有非延算，術士言余七十七當壽終。性命纔全且浩歌。世界屯真渾忘却，歲朝春首又經過。光緒以來，三見歲朝立春。屠蘇飲罷乘陽氣，笑看兒童起舞傞。

夜坐

由來夜氣本常新，枯坐心虛息自勻。殘藥掃除愁境界，異書扶助老精神。花無濃艷如高士，月有清輝似故人。陋巷閉門稀客迹，一燈相伴百年身。

上元節祀祖後支祠開會議事

宦轍于兹七十春，太平版籍尚遺民。祖宗靈爽三龕在，天地清明萬象新。禮樂不隨朝市改，詩書仍望子孫親。幽燕從古多名族，源遠流長自有真。

擇廬見示和東坡元旦立春三首因步原韵

驚心節序正星回，五色祥雲拂曉催。要信天心端歲首，乘時陽氣載春回。子正立春，卯初見五色雲。

風吹柳絮未成寒，快雪時晴宇宙寬。化日光天人盡仰，萬家翹首五雲端。未時雪，申時晴，午時日蝕，雲霧不見。

七百年來詩興同，東坡彩筆焕神功。羨君名士多佳詠，如坐堯天舜日中。

上元過天后宫前有感二首

新年光景捷飛騰，剛换桃符又撲燈。市井蕭條今異昔，煌煌廟肆冷如冰。

嗷鴻遍野不勝哀，粗糲充飢日幾回。滿地燼餘無復問，可能乞食耐嗟來。

連日春宴傷食病作自警

連日春盤餉友朋，豪餐兼味力難勝。腹中頓覺生芒角，身上居然似炭冰。豈是風寒侵作祟，由來飲食忌多增。放翁詩句應知戒，下箸還將對敵稱。

偕老吟二首

余以甲申歲完婚，今癸未，滿六十矣，中間幾經兒女之戚。術士言余夫婦當以辛巳壽終，今竟過期。妻病痿三年，余亦多病，皆無恙，尚爲不幸之幸。

六十年前始結褵，椿萱并茂福無涯。身經無數憂危境，贏得殘骸老病痿。

兩人歲百五十七，松桂隆冬尚見青。冰雪交侵身是患，不教方寸負冥冥。

病小愈沅叔招游舊都廠肆却謝

偏逢新歲病，莫遂故都游。咫尺成千里，睽違閱五周。一身如槁木，萬事付虛舟。待到花開日，能陪杯酒不？

一炷清晨香效康節體

一炷清晨香，虔心禱上蒼。普天同歲熟，故里莫兵荒。族戚家家足，兒孫個個長。我今雖老病，聾聵也何妨。

病起小園散步

剥啄難逢舊雨來，偶攜籐杖出庭階。千年往事悲歌起，萬里長空病眼開。好鳥枝頭皆宿友，閑雲天際盡詩材。遠游無復舟車興，且繞蔬畦日幾回。

楚卿慎之一甫雨莊震初伯平實弟及余在永昌西餐公祝佩璵七十壽即席賦詩二首

把臂同游適仲春，清時贏得自由身。一堂六百齡餘算，都是桃花洞裏人。

福禄同珍壽永昌，相看白髮快稱觴。肴粗酒薄君須醉，道是壺中日月長。

二月十六日春分小公園山桃初放佩瑜震初同游四首

歲歲風烟歲歲春，同游又見白頭新。佩瑜今七十壽。花容寂寞應含笑，不是桃源也避秦。

衰殘何意入芳叢，幾度春風一笑空。獨往小園天地別，好花無主爲誰紅。山後花早開，最艷。

繁華俯仰迹成陳，白髮尋芳又幾人。今日春風若相識，問花誰主更誰賓。

幾日輕陰花始開，風霾忽作又遲回。天公似阻游人興，好事多從磨折來。

味西公治行得傳沅叔太史增湘撰墓志金息侯少保梁入清史補傳感賦

廉吏誰言不可爲，年豐歲暖尚寒飢。禦災捍患堪尸祝，士習民生合藕絲。召杜大猷留世法，龔黄遺愛繫人思。蘭幽賴有鴻儒筆，奚啻羊公墮泪碑。

午後游園口占

乘春隨地是吾家，午枕初回自煮茶。日暖綸巾何處去，小公園裏看桃花。

讀倦出游登市樓遠望

目倦拋書且出游，適中寒暖是春秋。天光水影高低見，野草幽花遠近留。一片烟雲任舒卷，幾行鷗鷺自沈浮。晚來尚補西窗課，常帶斜陽下小樓。

歎老

老邁心情百不如，清游十事九成虛。探源莫放淵明棹，入市難驅康節車。鉛槧久拋書有蠹，蔬餐頓減食無魚。閑身衹合尋春夢，欲傍溪山結草廬。

惜春

不憂雨濕怯風吹，九十春光能幾時。忽見樓頭楊柳色，落紅滿地又誰知。

上巳日游倪氏園林二首

旋風吟。

永和禊事作清游，逸少文名百世留。天地有情人易老，江山無主水空流。將軍雄武存巍塚，公子遺芳勝故樓。舉目不禁今昔感，幾行高柳蔭虛舟。

幾行高柳蔭虚舟，一片平原帶小樓。叱犢短蓑人最樂，聽鶯斗酒客消愁。茂林非竹還栖燕，曲水無觴且狎鷗。大好園林閑是主，永和禊事作清游。

第一公園海棠六十年前物今尚盛開二首

六十年前事已灰，依然蜀艷占花魁。天心雨露殷勤護，特表甘棠遺愛來。此公園始自光緒，初，先公任津海關，時租界百事創造經營。

名園舊事首空回，獨有花枝歲歲開。昔日游人何處去，得閑爲主且重來。

清明後降雪二首

忍飢待澤已經年，忽降祥霙上巳前。未必豐穰能預兆，且平穀價續炊烟。

三月桃花正落英，忽來飛絮舞風輕。老農力作知時節，却聽郊原叱犢聲。

約一甫子貞佩瑜雨莊伯平震初同游倪園踏青茶聚

春入林塘分外幽，沿溪草色緑如油。杯觴昔日成陳迹，杖履今朝結勝游。華屋山邱雲過眼，風塵歲月雪盈頭。得閑便主誰爲客，何處非家且小留。

勤儉吟

近日糧貴，家用不支，細審病根，由于用人多，食指繁，故知勤爲儉之本。

大學功夫重治生，經言爲疾要躬行。方知言儉勤居首，家累先從食寡輕。

庸庵太保寄示近作感昔知遇率 成俚句

抗言國計與民生，憶昔從公領土爭。筆秃脣焦心自壯，點金煉石志何成。百年風月春申地，一代耆英洛社名。魯殿巍然欽泰斗，敢矜蟲鳥不平鳴。憶庚戌辛亥間，隨公辦理開平交涉，已有收回之議，格于樞部，降而爲開灤合辦，公旋去位，至今引以爲憾。

風塵澒整理者按：「澒」字誤植，當爲「澒」。洞際時艱，詩卷常留天地間。矍鑠精神文潞國，徘徊風月白香山。北門鎖鑰猶堪憶，東洛衣冠孰可攀。世界滄桑增福澤，天教老健且身閑。

和庸庵太保酬津友韵二首

千里詩筒速置郵，相公風度本休休。抛磚引玉方貽笑，報李投桃可漫求。心似陶潛依舊宅，身如王粲怯登樓。越吟正苦情無奈，坐井還思隘九州。

茫茫大陸困風霜，止殺誰思楚伯陽。但使捫心憐總總，不須搔首問蒼蒼。劫灰自古何能測，很石于今孰敢當。詩酒流連吾輩老，任教盲説蔡中郎。

喜雨二首

三月二十九日。

小雨新晴絶點埃，藤花滿架送香來。老夫喜作齋盂備，移得青蔬帶露栽。

半年久旱苦氛埃，春暮風和細雨來。天意惜民重秋稼，新秧遍野及時栽。

慎之先生猥以拙句爲木齋尊兄壽賦詩言謝欽愧交并謹答元韵

析津騷客盡聞人，尤數君家氣象新。閉户著書多歲月，塤篪協奏四時春。

群書博極號知津，勛業文章孰比倫。每奉吟牋三浣誦，芝蘭白首尚如新。

自廣

近日所聞所見，皆亘古所未有之事，悶極無聊，作此自抒懷抱，但于無可如何之中，得過且過云爾。

家付兒孫命委天，襟懷何日不翛然。夕陽門巷堪羅雀，野水烟波看墮鳶。架上有書聊作伴，瓶中無粟且安眠。鯤鵬斥鷃皆吾友，熟讀南華第一篇。

得雨爲飢民慶

米珠無計度朝昏，歎息斯民飲恨吞。已見遺骸曾滿路，更聞鬻子竟連村。流離四顧偏無地，呼籲千番倘有門。一雨郊原慶霑足，天心猶自惜元元。

歎世

治亂興亡事不奇，千年王霸幾枰棋。防空夜夜偷光禁，配給朝朝數米炊。防空配給皆近日厲禁。殘息苟延胡所底，重熙再睹豈無期。低回南渡東遷日，習見中原盡仳離。

小園

未恨天涯寄斷蓬，小園新闢地三弓。閑門羅雀清風至，曲院聞鶯暖日烘。野草不除全物性，良苗分植驗天功。春花秋月皆生意，贏得餘年嘯傲中。

和伯平看花遲暮吟元韵三首

猶及繁華照眼新，羡君原是別花人。雖然節序驚遲暮，富貴延年品自珍。

開到春闌不恨遲，餘芳豆緑正當時。穀雨後，稷園牡丹已謝，只餘豆緑一種。千紅萬紫雖摇落，淡泊梨花合鬥姿。

歎息都門六載違，春明情緒每依依。長房縮地嗟無術，遥想朱闌對落暉。

幾回吟興勃然生，探得奚囊亦已盈。點綴群芳空爛縵，姚黄魏紫費經營。

題李子貞三知足齋額二首

知足能令百慮清，如公誠不愧虚生。原來三寶君家法，七十年中祖述行。

福壽康寧世所珍，多聞直諒益同人。放翁耄老摩便腹，還勝淵明乞食貧。

梟茈詠

聞獨流鎮一帶野産梟茈，飢民麕集掘食，全活無數。《漢書》載王莽時大飢，曾有此物，乃天惠窮黎也。

八風臺起頌維新，寶貨當年不救貧。畢竟孑遺天自主，梟茈猶得活飢民。

千錢斗米散亡多，百倍于今可若何。慈愛天心回厄運，忍言魑魅喜人過。奸商囤積，魑魅行爲。

哀時

古云民以食爲天，斗米今號百萬錢。四海嗷鴻盡瘏口，不知何處有卑田。

乞婦歎

一食全傾卒歲資，今生無復翌朝期。手牽兒女肝腸斷，更忍嬰孩索乳時。

對食歎二首

門前僵卧盡尫俔，自愧齋盂僅藿藜。舉箸心酸難下咽，苦無呼籲上天梯。

紛紛托鉢遍街沿，却歎朱樓尚綺筵。虞夏豈無經水旱，可思減膳輟珍年。

首夏雜興二首

九十春光過若馳，緑蔭芳草是佳時。午窗睡起渾無事，一炷爐香自詠詩。

籐陰引架荔盈牆，蛺蝶雙雙點草忙。天與幽人閑歲月，抛書午倦日初長。

遣興

映階碧色草萋萋，林暖牆頭鳥自啼。欲試郊游慚脚力，且攜笻竹過橋西。

老愛門前車馬無，扶疏繞屋聽鸎呼。停雲賦罷爐香歇，閑寫詩筒付小奴。

雨後平津道中所見

四月二十五日。

漫言人壽俟河清，今日驅車自在行。西望雲山似相識，北贍整理者按：「贍」字誤植，當爲「瞻」。魏闕更多情。連村不斷青葱色，一路麥秀甚豐。過市猶多語笑聲。獨有道旁新壁壘，龍蛇走陸勢縱横。沿鉄路旁挖壕作壘，曲折牽連不斷。

重入止園舊宅二首

自蘆溝事變，倉卒出都，今已六年，重入舊居，洵爲幸事。

愀廬嘯傲養孱身，一別匆匆六度春。移竹已添三歲本，題詩猶掩十年塵。燕歸幕上危巢在，蝶化燈前作夢新。莫怪門無車馬迹，樂哉天許作閑人。

一踐吾廬兩眼明，殘年猶望再承平。圖書委案依然在，松竹成陰乃爾清。擊筑難尋呼酒伴，酒館食物惡劣不堪。吹簫遍是賣餳聲。鴉片烟館滿街都是。雖云故國非喬木，且喜高槐緑滿城。

永康胡同闕宅見太平花

聞此花始于乾隆平大小金川時得來，故宫一株至今尚盛，民間少有。

直到于今號太平，當時勤遠費經營。興朝二百年前事，衹有花枝得盛名。

又見菩提樹花

兩樹猶沿佛國名，看來枝葉盡駢生。花開色相殊平淡，却有奇香入暮清。據云，此花入暮，清香異常。

入舊都五日即回津車中作

六年涸轍心如痗，五日斜川夢又醒。儘閲市朝徒展畫，不堪身世等浮萍。青山萬叠平肩列，緑野千塍瞥眼經。待得春明花事好，重攜竹杖遍郊坰。

和一山落齒韵二首

唇齒相依泯怨恩，香山雙落有詩存。新詞祇合吟風弄，舊根應無切骨呑。舟去誰尋遺劍迹，幕危難補墮巢痕。從今鮠鮠成虚幻，變滅浮雲莫問根。

齒與生俱豈計恩，老衰當落理難存。從來柔剋剛難久，此去飴含棗可呑。海闊濤翻寧漱石，天空雲過豈遺痕。屠門大嚼何嗟及，戒殺還須尚味根。

賀味雲親家與仲虎同歲重游泮水四首

孝秀傳來真世家，羡君齠齔見才華。元音正始承衣鉢，江左風流紹永嘉。公爲瑞安黄漱蘭學使所賞識，拔置案首。

揚歷勛名六十年，優游林下若行仙。身經幾度滄桑後，猶覺金鑾在眼前。

我生同及中興年，角勝文場相後先。白首天涯驚舊夢，還將往事話燈前。前歲庚辰，余重游泮水，承賜寵章，感謝莫名。

萬仞宫牆化作塵，于今幾輩是陳人。世間甘苦消磨盡，獨有儒酸老更親。

訓勉嘉良孫

嘉良今年二十四歲，北京輔仁大學經濟系畢業，今領文憑，癸未五月二十二日，新曆六月廿四日也。

人于天地不虚生，教養諸端總自成。經濟循名原貨殖，文憑責實有神明。請纓要立無雙志，發軔先端第一程。念四光陰彈指過，巍巍德業在躬行。

世界終能見太平，立身端的重危行。詩書要守重闈訓，弓治還期一技精。且漫轉移隨世態，須持孝友振家聲。寒微族戚吾關念，勿忘慈祥忝所生。

自曠

迎年八十是衰翁，齏粥無虞亦自豐。已付天機鵬鷃樂，不關身世馬牛風。蘭芽漸茁餘生慶，鉛槧猶親卒歲功。一事尚留遺憾在，佳山勝水夢游中。

閲世

閲世浮沈孰與同，縱觀物外騁吾衷。大千世界微塵裏，垂百光陰逆旅中。北斗南箕增永歎，西秦東晉若爲雄。老夫不作齏鹽計，憂患如山一笑空。

詠呂碧城女士二首

千年閨教重迂拘，晚近才華便不觚。畢竟易安心迹白，錯教人説莫須無。

邁世英華詠絮風，漫游瀛海遍西東。何如嶺表菉猗子，本分事居名教中。順德李菉猗女史著《讀史管見》《女子言行録》，且訓子分田贍族云：「莫辭本分內事，要作名教中人。」

北京自來水紀念二首

光緒末，慈禧太后軫念京師火災，農工商部奏派熙創辦自來水公司，越歲告成，迄今四十年始漸發達，衆議追酬創辦人勞績，聞之感喟。

深仁慈聖廑深宮，承命胼胝豈有功。今日飲和四十載，幾人回首更呼嵩。

物理循環本至公，雖云人事實天功。放翁十年遇水旱，老不能耕年始豐。

和佩瑜感懷韵二首

鶴唳聲中不計年，鴻嗷飛去又驚天。蝸廬榻愧陳蕃下，燕市鞭欣祖逖先。屈指分襟題舊集，關心把酒夢重圓。良朋聚首皆清福，品茗談詩豈偶然。

心傷板蕩感衰齡，同是風中寄水萍。我愧浮家新活計，君還相國舊門庭。燈前顧影盈顛白，酒後論詩滿眼青。相待秋期籬菊下，故交寥落數晨星。

夢入家山桃源道中

春來花事滿烟鬟，遠近高低五色斑。一路鶯聲啼不斷，輕輿已過數重山。

風雪登樓

莽莽乾坤生若浮，天寒景短獨登樓。梅含雪意香冲鶴，松撼風聲氣舞虬。放盡山河千里目，掃空身世百年憂。夜游秉燭人爭羨，正好斜陽尚小留。

小園

小園藝事勝農家，禾黍盈疇場有瓜。讀罷陶詩天欲暮，又乘微雨去移花。

自然

物理人情本自然，窮通事事總關天。伊川難必兄齊壽，大程五十四，二程七十五。栗里猶傷子弗賢。天下無如平路險，世間惟有不材全。老夫獨得頤生訣，熟讀南華內外篇。

和佩瑜散步庭前一首

身心安處即園林，不必車塵費遠尋。簾外高槐多古意，窗前小鳥亦知音。興來倚杖看雲起，醉後題詩覺露侵。何用經營買莊宅，清閑一日值千金。

止園消夏

薜蘿滿院緑如油，鎮日蟬聲得自由。雖少山光堪悦性，也成曲徑可通幽。野花時發偏遮路，斜月初升却近樓。陋巷閉門常謝客，北窗一榻已迎秋。

思鄉

歷盡風塵兩鬢皤，歸來窮巷隱烟蘿。但餘一事還堪恨，江上青山夢裏過。

紀夢

光緒初，兄弟三人同居京師，讀書應試，如在目前。

棠棣花開幾樹紅，名場少日苦匆匆。驚回五十年前夢，猶是青燈黃卷中。

聯翩釋褐繼諸昆，盛世弦歌萃一門。天地風雲今變色，茫茫夢境與誰論。戊子，大兄中舉，二兄中副榜；辛卯，二兄中舉；壬辰，大、二兄成進士；癸巳，余中舉。及今思之，皆成夢境。

嘉孫大學四年畢業得法學士文憑

四載星霜一紙書，居然學士出茅廬。敢言凡骨金丹換，三食神仙似蠹魚。

自慰

孑遺猶是有黎民，莫歎吾生獨不辰。黃帝餘裔終古在，蚩尤遺孽至今新。蜩螗否極回天地，板蕩悲鳴泣鬼神。指日河清應可俟，及身還作墜驢人。

六月二十六日偕子明泰孫嘉良游天津馬廠國際俱樂部啜茗觀荷口占三首

名區市外絕塵埃，紅白荷花次第開。幾度滄桑身見在，偷閑贏得且銜杯。

奪主喧賓主更來，悠悠人事亦天哉。從今國際難憑藉，無限新荷向日開。在歐戰以前，華人不能入游，今則開放，不論中外，均得入會，同享游觀。

獨樂何如衆樂高，鯤鵬斥鷃任游遨。今朝雨霽雲容净，陣陣荷香勝餔糟。

雨後馬廠野游

垂老身如縲絏中，今朝始覺出樊籠。幾行遠樹参差見，一脉清溪曲折通。細徑小橋過牧馬，斷霞落日送歸鴻。天青雨過人增健，洗净塵襟萬慮空。

心地

禍福由來倚伏成，要將心地放寬平。海枯石爛終常在，電掣風馳總不傾。

觀幻

動多翻愛静，閑久却思忙。離合無須較，悲歡總不常。空中尋鳥迹，水底認天光。幻境終何在，人間夢一場。

病中短歌二首

讀書未聞道，養生常抱疴。舉身皆荆棘，涉世徒奔波。惟有方寸心，時時在巖阿。簞瓢度朝夕，蓬户隱薜蘿。墳墓近咫尺，父老常相過。雖無避世術，有興即嘯歌。子孫勿關念，成敗如機梭。禮義等弁髦，詩書輟吟哦。我躬且不閲，遑恤我後何。尚荷劉伶鍤，彭殤孰與多。

藏書塵滿閣，游山屐在牆。童稚嘗百藥，及壯猶羸尪。命宫遭磨蝎，十願九不償。中歲涉世故，世運值滄桑。暮年百事廢，飲食每自戕。須臾失兢畏，苦痛生胃腸。雖云藥石效，得失介毫芒。哀哉元氣子，毋使入膏肓。老無嚴師友，衾影實在旁。浮世本無戀，惜此炳燭光。

七月五日雨後若木味雲約同人茶叙口占

防空演習自今日始，雨莊、伯平、楚卿諸人因道阻未到。

掩耳不聞失箸雷，明窗净几且銜杯。温凉氣候新秋始，道義親朋舊雨來。室有芝蘭深契闊，途多荆棘重徘徊。光陰遲暮應同惜，笑口從今日日開。

和佩瑜七夕立秋連雨有感二首

入秋得雨息塵揚，頓覺炎威斂日陽。幾樹蟬聲風送暑，一簾桂影月生凉。穋重遍野家家慶，畚鍤防河處處忙。獨有無懷沽上客，北窗午枕夢偏長。
秋來日景若飛揚，誰見揮戈有魯陽。未覺天心從暗换，偏驚物候得新凉。風雲自古原難會，牛女于今爲底忙。人事無憑多反覆，久晴翻愛雨聲長。

自幸二首

殘生猶及太平年，世界風雲海變田。看盡元黄天地血，却留方寸得安然。
八十年來悔去非，營營思慮失天機。從今始得安心法，褐不寒兮糲不飢。

秋花

秋來百卉盡離披，一霎西風忽掃之。造物惡盈人忌滿，看花須在半開時。

止足吟二首

功名富貴兩悠悠，布褐藜羹到白頭。愚弱兒孫勿關念，但安本分勿貪求。
世間何事在人謀，天地無私任自由。十大礙行原不礙，還捫方寸得安不。

題焯兒及孫男女重游北戴河詩册二首

回思卅載侍嚴親，矍鑠驢鞍放海濱。今日烟波屬兒輩，好詩還慰卧遊人。丁巳隨侍先公，避暑北戴河，寓太平石。時公年八十一，猶能乘驢游海濱，今余才七十九，竟衰頽不能遠步，焯兒率諸孫往游，歸以詩告，且慰且愧。

當年海宇尚清平，遍地金戈已屢驚。準擬明年攜舊侶，筆床茶竈一舟輕。當時海外無事，而内地連年直奉、直魯戰争不息，故先公詩有「龍蛇起陸」之句。今日歐戰方酣，避暑西人絶迹，不知明年能否重游，殊勞夢想。

憫老二首

門庭荼蓼本難知，世路荆榛不可思。蹐地局天終日事，豈能坦蕩到期頤。

大患原因有此身，視身敝屣又何親。槿花半日松千歲，畢竟同爲一片塵。

秋園晚眺二首

薜蘼牆横翠作圍，千花百草正芳菲。天教晚景增虚艷，故放紅霞送落暉。

抛書不覺晝陰移，草滿階前路漸欹。倚仗貪看雲百變，畫欄西角立多時。

答友人邀游二首

形骸無病心無憂，身世真如不繫舟。魯殿巍然能幾許，今朝游得且須游。
誰見回戈得日揮，人間萬事與心違。光陰秉燭今何幸，莫使來時悔去非。

新重陽日邀友人茶聚

八月初九白露，初十爲新曆九月九日，時防空戒嚴四日，昨始期滿。

鶴唳聲中露未霜，動人天氣是新涼。莫尋落帽江山會，且作題糕翰墨場。桂影初生光漸滿，菊花待放意先香。一年容易秋光老，鷄黍還期再舉觴。

和味老防空二首

百鍊金成武器精，横空俯視㠜堅城。忍看墮水飛鳶影，愁聽穿雲唳鶴聲。執翳蝗蜋忘鵲過，含沙鱖魅喜人行。夜來風雨乾坤暗，燈火銷沈夢亦驚。

自笑

遭逢如屈蠖，歲月若馳駒。草舍平爲福，蔬餐淡是腴。眼前無障礙，心下有工夫。自笑真疣物，乾坤一腐儒。

得第四曾孫女命名啓賢

八月二十二卯時，嘉良出。

喜氣溢嘉辰，門楣又一新。占熊原有待，設悦整理者按：「悦」字誤植，當爲「帨」。不嫌頻。已得萊衣舞，還令文裍親。賢名如可副，世作太平人。

題止園齋壁

蘆溝事變蔓延全國，今已七年。

十年喬木長風烟，萬里頹波逐逝川。斗室蝸廬聊復爾，黄粱黑黍亦欣然。征鴻掠野驚秋訊，舊燕尋巢伴午眠。正喜清齋無一事，又聞笳鼓隔城傳。歐戰方酣，警報頻聞。

有感

花時正好雨和風，老不能耕歲始豐。畏日苦長愛苦短，人生百事仰天公。

病中作

何事悲天更憫人，羸然病臥百憂身。關心戎馬生郊藪，側耳嗷鴻遍水濱。世上本無千歲治，山中寧有四時春。曠觀今古興亡運，一局棋枰着着新。

楚卿見示題先慤慎公暨吳太夫人百齡紀念圖謹依韵奉答

回首椿庭覲鉅日，緬懷萱背亂離時。興亡國運千秋感，先公絕筆詩有「皇天偏厚我，世運愧難旋」之句。繼述家聲百世慈。先妣生平常諭子孫，世世毋忘貧苦人。廟貌莊嚴垂宇宙，直、皖、魯三省爲公立專祠。圖形烜赫詔來兹。在天靈爽當歆祀，迎送歌君七字詩。

癸未重九日雨莊約同楚卿一甫子貞伯平若木魯卿震初中原六樓茶會即席賦二首

異鄉爲客故鄉思，白酒黃花又一時。城郭已無歸鶴識，關河惟有斷鴻知。騰空堡壘漫天過，耀日旌旗逐地馳。幸得良朋杯茗會，高樓百尺共題詩。

千里江山入倚樓，高吟聊復遣吾憂。紫茱却病家家慶，黃菊飄香處處幽。極目長天從去雁，放懷遠水任浮鷗。掀髯笑語心先醉，無酒無花亦勝游。

書家訓序言畢紙有餘幅因題二絶以抒悲懷

自歎痴頑八十年，追維庭訓每心懸。于今重展遺篇讀，空慕慈顔在眼前。
憶違膝下逐萍蹤，慈訓丁寧月幾封。常記開緘多絮語，恩情罔極意盤胸。

詠止園紅葉二首

金風玉露樹全丹，今歲鮮于去歲顔。天惜幽人娱晚景，故教秋圃勝春山。
一年容易又秋風，借句。薜荔牆侵滿院紅。恍似香山舊游地，千巖錦繡雨烟中。

秋葉紅黄相間最愛晚晴尤覺鮮艷

赭葉黄花映碧蘿，斜陽影裏艷容多。莫嫌好景傷秋晚，天使風霜養太和。

觀紅葉偶成

萬緑叢中爛縵紅，秋容點綴仰天工。世間萬事常如此，榮悴誰知有主翁。

詠牽牛

牽牛花發上松喬，疊翠藏紅分外嬌。弱質不争朝日艷，却依餘蔭耐霜凋。

詠薜荔二首

千林摇落草萋萋，薜荔青紅又一奇。不畏霜高曾煅煉，却愁一夜怒風吹。

一牆炫爛趁晴霞，淺紫深紅美莫加。驚醒卅年山寺夢，戒台千仞錦屏遮。民國初年，曾游戒台寺，時值重九，滿山紅葉如錦屏。

詠盆菊

寂寞三弓徑已荒，尚餘盆菊伴秋光。門無俗客堪羅雀，座有幽人勝舉觴。静對孤芳宜暮雨，掃空凡艶傲清霜。胸中飽領淵明趣，吟得新詩字亦香。

觀紅葉有感二首

五色斑斕醉眼開，春花百態莫相猜。從知時至方稱傑，居上還須讓後來。

深秋侵曉凈無塵，露浥霜匀點點新。看到日晡似猩血，霞烘晚照更精神。

止園散步

小園霜曉曳筇枝，天趣全從静裏知。一幅丹青大年畫，數聯恬淡放翁詩。

先公忌日祭後感言

家國憂危六十年，英靈猶痛運難旋。先公咸豐辛酉出山，民國辛酉逝世，絶筆詩末句「世運愧難旋」，蓋有餘痛也。遺書永付兒孫守，舊札還將師友傳。今年，明恩檢點先公遺訓，一千八百余頁，粘存十册，又將先公手存師友舊札編次二册。城郭幾回悲化鶴，松楸千里愴飛鳶。馨香此日應來享，謦欬如聞俎豆前。

止園秋末題壁

領略園中趣，方知造化功。霜漫三徑白，日射一窗紅。世事原難料，人爲固有窮。歲寒堪慰藉，松竹伴衰翁。

止園瓜架豆棚上覆薜荔紅葉最盛

誰解無花一味紅，儘多變態在風中。閑來繞壁百回看，朝暮陰晴各不同。

和伯平見示止園學道二什

薜荔年年茂，秋林寄意深。緑陰當户减，紅影入簾侵。日下披書讀，風前伴酒斟。幽居忘寂寞，酬倡有知心。止園。

用拙存吾道，平居尊所聞。人生誰主宰，世運繫斯文。冥漠能相合，艱危亦自欣。常須奉惓惓，閉户有餘勤。學道。

紅葉今年最盛最久

安然無雨亦無風，常在清霜煅煉中。看到嫩紅成艷紫，始知造化有全功。

今年壽豐園菊晚十月初始得邀子貞往觀

重陽過匝月，園菊傲霜開。冷艷輸叢桂，幽香占早梅。物情原代謝，天意有安排。晚景心猶壯，清游日幾回。

十月初二日子貞正初伯平同觀壽豐園菊富麗比去年更盛主人招待甚殷率賦絶句以謝盛誼

身游錦繡萬花叢，道似春光實不同。濃抹淡妝比西子，會心都在寂寥中。

金玉成堆色色嘉，環肥燕瘦總堪誇。休言老圃秋容淡，却勝春深富貴家。

風日晴和絕點塵，花光富麗一番新。主人辛苦知多少，贏得秋園滿眼春。

美人高士聚同堂，相對無言樂未央。料得淵明歸隱日，東籬無此好幽芳。

年年同約看花人，今日晴和天氣新。解語名花能戀客，似傳園主意諄諄。

風霜時節尚尋花，獨數芳園第一家。絕艷奇姿看百遍，令人忘却夕陽斜。

淡泊凡花却自奇，精神煥發繫人思。金相玉質多新艷，舞鶴驚鴻有令姿。

百卉凋零萬象秋，此花偏向此時留。天珍晚景人珍壽，黃蕊何曾笑白頭。

七十九生日感言二首

昔聞大耋若登仙，今日思之已索然。遼海幾曾回去鶴，津橋仍自聽啼鵑。龐公偕隱當衰世，陶令歸來尚盛年。白髮龍鍾何所事，置心常在結繩前。

已外浮名更外身，桃花源裏一遺民。雖逢滄海橫流日，却作羲皇向上人。歲暮詩書猶自課，庭閑魚鳥亦相親。天教晚景娛松竹，且喜疏梅占早春。兒孫輩皆閉門安分，荊妻已病痺三年，今冬得扶人小步。

答苓泉見示病中紀夢詩

勝境羨君續舊游，樂天形病神無尤。廿年大抵如炊許，百歲誰能過客留。天地爲廬觀大化，江山可友信浮漚。衰殘如我心猶壯，神馬尻輪興未休。

題止園齋壁

年垂八十愧知津，猶是桃源夢裏身。靖節自分當去客，東坡原是可憐人。風雲天外從多幻，草木庭前總見春。五百年間同一瞬，江山爲主我爲賓。

讀先公年譜感賦

家國興亡六十年，田間崛起卒歸田。先公咸豐辛酉出山，光緒丁未解組，民國辛酉仙逝，享壽八十五，入仕六十年。春暉近展鴻儀影，天津寓廬內堂名春暉，供奉考妣遺像，並懸挂考妣事跡圖詠。雲霧遥瞻馬鬣阡。先公葬原籍中鄉，地名雲霧坑。千載孤忠存特祀，直隸、山東、安徽、江南各省立專祠，有祀典録。一生憂患著遺編。先公自著年譜及《負暄閑語》、詩文集，多紀平生憂患。雲礽世守清芬澤，聰訓從教字字研。

季木葬事紀念

癸未十月二十六日申時，葬故侄季木于京西老山公塋，與妻楊氏同穴，癸丁兼子午，事畢書此，付叔弢侄及理良侄孫等作紀念。

委蜕于今已六年，年年大陸警烽烟。今朝骸骨歸同穴，永世丘原長夜眠。老泪未能臨窆洒，癡心猶望後人賢。家聲績學知難繼，莫忘清明歲埽阡。

答友人問疾戲述情狀

暮年歲月付悠悠，衰朽形骸不自由。齒腐強留常作祟，牙敗，常作膿，痛脹。唇焦視食直爲仇。腮腫，唇破，不能進食。肌膚搔遍情難忍，四肢作癢，每至搔破。腸胃横壅氣弗流。大便閉結，常恃藥導。且幸膏肓猶未入，如泉詩思尚絲抽。

病起偶吟二首

身如大海一浮漚，成壞原來任自由。覺痛更無痛痛覺，觀空何事不風流。

一事當前若不禁，時移勢過渺難尋。舉頭試看雲舒卷，消盡平生得喪心。

病中作

病魔如寇盜，小疾爲前驅。細微失戒慎，滋蔓將難圖。平居安淡泊，所戒是膏腴。冲和常在抱，病自無根株。恃强最可慮，平日視若無。一旦入膏肓，性命祇須臾。亦有過患者，搏蝨施龍屠。去疾誠剽悍，元氣與之俱。二者皆非訓，其失蓋等乎。中庸爲率性，養生豈外殊。不爲忿所激，不爲慾所揄。四時有佳趣，自適見真吾。君看廣成子，壽享千歲娱。試究其道妙，乃與二典符。

楚卿賜和五章融會儒釋闡發真詮至理名言百讀不厭謹玒俚句以志忻佩二首

一紙飛回筆如椽，抛磚引玉喜如顛。巴渝鄙俚慚無地，重拜陽春白雪篇。
病榻呻吟鬢已凋，東塗西抹説無聊。邯鄲學步難藏拙，堪笑蕪箋尾續貂。

答謝友人賜和生日詩

吉語聯翩感不勝，德脩學講謝無能。身同大海孤舟客，心似深山退院僧。往事已非忘墮甑，前修莫繼愧傳燈。年年願誦嚶鳴什，還祝崗陵壽作朋。

先妣忌日自傷二首

丁未年棄養至今癸丑，卅七年矣。

悔貪捧檄爲娱親，忍作人間無母人。三十七年何所恃，煢煢孤露夢中身。
自從萱背痛傷神，棠棣花殘更減春。先妣逝後不久，二兄下世，自此期功之喪絡繹。回首堂前嬉戲日，忍看竹馬一番新。今日祭筵，孫曾羅拜，相顧凄然，無復當年承歡氣象。

追思慈訓一事未成悲悔無地

多難偏驚歲月馳，衰殘病骨已支離。天翻地覆鵑聲急，日暮途窮馬足疲。三黨及今無善策，百年以後有誰思。慈幃至訓音猶在，一息尚存更勉之。

答友人問近狀

世間萬事馬牛風，日日從教醉夢中。僕助筋骸勝拜起，朋從耳目近盲聾。膏腴久絶常枵腹，寒暑難禁易迫躬。野鶴閑雲隨去住，放懷聊與此心同。

冬寒

六十歲後，所有皮衣全售助賑，僅以新棉禦冬，不着皮裘已將廿年矣。

天寒富室苦龍鍾，羔酒狐裘更幾重。輸與茅檐負暄叟，一身布衲過殘冬。

食葷

余體弱，向少茹葷，近因便閉，始略食海味，干貝淡菜，蟶蚶作湯。

少小自安淡泊生，雞豚整理者按：「豚」字誤植，當爲「豚」。絶迹厭煎烹。暮年欲解枯腸厄，鮮食還頻海錯羹。

和樂天勸歡韵

補讀詩書已恨遲，十年不學悔難追。夜游炳燭光陰好，能得掀髯又幾時。

天津河北大悲院叢林復興志賀二首

回憶紅巾四四年，名藍劫火渺飛烟。補苴鼓鑄收餘燼，拯救瘡痍仗佛緣。光緒庚子，義和拳匪先在大悲院正殿設壇，嗣洋兵入境，炮擊毁之。次年，項城督直，百業蕭條，私鑄充斥，命余設法乃就其燼餘廢墟，設廠鼓鑄，甫兩月而事成，日鑄銅元、銀元以濟市面，民生賴以安定。事機之順，殆佛佑也。

生公臺上立飢烏，齋鉢年年若有無。今慶大悲還寶刹，佇看檀越輦金珠。是時，殘僧依偏院，余爲定歲幣若干，以資生活。嗣余去位，廠亦旋廢，多年不通消息。今年癸未仲夏，住持僧來告，有某居士將募金修葺，余亦傾囊相助，乃未數月後殿告成，恭奉大悲菩薩聖像，以十一月十六日開光，香火頗盛。聞明年將修正殿，復興叢林，計庚子至今已四十四年矣。劫運屆滿，佛日重暉，從此海宇昇平，民康物阜，乃知名刹之廢興與世運爲轉移，殆有數存焉。余乃目睹其事，不勝欣慶，爰紀故實，賦詩爲寺僧賀。

生日思親

久寄幽燕作幸民，年年生日倍思親。承歡菽水嗟無日，空是人間剩長身。

楚卿一甫芷升子貞雨莊伯平震初諸公日前爲賤辰開公宴情誼優渥今備粗筵非敢云報謹狃俚句聊表謝忱

一陽初動後，諸公楚楚行。貞元懷舊雨，即席慶升平。康節辭生會，温公重厚情。敢云思報德，藉此表傾城。

生日上供二首

是日始得初雪。

瞻拜華堂莫養親，天南邱壠倍傷神。今朝供得長生麵，難慰當年母難辰。

不見慈親已卌年，如聞謦欬傍香烟。今朝庭院全鋪白，似寫餘悲照几筵。

生日逢冬至得初雪步伯平韵答賀

降來初雪及生辰，天賜祥霙爲福民。冬至一陽中夜復，今夜丑正冬至。從今瑞氣滿平津。

久困警區頗思江湖之游

不存恩怨孰悲歡，世界由來平等觀。門可張羅雙耳静，室無長物一身寬。消磨歲月傾觴易，摹擬江山着筆難。何似鷗鵜人迹外，深林寄託得心安。

冬至日喜初雪

入冬久旱苦多塵，瑞雪今朝氣象新。葭琯飛灰方似墨，梅梢着彩恰如銀。窗明快映仇書課，土潤欣占樂歲因。自是天心示仁愛，故將霢霂惜斯民。

登中原六樓望晴雪日暮始歸

雪晴凴眺百憂空，奚止農民慶歲豐。大地盡成銀世界，遠峰齊作玉屏風。重裘灞上尋詩友，孤笠江邊獨釣翁。星月交暉看更好，萬家燈火入樓中。

第三公園散步觀晴雪

衰翁無事擁書眠，雪後來觀淡蕩天。枯樹分明銀鎧仗，小山起伏玉蜿蜒。耳傾吠犬迎新旭，目送征鴻入斷烟。白髮披裘閑獨步，爲貪覓句且留連。

飯後同人登新華五樓觀雪率成

憑眺高樓雪暗天，千家玉樹照瓊筵。詩成不作天涯感，興到何如世外仙。

避地吟并序

余自丁丑年避居津寓止園，晝僅一几，夜僅一榻，庭有雜花，室有殘書，今忽忽七年矣。世事日非，生計日促，幸終日杜門不接人事，雖地非桃源，而心同栗里矣。因作避地吟，以自慰云。

齋居久掩關，避地一身閑。布被仍酣夢，蔬餐亦駐顏。眼前無俗物，門外即深山。衰與藥爲伴，清惟鶴可攀。何當從此逝，嘯傲入烟鬟。

臘月十四日雪後楚卿邀家庭食堂消寒二集茶會即席賦和

消寒臨二集，努力勸加餐。風雪催冬盡，家庭樂歲闌。茶膏如酒醉，木稼當梅看。滿室同心侶，清言氣似蘭。

除夕詠

漫言曆尾有餘思，恰是清齋煆磨時。祈穀農人竿作炬，祭詩才子酒盈巵。痴呆賣去原無忌，煖熱然來只自知。何事晉公偏歎老，頻添商陸曉鐘遲。

甲申元旦試筆

天容萬里見空青，飲罷屠蘇酒半醒。正是昇平新氣象，依然詩禮舊門庭。堆盤酥果童皆樂，列俎犧牲祖有靈。八十衰翁無所事，一爐香篆誦仙經。

題松下聽琴圖二首

松下跏趺露滿襟，爐香一縷息塵心。清風謖謖無凡籟，耳畔常聞絃外音。

萬壑風來萬籟生，七絃按指字分明。妙香領略渾忘却，聽到無聲勝有聲。

眉壽金婚紀詠二首并序

憶自光緒甲申余年二十，時貴池劉閣學公長女年十九來歸，三月十一日在先公津海關署迎娶。其時，海宇昇平，家門鼎盛。今歲重逢甲申，余年八十，妻七十九。滿六十年夫婦，西俗謂之金婚，目爲家慶，而感念時事，不禁滄桑之歎，因戒兒輩，閉門謝客，于元旦闔家齋心蔬食，以迓天庥，爰賦此爲紀念。

日月如過隙，兒孫忽滿堂。不圖今白髮，猶是昔紅妝。鏡裏流光速，燈前舊話長。從今幸無恙，旦暮兩爐香。

斗酒稱黃耇，荆釵整理者按：「釵」字當爲「釵」。對白頭。中多兒女戚，五男今存四，七女今皆殤盡。老尚米薪憂。近來食糧百物奇貴，且難購。家事輸欹枕，財産損失大半。天心入倚樓。世界戰爭未息。庭前雙鵲噪，却已付悠悠。

題春暉堂家宴圖

余夫婦二人正中坐，子四人，媳四人，東西侍坐；孫四人，次東坐；孫媳二人，次西坐；孫女十人，曾孫女四人，依次進食。

四代同堂恰卅人，桃源洞裏夢中身。齊眉周甲登耄耋，天地長留世外春。

題眉壽圖卷

人日展讀，又題一律。

金蛇已過得身安，昔有日者言，辛巳年，余夫婦當壽終，今竟無恙。猶似紅羊歷劫難。今遭世界大戰，生計艱難萬狀。裙布釵整理者按：「釵」字當爲「釵」。荆原本分，藜羹豆粥有餘歡。傳家無復關心事，閲歲猶如彈指觀。天地有情人不老，笑看兒輩勸加餐。

甲申立春日作

正月十二日卯時。

歲屬青猴氣象新，家家喜作太平民。辛盤羅列兒童樂，蔬果紛陳父老親。大化潛移賡盛世，陽和默運慶熙春。交游相見還相祝，吉語連翩不厭頻。

慰老

漫道衰翁感慨深，任教霜雪鬢毛侵。一身只合都無患，萬事從來忌有心。鳥迹印空原不着，鴻泥留雪更何尋。待看水面風來候，吹皺波紋月影沈。

病足小愈喜賦

兼旬痛蹇實堪憂，誰意迎春廢疾瘳。嘉會祇憑詩却赴，好山方恃夢重游。奔騰未似林中鹿，浮泛還同海上鷗。待得身輕投杖去，尋梅踏雪到村頭。

自怡

一室天地寬，百年無愧難。緼袍原自適，藜藿亦加餐。家事平爲福，身心淡始安。千秋延目視，齏粉等閑觀。

讀老子有感

大患原因有此身，無爲方始見天真。放翁拈出痴頑字，深得函關句裏神。

眉壽金婚親友惠詩謹賦俚語答謝盛誼

已度金蛇時苦厄，還知芻狗世磨礱。妝臺尚見當年月，敗屋猶禁徹夜風。珠露新詩來眼底，雲天高誼入胸中。深情李報應還祝，美意延年百歲翁。

正月十三日立春后一日爲消寒第六集承芷升約茶聚即席賦詩謹步元韵

春來大地喜相迎，且把茶鐺當酒鐺。共挹清芬知室静，獨吟秀句覺天驚。斯文不減山陰會，樂事堪追洛社英。安福燈期幸在邇，踏歌三日慶昇平。

甲申八十生辰筵資助賑用賦俚句敬告親友謝却贈遺

痴頑幸有孑遺身，世界風雲日日新。喘息苟延甌脱地，陸沈猶見設弧辰。不臨生會堯夫志，特製寒衣樂圃仁。願與親朋要約定，儀文删盡率天真。

母難之辰不忍思，况今多難此何時。蓼莪廢讀終天恨，懿戒垂箴百世師。胞與顛連無手拯，親朋惠愛有心知。鴻箋鉅製虔修璧，嘉貺惟希片藁施。

八十生日感言二律

晚景紅霞送落暉，天寒晷短倍依依。心如遠水從魚躍，身似孤雲伴雁飛。難隱荒朝何有杖，傷懷故里敢言歸。老耽深巷車聲寂，暮色蒼茫獨掩扉。

聊將齏粥度朝昏，勛業文章愧莫言。介壽無顏稱老耄，遺安有訓到兒孫。行窩且慕尊賢里，世澤還延通德門。白首若教無愧怍，但吟抑戒答天恩。

正月十七日焯兒爲就營業攜眷南行有感三首

世亂前途盡棘荆，茫茫生計費經營。十年教養成何事，剩得牽裾兩泪傾。

熟讀東坡兄子書，人間好事竟誰如。爐頭兒女今須別，悔弗參軍地種蔬。

少日功名祇自期，四方于役任奔馳。于今繞膝情難捨，想見當年別母時。光緒丙午，余在天津道任，請假赴兩江署省親。假滿回時，吾母墮泪而別，嗣請終養，未遂。逾年，丁未，母竟棄養，不得再見，痛哉。

紀病

傷食，洞瀉，日夜十餘次，極困憊。

加餐博得病沈沈，洞瀉連朝苦不禁。忌飽尤須勿憚剩，放翁明訓最堪欽。

紀病中夢

晝苦支離夜卧閑，夢中猶自戀溪山。閑撐雨艇衣襟濕，遍歷烟巒腰脚頑。石洞穿來迷後返，芒鞋脱去失仍還。光明天地無塵滓，忘却殘身在世間。

小病兼旬不出門亦無客至戲作

小病兼旬可奈何，惟將寂寞養天和。犬無避叱寧投骨，雀自馴來不用羅。甚欲觀心新境少，每思過眼故人多。西窗剩有銜山日，獨對爐香發浩歌。

二月三日苓泉寓小集和伯平韵

陽和乍轉運回初，斗酒相招樂自如。道義親朋開口笑，胸中磊塊已無餘。

親友介壽有以鹿鳴重宴相期者詩以謝之

儌倖名場敢算延，當年桂影渺雲烟。不禁身世天涯感，安用文章海内傳。當時試藝，曾刊墨闈。朝市隱來聊復爾，貞元過後亦徒然。聚奎風雅今誰嗣，空見蟾暉六百圓。癸巳，二十九歲，至今已五十一年矣。

花燭今逢周甲回憶鄉舉巳整理者按：「巳」字誤植，當爲「已」。**五十年有感**

蟾圓六百數當頭，屈指光陰逝水流。獻賦十年遲抱憾，調羹三日早承庥。鹿門正苦山林阻，鴻案偏驚歲月遒。記取遺安孫子念，詩書世澤若爲謀。吾六世祖谿公，唐咸通進士，負盛名，開池州文化。今遭世變，廢棄詩書，千餘年之世澤，于今歇絶，可勝慨歎。

第三公園看山桃有感

年年游興爲花顛，今日花開又一年。果是春風真浩厲，藩籬撤盡亦欣然。四周鐵欄全撤去。

世外桃源無處尋，小園閑步亦愔愔。看來人事多興廢，獨有花容無古今。

老樹新枝又幾重，種桃人去已無蹤。春風有意留游客，故遺花光分外濃。

又驅康節小車來，此地年年日幾回。笠影屐聲今見少，桃花應祇爲儂開。

三月三日楚卿約同人茗敘即席賦二首

群賢畢至盡清言，一室幽情可共論。不必山林修禊事，人間隨處有桃源。

一觴一詠足千秋，天地無心任去留。莫問世間何歲月，放懷依舊晉風流。

三月四日曉游公園山桃始開

春分後七日。

新晴草色緑如油，雅愛拖筇趁曉游。山外桃花春意滿，數枝紅綻露梢頭。

寒風連日漲天塵，忽轉輕陰始見春。數樹枝頭初破蕾，滿園生意一時新。

往日偕偕屐滿園，今朝花下闃無言。天公似遣游人醉，處處春風撲面温。

游第四公園得句二首

四園花事勝三園，幾樹高枝出短垣。含蕾丁香多繞徑，扶疏緑柳自成村。

昔嫌市井苦囂喧，今日花封寂寞門。雅稱幽人詩意境，日斜覓句到黄昏。

三月十一日花燭重諧慶日謁祖後子孫輩蔬食會餐畢攝影爲紀念

六十年間事，都如過去烟。紅妝猶在眼，白髮已盈顛。祖蔭重重茂，孫枝節節鮮。簪纓雖已矣，藜藿且欣然。

舊英公園看海棠有感

是園成于光緒甲申，今已六十年，適合余花燭重諧之期。

炫爛繁華六十年，及今寂寞儘堪憐。令威回首應含笑，猶記香風在目前。
世事天心豈易知，滄桑幾度最堪思。漫誇花好人長壽，贏得風前兩鬢絲。

小齋茶聚和伯平韵

庭樹春深未著花，尋芳游侶興偏賒。芝蘭入室同心久，品茗論詩閱歲華。
春來萬物各熙熙，未盡餘寒花較遲。好友不妨朝夕見，盆窗小景尚游嬉。

小雨初晴芷升伯平楚卿子貞及七弟同游第四公園海棠丁香盛開二首

草色新晴緑緑似油，幾株紅艷弄春柔。氣清天朗群賢集，話舊論詩且小留。
共憐蜀艷逞紅妝，却讓瓊枝細細香。絶妙天成西子美，淡敷濃抹費商量。

四月五日南隣失火幸未成災

風急星星近草廬，熊熊烈焰兆焚如。天教窮巷留遺宇，且學淵明還灌蔬。

憶江南

事業文章興已捐，故鄉山水尚欣然。江南處處佳風月，安得閑身健似仙。

浴佛日茶集和芷升韵

滿架藤陰緑已成，風和寒燠氣初平。七賢雅集謀天趣，千劫因緣慶佛生。老至只堪真率會，興來猶得小詩呈。一杯香茗甘留舌，相對清言倍有情。

王紹溥五十壽

壽宇宏開伯玉年，千祥雲集到尊前。椿萱并茂天增福，蘭桂齊芳世繼賢。樂事賞心詩卷在，宦游底績頌聲傳。優閑歲月今方半，更祝期頤號地仙。

題王欣夫抱蜀廬校書圖

寒燈相對一窗幽，典籍經年費校讎。著作等身垂百世，丹黄過手足千秋。探源古閣思前哲，搜秘名山問蹇修。目不窺園天獨厚，定知異代有名留。

四月初立夏後一日同一甫伯平看壽豐孫氏園牡丹歸途口占

清時臨夏首，春思遍天涯。忘却烽烟地，欣看富貴花。比肩皆白髮，照眼勝朱霞。一覺承平夢，京華意興賭。整理者按：「賭」字誤植，當爲「賖」。不見稷園牡丹已七年矣。

簡邀楚卿芷升子貞正初惠臨茶敘二首

匆匆花事看飛英，幾樹新陰緑已成。鼎有灘聲茶浪起，厨無市脯餅香清。魚浮水面依群影，鳥送枝頭求友聲。寂寞空齋思晤語，呼童掃徑喜相迎。

韶華九十夢中過，寂寞將如長夏何。無酒已拋花事了，有茶還喜椀香多。文詞老宿思欣賞，道義親朋盼切磋。彼此光陰同炳燭，莫教門外久張羅。

喜長子明泰年五十得第一孫整理者按：「孫」字誤植，當爲「子」。

緑竹生孫第一枝，樂天知命復奚疑。山留暮景霞烘晚，雨喜朝晴日出遲。剥復循環原有數，綿延似續總堪思。料當海宇承平日，正是家聲再振時。

庶孫入校已成名，次孫嘉良大學已畢業，得學位。冢嗣寧馨今始生。否去泰來端有兆，承先啓後更多情。乾坤再造綱常振，滄海横流底柱撑。他日風雲當際會，詩書努力繼家聲。

長子明泰年今五十始得子名嗣良取宗嗣之義詩以紀之

我逾三十初抱子，泰，丙申生，予年三十二。爾今知命始弄璋。大耋之年何所望，尚期家嗣繼書香。

五十生兒未覺遲，循環世運獨心知。料將重睹昇平日，正爾詒謀嗣續時。

邀友過談

眼底匆匆花事了，胸中念念故人多。茗香果熟堪留客，乞米求薪莫問他。貪看無心雲出岫，静觀自在水舒波。庭前松竹饒生意，相對怡情且嘯歌。

觀壽豐園太平花初開

日暖風和有令姿，來從上苑得根移。太平景物今猶見，慨想當年鼎盛時。
玉潔香清美莫加，朱容桃李占年華。游人眼福今何似，名貴方知出帝家。

齊照巖八十壽

鴻才應運自天申，兄弟兼圻政績新。管領湖山稱節度，澄清鹺署福黎民。泮宮
重攬斯文秀，津市優游大隱倫。愧我同庚無穀狀，岡陵獻頌慶嵩辰。

吴怡生八秩壽

惟仁者壽古猶今，樂善如公夙所欽。德望平生珍拱璧，政聲昔日著鳴琴。鄉鄰
父老懷恩久，道路嬰兒感惠深。愧我同庚無所寄，岡陵獻頌且傾心。

槼良孫南行入大學賦此示之二首

鄧公子各一藝名，傳家孝謹著賢聲。分陰是惜須堅苦，大器由來重晚成。
道德文章固有之，更兼一藝是鎡基。乘時利器須先備，莫待時來悔具遲。

陳庸庵太保八十八壽

林下清風登耄年，潞公真是地行仙。放翁休去無裘馬，白傅歸來有管弦。天許海濱居大老，人從洛下慕尊賢。河山再造餘琴鶴，誰記裝輕載石旋。

夏至前六日妻課僕種蔬喜夜得雨二首

要備齋盂莫恨遲，從來人事占天幾。蔬畦強趁斜陽理，恰喜深宵雨及時。

待澤荒園事事遲，病妻強自理蔬畦。青秧移得僮奴喜，夜雨霏微到曉時。

自題畫像

余今年八十，汪君仲虎自吴門託友爲余繪像，賦詩寄贈。

滄桑幾度飽曾經，八十衰翁迹似萍。三萬里天春不老，二千年事酒初醒。閉門松古欺頭白，遡水葭蒼照眼青。妙手高情住泡影，常教五岳見真形。

自豪

誰解書生意氣高，門無車轍長蓬蒿。久衰不復干旌夢，老至猶親鉛槧勞。促促光陰思秉燭，悠悠世態學餔糟。小園三畝禾蔬滿，讀罷陶詩乘雨薅。

題孔少軒遺墨

少從父執仰公名，惜困芸窗未識荆。今日欣觀遺翰墨，喜贍整理者按：「贍」字誤植，當爲「瞻」。泰斗慰平生。

小暑後五日一甫達有喬梓約同芷升伯平赴馬廠觀荷

塵囂鬩耳困坊場，結伴郊游趁早涼。弱柳拂橋欣小憩，新荷被沼喜微香。銜泥燕子雙雙落，點水蜻蜓箇箇忙。偷得浮生閑半日，且觀物態答年光。

馬場觀荷和伯平韻

賽馬名區遠市場，清游雨霽好風光。閑循柳岸迎朝爽，小憩荷亭覺夏涼。魚躍鳶飛多活潑，雲容天影共彷徉。舞雩歸詠今如昔，老興都忘白日長。

小雨獨坐

舊雨殷勤今不來，階前浙整理者按：「浙」字誤植，當爲「淅」。瀝長莓苔。披襟獨倚柴門坐，閑看幽禽自往回。

明恩售京宅有感

宅在和平門内西半壁街，係内子親手督造，一番辛苦，付之東流。

築室斯干費苦吟，口瘏手拮願何深。漫期寢夢虚熊虺，悔擬楹書飽蠹蟫。德裕生前空灑泪，淵明身後不留金。百年堂構歸泡影，辜負萱幃似續心。

夏夜漁翁

露箬霜篛織短蓬，放歌常在月明中。一竿得寄平生快，飽領溪山四面風。

偶過津門舊邸

余八歲侍母到津，寓城内府西街金宅。今年八十，仍復留津，偶過舊邸門前，不禁令威華表之感。

齠齡曾記此中行，歲月堂堂去可驚。幾度春風飛絮逐，儘多秋月候蟲鳴。依稀棠棣隨肩影，寂寞椿萱謦欬聲。七十餘年無限恨，邯鄲一夢未炊成。

立秋日得雨新涼邀友借家庭食堂茶聚

長飈摧酷暑，細雨報新秋。興至欣扶策，年高怯上樓。家庭堪自適，聲氣喜相求。聊寄平生快，茶香露滿甌。

和楚卿書齋茶聚韵

君是羲皇以上人，放懷言語妙通神。新詩吟罷愁如洗，掃盡乾坤萬劫塵。

溽暑方交三伏過，涼飈乍起一時清。始知新曆憐人意，預報中秋氣已平。

未看桂影月方中，且領茶甌兩腋風。九老不虛今夕會，夢游應到廣寒宮。

艱食歎三首

年來米麵蔬果，百凡食物，無一不昂至百倍以上，且不可得，尋常生活，無事無時不困難。

垂老殘生罹百憂，令人心慕赤松游。子房特識推千古，避穀仙方底處求。

薪米從來珠桂侔，齊民一飽擬公侯。揮金似土難爲繼，點石成金豈自由。

一日生涯百倍增，時危物值更飛騰。曩編試檢唐時事，安史殘年得未曾。唐史載，安史亂後，物價較開寶時加千倍，今日物價有較平時二千倍者。

枵腹吟二首

蔬食奇貴，勢將斷炊，白麵每斤十數元，青蔬每斤八九元，香油每斤至四十元。

悲哉口腹事憂煎，日日針頭勝坐氊。粗糲直超粱肉貴，萬錢一箸已無緣。

聖賢憂道不憂貧，謀食無心道自珍。陳蔡絶糧還愠見，西山薇蕨幾何人。

感時二首

食物奇貴，并非年荒，全由處處遏糴所致。

烝民乃粒太平時，艱食虞廷實有之。除却化居無妙策，如何今日背而馳。

民爲邦本食維艱，自古興亡在此關。益稷昌言存帝典，懋遷一語重如山。

昨作艱食歎今日悔之作此自勵

視息偷生亦有涯，敢將豪侈鬥年華。庭饒花木園成趣，饘粥朝昏則已奢。
麥舟未濟希文友，施藥難追務觀風。二侖晨炊猶得繼，也應慙愧百年中。

素位吟二首

患難如何富貴觀，直緣胸次覺天寬。齋心便得無爲法，自在能迎古佛歡。
最難因應是當幾，自在方知作意非。天際晴雲舒復卷，庭中落絮住還飛。

七夕詠

幾日菲葑棄若遺，婚姻道苦使人悲。梨園似解潮流恨，猶唱天河腸斷詞。是日，梨園家家競演《天河配》一劇。

詠琴

流水高山寄意深，五絃揮處碧天沈。雁聲遠入瀟湘去，洗盡人間塵霧心。

和一山美人換名馬韵

本事見《異聞録》：「鮑生，酒徒，以愛妾善四絃，換韋生名馬。」

奈何騅逝失雄姿，帳下凄凉一侍兒。自古英雄嗟末路，美姬名駿盡居奇。須知換主皆辛苦，三五年間去若遺。此舉鮑生雖大雅，終輸樂天大帶大書時。

紀事二首

未曾啓齒意先疏，倨傲形容賈有餘。忍使揮金謀一乘，枉教高蹈是懸車。近日人力車奇貴，且驕横不可制，故出則徒步而已。

如何物值忽飛騰，坐使飢腸愧飲冰。日費萬錢無所食，家家愁歎作何曾。糧蔬飛漲至百倍、千倍，富室已難久支，平民直成斷炊。

七月初九適與子貞擇廬鑑波不期而遇同至楚卿書室小憇去後始知是日爲其夫人誕辰特呈俚句以伸補祝

賓主同將四百春，賓主五人，合三百數十歲。不期而遇盡詩人。到門活潑觀魚樂，入室莊嚴見佛真。祇識先生徵大德，未知壽母值芳辰。今朝願補岡陵頌，歲歲康寧氣象新。

聽鶯

老來萬事不相關，風月無邊可慰顔。午夢正酣誰喚覺，簷前雙鵲語綿蠻。

新九月九日爲夏曆七月二十二白露後一日登高無處賦此寄興三首

一年容易又重陽，新曆光陰覺更忙。相約登高無别意，盼來新穀早登場。

無菊無酒過重陽，天意何如人事忙。强預登高聊望遠，縱横萬里盡沙場。

今朝新曆已重陽，野老偏驚歲月忙。心欲登高無處去，詩壇堪作論文場。

九月十日芷升約茶聚即席賦

昨日清愁不可支，登高未遂負佳時。今朝歡聚芝蘭室，果美茶甘合有詩。

戲紀昨事

九弟約中原六樓登高，未遂。

幻影傳來度半空，紛紛警報怖兒童。老夫不減登高興，縮地無方一笑中。

閉户

老如炳燭光，何事爲人忙。藥餌從堆案，圖書任滿床。侵晨猶拂硯，入暮但焚香。閉户方知樂，閑中日月長。

將約同志置郊外薄田爲菟裘計二首

負郭田宜處士莊，桑麻遍野得深藏。數間茅屋青天遠，一椀藜羹白晝長。隙地雞豚整理者按：「豚」字誤植，當爲「豚」。隨栅長，豐年芋栗滿園香。著書訓俗吾何敢，且録忠州濟世方。

秋到江天有雁行，幾人垂老得還鄉。躬耕本是英雄事，絶境難求避世方。陶令長吟歸壟畝，放翁温飽出農桑。慢言陽羨平生願，此志坡公未易償。

紅葉吟四首

三多里止園今年紅葉特盛，滿園盡成錦繡，可爲大觀。

秋花落盡已無期，恰有鮮妍葉補之。遠近高低皆入畫，牆頭屋角更相宜。

春去無蹤不可追，忽來奇艷更離披。一年好景休嫌晚，正是秋園燦爛時。

衰老心情不可支，秋容晚景更多奇。霞烘旭映看無厭，朝夕徘徊合有詩。
葉葉迷離不見枝，花光獨訝占春遲。非招蝶戀蜂狂地，恰稱蟲吟鴉噪時。

八月八日震初茶集次伯平韵

小雨中秋近，初晴景更宜。白雲歸碧落，黄葉點青墀。茶社多閑侶，詩壇盡好辭。出門忘路遠，喜赴故人期。

答謝煒章賜詩

殘年如炳燭，老學尠師承。術守歧黄律，詩從陶白繩。揮毫慙拙劣，抒藻羡賢能。低首功良相，歡聲道路騰。

國香送黄菊紫鷄冠各一盆

傲岸精神初放菊，峥嶸氣象正莪冠。秋霜鍊得春風艷，魏紫姚黄一例看。

中秋對月用伯平韵

萬里飛空玉作盤，清輝斜照碧闌干。放懷一寄平生快，此景還同海上觀。

小公園遇九十二老人自言秦姓穎整理者按：「穎」字誤植，當爲「潁」。州府人從馬玉崑軍中多年二首

甲申中秋後二日。

秋風動寥廓，南極一星明。相遇情難訴，殷殷説太平。

意氣尚橫秋，平生不解愁。曾看河洗甲，更見海添籌。

自寬二首

身老生如寄，時危夢自驚。置心同止水，何事不能平。

日月如過燒，風霜變早寒。庭前衰草色，猶耐夕陽看。

讀楚卿疊和九十二老人詩前後六首命義高超因賡二首答之

世與人俱會，天清夜自明。乾坤今轉轂，終得泰階平。

福慧分修短，盈虛理可明。昔賢詩叟校，壽考亦難平。宋儒惟邵子七十八，周子僅五十七、大程子五十四、二程子七十五、張子五十八、朱子七十一，竟無一人能及八十五，如陸放翁者。

雙十節前一日孟莊茶聚楚卿有詩謹步原韵二首

秋同人共老，萬事付蒼蒼。愧有三多里，曾無八百桑。江湖思放棹，風雨憶聯床。佳節非虛度，窗前聞桂香。

耆英原洛社，今到野人莊。地溯葭先白，天教菊有香。痴頑度世術，淡泊養生方。杯茗情偏厚，清言樂壽昌。

雙十節約同志游小公園後在子貞家小憩

佳辰且喜得秋晴，日暖風和信步行。山外閑雲舒復卷，途間細石兀還平。放懷縱語都忘老，隨意尋詩不爲名。知足齋中情最重，烹茶小憩聽嚶鳴。

八月晦日止園茶聚暢觀紅葉因作長句以寄慨

憶昔息影西山陬，石如伏虎松如虬。夏日炎炎凉似水，忽焉露白風颼颼。巖前黄櫨倏變色，千紅萬紫紛錦裯。翹首當窗得清玩，嘯傲不覺鳴泉流。從朝至暮看不厭，往往扶杖穿雲游。別來寂寞已八載，常繞魂夢去無由。今朝聊涉止園趣，粗具杯茗邀朋儔。疏柳殘荷已零落，滿目紅葉堆牆頭。豁然一寄平生快，坐使春花簇簇盈。

我眸大似長房縮地法，彷彿西山眼底收。更思八方兵氣消磨净，胸中逸氣横清秋。使我奮身潭柘戒臺頂，飽觀錦繡登山樓。俗塵掃盡游世外，常與親朋相唱酬。吁嗟乎，人生樂事無止境，但得好景長淹留。願祝諸君同老健，明年江南楓岸弄扁舟。

重九霜降後二日。約同人登公園小土山後在子貞三知足齋茶聚用楚卿止園看紅葉韵

重九先期已降霜，東籬興趣慕柴桑。園林幽静山雖小，風景依稀徑未荒。每對青松懷野墅，余西山有松雲別墅，多古松。爲憐紅葉憶江鄉。吾鄉多烏桕，經霜皆紅。天留好景原無限，知足還師古伯陽。

甲申重九霜降後，日尚晴暖。同人登高賦詩遣興率成三首

年年風雨過重陽，今歲多晴早見霜。天意無私人耐老，莫嫌白髮愛花黄。

幾忘足蹇試登高，無酒無花興亦豪。除却吟詩閑事少，笑看天外白雲勞。

登高能賦漫相誇，回首平生一笑譁。南市黄花東寺酒，誰能歷歷溯京華。故都宣南下斜街花市，菊最盛。東城隆福寺街，酒肆林立，皆光宣間勝境也。

邀友觀止園紅葉賦以見意

春去尋芳興已闌，一年好景到秋難。天教百卉凋零後，留待烘霞映日看。
纏枝引蔓補疏籬，薜荔如花望欲迷。正是霜晴風日暖，天開圖畫更爭奇。
相逢歲晚喜同心，飽受風霜雨露深。有色無香原淡泊，茶甘味永覓知音。

觀孫宅養儒世兄宅。牆頭紅葉有感

天留晚景更精神，萬紫千紅不是春。人事風霜經煆煉，可能爛熳見天真。

九月三日楚卿子貞正初來止園觀紅葉留餐暢談而別得句爲紀念

春水桃花何處尋，秋來紅葉倍驚心。天留好景人忘老，愛晚亭前寄意深。亭爲園中紅葉最盛處。

題孝女金龍吉殉祖母事二首

養生之孝盡人能，送死方堪大事稱。心痛何如腸斷苦，千秋獨有女宗曾。宗元卿少孤，事祖母至孝。祖母病，元卿在遠方，輒心痛，時人稱爲宗曾子。

相依爲命祖孫親，純孝天成不顧身。今世旌祠無令典，他年青史合傳真。

分詠止園紅葉各景四首

不是花時不解開，牆頭堆錦費疑猜。問渠那得紅如許，却受風霜煅煉來。南垣。

天公有意作詩材，一夜西風急景催。繞屋循牆看更好，飛紅片片點蒼苔。苔徑。

秋來艷色勝春明，世事盈虛本不平。人爲山邱歎摇落，我憑華屋看峥嶸。愛晚亭。

天生百物本時行，板屋遮來血似猩。無數胭脂圖不得，却憑霜露一宵成。蘧廬。

止園紅葉特盛九月六日具茶果邀七九弟暨子侄輩同觀得句爲紀念

莫道秋風動地哀，誰知又勝百花開。天增晝錦堂前景，故遣萊衣四面來。今歲，余夫婦八秩雙壽，又值花燭重諧，乃秋間，内子大病，幾殆，復安，而吾得長孫一人，大、二房得啟字輩曾孫女三人，九房得曾孫一人。因憶余今正元旦詩有「從今幸無恙」及「庭前雙鵲噪」之句爲讖語矣。忝叨天幸，實祖宗餘蔭，今園中晚景如是，可卜吾宗繁衍正未有艾，吾益兢兢焉。

重九登電梯升中原五樓茶聚

楚卿、一甫、芷升、子貞、伯平、雨莊、震初、實弟共九人。

不須拾級上高樓，足底生雲冉冉浮。放盡胸前千里目，掃空眉上百年憂。一杯清茗供憑眺，幾首新詩許唱酬。落帽龍山雖爽約，題糕九老喜同游。是日，子貞先約登公園土山，嗣改從衆茶會。

達觀

等是風簷燭，相看又幾年。何分遲與早，自有後和先。芻狗生胡惜，箕疇福底全。晨光霏似露，暮景散如烟。去住須臾爾，榮枯適偶然。不須明日計，飽食且安眠。

重九朝晴與楚卿同登公園小土山遠眺

萬里無雲稱鶴心，同登培塿意愔愔。遠村烟樹多幽致，恰似家山夢裏吟。

依韵答和楚卿九日嘗餻二首

龍馬精神意氣高，羡公豪興敢題餻。英才樂育推安定，奚止胸襟直慕陶。

胸中豪氣與天高，命世詩名不負餻。自愧邯鄲初學步，感深瓦缶荷甄陶。

霜降後四日園中紅葉更盛已十餘日矣勢將摇落賞玩有感二首

碧闌干外繡屏風，大似春花寂寞紅。吟罷新詩閑散步，此身合在畫圖中。

春芳早盛却先頽，何幸秋容續續來。飽玩不須悲日暮，明年方再見花開。

天津河北大悲院重興前往敬香留題寺壁二首

世運承平仗佛慈，民康物阜繫人思。驚回四十年前夢，爐火純青鼓鑄時。光緒壬寅，聯軍初退，寺宇全毁。項城督直，命修葺餘燼，設銀元局，救濟市面，是爲余從政北洋之始，今四十餘年矣，衰朽不堪回首。

從來時勢造英雄，成住還知出壞空。當日北門資鎖鑰，轉旋天地一爐中。項城涖北洋，承庚子後民物凋敝，庫空如洗，首鑄銀、銅元，使金融復活。不數年，百廢具興，北洋新政爲各省冠，倘項城始終北洋，天下事未必不可爲，惜哉，天也。

詠殘紅葉

正喜朝暾錦似花，匆匆又見夕陽斜。一心禱乞西風正，留得殘紅襯晚霞。

大悲院禮觀音像二首

瞥眼紛紛事若麻，須臾變滅總空花。豁然得觀大自在，身不出家心出家。

長轉金輪萬古存，大千世界若朝昏。衆生自在因緣度，佛法原來不二門。

立冬前五日同伯平往壽豐觀菊

年年雅有東籬興，今日追陪得賞心。看竹何曾須問主，園主未見。拈毫猶喜有知音。伯平先有詩。千株冷艷紛如錦，百本新標勝似金。今年黃菊較多。飽玩欣然忘日暮，歸途閑品茗杯深。歸，過華士林品茗。

題荔軒觀察令媛俶方女士夢鶴吟草

憶昔同舟忝世姻，誰知淑媛是詩人。斂才就範非無自，承訓趨庭合有因。詠絮不徒風月舊，拈毫偏得露華新。一編在手殷勤讀，欲起隨園細擬倫。

九月十九日一甫雨莊邀登中原五樓看菊會

尚依故事展重陽，平步雲梯到上方。人爲閑吟來舊雨，天留冷艷未飛霜。雖非落帽披襟爽，却得題糕煑茗香。如此清游須記取，一年最好是秋光。後三日立冬。

先公忌日家祭感痛

棄養已二十四年矣。

風霜北地九秋高，追念先親撫我勞。豈特松楸悲冷落，故園三徑已蓬蒿。故鄉連年兵匪，不但不能掃墓，而且故居悉成灰燼。

詠紅葉飛落

不是廬山錦繡谷，亦非濟南錦繡川。我憶汾陽介壽日，千孫萊彩舞堂前。

立冬後一日賀震初新居茶聚即席賦

喜得鶯遷景不同，池亭雖小緑陰籠。地疑幽隱真仙境，人有清高處士風。滿架尊彝知族舊，堆盤餅餌勝筵豐。清言列坐皆耆宿，同坐有楚卿、雨莊。憂患如山一笑空。

立冬後乍寒三日不出門今日赴伯平茶聚喜甚率賦二首

家家閉户怯寒侵，何處跫然聞足音。今日晴和思訪戴，山陰乘興好相尋。

幾日冬寒苦莫言，儼同卧雪不開門。吟肩忽聳來詩社，滿室茶香笑語温。

有感

平生不解慕輕肥，天與遭逢幸未違。顯宦終貧殊有味，久勞乍息似無依。鶴尋竹徑遮炎景，牛卧桑陰送落暉。清白家風留式後，子孫常守舊苔磯。

生日燈下感懷二首

蕭蕭白髮獨心驚，勛業無成誤有名。餘粒坐空三黨困，敝裘捐盡一身輕。過情愧讀岡陵頌，忤俗難消骨鯁聲。八十到頭終強項，依然黄卷短燈檠。

豈似東坡萬事足，尚餘一念惜光陰。承家未遂箕裘業，礪俗空存枕葄心。炊黍燈前無幻夢，哦詩月下有遺音。但持業業兢兢志，毋使中宵愧影衾。

擬約友作句餐會書以徵意二首

同居患難危城裏，朝夕相親味正長。猶幸鹽醯差可繼，經旬一試韲羹香。

嚴寒病足苦難行，側耳窗前盼鳥嚶。冬日南簷方可愛，拋書倒屣喜相迎。

歲暮感懷四首

豈有金剛不壞身，天寒晷短欲誰親。樂天幸是知幾早，得享林泉二十春。
少年志氣已忘家，饘粥於今幸不差。雖苦隆冬從病蹇，茅簷負日樂無涯。
啟後承先守素風，心常履薄臨深中。雖言所志非温飽，已愧無形習厚豐。
薪桂米珠古未逢，那堪垂老歎途窮。早知弓冶歸泡影，悔不藏身畎畝中。

芷升家茶集

是其長子花燭後二日。

羡君仁德里迎祥，滿座茶香勝酒香。慶祝三多歸燕寢，歡聯九老到華堂。佳兒佳婦乾坤定，宜室宜家歲月長。今日饗酬成一獻，明年湯餅醉千觴。

十月六日旬餐第一集喜賦二首

一月得笑纔四五，今朝會食快平生。七賢畢集娱清晝，平淡心懷視菜羹。
暮年猶自見滄桑，世事無聞喜若狂。淡簡盤蔬忘慢客，幸留殘菊伴茶香。

旬餐第二集速客詞二首

十月十六日。

心似嬰兒日，身如逆旅時。門憐殘雪掩，窗愛夕陽遲。鴻迹驚冬暖，雞聲畏午飢。良朋欣室邇，一笑慰相思。

獨有朋來樂，尼山道不窮。簞瓢今陋巷，葵菽古豳風。家事平爲福，生涯儉亦豐。何須憂鶴唳，詩侶尚豪雄。昨午防空戒嚴。

旬餐得句欣承楚卿賜和多首依韵奉答聊以寫懷二首

徘徊得句勉加餐，衰老心情怯歲寒。不有高人數晨夕，恍如孤雁月中看。

且喜盤蔬嘗白傅，尚虛杯酒餉柴桑。百年赢得詩千首，一飯還争石火光。

傷食小瀉自儆

入口能令百病成，清心寡欲要躬行。災殃多自貪時起，禍患常從忽處生。天道好還原忌滿，人生得福衹爲平。菜根淡泊猶須剩，從此膨脝自矢盟。

十月十日喜得微雪三首

小雪後三日。

夏末經秋苦久晴，今朝霡霂沛祥雲。衰翁忽動尋梅興，枯柳橋邊曳杖行。

日日晴暄照小園，地爐無炭喜冬温。誰知微雪乘時得，又覺年豐瑞滿門。

正賦無衣樂歲終，還將瑞雪惠農功。須知天意真仁愛，多在潛移默運中。

雪中震初邀茶聚未赴詩以謝之二首

小坐荒園逸趣生，眼昏偏向竹邊明。清甘一味增茶興，竹葉燒來雪液烹。

與君同是尋詩侶，愧我殊難信步行。却似山陰空訪戴，蘭言未接意先傾。

喜雪口占一絶

大地變成銀世界，千家幻出玉樓臺。衰翁也助群兒興，齊向牆陰堆佛來。

憫老

老子存身外，莊生論物齊。形骸爲蠹朽，眷屬等禽栖。榮盛從人説，憂勞祇自迷。知心惟几杖，相伴夕陽西。

雪後小飲二首

雲暗天低未放晴，雪簷收滴暮寒生。老夫未覺齋盂薄，自摘青蔬淡煑羹。

雪雲三日尚沈陰，天外飛鴻有遠音。歲暮懷人千里思，一杯何處覓知心。

小園玩雪

洒鹽飛絮不曾停，積玉堆銀忽滿庭。盡掩蒼蕪成片白，昂然松竹獨青青。

旬餐第三集致詞

十月二十六日。

堪笑閑身爲底忙，桑榆尚擬醉千場。新詩不厭百回讀，舊學何妨一再商。真率盤盂惟淡泊，耆英杖履正康祥。小園松竹堪留客，談麈揮時日影長。

旬餐第四集速客吟

十一月六日。

不學燒丹不坐禪，飢餐渴飲百憂捐。心空已破浮生夢，志定能輕造化權。天地無情芻幻狗，風雲變色紙飛鳶。今朝疑入桃源境，酒食相要并是仙。

旬餐第五集速客吟

十一月十六日，冬至後八日。

一陽初復待探梅，逐月柴扉次第開。始九寒消知日永，後番芳信覺風催。忘形莫問孰賓主，乘興何妨時往來。會數禮勤仍物薄，淡交似水味甘回。

十一月二十六日旬餐第六集速客吟

相戒只談風月，勿涉賤辰。

一月得笑纔四五，况茲旬會僅爲三。及今不樂何時樂，顧以俗見增痴憨。人生斯世本朝露，大椿幾見能天參。君不見，鵬飛逍遥九萬里，青雲直上方圖南。却令翱翔蓬蒿下，搶榆控地作斥鴳。我今八十無聊賴，遭時俘虜坐囚庵。風聲鶴唳欲喪胆，米珠薪桂寧敢貪。眼昏罷書不能讀，晨星好友難攀談。藉此旬餐破岑寂，藜羹豆粥樂且耽。偶值懸弧憶疇昔，父憂母難心如惔。諸公倘使抒懷抱，招呼風月助吟酣。

切勿區區循鄙俗，翻效幕燕語呢喃。至今掩耳欲嘔吐，過情溢譽驚優曇。短歌起舞影凌亂，欣然捧腹投禪龕。嗚呼，光陰有盡誼無盡，況今多難共苦甘。至誠相見如骨肉，胡不笑談終席情娓娓味醰醰。邀我直鈎去餌，并釣江潭。不然教我外身而身存，飄然騎牛學老聃。斯亦樂之至矣，夫何取乎聲譽煊赫招摇虎視來眈眈，吁心須問情何堪。請君勿視斯言等兒戲，舉杯相顧白髮同鬖鬖。同鬖鬖，安得追呼羲和迴馭且停驂。使我餐芝服玉，囊中妙訣共君探。

冬月二日先妣忌辰延僧禮懺感賦

已隔慈顔四十年，丁未棄養，至今三十八年矣。今朝營奠泪泫然。經聲九衆通幽漠，麥飯三杯薦几筵。豈料耄荒兒齒老，難忘幼病母心煎。空餘清供茶甌滿，一滴何曾到九泉。

有感

五蕴不空六賊連，勞勞智得百憂煎。天心自是有消長，人事豈能無變遷。自後視今猶視昔，得先亡後等亡前。洞觀宇宙盈虧境，一室悲歡俯仰然。

十一月二十八日補行旬餐第六集詩以助興

流光又近臘嘉平，佛粥春盤日有程。岸外柳梢容已動，窗前梅蕾氣先清。論交金石歡高會，欣賞詩書説善鳴。大地陽回期在眼，相將載酒聽鶯聲。下月二十二立春，計期當作旬餐第九集。

十二月六日旬餐第七集速客吟

春暉堂裏戀寒暉，風月無邊逸興飛。牖透竹聲清韻遠，窗移梅影暗香微。三冬文史猶堪用，百世羹牆孰與歸。賴有良朋來宴語，呼僮治具候荊扉。

冬日述懷

耄年身世不相關，隨地游觀可解顏。倦鳥夕陽歸野樹，孤鴻夜雪度關山。常懷風月詩多逸，慣聽金戈夢亦閑。一事冬來猶有恨，尋梅松竹步行艱。諸友不來，我亦難往，終日閉門，殊苦寂寞。

冬至後小聚得句

今歲初冬凍地乾，一陽來復却消寒。冬至後，晴暖甚於初冬。良朋聚首春先到，好詠梅花結古歡。

生日自歎二首

父憂母難獨何心，一事無成感不禁。城郭人民今昔異，山邱華屋怨恩深。邯鄲已破雲烟夢，京洛難開風月襟。耄耋之年無可慶，魯陽未挽去光陰。

流光莫厭去聯翩，歷歷甘辛在目前。春水桃花逢古洞，秋風蓴菜送歸船。比肩每憶同舟雨，瞥眼偏驚宿草烟。天下滔滔誰與易，何心更數義熙年。

題陳一甫雲水萍蹤圖

平生總角喜隨肩，風雨同舟五十年。燕翼詒謀天錫嘏，龍驤健步地行仙。冰霜節操承先德，閥閱經綸越輩賢。往事尚能天寶説，披圖遠邁雪鴻篇。

却謝友人頌壽詩

興亡八十載，志事悉成空。無限生涯感，都生美詠中。何如鍼砭錫，聞過省清衷。拜等百朋惠，交深見古風。

薪米奇貴詩以自慰

人事悲歡無古今，須臾苦樂杳難尋。招呼風月饒清夢，收拾湖山入短吟。夜坐圍爐仍促膝，晨炊數米漫縈心。長安高卧真名士，門外從教積雪深。

臘八日伯平齋中茶集即席賦

佛粥佳辰瑞靄臨，寒催春近最關心。大寒後一日。風和日麗情先適，果嫩茶甘意更深。息影共看飛鳥倦，哦詩自愛候蟲吟。海天萬里鯨波静，佇聽歸鴻有好音。

十二月十六日旬餐第八集速客吟

五九初臨歲事闌，杯盤粗具可消寒。玩來柳態風初動，聞到梅香雪已殘。撫景自吟千首易，論交相見寸心難。今朝小聚分陰惜，盡日清言結古歡。

詠止園木稼三首

十二月十六日旬餐第八集。

朝來濃霧重如烟，玉樹瓊花忽滿前。今後達官何用怕，萬方有慶兆豐年。

殘冬雨雪却嫌遲，今日園林樹若絲。莫是天公憐我老，枝枝相伴白鬚髭。

窗外銀花窗裏梅，一般清影絶塵埃。興高采烈人觴詠，天送詩材好句來。

冬日自怡

家無長物送流光，惟是著筒與藥囊。雖有營求仍淡泊，未能免疾却平康。時憑黄卷聊遮眼，自種青蔬但裹腸。偶值風和身亦健，探梅訪友品茶香。

十二月二十二日旬餐第九集速客吟二首

是日午正立春。

椒酒辛盤在眼前，莫嫌歲月去翩躚。祥光耀日迎中午，淑氣催春入舊年。天示星躔方赫赫，人遵王道喜平平。黄羊祀竈明朝事，且辦齋盂小酌先。

今年春去又春回，却帶昇平氣象來。風動還舒堤畔柳，雪消重釀嶺頭梅。門楣競揭椒花頌，閭里爭傳竹葉杯。今舉屠蘇同預祝，平安吉慶壽康哉。

歎世

世運循環一氣符，獨乖天理詬迂儒。富強誤國從今有，儌倖成功自古無。禮樂已看嘲敝屣，詩書誰復玩真腴。何緣得挽蟲沙劫，佛説金輪定不誣。

俞壽田八十四壽

豈止昌陽可引年，由來商嶺有芝田。市中大隱成遺老，海上僑居作散仙。風日婆娑希邵老，湖山嘯傲慕逋賢。駑駘如我仍追驥，春水桃花約放船。

汪仲虎八旬開慶

吴會多吟侶，金閶一隱倫。江山歸德望，風月伴閑身。耄耋康祥日，耆英碩袖人。相期春水至，把臂問桃津。

止庵八十自撰壽聯

聯句爲：「高第起科名，祇落得朝市虛聲，林泉孤詠；中興際生長，更何期晚經兵燹，終見大同。」

花燭重諧過八旬，兒孫晚得尚循循。市朝虚譽人争羡，我却憂危患有身。

歲暮感懷

八十年來萬變躅，低回身事獨潸然。長空月冷聞征雁，遠水風凄看墮鳶。斗轉尚添新歲月，雲迷難識舊山川。歲寒冰雪摧凡卉，敢信青松翠柏堅。

題杖朝圖

甲申冬月，余八十生辰，雨莊贈《杖朝圖》爲壽，不禁感慨係之。

回首雲霄卅載前，司農兩度百憂煎。餘生風月心隨地，老去光陰命屬天。薇省當年驚夜漏，蓬門今日惜朝烟。杖朝故事猶能説，三代衣冠已渺然。

第九集旬餐即席助興

儼然一日若三秋，歲暮懷人序更遒。心慕陶潛歸故里，身希王粲上高樓。疏梅殘雪香彌遠，嫩竹清風色獨幽。今日良朋欣小集，倚窗嘯傲且消憂。

安貧

知命安天自有真，聖賢憂道不憂貧。平生所學非虛僞，到此方能不染塵。

養生

老去損又損，要訣在躬行。心胸休苦惱，血氣總和平。飲食必淡簡，衣服戒輕更。持此養生術，即是學無生。

立春喜晴

雨莊邀茶集，即席賦。

春色來幽境，晴光慰老心。漸離寒瑟縮，已脱病侵尋。樹映魚藏影，花薰鳥弄音。興高多事樂，茗集春聯吟。

挽俞壽田

天末懷人寄慨深，忽傳噩耗倍驚心。甫承月下紅絲引，前月爲孫女作伐。倏夢雲端白馬臨。鯉簡往還虛祝嘏，賤辰公以詩賀，余亦寄祝公壽。鸞箋唱和少知音。近年彼此唱和甚勤。

從今無復江南興，宿草荒墟不忍憑。

立春二日得雪喜作

初春二日飛玉屑，四野霑足農民悅。詩人弄筆喜欲狂，白雪陽春歌一闋。萬方骯髒如砥平，一掃欃槍無寸鐵。胸中皓氣與天齊，白鶴穿雲如許潔。鴻飛那復計東西，成句。留迹偶然誰識別。會攜茶鼎就烹煎，冰液清甘味芬冽。

小除夕九弟借止園茶集僕役人少諸事簡略賦此道歉并助吟興二首

小集惜怱怱，崢嶸歲序終。一身兼主僕，滿座盡詩翁。暖是晴窗借，飢將市餅充。隨緣萬事足，喜見九州同。

老惜年光速，多情慰棣華。蘭牋爲日課，麥飯是生涯。春色盈天地，歡聲動室家。歲闌猶速客，雪液好烹茶。

除夕遣懷

平生榮悴付諸天，濟世徒勞願亦慳。杼柚已空三輔澤，春炊難繼萬家烟。漫天荆棘心如痗，遍地欃槍眼欲穿。未飲屠蘇先意醉，佇看鏡聽好音傳。

乙酉元旦試筆

百年生世喜逢辰，白首扶衰又見春。成句。匝地塵氛指日靖，彌天風月一時新。晴光乍轉門前水，淑氣遍驚牖底人。萬里烽烟如電掃，扁舟吾欲訪桃津。

自幸

開歲八十有一。

餘齡八十又加強，秉燭光陰夜正長。家守清寒貧自適，身能拜起蹇何妨。梁間燕語雛孫長，嗣良孫呀呀學語。屋角鳩呼拙婦忙。老妻操勞薪米，終日嘵嘵。隨地行吟隨地樂，筆床茶竈答年光。

題苓泉仿劍南體詩句册

放翁身世老江湖，逸氣凌雲字字珠。如此胸襟如此筆，知公詩外有功夫。

人日前一朝預慶靈辰小齋茶集即席助興

靈辰先日得晴明，海宇欣欣慶太平。九老共成真率會，小詩宜作短歌行。窗臨殘雪梅生色，枝倚和風鳥換聲。猶記來朝煎餅事，且將麥飯代傳羹。

戲詠市態

理髮一次一百五十元，修脚一次一百一十元。

修容一擲中人産，剜趾珍於席上資。走竪競同勛貴傲，揮金莫笑季倫痴。

雨水後二日得雪

去冬無雪。

天心默運劑盈虛，冬雖不足春有餘。憔悴斯民深水火，却教霡霂惠犁鋤。

正月十六日一甫芷升震初同人聚飲伯平齋中二首

風和日麗艷陽天，物阜民康大有年。膠漆論交詩酒樂，此身如在羲皇前。

春臺同上樂何如，司馬遺風美有餘。不羨擊鮮兼市味，但希剪韭得園蔬。

正月二十六日驚蟄後四日新歲旬餐第一集速客吟三首

樂天火急勸歡娛，要是幽懷得早攄。飲啄雖云前定在，也知先後有乘除。

驚蟄初過百物蘇，鶯啼燕語友相呼。老人思乘江南興，紅杏村邊酒可沽。

春暉無限興騰騰，椒酒猶醺又撲燈。暖日烘簷來燕雀，晴雲際海縱鯤鵬。淵明止酒空杯把，務觀炊糕小甑蒸。樂趣是閑誰得別，同參且喜有良朋。

旬餐本極簡單忽生還席之舉迹近徵逐殊失本義賦此以求解免二首

徵逐流連樂惡般，不如旬日且蔬餐。温公自是無還往，會數專勤結古歡。

雲上天需易理探，險前飲食又何甘。遵時養晦真君子，宴樂旬餐一義參。

盧木齋先生九十壽

巍然南極一星明，魯殿光臨天下平。三輔謳歌留宦轍，千秋著述飽書楹。幾經世界滄田改，直俟河流海水清。當代耆英倘許附，仰瞻皎月俯長庚。公晉百齡，龍馬精神。熙才過八十，已衰朽不堪矣。

乙酉正月二十四日七弟七旬預慶九弟同邀子貞在春暉堂小宴七弟賦詩四首即依韵和其二以志慶辰

小集春暉室，怡怡見古風。獨迎青眼客，來對白頭翁。酒美胸襟暢，詩高憂患空。所期同老健，常享百年豐。

剛逢春暖日，正值古稀年。棠棣多歡意，盤蔬亦宿緣。豈徒開笑口，還聳作詩肩。世泰從今始，多將吉語傳。

贈七弟神經病療養法四首

空花毋復求空果，守得中庸自有真。要使靈明爲主宰，勿將幻境作虚身。刻舟覓劍徒尋惱，蛇影杯弓自造因。談笑無心皆樂趣，行雲流水是長春。

放開眼界一身輕，世事何曾有不平。金玉滿堂皆外物，子孫委蜕屬空名。但能裏腹餘無欠，衹任虚心缺亦盈。萬里海天堪縱鶴，中宵雲净月孤明。

坦蕩爲君子，誰教戚戚依。探源蠲物欲，端本認天幾。但得胸襟净，自當賢聖歸。悲憂徒暴棄，長傲且逐非。

心當嚴屋漏，居敬理能窮。念少憂自少，情空苦即空。不聞不睹處，亦保亦臨功。何用求和扁，金丹在寸衷。

二月初六旬餐二集速客吟二首

不嫌簡略褻嘉賓，燕趙遺風尚可循。麥飯豆菹雖淡薄，蕪蔞經難且相親。

耄老心情愧食珍，菜根咬得可通神。食前方丈非吾願，隨意杯盤樂有真。

二月初三街頭一蹶賴行人扶起幸未受傷賦以自慰

市門難倚有牆循，傴僂龍鍾孰與親。一蹶那堪童子笑，提攜翻賴路行人。

旬餐以過水麵薄餅餉客賦此道歉

金谷蕪蔞隨所遭，萍齏豆粥饜吾曹。不因看畫停寒具，且爲尋詩供冷淘。

春分久陰悶甚

春社後一日。

小園寂寞影沈沈，社後春分日日陰。不有花光堪寓日，却來鳥語亦關心。稷壇想見蒼松茂，瓊島懸知緑水深。一別故都今八載，空餘閉户得長吟。

二月十二日郊游

小園上已整理者按：「已」字誤植，當爲「巳」。尚無花，風緊堤邊草未芽。郊外柳黄疑似有，春光先到野人家。

有感

良庖不惜早藏刀，儘供珍羞坐客豪。醉飽餕餘星散後，有無雞肋逭兒曹。

郊游

老怯春寒未減衣，郊原柳色尚依稀。前村應卜香醪熟，風動青帘是也非。

味西公家事感言三首

先兄歿後三十餘年，子孫伶丁孤苦，今得變産始解其厄。

政績文章等暮烟，獨留清白到黃泉。今朝饘粥由天幸，孤苦伶丁四十年。
涸鮒諸孤不忍言，西江一勺幸今存。興亡家國無窮恨，誰起英魂與細論。
一輪紅日又朝升，祖蔭欽承若履冰。勤儉持家終不匱，子孫兢業尚繩繩。

春陰喜晴二首

又見郊原緑草生，連朝風日得晴明。老人未敢冬衣減，已覺胸中喜氣盈。
春陰日日峭寒生，今見青蕪兩眼明。自是香風來有信，不愁花事不豐盈。

清明前五日公園訪友

十日陰雲一日開，奇花又喜見初胎。枝頭却有鶯聲鬧，似喚尋芳舊侶來。

先公春祭在孟莊春暉堂行禮

二月十八日。

崇祠咫尺若天涯，祀事春暉尚有家。堪歎豚整理者按：「豚」字誤植，當爲「豚」。肩不掩豆，非因示儉國多奢。紙幣慘落，物價狂漲，僅魚肉蔬菜數事近千元，亘古所未有。

邀友游園二首

山桃方開。

小園風景及時娛，緑柳紅桃映碧蕪。斗酒雙柑須伴侶，枝頭好鳥且相呼。

何處仙蹤不可憑，乘春歲歲興飛騰。千株紅艷山如故，難得漁人是武陵。

詠落花

二月春陰久護持，一朝風日又離披。緑章倘乞寬花厄，但恨飄零不恨遲。

二月二十三踏青二首

楊柳風和拂面吹，家家士女踏青時。回思身際承平日，閑詠宮人進履詩。憶幼時應某書院課，有擬秦宮人進踏青履詩。

風和日麗是深春，草色萋萋緑似茵。最愛小園新柳畔，青鞋底軟净無塵。

看花有感二首

今年不減去年春，溪杏山桃又一新。莫道看花人易老，年年還作看花人。

半月陰霾兩日晴，滿園春色一時生。從來絶艷驚人處，多在風塵閲後成。

庖人散去句餐廢止僅具杯茗聊以助興

尸祝全空莫代庖，杯盤無具缺嘉肴。一甌香茗聊清話，也合新詩共解嘲。

和園中桃開韵寄佩瑜

止園晴暖正花開，不待風前羯鼓催。小牖通時宜竹隱，疏籬補處有桃栽。却忘静室春暉陋，常盼幽人舊雨來。何日高軒能涖止，新詩吟罷重低徊。

馬場脩禊五首

春日尋芳野水濱，青蕪緑柳一番新。無端忽起天涯感，不見桃源洞裏人。

三月三日天氣新，成句。行看戲馬逐芳塵。筆床茶竈追年少，肯放衰齡負令辰。

當年逸少儘風流，一序蘭亭萬古留。畢竟地因人始重，焉知此地不千秋。

崇山峻嶺雖無地，雲淡風清別有天。吾輩興懷原一致，且將觴詠繼前賢。

野外春光可散襟，天邊風鶴漫驚心。騁懷游目乘時樂，留得風流後視今。

感事二首

三月二日，公園小憩，忽遭逮捕，展轉幸脱，而同行者已被虜不少。

孑遺身事總由天，世難何嘗異昔年。偶語腹非徵信史，縱横緹騎不虚傳。

靈囿翻爲豺虎林，須臾不測合驚心。擇肥而噬偏耆宿，誰似圍匡尚鼓琴。

悔過吟

三月二日作。

人生蹈斯世，跬步皆冰淵。况值此衰季，陷井遍園田。奈何不自審，日日事流連。雖云胸坦蕩，含沙射影前。一語稍不慎，垣屬於耳邊。一旦觸罔罟，形神遭縛纏。在彼雖非恕，於我則叢愆。雖悔其何及，自取百憂煎。所以聖人訓，君子懷刑先。老無諍友規，吏酷勝師賢。戒我實愛我，指摘盡箴詮。縲絏幸獲免，反躬自勉旃。從此常閉門，熟讀抑戒篇。禁足若跛躄，守口緘金堅。卧遊玩丹青，趺坐默參玄。持此語同輩，暮齒宜相憐。言行寡尤悔，禍福聽諸天。

書三月二日事

老歇清閑安樂方，小園修禊玩春光。無端嫌起鄭鄉校，縹緲虛驚公冶長。

公園看海棠

今年穀雨始開。

年年蜀艷鬬春風，今日花遲意不同。扶杖徘徊情更切，紅顏應笑白頭翁。

止園榆梅盛開

小園朝夕待花開，日日東風幾度催。忽覺闌邊春意滿，濃妝如見美人來。

連日看花得句二首

鸞枝初過海棠來，遍地春風陣陣催。收拾錦囊無限美，東阡南陌盡詩材。
丁香幾樹玉成圍，恰伴棠花片片飛。飽看不愁零落盡，年年又見有春暉。

便餐遵改十八日恭候奉答楚卿

爲遲休沐得安車，不事珍羞樂有餘。俟相常餐思淡簡，可師家法是魚蔬。

衰老歎五首

少小多災弱不禁，自應遲暮更侵尋。耄年幸免非常病，本分當衰弗動心。本分衰。

解除冠履脱身寬，伏枕奄奄病骨酸。耐到鷄鳴窗欲白，又饒一日在人寰。眠起。

年垂九十不名珍，啜粥茹蔬腹儉貧。正苦更衣艱作厄，却憐夜起小旋頻。便旋。

遠游千里聽兒孫，定省無疏幾問存。最苦糟糠終歲病，孑然相對度朝昏。病妻。

文豹豐狐早隱身，巖居穴處不知春。偶追逐隊尋芳侶，又值含沙射影人。游禍。

詠紫藤花

紅白花飛有紫英，千枝簇簇似垂纓。庖人收得供朝膳，似玉堆盤帶露瑩。

三月十八日小集喜雨

春來日日炎飈惡，今喜霏微潤澤中。邀友歡情聯舊雨，隨時真率繼清風。脩行早懍危言戒，習氣還餘得句雄。遇境放懷常自在，平生百事仰天工。

因果

陰陽晝夜本生成，果熟因緣衹自明。欲問百年身後事，太虛大化總無情。

明天二首

天道明明不可違，大都心術是先幾。種瓜得豆何曾有，莫使來時悔去非。

佛國魔宮本自平，寸心得失總分明。欲求至郢何須問，北轍南轅不可行。

小雨初晴郊外游覽

小雨初晴庭院深，百花過盡緑成陰。一川活水從魚躍，千里無雲稱鶴心。物我兩忘閑亦樂，江山無恙古猶今。快然自得欣忘老，天朗風清值萬金。

歎老二首

光陰垂暮日銜山，衰朽心情病骨孱。施濟未能行就木，空留遺憾在人間。連年故鄉族戚窮困，未能救濟。

年垂九十愧虛生，勛業文章總不成。一事更餘桑梓恨，墓田千里負歸耕。故鄉薄有祭田，十年來世亂道阻，荒廢不能過問。

喜立夏二首

乙酉三月二十五日。

南郊迎夏喜生成，物阜民康見太平。蚯蚓久藏今得出，居然螻蟈也容鳴。

天行火德盛南方，日出浮雲見曙光。萬里鯨波平似砥，行看牧野有鷹揚。西歐戰事，德國已屈伏，舊金山會議成立，將解决遠東。

依韵奉和佩嶼喜雨詩

天朗氣清景象開，和平消息耳邊來。澄清世界消殘劫，收拾乾坤仗霸才。澤沛一天深雨露，塵空萬里凈氛埃。老農從此安耕作，鼓腹含哺亦樂哉。

老趣二首

衰疾來無已，痴頑興未闌。酒從詩裏見，山向畫中看。弄筆慚鴉滿，翻書惜蠹殘。放懷扶杖出，天地不勝寬。

才斂詩情退，心危酒興闌。一身如露綴，萬事等雲看。栖鳥聲喧碎，花飛舞弄殘。無邊風月夜，更覺小園寬。

哀族難

原籍本村前年被兵焚毁，寸椽無存，去冬又遭匪劫，衣糧一洗而空，苦無法救濟。

天教浩劫到寒門，廬舍衣糧百不存。堪歎一生謀繼述，衹留灰燼付兒孫。

書事

三月二日偶遭鄭鄉校之嫌，幾爲公冶長，答友人問訊。

秦刑曾及腹非云，齊囿何由陷井聞。方雜屠沽思匿迹，豈知雞鶴忌成群。實心未識狐猨祟，厄運難逃玉石焚。亂不居兮危不入，聖言垂戒本殷殷。

傷食病中作

一日貪饕十日災，膨脝滿腹骨虺隤。頭如蓬轉身如醉，百體乖同百寇來。

止園雜詠

小溪流水繞門東，此地天教着耄翁。春老槐陰遮徑緑，秋深荔艷滿牆紅。鳥聲迎旭驚殘夢，魚影趨波避釣筒。斗室翛然何所事，朋來談笑亂書中。

隨安二首

過得今日再明日，世間萬事不須謀。藜羹可敵八珍美，隨遇而安何忮求。
境原幻惑得齊難，萬事俱當平等觀。羔酒狐裘不覺暖，山僧一衲却忘寒。

尊天二首

巍巍天德若爲尊，聖道原來不二門。但問此心心此理，世間五教本同源。
三畏如何天命窺，出王游衍不能離。青冥直可通呼吸，降監如臨念在兹。

焯兒去滬傷足已半年今歸始得見知書此訓之二首

母病如何忍遠行，親年喜懼最須明。不忘跬步况千里，傷足天教譴尚輕。
其進鋭者其退速，消長盈虚如轉轂。從今事事讓三分，失馬焉非塞翁福。

味雲書來自傷衰老賦以解之

陶公不諱當去客，陸子更稱不應來。本分衰原甘同受，利名歇盡正悠哉。

壽豐園太平花盛開勝於往年二首

猶是承平上苑花，居然寂寞落民家。芳菲特啓游人興，否極今應泰運誇。

移得名花出故宫，芳菲不減上林中。太平景象非無意，特向民間慶壽豐。

述懷

生歷邅迴世事艱，甘休海澨養衰孱。讀書有得徒編絶，學道無成似石頑。水暖春江魚縱躍，風高秋樹鳥知還。何由放棹江南去，覽遍湖邊萬叠山。

閉户經旬無客至聊以自嘲

逝水繁華静裏抛，年光物候費推敲。獨居深念宜清坐，匿迹銷聲作解嘲。露浥新蔬舒翠甲，雨催嫩竹上青捎。整理者按：「捎」字誤植，當爲「梢」。小園成趣門羅雀，安用文章廣絶交。

詠蝴蝶

芒種節前，薔薇盛開。

開到薔薇花事了，老人猶自惜芳菲。殷勤留得餘春在，可愛雙雙蛺蝶飛。

止園小集賦以助興

楚卿、一甫、子貞、雨莊經旬不見。

相知道義最相親，一日三秋況浹旬。隨意杯盤仍草具，開懷吟嘯任天真。薔薇香到花應了，燕子巢空迹已陳。海宇風烟經眼净，朝朝歡聚白頭新。

感歎

連日薰風，麥苗盡萎。

麥秀將焦日日風，何如沛澤轉年豐。伊誰得作南薰奏，重見吾民解愠功。

植樹節

植樹年年喜欲顛，伫看被野緑林天。何由再見三推禮，福惠黎元粒食緣。

芒種喜陰

俗云芒種喜聞雷，今日陰雲密不開。隴畔鳩聲呼正起，佇看細雨自東來。

慨歎故鄉孝友堂公産亂後全空仍望子侄輩將來興復

一世三十閱生辰，況復今朝八十春。子弟非才難自立，孤寒無計恤家貧。先人志事歸泡影，昔日經營絶點塵。欲繼希文宏義舉，遠猷須付後來人。

告焯兒養病法二首

接腿骨，施手術後須堅卧兩月，心閑則神静，神静則身安，否則燥擾身，不得養矣。

一身堅卧寄人間，醒裏心寬夢裏閑。放下塵勞本無事，飢餐渴飲是禪關。

一念不生樂未央，千年高卧又何妨。華山老子傳心法，不問仙方問睡方。

煩惱

心爲形役久奔波，得失情深煩惱魔。白傅一言君記起，世間自取苦人多。

小雨午晴止園茶集二首

薔薇尚未謝。

霏微數點又成晴，滿院飛塵得暫清。朋輩方來花欲謝，且攜茶竈竹間烹。

密雲不雨未終朝，且免炎曦避酷歊。入坐詩翁茶味永，有花無酒也逍遥。

擬孝友堂公産善後策書後示子侄

千年舊族素清貧，祖德宗功苦種因。天福梓桑收善果，篤生還盼繼繩人。

讀曾文正日記萬事由天命説書後

修身立命在當躬，何事還歸冥漠中。會得湘鄉淡忘説，由來世界本全空。

端節後三日楚卿家小酌

每逢佳節覺心酸，悵望鄉關道路難。金石論交朋漸少，芝蘭契合室猶寛。喜從蒲笋謀真味，雅有琴書結古歡。老氏貞修能久視，滄桑不厭幾回看。同坐五人，有二李氏。

憶舊都敝宅別九年矣不禁惘整理者按：「惘」同「惘」。然

一廛紀念爲承先，宅爲先公紀念堂。沼石亭廊具體全。半畝行窩希履道，數椽獨樂慕尊賢。年年宿草隨根衍，處處幽花坼蕾鮮。堪歎十年人事改，巍然喬木長風烟。聞當年小樹，今已出簷干霄矣。

病起

午節一餐，傷食數日，腹滿洞瀉，疲困已極。

病從口入老生談，誨爾諄諄總未諳。昨日腹膨生洞瀉，百骸苦痛百憂惔。乞靈醫藥輕微效，床笫呻吟祇自堪。幸得衰羸扶杖起，何如下箸一無貪。

庸庵少師八十九壽重宴恩榮有詩志感敬和元韵以侑康爵

南極星明拜帝師，地天日月本無私。紅綾賜餅猶前寵，白髮簪花又一時。數典班聯承岳牧，有清一代，重宴恩榮者，前得二十二人。顧名道統繼曾思。公號庸庵，以子思《中庸》繼曾子道統而作。期頤甄叟唐宗瑞，几杖衣冠賜未遲。甄權，唐貞觀十七年，一百三歲，太宗幸其第，賜以几杖、衣服。

小病初蘇雨後園中散步

小雨初過天氣清，飛鳶軋軋弄機聲。行人道左驚心慣，病叟園中覺眼明。修竹迎風閑偃仰，高槐映日恣縱橫。形骸已外遑論物，滌盡塵襟萬事輕。

哀故鄉

彈指光陰去擲梭，希文志願付消磨。故鄉浩劫方無已，世界危機更奈何。每念孤寒思拯濟，空傷時勢歎蹉跎。於今三黨餘墟墓，自恨燈前白髮多。

病中作二首

生平志願恨難成，桑梓瘡痍滿目呈。腹有詩書神味永，胸離塵俗業緣輕。閑花繞砌開仍落，六女今無一存者。新竹迎窗秀且清。四子、五孫皆安分讀書。驪車在門何所戀，心田留與子孫耕。

蕭蕭短髮歎吾衰，大化紛紛不自知。窗外有蜂攢故紙，梁間歸燕補新泥。鼠肝蟲臂誰爲主，石火電光復幾時。欲學希文空有願，愧無遺澤繫人思。

小暑久旱微陰邀友茶集

同是梅天日日陰，炎天烈日轉蕭森。且看石上霏微潤，難得簷前點滴音。物阜民康千載事，和風甘雨百年心。老人無復憂時責，茗椀詩囊且共尋。

生計二首

物價漲至數百千倍，區區生計，無源之水，涸可立待。

一火燎原土盡焦，身如幕燕苦漂摇。點金乏術空餘石，刀礪君看日日消。放翁乞食和陶詩，始信前賢慣忍飢。吾輩讀書何所得，清風準備蓋棺時。

游倪氏園

已無大柳與高槐，豈似當年懷抱開。稀甲數畦隨地長，新荷幾點舊時栽。豐碑獨見將軍塚，曲水遥通戲馬臺。白髮蒼頭何處去，祇餘狂蝶過溪來。

道室偶題

須彌芥子本無差，天地壺中納可誇。心下不關千載事，眼前常有四時花。掃開風火重重劫，夢入華胥處處家。空裏從來空裏去，聖賢仙佛又何加。

六月十一先祖妣忌日祭

猶憶當年十四時，遭家不造事多悲。椿庭偃蹇歸鄉里，先君乞假歸省。棣鄂呻吟赴冥司。三兄年十六，一病不起。況復重幃萱蔭萎，那堪病榻柳姿衰。余亦重病。於今白首仍追祭，空薦雞豚整理者按：「豚」字誤植，當爲「豚」。不忍思。

食啓新公司配給麵蒸食有感

脱離各公司二十餘年矣，兒子明泰初選啓新公司董事，得配給麵，以蒸食餉余，食之不勝感慨。

優孟衣冠自古難，暮年食事愧加餐。綈袍自是故人誼，范叔平生豈畏寒。

春暉堂茶話二首

高槐叢密碧參天，修竹新抽緑映椽。不速客來茶話久，此身如在結繩前。

昨夜驚雷震耳聾，狂飆撼樹襲簾櫳。今朝赤日天清朗，贏得南簷解愠風。

閉門

歷盡危機釋盡憂，閉門歲月去悠悠。庭前雜卉開仍落，天際浮雲過復留。一枕書横聊引睡，數畦菜長得清游。老人孤寂方爲樂，安用題詩遍酒樓。

游農村

百畝膏腴歲有秋，家家孫子服先疇。興朝豳俗圖中美，避地秦人洞裏幽。日落牛羊被原野，雨餘鷗鷺滿汀洲。太平民物村村見，閑過柴門笑語留。

雨過倪園觀蓮

一溪美景占芳辰，雨過清香細細新。最喜暮年如意事，愛蓮還是種蓮人。此花爲余手栽，已四年矣。

立秋三首

炎天烈日正氛埃，迎爽西郊節序催。摇落千林蟬噪遠，長空萬里雁飛來。欲摧殘暑瓜仍食，徐行清風扇可推。閑與幽人期舊約，安排籬下菊花杯。

垂老偏驚歲月遒，一年容易又迎秋。驚回塞上征人夢，引起樓中少婦愁。不盡關河宜過雁，無邊風月好乘舟。問誰得似農家樂，多稼如雲萬井收。

秋至令人劇有情，梧桐一落最分明。形容蒲柳衰先覺，身世芭蕉老可驚。夜讀有聲聞在樹，宵砧無月報疏更。詩翁頗動湖山興，從此扁舟似葉輕。

仲穀侄六十壽

回憶髫齡雁序偏，於今白首夢重圓。欣看賢阮逢周甲，儼似同懷享大年。世澤已覘能緒纘，三兄十六逝世。書香尤喜有燈傳。已繼衞良孫爲嗣，今年十歲矣。待將共享期頤壽，堂列孫曾舞彩筵。

有感

八月十日。

忽聞三島棄兵忙，漫卷詩書喜欲狂。成句。烽鏑及今新玉帛，河山還我舊封疆。閭閻安堵乾坤定，社稷蒙庥日月光。世界滄桑同一變，從玆四海不波揚。

七夕喜雨

欣逢七夕雨滂沱，溽暑潛消爽氣多。從此甲兵長不用，居然壯士挽天河。

聞日本息兵感言

弱族衰宗生計難，况經九載又兵端。欲圖修養身垂暮，苦恨時平力已殘。

雨霽熱甚

立秋後十日。

苦雨連宵朝日升，休嫌殘暑尚炎蒸。八年一夢過三伏，盼到秋風喜不勝。

時計改回舊制

午正、子正，均爲十二點。

陰陽晝夜本玄機，豈待人爲有是非。天道惡盈原不爽，日中則昃示先幾。明明正午，而故作未初，故新時乃爲日昃之兆。

處暑夜得雨乍涼勸友出游

今年苦長夏，困如身在囚。處暑一夜雨，颯然涼入秋。縱如鳥脱網，躍如魚脱鉤。衣輕能便體，食美易過喉。何乃有餘適，祇緣無過憂。意適簪花舞，興發採菱謳。有情新伴侶，無數舊朋儔。去來各隨意，遠近不預謀。但尋好山水，隨處有車舟。千里不辭侶，寸步儘堪休。决除韁鎖累，始得快哉游。勸君惜晚景，何物不自由。從茲任所之，天地一沙鷗。

新秋乍涼邀友小聚二首

酷暑侵人蹤迹疏，嫩涼天氣早秋初。故人高會休嫌略，請試家園自種蔬。

禮勤會數率天真，喜得秋風正可人。僻陋蓬廬無市味，園蔬場穀一時新。

喜晴散步

經旬連夜雨，一霽埽塵氛。水落魚歸壑，天高鶴入雲。倚窗風送爽，欹枕日斜曛。行飯忘身倦，攜筇亦所欣。

驟涼

又是新秋一味涼，回頭却笑汗如漿。世間冰炭無窮境，只合隨緣作道場。

如夢二首

世事都如夢，吾生固有涯。再三防意必，第一忌安排。春到花争發，秋來木慚壞。静觀皆自得，造作故多乖。

人生不百歲，榮悴幾時哉。順水舟方利，逆風棹漫催。身家惟任運，孫子莫縈懷。得失平常事，都關天意來。

有感二首

雄兵百萬受降書，却在彈丸一擲餘。畢竟天心歸有道，不將利器畀頑夫。

西傾大勢儘堪嗟，何事冥頑最後誇。一紙降書遲又久，生靈百萬更無家。

仁静堂茶集

昇平再見樂何如，道義親朋興有餘。煑茗焚香忘世故，掀髯高論到黄初。

慶昇平

循環天理本相尋，霹靂聲中奏凱音。北極朝廷初建設，東方寇盜永無侵。收回疆土軍人血，整頓河山賢吏心。正本清源由教化，百年禮樂入人深。

述治道

唐漢怱怱了目前，商周治譜遂無傳。虞廷征伐兩階舞，孟子經綸百畝田。國脉培從錢穀始，民風端自禮刑先。古人成績分明在，誰取青編與細詮。

陽曆重九泰昌里雨莊寓茶集

露白葭蒼未隕霜，却驚新曆已重陽。艱危世事迂迴久，代謝天時節序忙。是地驚心仍動魄，何年物阜更民康。今朝試作題糕會，且喜人人泰且昌。

平生

平生蹭蹬願多違，却遇天緣脱駭機。得失慣留圓處闕，行藏幸免俗人譏。每從事後虛前料，嘗使來時悔去非。指日蓋棺方論定，神游天地欲誰歸。

藐躬

獨立蒼茫一藐躬，前無始兮後無終。興衰不出盈謙外，禍福常存倚伏中。只見鴻泥留雪上，不聞鳥迹印天空。滔滔世變今胡底，否泰循環萬古同。

自詒

自奉如何秖自知，天生付與又何奇。布袭粗糲應知足，文繡膏粱并是痴。進德九思爲準則，脩身三省是吾師。年衰身逸心無逸，百變堅持不動時。

震初齋中茶集

八月十一日。

三日不見俗塵生，一入高齋兩眼明。案有尊彝胸次古，盤無腥血舌根清。江湖性氣論交密，風月情懷得句成。滿座耆英追洛社，放懷同與話昇平。

挽楊斐然即呈煒章先生

久仰芳型未識荆，得交棠棣耳鴻名。經營貨殖多勞勩，保衛鄉閭有頌聲。天不永年人戴德，身雖羸瘦氣常清。愧將俚語昭泉壤，聊慰令原急難情。

中秋遇雨有感二首

盼來八載月空圓，惆悵浮雲暗滿天。今日雲開偏送雨，清暉有待又明年。

準擬今年看月明，終朝淅瀝晝簷聲。蟾光欲吐非容易，洗净塵氛分外明。

八月十八夜子時地震二首

驚心幸免墮飛鳶，蹐地還知勝蹋天。造物恐人渾忘却，不教高枕得安眠。

自古傳聞釣六鼇，三山屹立尚孤高。於今領取盈虧訓，毋使山河觸怒濤。

秋陰

一日初晴九日陰，小園光景更蕭森。枝頭落葉黃兼潤，砌下荒苔黝復深。風月頓消游客興，關河偏滯遠人音。何時得見秋陽暴，萬里無雲豁此心。

八月二十三日國軍莅津歡迎盛況

比户兼旬盼國軍，今朝如堵勢芸芸。萬千婦孺呼雷動，億兆黎元待澤殷。電走朱輪隨瑞靄，風飄赤幟兆祥氛。河山從此聲威壯，道左衰翁喜欲翁。整理者按：「翁」同「翂」。

寒露節先公秋祭畢朋來茶集

良朋契闊復何言，霖雨兼旬久掩門。蒲柳先衰驚歲月，芥菘漸美度朝昏。愴懷秋露音容遠，永慕春暉祀事存。今日茶香謀小集，餕餘籹粔尚甘温。

乙酉重九邀友登高

新華大樓。

年年多難強登高，今日時平興正豪。太傅掩功休折屐，仲宣能賦且拈毫。天邊寂寞三山影，海外縱横萬里濤。掃净風塵堪縱目，群賢畢至好題糕。

止園紅葉六首

乙酉重九後作。

剪剪西風百卉凋，牆頭薜蘿色偏嬌。滿園爛熳紛如錦，常伴幽人慰寂寥。
已過重陽烈日烘，小園晚景十分紅。回思埋没牆東日，常在愁烟苦霧中。

天意偏憐歲暮人，秋深誰見再來春。千花百草凋零後，滿目紅雲又一新。
猩紅絳紫正斕斑，朝暮陰晴不等觀。午枕初回挨倦眼，行吟渾覺是春山。
年光如水去難回，不待秋容菊訊催。物態頓驚春意滿，翩翩雙蝶過牆來。

一甫約十九日中原六樓茶集二首

今朝茶集聚群賢，錦繡題詩在目前。太息御溝何處是，多情倡和有天緣。
天留晴旭展重陽，王粲登樓祗自傷。不是登臨能助興，且分炳燭夜游光。
人生何地異羊腸，百尺樓高樂未央。更上欲窮千里目，白雲深處是吾鄉。

十月初旬觀壽豐園菊二首

十月清風有令姿，東籬興趣未嫌遲。衡門自賞凌霜操，市井兒童道過時。
栗里猶存喜伴松，風霜飽領艷偏濃。天留晚景人同壽，次第看花直到冬。

詠殘紅葉二首

錦幛雲屏轉眼空，幾番霜訊北窗風。恰如三月春歸日，零落殘花滿地紅。

鴉聲破曉占高枝，正是楓林葉落時。片片殘紅流水去，令人渾憶送春詩。

即事

立冬，草木尚未凋。

海隅秋盡氣蕭蕭，今似江南草未凋。萬衆齊呼太平樂，奈何鵲兆到津橋。

十月十四日震初齋中茶集

是時久旱，草木未凋。

秋晴已久更冬陰，庭院依然草木深。數點栖鴉情默默，一畦寒菜緑沈沈。不增野叟催詩興，難副農民待澤心。天地無情人自樂，嘗茶話舊有知音。

題齋壁

世緣俗念不相攀，身是高僧老坐關。室本清幽如太古，門無剥啄似深山。午晴茶熟桐陰轉，夜静香殘柝韵閑。忍度朝昏堪自慰，心同鐵石比堅頑。

先妣忌日祭

丁未棄養，至今三十九年。

已别音容四十年，年年身世百憂煎。荆榛道路征途惡，珠桂米薪粒食慳。桑梓敬恭無復日，瘡痍凋敝總由天。鷄豚相對空垂泪，悲慨何能達九泉。

喜雪二首

節交大雪，今又朝晴。

十月猶和氣似春，忽然夜雪一番新。金吾不弛森嚴令，誰識袁安高卧人。時徽奸令行，緹騎終夜紛紛四出。

朝晴庭院白同銀，且喜寒窗夜色新。天意慈仁重佳節，來年玉粒賤如塵。

妻病痹已五年今幸八旬同壽賦此自頌

鴻案居然伴寂寥，飄蓬身世正無聊。以平爲福眉同壽，相敬如賓鬢已凋。疏影梅開春盎盎，淡烟香永夜迢迢。庭前緑竹饒清供，得滬電，紹良得男，是爲第一曾孫，又泰兒、嘉孫皆兆熊夢，來年或仍有添丁之望。新曆迎祥又歲朝。後二日，爲新曆三十五年元旦。

十一月十八冬至日春暉堂茶集賦呈助興

冬至陽生春又來，一年佳興正相催。三茅寺裏尋丹竈，金陵仙迹。七里灘前訪釣台。富春名勝。載酒南湖雙棹去，杭州畫舫。聽鶯北陌浩歌回。揚州歌筵。人生行樂君須記，茶熟爐温笑口開。

得焯兒信青島紗廠有回復之望感賦

世間何事有人謀，失馬方欣得馬憂。消長盈虚如轉轂，去來逆順若藏鈎。雲中出没孤飛雁，海上浮沈自在鷗。萬户恫瘝歸衽席，天心默運待箕裘。

冬月初四日紹良得男是爲第一曾孫大雪後一日有進冬至陽生之象取名啓晋以志之

大耋曾孫始見之，同堂五世待期頤。自昭明德方言晉，三接天庥豈怨遲。

安命

安命知天總不疑，平生遇事可憐遲。文壇九上輸空舉，宦轍三遷未及施。宗族式微心已碎，箕裘未就鬢如絲。旁觀謬許箕疇福，茹檗含冰衹自知。

冬至遣興

冬盡春回已有期，老人清興欲何之。沿溪問柳宜攜酒，繞舍尋梅合詠詩。名勝數來程自擬，家山歸到夢先馳。閑身安得如年少，務觀湘湖夜泛時。

題莊良孫女祝壽畫幅

山水情懷松柏姿，喜看童稚畫中詩。齊眉耄耋堂前樂，四世新逢舞彩時。今年八十雙壽，生辰前七日，始得長曾孫啟晉，今女孫莊良繪此獻壽，因題數語，以志家慶。

信數

廢寢忘餐可奈何，行雲流水養天和。知幾自在全憑數，起個念頭總是多。

歲暮夜坐

久旱風生易，常陰日出難。那堪雙鬢禿，又耐一年寒。燈影梅枝瘦，窗聲竹葉干。隨緣方遣興，清詠到更闌。

歲暮病中

左足痛，不能着地。

自是星宮有蝎磨，年年歲暮病中過。泰來否極亨常少，履薄臨深苦更多。萬姓歡呼調玉燭，百年至計息金戈。簷前梅信頻催臘，佇看陽春日轉和。

新歲感懷

衰疾來如寇，流年去若梭。惜花吟興減，泥酒隱憂多。倦馬辭鞍韈，飛禽脱網羅。江湖徜歸去，相伴一漁簑。

丙戌元旦口占

世界和平第一年，乾坤旋轉福無邊。湛恩汪濊深如海，兵氣銷磨感自天。閭里含哺能鼓腹，康衢擊壤更摩肩。及身得見河清日，伏叟横經喜欲顛。

立之七弟七十壽

棣鄂花開白髮新，承平版籍有遺民。兄生于同治四年（一八六五）乙丑，弟生于光緒四年（一八七八）丁丑。千言策對徵名士，萬首詩存繼古人。滄海浮沈鷗世界，江山嘯傲鶴精神。他年聯袂歸鄉飲，雁序庠門鼎足賓。九弟今已六十有五，亦近古稀。

除夕病足襲放翁句遣興

八十頭陀不出家，平生志願在桑麻。春光乍轉先梅柳，歲事將闌薦果茶。扶拜漸離愁境界，改詩重理舊生涯。等閑一事還堪笑，夢到江南鬢未華。

卧病三月第一次出門山桃將放二首

二月二十日春分後三日，偶聞時事有感。

病回重見艷陽天，偶值風和日正妍。莫道傷春人易老，山花猶似去年鮮。

筋骨酸寒得小蘇，徘徊道左尚踟躕。名花重見如相笑，道是東方老病夫。東北接收，屢生枝節。

病起又見公園山桃初開感賦四首

年年得見此花開，幾輩詩人逐蝶來。飛蝶不知何處去，詩人獨喜久徘徊。去年園中，敵人疑爲間諜，逮捕多人，今則王道坦坦矣。「諜」「蝶」同音，借用。

詩人獨喜久徘徊，每見花開首重回。却憶種花人盡去，問花無主爲誰開。

問花無主爲誰開，獨有詩人思別裁。曾是桃源花事好，武陵人得幾番來。

武陵人得幾番來，五百年間只一回。今幸時清身亦健，年年得見此花開。

久雨初晴小園散步二首

花時二月久沈霾，幾樹山桃嫩未回。天惜詩人嫌寂寞，草青松緑報春來。

小園風景度朝昏，蝶影鶯聲不出回。無酒有詩還寂寞，令人遥憶杏花村。

上巳前一日重游小公園二首

去年，園中被捕。

去年今日儘堪思，正是蜂狂蝶舞時。風景不隨人事改，重來花徑好尋詩。

年光如水盡東馳，猶憶驚心動魄時。天意憐人閑趣少，春來無處莫非詩。

病起春暉堂小憩

始信今年筋力殘，小園猶自怯春寒。生憑豆飯藜羹老，居是禪房病室觀。有忮有求知念妄，無思無慮覺心寬。還從斷簡尋師友，俯仰乾坤契古歡。

讀史有感

英雄自古多僥倖，得失全憑後世看。濟衆博施堯舜病，抱殘守闕漢唐安。千年王霸文章著，萬里江山弈局觀。獨有先公年譜在，一生德業出艱難。

楚卿齋中茶話即席賦贈二首

山水情懷百慮空，芝蘭入室覺心同。煎來香茗留清話，常似春風滿座中。
不談興廢即論文，常似懸河覺齒芬。茶竈筆床爲長物，但看富貴若浮雲。

止園今歲花較稀別有幽趣二首

萬緑叢中數點紅，花光不與昔年同。欲參小圃清幽趣，多在晨風夕照中。
葉嫩花稀又一奇，芳菲原是怕離披。半開自覺看常好，免見紛紛落地時。

舊英公園海棠盛開

移來西蜀不知年，雨潤風和分外妍。喜見紛紛蜂蝶鬧，令人却憶放翁顛。

雨晴止園散步

小雨初晴曙色開，日光斜照百花臺。滿園春意誰知覺，獨有紛紛蛺蝶來。

嘆故鄉善舉無成

散財容易得財難，萬事無如筋力殘。辜負萱堂慈訓杳，常留遺憾對孤寒。

泰兒年五十一得第二子于吾爲第六孫命名述良期其善述吾慈善之志也詩以紀之

庭前萲竹又蓀枝，老耄仍懷堂構思。待爾昇平爲善樂，但能述志未爲遲。

齋中静坐二首

寂寂花時閉院門，陰陰緑樹自成村。鶯啼晝永人聲絶，一縷爐香直到昏。

息盡乾坤萬變心，一窗竟日冷沈沈。默觀天象人誰測，纔露微陽又作陰。

小園遣興

息影空園萬化觀，絶無煩惱挂眉端。深林鳥語攢枝樂，小沼魚游戲藻歡。

雨後藤花盛開聞鶯二首

雨後藤花過水鮮，枝枝紫玉似珠連。人聲静默禽聲樂，入耳嬌鶯句句圓。

天心若有豐年兆，久旱甘霖豈偶然。且喜春畦看菜長，青蔬緑韭一時全。

太平花四首

當年艶説太平花，神武開邊萬里誇。今日流傳淪市井，清香猶似帝王家。

淡白瓊花似玉叢，枝枝凝艶露迎風。看來桃李無顔色，一樣芳菲便不同。

移根邊徼託孤踪，三百年來雨露中。花木猶爲人愛惜，將軍百戰已無功。

太平景象小園中，曾顯開疆拓土功。記取佳名千載勝，年年常得被春風。

叔豉家太平花既枯又發新枝二首

幽芳一簇滿園春，去歲枯條又發新。願與此花年年見，此身常作太平人。
今年勝似去年春，重見柔條氣象新。料得天心能默運，看花還是不平人。

壽豐園太平花盛開有感二首

太平名易盛時難，等是芳菲不等觀。却憶謫仙清平調，亭前玉笛倚闌干。
滿枝珠玉十分開，正似熙朝獻瑞來。料得御園供奉日，筵前羯鼓幾番催。

五月朔得第二曾孫取名啓益詩以志之

盈階緑竹正猗猗，又見蓀芽秀一枝。夏長春生天獨厚，知叨祖蔭露潛滋。三月得孫述良，五月得此曾孫，先三日，九弟亦得第四曾孫，皆先人陰德餘蔭也。

佩瑜端午詩來步韵答賀

止園惜別已經年，節序榴開又目前。雨過菜畦青滿地，風清籐蔭緑漫天。到門倒屐今無日，掃徑煎茶昔有緣。追憶舊游勞夢想，新詩展讀亦欣然。

春暉堂獨坐

獨坐空堂意趣幽，朋來何止隔三秋。映階蜀菊紅如火，透牖湘筠緑似油。每憶攜笻尋野鹿，忽思垂釣伴沙鷗。人生何處非羈旅，物我相忘自在游。

亂後第一次謁先公祠

四月二十七日，同陳一甫、丁雨莊先過壽豐園，看太平花盛開。

八載烽烟海漾塵，蒸嘗久缺幾秋春。侵陵逼處還無恙，呵護先靈却有神。堂陛獨存歐脱地，祠四圍皆日本軍庫。衣冠猶見宰官身。太平已兆從今始，百世雲礽俎豆新。

光緒戊寅先公遺命辦施醫事忽忽七十年此願未償今歲兒子明焯始定章成立至德衛生會開辦醫院規模宏遠聊以告慰

桑梓恫瘝七十年，緬懷遺訓每泫然。于今創業堪垂統，繼述還期後嗣賢。

前年至德經亂本村全毁一片瓦礫今秋勉修宗祠以供祀事

村舍全墟茂草場，每懷風雨慨江鄉。牽蘿補屋還無計，勉葺宗祊薦豆觴。

重修族譜

族譜全失，以北方存譜爲根據，得告完成。

江南譜牒重名門，一炬傷無片紙存。代北尚留餘燼在，得傳昭穆示諸昆。

賀楚卿丁亥重游泮水二首

從來道德有文章，一第青衿姓氏香。且喜齠齡春鼎盛，還看大耋日舒長。夢回冀北功名會，神往江南翰墨場。莫謂天荒吾輩老，此身同幸列宫牆。余庚辰年重游泮水，事變正棘，爲之惘然。整理者按：「惘」同「惘」。

文章道德是吾師，一日三秋每見之。偶憶游庠談故事，却從周甲動幽思。生平略試淵明仕，旦夕常吟務觀詩。更與希文同志事，立身不負秀才時。

祖妣忌日告祭

七十年來剩長身，椿萱凋謝若爲親。難忘遺訓躋仁壽，救此蟲沙劫後人。光緒戊寅，祖妣逝世，先君恨鄉里無良醫，特訓子孫以施醫藥爲志事，忽忽七十年矣。今歲，兒子明焯始組織至德仁壽醫院，回思前事，如在目前，然而，世界滄桑，已幾易矣。

病中自念三首

生本痴頑不足誇，慈幃遺訓念無差。一生所歷皆餘蔭，萬事艱危結果嘉。
生平行歷百憂端，戒懼曾無一夕安。天悻虛名娱晚景，夢中環境更艱難。
閑吟斗室覺天寬，身似鳴蛙不屬官。薄粥一盂吾事了，心原無病更誰安。

夜坐

薪珍似桂仍供爨，米貴如珠未闕餐。更喜心虛禪意進，青燈有味照蒲團。

止園静坐二首

齋居罕人事，閉户自成村。饒有山林趣，而無市井喧。藤陰環宇静，梘水過畦渾。極樂知何似，先除憂患根。
空山多濩落，市井盡囂塵。不若家園内，草木亦蓁蓁。風來鳥歡樂，雨過花精神。即此無爲地，胸中常似春。

楚卿見示中秋奉懷一首依韵奉和

一年容易又中秋，物换星移四序周。去歲烽烟争起伏，今朝粒食困供求。耆英會上風塵老，安樂窩中歲月悠。世事不聞惟對月，兩心同此寄清幽。

星期小集步楚卿即席元韵

乍凉天氣忽驚秋，道義親朋每小留。詩酒之間爲至樂，蔬餐以外更何求。任真言語心先醉，淡泊交情味更悠。掃净塵氛天地别，清懷常似月當頭。

丙戌重九雨莊約同伯平震初及九弟中原六樓登高望遠即席賦二首

衰年重九見精神，每憶淵明逸興新。百尺高樓千里目，抗懷同是義熙人。

難得良朋是異鄉，白頭兄弟作重陽。呼來濁酒心先醉，吟到黄花句亦香。風雨初收天漠漠，川原無盡海茫茫。浮雲變滅知何預，且共清游萬事忘。

詠止園紅葉十一首

不羡春花雨露滋，牆頭寂寞幾多時。休誇晚景紅如火，煅煉風霜衹自知。

孤高冷艷殿群芳，不數黄花伴倚牆。有色無香堪自喜，免教蝶戀與蜂狂。

誰將秋雨比春風，染得如花二月紅。最好初晴寒訊早，斑斕五色緑陰中。

春去秋來豈有言，花凋葉茂更同倫。須知天意皆生趣，雨露風霜總是恩。

小園風景不多寬，萬點猩紅露未干。却羨今年寒訊晚，菊黄猶稱畫圖觀。

江南九月氣初寒，兩岸江楓照眼丹。今日小園紅似火，閑身如坐釣船看。

年年秋老百花殘，小院留連興未闌。三五親朋謀小集，殷勤濃艷勸加餐。

紅雲侵曉射朝暾，一片流霞直到昏。獨有高槐添異致，青陰夾道擁柴門。

故鄉烏臼映江楓，十里溪山艷不同。欲覓牧童來問酒，令人還憶杏花風。

香山憶昔晚秋居，百丈屏山畫不如。儘道無方能縮地，今朝錦障擁蝸廬。

藤陰密布障霜風，猶似春花次第紅。造物知人重愛惜，故教晚景莫匆匆。

丙戌雙十節子貞以魚羹餺飥約楚卿嘗食頗得鄉村風味賦以志謝三首

知足齋中味道腴，羹藜炊黍日相呼。試觀方丈筵前客，能有山翁此樂無。

故人胸次本逍遥，一味烹鮮每見招。嘗得此中真意味，世間何事不寬饒。子貞、楚卿相約嗣後每月一次，座僅三人，食無兼味，以風世之一會數萬金者。

疏水簞瓢意味深，孔顏樂處儘堪尋。何曾一飽猶難得，下箸何勞擲萬金。

詠晚紅葉二首

不是花前羯鼓催，霜辰風雨更聞雷。天嫌老圃秋容淡，萬紫千紅又喚回。十月朔，風雨交作。

紅葉今年落更遲，天教不負菊花時。閑來尊酒籬邊客，愛晚亭前獨詠詩。今年十月，菊半開，而紅葉尚盛。

壽康里見子貞鄰家滿屋紅葉極盛口占一絶

衡門藏得滿園春，如火如荼氣象新。莫認桃源尋洞口，此中疑有避秦人。

觀壽豐園菊二首

千枝冷艷一時開，玉質金章照眼來。老圃秋容原是淡，居然富麗又春回。

五色斑斕不可思，鸞翔鳳翥更生姿。天教珍品多遲遇，却在秋園冷淡時。今年，菊較遲，而多新種。

丁亥新春茶集喜賦

初晴春雪又成陰，耆舊相逢喜不禁。擊節筑難追痛飲，無弦琴尚有遺音。曠懷始悟乾坤大，撫序方驚歲月深。却笑頹齡餘長物，筆床茶竈敵千金。

借宿啓新招待所

數椽幽静寄坊場，魚影鶯聲白日長。春在枝頭人不覺，雜花齊放滿園香。

還北平止園

倉皇出走十年離，隻影歸來路不知。世事但驚今異昔，那思身已耄期時。戊寅，蘆溝橋起事，倉卒赴津，忽去十年矣。

道旁柳色二首

今年遇閏覺春遲，二月花開未有期。道左遥看高柳色，含青猶是未黄時。

嫩黄舒緑十分清，幾日濃陰忽已成。造物無私原自得，衹應頭白覺心驚。

游頤和園養雲軒

二十年前，曾與老妻同宿此屋。

二十年前此廢宮，風光猶與昔時同。梁間燕壘依然在，不見雙飛夕照中。

頤和園船游

吹面猶寒楊柳風，晚花斜照夕陽紅。游人不覺年光逝，船自西行水自東。

城南公園看山桃

三月春陰半日晴，飯餘信步望花行。城南偏覺春光早，一片紅雲照眼明。

市飲

猶是當年老酒徒，相逢俱是白頭顱。十年一覺長安夢，誰見街頭有廢壚。

看紅芍藥

苦恨年年花事怱，盼來催去怨春風。杜鵑啼血能多少，洒遍東闌一片紅。

寫入生壙四首

難料兒孫代代賢，惟將心事凜冰淵。千年勤儉承家法，世變縱横自得全。
人生離合總憑天，白首何分孰後先。羡爾已登昌運地，可容相見太平年。
勛業文章不足珍，好將忠敬事心君。浮華幻影曾何在，夢醒方知自有真。
垂老方知感慨深，百年歲月苦駸駸。林間宿鳥無留影，天外孤鴻有斷音。

昌運宮開土六尺下細膩光潤可稱中上吉壤二首

禍有胎兮福有門，平生遇合盡君恩。今朝得壤還干净，清白應期世世存。
不慕功名不學仙，心安得喪只由天。簪纓世胄非吾願，華廡無如陋巷賢。

四月十二日癸巳同年聚餐紀事

却憶登科日，今逾五十年。青雲曾過眼，白雪已垂肩。觴詠星仍聚，風光月向圓。

相將幾回醉，重赴鹿鳴筵。定例重宴鹿鳴，准予到期之前一科行之，今計自癸巳至辛卯，僅距四年矣。

丁亥三月爲亡妻營葬西郊屢過西直門見售太湖石于道左購置止齋庭中形容静穆如相親敬感賦

如賓遽别苦悲思，石不能言恍見之。寂寞形容仍静穆，尚堪相伴到期頤。

北海看牡丹已殘

四月清和吹南風，一年芳信太匆匆。紅稀緑剩天猶惜，春在輕陰薄霧中。

念佛

進德功夫要日新，如何悠忽昧前因。彌陀一句非無據，直抵西方認主人。

秋園

飯軟茶甘萬事休，一身衰老更何求。小園留得春光住，次第看花直到秋。

示兒最後語二首

先公篤守程朱學，孝友傳家忠厚存。門祚興衰原有自，願兒詩禮教諸孫。

祖宗積德遠功名，我被功名累一生。但願子孫還積德，閉門耕讀繼家聲。

止庵詩外集

師古堂課作　至德周學熙緝之著

春風三首

化日舒長仰歲功，漫誇花信幾番紅。萬方草偃懷新意，都在陽和醖釀中。

舞雩光景最相親，浩浩乾坤孰主賓。總是無情芳草色，一回幡動一番新。

林泉杖履得春多，爲有東風釀太和。疊疊遥山皆錦繡，洋洋大塊遍笙歌。樓臺燕語輕拋剪，池面龍文細織捘。整理者按：「捘」字誤植，當爲「梭」。誰取揚仁安石扇，一時薄海止金戈。

春雪三首

千紅萬紫儘繁華，不及祥霙六出花。天地無私春有脚，霏霏都遍野人家。

入蔡奇勛自古難，可能元夜擁雕鞍。一聲羌笛關山怨，回首桃花馬上看。

春回喜氣滿山川，瑞雪先占大有年。不盡落梅香似海，無邊新柳絮漫天。東皋玉潔催耕犢，南浦蓑寒放釣船。何事袁安尚高卧，起看寰宇净風烟。

晚晴二首

無限夕陽好，人間重晚晴。雲開平野闊，風定暮潮生。屋角添蛛網，沙頭落雁聲。爐香清晝永，閑對小窗明。

雨霽吾廬好，柴門日影斜。羊牛同下坂，鵝鴨各知家。曳杖迎新月，銜杯送落霞。柳邊人共語，樂意話桑麻。

嚴子陵釣台

一釣清名宇宙垂，英雄顯晦繫人思。雲台高繪評難定，星象飛章事亦奇。鴻暝知歸帆歷歷，鶯啼如夢草離離。春風秋月空憑弔，惟有灘聲似舊時。

整理者按：「暝」同「冥」。

公園晚眺四首

時在都門，縱游四公園，各賦一律。

太液春波緑影深，瓊華夕照碧陰沈。五朝宮禁空搔首，萬姓芻蕘趁賞心。樓外好山如罨畫，天涯倦鳥欲歸林。低徊不去迎新月，歷歷千秋入苦吟。北海公園。

城南清曠喜方羊，況是當年藉禮場。古柏行欹參偃仰，春蕪耕廢半青黃。數聲殘角迴鴉陣，一抹斜陽上雉牆。似聽游人壇畔語，昇平猶見萬斯倉。城南公園。

行春覽勝故宮前，人影依稀欲暮天。百尺銅柯酣雨露，九重金闕暗風烟。池邊鷺帶殘霞落，陌上花迎夕照鮮。恍憶少時從社祀，衣冠猶及中興年。中央公園。

驅車直北出城闉，廢苑徘徊楊柳新。九陛荒壇悲落日，五洲大地喜同春。園内聚土石，爲五大洲模型。銜枚陣起投林鳥，空担村歸趁市人。極目郊原無限好，何如海宇净烟塵。京兆公園。

農家二首

茅舍長林北，柴門小市西。深村晨喚犢，窮巷午聞雞。野菜和烟斸，春蕪帶雨犁。桃開人不識，疑是武陵谿。

時平多樂歲，地僻好歸農。宅外依依柳，庭前稷稷松。柴門風自掩，石碓水能舂。不稅南陽駕，何人識卧龍。

黃鶴樓二首

黃鶴何年去，磯邊尚有樓。江聲流日夜，山色自春秋。樹隱晴川閣，帆歸夏口舟。登臨天地窄，攄盡古今愁。

高樓勝迹幾兵戈，玉笛横吹發浩歌。欲上青天問仙子，江城回首暮雲多。

聞鵊二首

寂寞深山裏，春來處處鶯。花間侵雨澀，柳下度風清。欹枕驚離夢，銜杯弄晚晴。幽人倚天籟，小句又催成。

幽燕三月尚飛沙，桃李無言愴歲華。窗外一聲驚夢斷，春風忽已遍天涯。

黄金臺

黷武成功自古無，招賢何取見金夫。可憐市駿名空艷，七二堅城萬骨枯。

古松

虬枝鬱鬱半青蒼，桃李能争一日芳。誰識千年廊廟器，此身百鍊出風霜。

蘇武廟

茫茫大漠幾滄桑，蘇武祠前草樹荒。嚼雪孤臣悲坎坷，瓣香故老吊興亡。于今白道無龍節，終古青天有雁行。回首千年春夢杳，空餘畫角對斜陽。

山居

青峰深處着柴荆，門掩蒼苔萬事輕。嶺樹吟風寒載酒，岩花帶露曉聞鶯。雨添山色分詩秀，雲渡溪聲入夢清。千載高人老泉石，姓名從不到公卿。

大沽口觀潮

滄溟東望豁塵襟，日日潮生自古今。白濺濤頭殘雪霽，青連天際暮雲陰。孤臣立馬千年恨，遷客浮鷗萬里心。叠叠沙痕回首處，前朝鐵戟幾消沈。

夏日閑興

悠悠長夏萬緣空，賴有山林着此翁。數遍新秧牛迹外，驚回幽夢鳥聲中。詩尋竹徑衣痕緑，釣引荷池笠影紅。便上羲皇忘世事，北窗一榻領清風。

新秋

撩人詩思是秋初，凉透衣襟爽有餘。静院蟬聲稀緑柳，清池雁影落紅蕖。舉杯對月情何限，懷扇臨風意已疏。讀罷黄庭天欲暮，好乘微雨理畦蔬。

洛陽懷古

中原人往嘆風微，豐鎬何年啓帝畿。西閈有緣堪退老，北邙可作欲誰歸。淵源立雪千秋在，金谷揚塵萬事非。獨羨堯夫安樂處，子孫猶得守荆扉。

送客游邊

莽莽漲邊塵，桃花雪裏春。羡君投筆客，愧我撫髀人。路遠雕鞍重，身孤寶劍親。離情倚羌笛，長伴月華新。

送客登泰山

絶頂挹清芬，憐君避世紛。襟痕膚寸雨，屐迹蕩層雲。歸鳥情何極，扶輪願更殷。好尋封禪處，苔蘚訪碑文。

採茶歌二首

山村生計苦少田，貧家兒女辛且堅。平明日出相争先，新茶摘得露枝鮮。有時冒雨慘風烟，陟身危磴層崖巔。歸來薄暮恒胝胼，傾筐倒筥不值錢。誰知賈客一反手，利市藏鏹百萬千。

農家三月忙，江南風日好。村婦摘新茶，結伴登山早。躡蹬陟危崖，披枝尋露草。從來重利客，奔走浮梁道。不見傾筐人，忽忽春光老。

種竹

勸君莫羨巖前松，悠悠千歲身難逢。勸君莫艷籬邊槿，忽忽一現華復隱。世有美植無如竹，三年可待四時緑。渭川千畝何遠哉，特移鳳尾就身來。東坡先生能免俗，一日千回看不足。我胡羨艷獨欣然，把酒相對暮雪天。吁嗟乎！時人那識此中意，傲骨虚心見吾志。

湖山小隱

青山繞舍近依湖，老我乾坤一腐儒。物外烟霞隨地有，塵中車馬到門無。百年事業歸鉛槧，萬里心期入畫圖。最好漁樵閑作伴，家家新釀暮相呼。

贈僧

禪房幽處喜知音，一縷爐香萬籟沈。未度松陰尋定磬，却開蘿徑候孤琴。塵中歲月忘昏曉，劫外山河自古今。蓮社宗風幸不遠，好攜瓶鉢上東林。

老馬

空群冀北幾人留，伯樂虚名一笑酬。伏櫪豈甘依路寢，識途誰憶蹴長楸。百年逐電金鞭折，萬里嘶風畫角秋。莫羨草深堪試足，缺銜猶自惜莊周。

謁李文忠祠

沽上猶存異代祠，相公勛業本艱危。卅年膏澤淪三輔，一片丹心泣四夷。碩果英雄今古恨，孑遺父老歲時思。鑾輿未返晴難瞑，孤節崚崚百世師。

海光寺訪古

析津梵宇歎空花，湏整理者按：「湏」字誤植，當爲「須」。洞風塵愴帝家。那復諸天騰睿藻，祇餘落日咽悲笳。鐘聲縹緲無歸鶴，柳色依稀有暮鴉。乘興却尋方外趣，扁舟閑泛衛南窪。

客中旅懷

人生逆旅復何之，古驛閑坊處處宜。萬里心期長劍倚，百年身世獨燈知。驚回孤夢簷間雨，寫盡豪情壁上詩。無限青山堪伴老，莫嫌白髮寄天涯。

中秋口號二首

客裏中秋月倍華，不須辛苦怨天涯。團圞仰見山河影，海宇分明共一家。

巖前丹桂正飄香，帳下笙歌趁舉觴。百萬流民鴻遍野，嗷嗷含泪月中望。

光武廟

中興帝業尚誰看，野廟凄凄落日寒。禮數已無周佾舞，威儀猶是漢衣冠。於今白水追思永，自古黄圖繼盛難。何日中原休逐鹿，時清歌薦荔支丹。

寒食感事

年年寒食寄天涯，况復中原多難時。動地鵑聲催夢醒，迷花蝶影入情痴。千家麥飯征夫泪，百歲杯棬孝子思。日暮輕烟看靄靄，五侯姓氏有誰知。

題五老圖步杜祁公原韵

睢陽泉石堪偕隱，那用重彈挂壁冠。萬里鵬摶翻鷃笑，九淵龍見却鯢桓。賓筵白髮心同壯，泰岱青松歲共寒。天壤幾人鴻雪在，杜公圖畫尚留看。

菊

乘興看花遼海行，九秋風雨重孤征。尚尋栗里沽醇碧，莫效湘纍拾落英。晚節江湖驚歲暮，幽芳泉石傲霜清。悠然一笑東籬下，紅樹青山合有情。

燕

茫茫大造欲誰親，勞燕分飛物候新。巢幕無驚酣午夢，穿簾得勢接芳塵。關心王謝堂前事，彈指春秋社裏身。幾見雕梁依舊壘，尋常猶説六朝人。

西湖放棹歌

天下美景莫如湖，西湖之美天下無。琉璃萬頃比具區，樓臺城郭金碧敷。四圍山色入畫圖，春風秋月清難摹。我縱扁舟問蒓鱸，一葉不繫同鷗鳧。天光雲影爲前驅，返觀身自鏡中呼。嗟哉！人生在世苦形拘，往往局促轅下駒。洗空百慮見真吾，推舟行陸胡爲乎。

重陽大連作。

十年孤劍紅塵老，九日清樽白髮新。對菊却懷忘世客，插茱方覺憶家人。心縈戲馬千秋感，夢斷啼猿萬里身。幾緉青鞋吾愿足，不妨海外作遺民。

觀魚

領略濠梁趣，相期汗漫游。救枯嫌煦沫，罷釣惜吞鈎。鏡裏乾坤大，天涯歲月遒。平生縱壑意，雲水寄悠悠。

蓮

心與塵俱净，盈盈一水涯。碧凝晨露滴，紅襯夕陽斜。魚戲波摇葉，鷗馴影傍花。豈徒君子詠，香潔到僧家。

春雨

雨添春意到人家，楊柳陰陰曲徑斜。緑野一犁新叱犢，清溪八尺趁浮艖。采茶歌起愁天色，賣杏聲喧領歲華。好伴漁翁蓑笠去，試沿流水覓桃花。

夏日山居即事

幽居何事得相關，斜日柴門映斷山。一曲薰琴青卷外，數聲樵唱白雲間。前村雨驟峰巒失，別院風輕草木閑。金石續成消夏録，吉光片雨整理者按：「雨」字誤植，當爲「羽」。

不須删。

雪晴晚望

山村雪後路行難，獨倚柴門曳杖看。紅日映成銀世界，白雲封盡碧峰巒。千楓陣黑鴉聲樂，一棹蓑明鷺影寒。寂寞風簷書好展，莫將暮景等閑觀。

瓜

陶穴綿綿啓帝基，於今頃刻等兒戲。中原豆剖争雄長，絶塞刀環失代期。零雨難忘征士苦，清風却寄故侯思。平生一片冰心潔，避世還嫌納履疑。

梅花

休嫌花事晚，梅却占春先。豔冷心全醉，香清骨是仙。鋤痕斜月裏，笛韻曉風前。獨有孤山客，幽芳對暮年。

雪中偶成

不禁尋詩興，騎驢雪滿衣。梅殘香更遠，柳静絮仍飛。絶塞驚鴻杳，空山待鶴歸。還應高士卧，寂寞掩柴扉。

立春

白首逢春喜莫論，天教瑞靄到柴門。迎祥吉語東坡帖，買困芳醪北海尊。萬紫千紅從此數，柳眠花信始今番。願將元氣消寒盡，一脉陽和亘古存。

毛遂

漫誇濁世獨翩翩，小豎成功亦幸然。游士舌當師百萬，美人頭謝客三千。處囊目笑錐空見，按劍心驚璧偶全。不有李同身却敵，虞卿畫策更虚傳。

留侯

如何博浪氣輕乘，從古英雄不自矜。雲雨難忘韓國恨，風塵獨幸漢家興。赤松一去便遺屣，黄石三招愧飲冰。千載知心惟范蠡，五湖烟水舊魚罾。

花朝

莫虚花信記年年，九十光陰在杏前。柳色遥迎挑菜路，簫聲驟暖賣餳天。日消殘醉春將半，夜喜清吟月正圓。莫怪風華忻老健，踏青人笑雪盈顛。

食筍

齋居市遠罷烹鮮，玉片登盤肉食捐。聊喜巾盂方外净，却教芒角腹中便。百壺高宴歌韓弈，千畝清風飽渭川。堪笑園丁貪護筍，隔籬又報竹行鞭。

韓信

莫嫌胯下困風塵，自古英雄有屈伸。背水旌旗孤注擲，登壇壁壘一番新。龍興鼎革多名將，鳥盡弓藏得幾人。鄭重當年漂母意，忍教草芥劫餘身。

信陵君

中原十載息兵争，救趙雄圖在定傾。幸奪螯弧紓急難，獨交屠狗共功名。寥寥高誼千金重，耿耿孤忠一劍輕。天意難回齎志隕，恨留讒舌助秦嬴。

三月三日

春到重三淑景多，年光莫遣等閑過。水邊圖畫唐天寶，亭畔風流晉永和。芳草無情侵繡履，嬌鶯有韻入笙歌。木蘭舟小宜烟雨，且擬攜尊泛綠蘿。

魯仲連

口舌全消宇內争，斯人可作慰黃生。從來助浪興戎馬，幾見懸河洗甲兵。一矢書遺孤將泣，千金壽却獨身輕。名聞天下還高蹈，玉貌翩然海上行。

讀書

休言秉燭怨天公，畢竟丹鉛日有功。歷歷先型來眼底，津津餘味在胸中。青燈帳外欺寒雪，白髮簷前傲晚風。老學十年無限恨，枉教窮達誤英雄。

詠鏡

從來明鏡苦塵封，况許斑斕古銹濃。妝罷樓頭誇舞鳳，鑄成江上欲飛龍。效忠合著千秋業，獻媚難留六代容。方信金仙無住相，圖靈自不愧真宗。

荆軻

八創碧血濺階除，方識田光薦不虚。千載秦宫餘瓦礫，百年燕社總邱墟。藥囊幸有琴聲會，匕首難言劍術疏。終是天心存白帝，筑中鉛朴又何如。

賈誼

賈生才調萬言書，年少乘時願豈虚。鵩鳥未除懷抱惡，鬼神無補聖躬疏。至今宣室思前席，終古長沙弔謫居。太息風雲關運會，馮唐已老更何如。

雷

雲雷自始出艱屯，萬象昭蘇草木春。咫尺回天欣雨露，峥嶸平地出風塵。驚車乍喜秦宫女，失箸應慚漢室臣。世變僅看龍鬭野，會當君子有經綸。

東方朔

小謫人間四十秋，歲星之説轉悠悠。瓣香孔子非阿好，觸鹿匈奴有隱憂。共信偷桃來夙業，獨因割肉見風流。相知恨晚嗟明主，一例前生范蠡舟。

夏夜

披襟寄快海天東，炎夏如秋景不同。枕上荷聲先報雨，燈前竹影細生風。暑消浩整理者按：「浩」通「皓」。月蒼茫裏，夢入滄波浩淼中。散髮行吟忘夜久，聽殘更漏日輪紅。

范蠡

北伐旌旗振國威，弓藏鳥盡悔同歸。中原霸業終黄土，上將勛名剩白扉。滄海桑田今易姓，湖天烟水早知幾。英雄得失尋常事，廊廟山林孰是非。

董仲舒

漢興儒術孰爲儔，獨數江都重魯鄒。目禁窺園原後樂，身羈相郡尚先憂。匡時帝業惟三策，正誼經生第一流。却笑公孫誇布被，妨賢欺世亦春秋。

穫稻

秋成粒粒出田間，誰識民生稼穡艱。盛代君侯還省斂，豐年婦稚總開顔。場邊日暖雞聲樂，林下風清犢影閑。一幅豳風圖在眼，老懷何日得歸山。

管寧

斯人襟抱海天空，遼左孤芳孰與同。千載心情歸去鶴，百年身事寄冥鴻。遺金直抵蟻窠夢，割席拼教馬耳風。何用弓旌污泉石，巖扉應是白雲中。

秋日旅行

塵氛洗盡御風行，一路溪山照眼明。短劍孤燈饒客思，白雲紅葉動詩情。楓林日墮停車晚，槲葉霜高逐蹇輕。老氣尚横秋萬里，未應幾屐了平生。

周瑜

漫言赤壁擅雄名，氣壓曹劉國已傾。顧曲未回千載誤，飲醇誰息四方争。爲貪西蜀終分鼎，翻悔東風等沸羹。地下若逢王士治，沈沙鐵戟恨難平。

虞翻

中原戎馬漲紅塵，絶學犧經尚有人。腐草肯貽千載笑，青蠅從付百年身。遥遥芝禮今安在，落落磁鍼孰與親。絳帳不遺知己恨，海隅長養十分春。

荀彧

濡須一片傷心地，千載孤忠士氣伸。勸進獨排儕輩議，生香還盎座中春。志存漢室侔三傑，心吊殷墟號二仁。太尉可追終飲恨，天教賢嗣表清純。

祈雨

中原久歎棘荆横，甘雨休徵兆太平。一室焚香通帝座，四方洗甲事春耕。關心涸鮒窮途語，側耳哀鴻遍野聲。志士回天空有願，可能膏澤被蒼生。

叔孫通

綿蕞遺風感不勝，綱常從古重兢兢。豈徒臣節尊儒術，要是天心屬漢興。一代衣冠今尚邈，百年禮樂更誰徵。盈廷博士多新策，北望觚棱涕滿膺。

田横

中原逐鹿本無常，運會英雄共短長。五百士寧争衆寡，三千年幾弔興亡。稱王莫倚逃螻蟻，有客難憑脱劍鋩。海上空餘名島在，漁人遥指暮山蒼。

詠牛二首

水耕火耨老猶親，盼到倉箱願已伸。今日閑身無處着，好隨函谷度關人。

難從物外起田園，聊幸清時長子孫。賣劍家家還買犢，桃林處處是桃源。大連舍右有桃林莊、桃源臺兩地名。

樂毅

玉碎寧能復瓦存，英雄遇合本難言。揮戈易醒堅城夢，遺珮空歸故國魂。幸賴兵車光宇宙，恨辜魚水失中原。榮枯歷歷千年事，伯仲猶堪梁父論。

蕭何

中原逐鹿苦黎元，楚漢相持况有年。誰惜粟芻千里遠，却輸刀筆一身先。圖書早决興王計，田宅還思後嗣賢。今日鼓鼙聲未息，幾人華屋倏雲連。

圍棋

得失須臾類轉圜，一枰黑白尚班班。勞生歲月縱横裏，百戰山河指顧間。燈燼敵殘忘夜永，樵柯爛盡喜身閑。山翁妙訣君知否？息竟機心自解顔。

孔融

尼山教澤一時新，誰識風塵了了身。北海清名周絶學，東都奇節漢孤臣。丹心合辱山陽友，白眼翻驚校尉賓。堪歎江湖尊酒滿，抗懷洙泗又何人。

廬山

不復微塵芥此胸，好持玉杖訪仙蹤。是真面目三懸瀑，獨拄乾坤五老峰。金闕迴迎紅日曉，草堂深在白雲封。遠公高躅今誰嗣，心折東林夜半鐘。

人日

歲朝幾日景逾妍，遊遍長安意灑然。寶馬香車如水市，鶯啼燕語早春天。梅花額上風初信，竹葉杯中月半圓。最好堤邊挑菜路，野人相值慶豐年。

王粲

不嫌落拓寄荆州，名士依人氣尚遒。千里新知曾倒屣，四方多難獨登樓。聯鑣著作非凡子，驚座風塵有故侯。何必侍中矜晚遇，流聲江漢已千秋。

張子布

渡江一鶚出風塵，賞識英雄貴有真。半壁支撑三鼎足，兩朝珍重百年身。治經久矣春秋志，顧命居然社稷臣。東郡不名同鶴立，始知建國賴文人。

華陀

世無良相惜醫才，百歲光陰劫未回。腸垢湔餘心自潔，頭風愈後志應灰。遺方焚竟千秋秘，薄技驚從萬里來。願起斯人開壽宇，昭蘇黎庶共春台。

早春

清游乘興稱心期，正好輕寒薄靄時。阡陌乍晴鶯伴語，池塘剛暖鴨群嬉。雲深塢内梅初蕾，風軟橋邊柳似絲。極目郊原生意滿，春光偏讓野人知。

存。

譙周

窮經皓首已堪論，況篤儒行到子孫。九列齊聲知學顯，三朝遺迹喜書存。難全社稷心尤苦，不愧鬚眉像亦尊。鼎沸中原同此恨，試披仇國誦名言。

春日郊外

春郊行樂勝居山，不負韶光日日閑。逐隊驊騮蹄踏踏，弄晴鶯燕語關關。青圍茅舍苗千畝，紅映桃潭樹一灣。誰識會心成獨往，置身沂水舞雩間。

臧洪

平生肝膽誼成空，漢祚難回逝水東。天地無情摧壯士，江山有恨著孤忠。一州自決揮戈志，五郡誰憐歃血功。竟使郡丞同日殞，本初終愧不英雄。

鶴二首

遼海孤飛萬里天，歸來城郭已千年。悄然不舞人休笑，但是清閑即得仙。

獨立雞群歲月深，乘軒亦自惜騤騤。白雲千載誰知己，遥寄孤山處士心。

虎

山居寂寞絶紅塵，虎過階前印迹新。没石雄風飛將邈，聽經殘月老僧鄰。豐狐善幻威偏假，單豹長生術亦湮。歎息暮年談色變，忍教苛政苦吾民。

金陵懷古

庭花歌舞久成塵，柳色城邊歲歲新。舊恨江聲流不盡，青山曾送六朝人。

詠玉

磊落風塵瑚璉期，暮年還復白圭詩。艱難歷盡堅貞在，好向他山訪碩師。

端午二首

瞥眼繁華沽水濱，龍舟簫鼓逗芳辰。於今滄海浮槎客，都是當年競渡人。

一節能令百世師，汨羅江上有遺祠。年年角黍留芳餌，誰解憂時愛國思。

華山

中原形勝萬方趨，太華三峰勢忽奇。風雨遥連秦故塞，河山近拱漢京畿。何緣小睡驚初醒，未卜前生隱已遲。數點殘雲歸日暮，獨憐武帝弔遺祠。

題杜子美書堂

清廟生民儗不虚，詩人千載更誰譽。能扶社稷推椽筆，獨拄乾坤剩草廬。赴闕感時三接淅，閉門憂國幾封疏。中原父老吞聲久，遺像年年薦野蔬。

硯

十載丹鉛孰與親，寥寥長物屬詩人。臨池滌漬魚身墨，閲世微凹鴝眼新。歲晚江湖輕載石，天涯書劍暗流塵。丈夫投筆渾閑事，翻羡端溪拱璧珍。

狄仁傑

望雲亭畔見遺祠，伏虎謳歌治亦奇。天下安危宗社計，生平陰騭影衾知。錦袍有字方驚寵，桃李無言豈爲私。要識勛名跬步起，思親從上太行時。

鸚鵡

天教巧舌付珍禽，無限詩情感不禁。顧影鵰籠悲羽翼，分甘紅豆惜光陰。寂寥春夢宮中事，蕭瑟秋風隴上心。休學人間恩怨語，迦陵好自伴仙音。

函谷關

幾番風雨暗中州，欲取丸泥涕莫收。百二雄圖紛逐鹿，五千仙籙候騎牛。山川不爲興亡改，名勝還因道德留。天意入關先長者，問秦苛法可除不。

宋璟

廣平相業尚如新，千載勛名自有真。推轂難忘天下士，臨軒獨數帝心臣。梅花冷豔無雙賦，鳳閣孤高第一人。始信讀書賢宰輔，文章氣節本相因。

弓

男兒七尺尚豪雄，盤馬能開十石弓。天道弛張超象外，楚才得失在寰中。功臣有恨空飛鳥，志士無心擬射鴻。莫忘桑弧懸户日，四方多難敢稱翁。

太行山

太行高矗覺天低，鬱鬱烟雲望欲迷。千里蜿蜒畿輔右，萬峰羅列薊門西。心驚鼙鼓飛狐險，目痛鹽車老馬嘶。京邑可移山不改，愚公物論古來齊。

觀潮

瞿塘賈豈似漁翁，静玩濤頭意不窮。白盡滄溟横落日，青來天地滿西風。難平立馬千年恨，空負彎弓一世雄。叠叠沙痕明眼底，人間衰盛古今同。

漢江

晴川長閣快登臨，一派江流閲古今。化國已無游女詠，浮天猶見逐臣心。湯湯逝水宗滄海，歷歷長皋帶緑陰。夏口夕陽無限好，千年淘洗浪痕深。

笛

一枝瓊玉出風塵，誰識柯亭别有真。鶴去樓存音縹緲，龍吟水徹調清新。梅花易落空江夢，楊柳難催絶塞春。千載桓伊負高潔，移舟三弄又何人。

韓愈

濡筆淋漓不計年，却從磨蝎晤金仙。詩通正直雲山表，檄著威靈瘴海邊。自古文章憎命達，于今梵志喜名傳。不然風閣鸞臺老，嶺外何人識大顛。

道觀

歷盡艱危氣已降，晚尋道觀樂無雙。黄庭課罷身忘世，丹灶春生意滿腔。一炷爐香雲繚室，數聲鐵笛月臨窗。欲回億兆浮生夢，半夜清鐘好擊撞。

闕里

千載斯文孰與歸，緬懷闕里有芳徽。嬉陳俎豆身先老，志到春秋願已違。鄹邑衣冠空想像，魯宫絲竹更依稀。杏壇花信雖猶昔，除却春風萬事非。

上元觀燈

通街燈火競熙春，節序偏驚白髮人。匝地魚龍嬌作態，漫天星月净無塵。漢家伏臘今難廢，優孟衣冠古亦新。自是海隅金革遠，驩虞猶見太平民。

西湖二首

湖水烟籠城郭低，風光最愛賈亭西。清波點點舟如織，芳墅連連路欲迷。草緑千年蘇小墓，桃紅十里白公堤。古今不少詩人詠，輸與春鶯日日啼。

西子湖宜濃淡妝，低徊人事小滄桑。千年城郭擎樓閣，一派波光繞市場。岳氏有阡旌淑慝，錢家無塔弔興亡。六橋風月今猶昔，且放扁舟送夕陽。

渡船

馬嘶波上去匆匆，古渡船邊落日紅。栝柏慣迎雙槳月，蓬萊欣待一帆風。中流擊楫天爲窄，彼岸迴船劫亦空。好向荒江問漁父，蘆間曾否識英雄。

張九齡

伊吕科名道豈侔，老臣心事轉悠悠。曲江空有忠魂祭，蜀道誰先聖主憂。獨步鴻文矜七歲，剩留金鑑鎮千秋。他年小友饒煨芋，十載綸扉讓鄴侯。

春晴

漫道春陰好，尋芳却喜晴。池塘明聚鴨，阡陌碎啼鶯。紅日迎花豔，青烟入柳輕。時平無吠犬，緑野有人耕。

聞柝

廿載長安事已差，柝聲猶是市無譁。燈前擊碎心辭國，枕畔驚回夢到家。小庵泥深和吠犬，廢塘草滿互鳴蛙。年來觸耳多惆悵，曉角聽殘更暮笳。

紙鳶

大鵬垂翼海天空，弱質纔禁五兩風。繫帛魂歸蘇武雁，援弓心擬弈秋鴻。鴶鳩一縷青雲上，飄泊千絲白雨中。閲盡升沈談世事，笑人嬉戲效兒童。

讀易

天心如見杞人憂，倖脱秦灰劫未休。漫草太玄無一世，尚研皇極有千秋。蓍靈始悟乾坤大，帶絶方驚歲月遒。身入羲皇超象外，小窗閑坐篆烟浮。

樵歌

南山高，北山高，新織芒鞋綁結牢。天梯石磴蒼苔滑，深林虎豹窺人號。一身直寄白雲裏，下看塵世真如水。浮生萬事赬肩挑，日落崦嵫誰肯已。君不見，古來豪傑今成灰，樵柯爛盡幾人回，不如收拾青松換酒日千杯。

白荷花

白水盟心萬事非，素荷相對喜忘幾。整理者按：「幾」字誤植，當爲「機」。蝶飛不定香難覓，鷺立多時影亦微。一點無塵初過雨，十分如玉趁斜暉。淡然獨會淩波意，皎潔羞争百卉菲。

筑

勁竹柔絲節自和，興來相伴醉顔酡。如箏月下殷勤弄，似瑟風前哀怨多。壯士痛銜燕市飲，征人悲咽隴雲歌。當年漢祖聞高會，海内欣看洗甲戈。

銀河

風露浩無際，銀河夜色凄。光侵孤月隱，勢壓衆星低。架鵲天何迥，乘槎路欲迷。雄心思洗甲，壯士孰攀躋。

荷錢

小荷出水鑄青銅，撫景方知造化工。點去盡情沽濁酒，算來幾度買清風。天光範就輕萍外，波影絲穿弱柳中。滿眼欣看魚戲樂，羡他新富是漁翁。

苔痕

宿雨苔痕遍野堂，寄身喜在水雲鄉。門前不掃青春老，階下常封白日長。紋隱幽花滋静院，色連深竹透禪房。未嫌印屐尋高士，一路徑行百草香。

古劍

琴書有伴可消憂，一劍身輕與古儔。橐敝星霜豪傑老，匣鳴風雨鬼神愁。千年寶氣浸塵土，百丈光芒射斗牛。誰見干將曾躍冶，不妨彈鋏付悠悠。

簾波二首

夜色涼如水，簾垂影似波。月移花渡鏡，風織押拋梭。地白知庭静，山青入户多。留香枯坐久，喜捲近秋河。

烟波何處是，簾際憶瀟湘。細縷雲生牖，清光月滿廊。沈沈花弄影，漾漾篆留香。不作垂槎想，幽窗日自長。

雁字

秋高作字雁飛臨，搔首西風感不禁。幾點依稀鴉潑墨，一行斜挂宿横參。都傳游子天涯語，似寫羈臣塞外心。咄咄書空緣底事，海鷗閑伴好相尋。

秋柳

無情柳是最多情，容易秋風序又更。蕭瑟江城驚過雁，寂寥庭院漫藏鶯。霜微瘦葉先無色，雨細疏林却有聲。莫歎水邊蒲共老，岸容舒臘又春生。

觀弈

漫譏鴻鵠送悠悠，老眼旁觀笑弈秋。彈指縱横成故迹，機心黑白見陰謀。雲烟祇好雙眸合，天地還應一指收。爛盡樵柯吾固在，不妨桑海作枰楸。

社酒

一杯濁酒餞餘生，社事相沿倍有情。滿座盡歡鄰曲誼，隔籬呼起太平聲。民風近古家家醉，天意無私歲歲成。堪笑山中忘曆日，却從村釀識周正。

寇準

澶淵一策世空欽，枯竹回生恨至今。南渡衣冠歸氣數，北門鎖鑰付升沈。親征縱壯山河色，孤注難昭日月心。千載秋風亭句在，勛名没後剩清吟。

魚羹

暮年詩酒重徘徊，却憶魚羹笑口開。訪舊江邊漁父去，試新廚下小姑來。英雄不扣馮驩鋏，神武寧分項羽杯。獨羡蒓鱸湖畔好，秋風一棹放歌回。

歐陽修

文章合冠宋諸賢，天地菁英至性先。忠孝陳情出師外，誰能著表媲瀧阡。

釀雪

晚來寒意入幽思，綠酒紅爐合有詩。一片雲舒横嶺際，幾番風緊撲窗時。疏林寂寞鴉栖静，遠水蒼茫雁下遲。佇看祥霙豐歲兆，太平天象老農知。

范仲淹二首

當年西夏一彈丸，剿失戎機撫更難。畢竟龍圖呼老子，漫將好水咎歸韓。

斷虀畫粥本非奇，後樂先憂獨見之。地易滄桑天易老，斯民猶説范公堤。

韓琦

兩朝顧命本忘身，捧日擎天夢有因。進藥丹心回少主，撤簾赤手見純臣。空頭敕杜僉壬漸，利己尚窺拗相真。如此孤忠譏跋扈，子孫應悔識丁人。

焦山

中流屹立一烟螺，玉局尋詩短棹過。風撼魚龍擎砥柱，月移樓閣躍金波。潮聲遠接東溟壯，山色平分北固多。我亦暮年思勝踐，茅庵佳處且婆娑。

岳飛

叩馬書生語不刊，權臣孤將立功難。十年同澤猶憐憲，三字埋冤豈服韓。天地誓心終飲恨，燕雲垂手竟偏安。中原莫復知關數，要使精忠萬世看。

司馬光二首

粹德翻教黨首鐫，安民不忍尚名傳。忠奸倚伏寧天祚，國事傷心進少年。
新政紛更痛理財，蒼生額手相公回。四朝柱石安危繫，誰識都無妄語來。

文彥博二首

四朝社稷賴純臣，五十年間將相身。安石何心摧國脉，忍忘推轂負斯人。
內侍曾聞叱禁廬，奈何蜀錦進苞苴。須知此老光明處，完策功高且不居。

花影

九十春光妙化工，看花惜影莫忽忽。簾前掩映昏昏月，水際横斜裊裊風。魂夢已抛紅燭外，精神猶寄緑杯中。憑闌獨有欣然處，一洗人間色相空。

王安石

赫赫當年亞聖齊，侈言新法福群黎。青苗若果安天下，王政何勞説彘雞。魏泰《臨漢隱居詩話》有云：「荊公大儒也，孟子後一人而已。」當時推重至于如此。

巢燕

莫笑新來燕子忙，營巢贏得一春狂。梁間弄語簾方静，花下銜泥壘亦香。訪舊何曾擇貧富，乘時原不爲炎凉。伊誰可以詒謀遠，孫子年年肯構堂。

蘇軾

玉堂金炬亦兒嬉，漫詡奇才帝后知。過寺尚傳留帶處，立朝空憶諫燈時。生逢磨蝎詩人例，老寄蠻荒逐客悲。豈信文章慚魯直，好將性命問元師。

送春二首

姹紫嫣紅事已非，天高日薄欲無暉。獨憐陌路聽鵑語，爲惜巢居看燕飛。雲裏去鴻音緲緲，風前痴蝶影依依。綠章乞逭年年恨，好鑄金戈倩魯揮。

千紅落後綠陰長，洗盡繁華歇盡狂。萬里功名生入塞，百年富貴老還鄉。燕舞大廈禁回首，柳折陽關忍斷腸。獨有詩情無限好，西樓留得艷斜陽。

無絃琴

詩到無人愛處工，琴無絃趣得毋同。神超流水高山外，興寄黄花綠酒中。剩有痴情防煑鶴，懶將醉眼送歸鴻。陶公妙手吾能假，一曲重回解愠風。

新月

倚仗整理者按：「仗」字誤植，當爲「杖」。黄昏後，柴門月色新。半鈎斜似玉，一片潔於銀。萬古心常闕，千秋迹不陳。遥知空世界，自是絶微塵。

荷塘消夏

堪笑塵寰逐熱忙，老年幽興寄荷塘。掃空灸整理者按：「灸」字誤植，當爲「炙」。手因人煖，領略明心自在香。霽月光風從所好，流金礫石任何傷。翛然一夏清涼境，直擬匡廬古道場。

太白酒樓

一代豪名孰比肩，高樓詩酒重流連。招呼風月觴三百，吐納江山象萬千。醉眼豈能留白日，狂心直欲上青天。憑闌不盡遭逢感，幾闋清平調尚傳。

芙蓉

誰似芙蓉不染塵，秋風容易獨傷神。涉江欲采無名士，隔浦相思有美人。琴疊玉京雲裏艷，旌摇湖水雨中春。漫嗟太液歸來晚，猶伴當年柳色新。

伐冰

寒光那許夏蟲知，記取冲冲歲暮時。身卧求魚憐孝少，心憂履虎惜春遲。牛羊不畜臣工節，羔韭相將帝業基。寄語淩陰好珍守，長安待換樂天詩。

新柳

青青又上柳梢頭，新景偏驚歲月遒。隔葉流鶯藏復露，穿林早燕去還留。柔絲不綰離人恨，嫩色頻添少婦愁。最是無情江草畔，烟籠依舊六朝不？

山寺晚鐘

山寺難尋到萬峰，蒼然暮色忽清鐘。境超香界應千丈，聲度幽巖更幾重。望去上方疑月近，聽來何處却雲封。鹿門堪繼龐公隱，好覓僧歸細徑蹤。

寒蟬

螳螂遠迹着身安，蟬翼翛然尚耐寒。吟到金風宜瑟瑟，飲來玉露却漙漙。空庭影抱棲枝瘦，古柳聲催落葉干。主賓莫驚秋易老，詩人還愛白頭看。

石首魚

誰將治國小鮮觀，石首何因挂釣竿。世鮮媧皇濡沫少，人無仙白作羹難。海深鼇戴三山重，天遠鳧飛萬里寬。濠上老夫心似鐵，且憑强項倚欄看。《神仙傳》：白石生常煑石爲食。《本草》：石首魚秋化冠鳧，首中尚有石。

漁翁

漁翁幽興有誰知，千載心情一釣絲。蘆隱舟中埋姓氏，桃迷洞口剩歌詩。天荒日月披裘老，歲晚江湖醉帽欹。獨怪渭川人未識，耄年翻作帝王師。

鴿哨

插羽佳人昔有聲，平安頻接海舟輕。吹成豐歲家家樂，唤得霜天日日晴。側耳尚能千里應，關心還使一軍驚。飛奴喜盼知心簡，勝過腰鈴捷足行。

烹茶

莫笑山齋長物無，也安石鼎味雲腴。吟成竹裹樵青句，寫入篷梢白傅圖。親候火生魚眼活，却憐烟避鶴行孤。瓶笙奏處留僧話，喜勝春宵酒滿壺。

静趣

老境天教百慮空，青衫洗盡舊塵紅。身餘俯仰寬閑日，心有洪荒太古風。雨送簷聲來枕上，月移花影入杯中。焚香掃地煎茶竟，道是忙人實不同。

微雨

捲幔看新雨，霏微景亦奇。未妨沽酒路，恰好種花時。點點簷間漏，蕭蕭柳外絲。不看鶯語濕，清潤少人知。

曲江

少陵哀怨昔城隅，宫殿于今已廢區。人物尚傳唐進士，江山不改漢皇都。一川風月歸詩酒，百代衣冠剩畫圖。春水正分蒲柳緑，可能乘興泛舟無。

村行

掃空車馬遠塵埃，村路閑行日幾回。遇雨獨尋牛迹去，迎風遥識碓聲來。賒將濁酒家家許，數遍新秧處處栽。領略閭閻豐樂意，竹籬茅舍盡詩材。

聽琴

欲取鳴琴舊恨深，聽來一曲洗塵襟。霜凄月照幽人境，流水高山志士心。竹露中宵多古調，松風萬壑有遺音。寥寥千載逢漁父，夢寐相將返故林。

蘭亭

逸少平生選勝游，永和遺迹擅風流。江山瞥眼成今古，天地何心任去留。遠矣襟懷容一世，偶然觴詠亦千秋。斯亭不朽多名士，歲歲常供禊事修。

校書

儒生事業等閑看，獨守遺編歲月寬。萬卷縱横推點畫，一燈明滅雜鉛丹。贏來秘閣新銜易，掃盡秋林落葉難。隻眼不留毫髮憾，忍教秦火惜經殘。

鞦韆

移人習俗古今同，繩上鞦韆興已雄。聲送笙歌千度曲，影沈院落百花叢。光陰迅速三春候，壯志銷磨一蹴中。漫卷詩書狂更喜，是誰寂寞守冬烘。

揚州懷古

秋風容易到天涯，回首揚州愴歲華。珠箔詩人空有夢，錦帆帝子已無家。二分猶見樓頭月，十里難尋郭外花。人世興亡千古恨，至今梅嶺樹栖鴉。

耶律楚材

祠墓在頤和園。

居然遼裔有文人，賢母孤兒八尺身。萬世尊師承祖訓，百年垂統屬儒臣。江山故土無夷夏，祠墓名園孰主賓。帝室興亡幾回首，尚留遺像古衣巾。

磨墨

物理相推墨果珍，休將蹭蹬怨風塵。贏來筆底光芒氣，拼到燈前著作身。穿硯十年名士老，聽香一室古人親。平生知白從吾好，磨涅從教世事新。

古鏡

珍傳古鏡重摩挲，即物捫心發浩歌。今月當頭知歲久，春風識面閱人多。銷沈塵土形非缺，照破乾坤性未磨。一瞬易留千載恨，不教拂拭奈明何。

小孤山

獨峙長江最上游，小姑仙子有高樓。天連霄漢風雲壯，地絶川原日夜浮。吴楚休争存砥柱，乾坤大勢重中流。蒼茫山色今無恙，回首中興百戰收。

山雲

入山有徑苦難尋，處處雲封隔遠岑。樹色迷離巖壑變，鐘聲遥度寺樓深。峰開天鑒孤臣節，岫出人描處士心。千載高風栖嶺上，那堪緘取贈知音。

鹽

誰知潤下奏奇功，甘苦由來用弗同。詩思散空今獨步，霸圖煑海古稱雄。賢臣相業梅羹外，寒士家風虀甕中。口腹豈關輕重事，依然淡泊在淵衷。

昭明選樓

頻年逐鹿興戎地，寥落誰聞帝子宫。一代文章流海內，六朝迹剩江東。遥遥天禄名何在，赫赫文淵事已空。人往風微今古恨，瓣香還問士林中。

清談

夷甫清流一世宗，鬧然談笑騁機鋒。龍門且喜雌黄口，麈尾寧披狡窟胸。嵇阮諸人方赫赫，蕭劉片土已汹汹。百年板蕩知誰責，空使懸河語折衝。

茅屋二首

隻身天地也稱雄，茅屋經綸古孰同。海內烽烟高卧老，天涯涕泪著詩窮。數莖白髮欺簷雪，一盞青燈透牖風。恨失當年計豐鎬，三間管蔡與周公。

半間茅屋儘相容，八九能吞雲夢胸。心遠高人如託鳥，時艱處士亦稱龍。臨窗白髮三千丈，入户青山一萬重。堪歎吾曹生世晚，草茨不復見黄農。

拜石

車馬無聲廢往還，此身翻拜石堅頑。補天漫禱風雲會，仗地甘投巖壑間。千載盟思心抱璞，一生低首向他山。米公道是顛狂未，贏得英光占却閑。

方孝孺

青史何尊一姓臣，丹心十族總成仁。日星炳耀綱常節，天地孤撑鐵石身。建業于今無故國，杲卿而後有斯人。雨花臺畔留荒塚，除却江山萬事新。

黄觀

千古文章道義根，斯人甲第豈虚論。國家忠孝回元氣，天地菁英萃一門。鍾阜崔嵬名不朽，秦淮嗚咽恨孤吞。故鄉父老能言舊，欲訪荒祠薦醴尊。

桃花源

武陵豈必非人世，春水桃花遍眼前。心遠雲山皆異境，地偏雞犬亦登仙。溪邊恍惚千重峽，洞外興亡幾百年。莫效淵明問漁父，扁舟散髮儘翛然。

胡廣

明史。

漫將文穆擬文恭，先後蓬萊最上峰。一代功名誇没馬，千秋氣節惜攀龍。經筵有幸皇孫寵，法曲何心帝子供。應恨引年無菊飲，稱名終愧漢華容。

楊士奇

自古強藩國弗延，斯人大計燭幾先。四朝繼統無疆業，三相齊名最大年。天遣孤貞矜母難，帝憐老景慰兒賢。于今鼎祚如棋弈，獨撫青編一泫然。

戚繼光

紀效論兵動若神，韜鈐不負讀書身。百年澄海無鯨浪，千里籌邊有騎屯。自古干城多世族，于今樽俎亦交鄰。風雲聚會河山壯，自欠江陵一輩人。

老樹

十仞臨山亦壯哉，莊生社夢近諧詼。甘居風月千花後，飽歷星霜萬劫來。天地獨標松柏操，古今同惜棟梁材。婆娑世外饒生意，海上看桑已幾回。

半臂

美人嬌態獨伶俜，半臂新妝不蔽形。倚笛身輕風滿閣，折花影瘦月中庭。吟肩欲聳驚秋近，舞袖偏寒怯酒醒。誰憶憐姬老名士，千秋艷説舊儀刑。

訪友

幽居歲月苦鬖鬖，有友天涯尚訪尋。馬足關河千里夢，鷄鳴風雨百年心。幾回夜雪山陰棹，一曲陽春漢上琴。自笑山林常閉户，却從好鳥覓知音。

冰二首

內熱難教愧影衾，飲冰身世不忘箴。造從夏日嘲痴絶，履到秋霜寄恨深。甕甕終年名士節，玉壺一片故人心。長安倘許新詩換，贏得香山費苦吟。

丈夫壯志比冰清，堅白光中過此生。日出岷山峰有曜，風迴瀚海浪無聲。神通稚子求魚得，天相興王躍馬輕。何日置身三代上，凌陰羔酒見昇平。

黄淳耀

南都獨弗慕膻腥，一第孤忠著典刑。皎矣丹心争玉潔，蕭然青志伴燈青。至今僧舍傳雙節，終古儒林重六經。浩氣不隨明社盡，誰言舉業負朝廷。

梧宫

漫觀梧樹問當年，齊楚雄圖已杳然。幾日章華惟片土，無邊滄海亦成田。興亡有恨輸樽俎，聚散何常視席筵。陳迹不堪回首處，空留喬木慘風烟。

殘柳

幾日春城柳絮狂，衰殘容易怨秋光。疏枝雨墜無多緑，蠹葉風驚不待黄。寥落深宫形弔影，蕭條孤驛客思鄉。伊誰貞幹方松柏，歲暮悠然傲雪霜。

銅鎮紙

文字精神象外參，須知正直物中探。方圓難脱書生見，輕重寧空紙上談。擲去金聲摇五嶽，摹來鐵畫對三龕。何由悟得從心矩，出格烟雲醉墨酣。

馬嘶

出門一往已情深，班馬蕭蕭感不禁。波上凄聲憐顧影，風前矯首慨知音。驚回驛舍勞人夢，唤起沙場壯士心。伯樂難逢鳴輒斥，昌黎舊恨古如今。

采石磯

無限興亡感，來乘采石風。直擊孤月小，横障大江東。太白曾高詠，開平此戰功。金陵天險扼，閲盡幾英雄。

促織

夜夜頻繁促織音，秋來無處不蕭森。聽從衰草微風際，覓去空階落月陰。恤緯頓驚嫠婦恨，盼衣如訴旅人心。山家莫怨催寒早，三復豳詩蟋蟀吟。

俠士

是真俠士邈襟期，落落風塵志不移。屠狗賣漿埋姓老，思魚彈鋏立功遲。百年豪氣千杯盡，萬里輕身一劍知。擊筑已無燕市客，于今易水尚寒漪。

冬夜

迢迢深夜峭寒侵，且喜經冬返故林。酒緑杯深遺世事，爐紅氈暖老光陰。最難枕上天涯夢，不盡燈前歲暮心。會得乾坤冰雪意，一窗梅影伴孤吟。

席

青氈莫笑誤儒冠，席上珍無非義干。錦簇花間春驟暖，風漪竹下暑猶寒。雄圖霸卷河山壯，大幕閑眠天地寬。堪歎虚前宣室夜，蒼生不及鬼神看。

倪瓚

平生清潔出人儔，青史名高隱逸收。一代圖書歸閟閣，暮年風月屬扁舟。零縑奚止千金重，芳躅猶應萬古留。最憶獅林幽絶處，金閶何日得重游。

負暄

嘯傲南榮未厭貧，高人還屬負暄人。書生有志茅簷老，天意無私斗室春。抵掌尚談千載事，捫心不愧百年身。窗間野馬憐駒隙，贏得光明日日新。

聞歌

厭聞鼙鼓震中原，數處夷歌耳不煩。離唱多愁驚客舍，夜聲深怨到長門。英雄垓下應垂泪，商女江頭欲斷魂。何似漢高還沛日，殷勤檀板對金尊。

越王臺

越王安在獨登臺，多難心驚白髮催。勝迹天留吴國恨，風塵人惜賈生才。當軒碧水千帆落，入户青山萬馬來。最是鷓鴣聲喚處，年年草緑見春回。

橄欖

甜酸一果喜新嘗，酒罷偏餘舌本香。好共茶甘留客話，漫容骨鯁惱詩腸。生涯不厭囊羞澀，老境方知蔗味長。盧橘楊梅重品第，好添食譜餞年光。

羊二首

牖行久不到柴扉，起石仙人示化機。隴上風霜盤馬逐，村邊烟雨伴牛歸。茅山地老松多壽，莎苑春深草正肥。願減食錢蠲細項，齋心洗盡百年非。

愛羊存禮各千秋，九牧從知道不謀。身世車危腸欲折，功名竿濫胃堪羞。十年海遠孤臣節，五月江寒處士裘。善會南華鞭後語，浮世羝觸漫悠悠。

勸農二首

我生猶及中興年，木鐸巡春喜欲顛。布谷音聲桑椹地，藉耕時節杏花天。艱難王業先教稼，尊重科名在力田。自古治平事溝洫，君看神禹亦胝胼。

誰念烝民粒食先，耕烟耨雨正堪憐。殷勤田畯趨千耦，鼓舞遍氓願一廛。帝儉難忘虞稷日，天章尚見漢文年。書生攬轡甯無策，三復豳風七月篇。

九華山

名山奇似石蓮裁，九疊横江翠作堆。雨過争從雲表出，晴空齊向日邊開。謫仙得句驚天破，古佛尋芳特地來。四十八巖游屐遍，最高峰頂且銜杯。

水仙

爲愛冰清百卉芟，靈苗可劚佩長鑱。久依泉石成孤潔，一出風塵便不凡。天許梅蘭盟骨相，人教金玉錫頭銜。黄冠終老知無恨，處士襟期在壑巖。

井

春逢野叟話桑麻，鑿井還將帝力誇。親汲菊泉晨服藥，閑尋桐蔭晚澆花。美人幽怨牽絲虎，處士虚聲缺甃蛙。最好見磨樵斧處，客來都識放翁家。

初夏

無計留春興未央，清和正喜日初長。柳陰乍密書窗暗，梅子全青酒甕香。朝雨分秧千畝始，夜寒護繭一村忙。誰知農月閑人少，游舫城中更價昂。

菘

莫笑迂儒愧素餐，久諳世味得菘難。漫將橘緑矜秋末，不讓松青傲歲寒。霜露飽經便酒醉，風塵終老覺蔬安。人生底事腥膻物，記取參軍半畝寬。

岳陽樓

戎馬關山老白頭，多情還上岳陽樓。聽殘隔浦聲聲笛，數盡歸村點點舟。掃壁已無張守壘，憑軒猶有杜公愁。衹今風月寬閑地，誰與斯民共樂憂。

垂絲海棠

紅萼絲絲弄，春柔别有情。風牽嬌作態，雨織細無聲。抱蕊蜂如墜，栖枝燕覺輕。碧雞堪走馬，誰繼陸顛名。

燭二首

總角鄉園夜課遲，半窗燭影雨絲絲。于今烽火天涯老，忍話家山夜雨時。

秋光銀燭對花枝，獨坐燒香賦小詩。唤起少年金馬夢，風簷寸晷急書時。

曉霧

細雨輕烟景一奇，清光偏與曉天宜。柴門犬吠山全失，茅店雞聲路欲迷。初日微茫無樹影，晨風隱約有花枝。須知豹隱平生志，多在紅塵未動時。

食菱

飽雨湖菱亦療飢，算來食美是秋期。故鄉風味堆盤出，貧女生涯小甑炊。舌有甘留茶罷後，胸無芒角酒醒時。漫誇咀嚼圓如芡，磨刺艱難祇自知。

長江

南北雄天塹，長江萬里流。閱空來往客，淘盡古今愁。春雨桃花岸，秋風木葉舟。茫茫游子意，天地一沙鷗。

雁來紅

老圃紅如許，秋光雁帶來。非花和露染，似樹待霜催。赤奪雲邊錦，黃消塞上埃。美人鄉思切，手摘盼書回。

筆筒

與筆相依歲月長，一筒古意滿山房。虛懷若谷輪困相，守口如瓶翰墨香。投竹人誰憐晉士，插花吾欲贈江郎。書生空羨功名老，安世平生剩槖囊。

早雪二首

早起多幽興，霏霏雪滿園。門封聞犬吠，窗白看鴉翻。冷意衾先覺，晨光樹轉昏。曉風梅正坼，相對喜忘言。

寒到山中早，雲停雪意催。絮飄無待柳，花落獨先梅。曉月烏啼去，胡天雁帶來。最奇紅樹裏，翻見玉崔嵬。

柿

誰解禪關半顆尋，由來銜柿亦仙禽。味從甘後風霜老，顏到丹時歲月深。書葉有情栖野寺，吟箋無意報華林。獨憐屋上新枝弱，低首東平寸草心。

嵩山二首

自從漢武登封後，千載空留萬仞山。金鏡迴標紅日表，玉壺直上白雲間。四方覽盡知環鎮，二室歸來欲閉關。何日生申應昌運，三呼聲再滿人寰。

萬仞嵩高迥出塵，從來仙館好栖真。儘多摩詰尋幽處，獨少盧鴻講學人。引鳳吹笙勞夢想，暮禽流水自心親。許由尚有遺瓢迹，千載清風重隱淪。

芭蕉

何物春寒與遣愁，芭蕉分緑一窗幽。故留燭影臨風展，喜聽簷聲待雨收。鹿徑無心誰續夢，蜂房有味獨驚秋。輞整理者按：「輞」同「輞」。川對雪清如畫，曾解詩人意興不。

周遇吉

天廢難興古似今，大同宣府獨何心。常山而後思甯武，空使英雄泪滿襟。

春寒

新游江商，整理者按：「商」字誤植，當爲「南」。遇雪而歸。

春寒北地本無奇，最惜江南放棹時。燕怯銜泥風似翦，柳疑含絮雪團枝。開顔賴酒朝朝醉，問信看花處處遲。莫笑龍鍾嫌料峭，尚貪湖畔去尋詩。

諸葛菜

待時諸葛起南陽，一菜猶留萬古芳。宇宙大名來畎畝，平生滋味飽風霜。拼教六出鹽梅苦，存得三分俎豆香。魚水遭逢今有幾，此君每飯不能忘。

滕王閣

俯瞰章江日夜流，斯樓閲盡古今愁。却看帝子遺芳在，曾見才人獨步不。盼到便風片帆影，催來暮雨一簾秋。東南自昔多名士，幾輩題詩最上頭。

薔薇

滿架名花月月紅，春光且喜四時同。染香翠錦來番國，買笑黄金出漢宫。喜伴美人迎曉露，忍教名士怨秋風。酡顔未恨全無力，鬭雪芳姿亦自雄。

箸

古訓猶深象箸憂，先嘗甘苦爲人謀。英雄並世驚還失，帝業開基借可籌。小節無拘來御史，大胾不置出條侯。笑他豪侈膻腥客，日費萬錢得下不。

古塔

居今思古發幽情，一塔登臨百感生。歷劫幾磨珠補網，千秋誰識雁題名。興亡歲月憐蕭寺，縹緲河山問鄗京。欲向賀蘭瞻霽羽，空留餘恨對孤城。

角黍

佳名益智竟如何，撫物興懷感慨多。綵縷已隨前代去，雕盤常伴異鄉過。于今風土思荆楚，終古荒江吊汨羅。蒲裏難平千載恨，沈沙鐵戟亦銷磨。

錢唐江

立馬吴江望，滄江日夜流。濤分天目雪，潮咽海門秋。直瀉降胥弩，横通訪載舟。錢王堤在否，思借片帆游。

夾竹桃

徘桃緑竹竟難分，花報平安日喜聞。開趁輕風無雪壓，種來和露也凌雲。忘情縹緲逢高士，拂面香塵識此君。彷彿渭川千畝裏，武陵紅雨正繽紛。

食西瓜

漢家西域啓鴻猷，瓜剖猶存惠澤流。絶塞地嘶牙慧拾，長安人喜齒芬留。鎮心三伏多佳士，交口千秋老故侯。務觀有懷消肺熱，河須食案憶梁州。

木鐸

三代于今此物留，不禁希古思悠悠。閭閻道在春風被，金木聲中教澤流。帝使遒人蘇萬姓，天將至聖炳千秋。何時再振如綸綍，喚起斯民盛世游。

暮虹

風雨全收暮景清，斷虹偏喜此時生。天腰繫得殘霞住，澗底翻迎夕照明。萬里橋空仙縹緲，一彎弓影雁孤征。詩情漫效兒童詠，好事人間重晚晴。

山藥

堪羨珠崖百歲生，山家清供美晨烹。艷傳洛下郎君瑞，贏得終南博士名。西蜀蹲鴟貧有味，東坡糝玉淡宜羹。米空莫漫愁朝甑，且喜凝酥粥已成。

木瓜

芳名瓜小木還柔，且喜詩人句裏收。繫去風塵難裹腹，剖來河漢等虛舟。瓊琚有報情堪佩，桃李無言氣共投。歲暮山齋破岑寂，香盈書几亦清幽。

鵝

翩翩白羽泛清波，意態由來寄傲多。不有右軍重知己，山陰道士等閑過。

鹿

喜將鳴鹿玩年華，木石生成豈有涯。洞古幾人游聖域，門幽何處訪仙家。逐從草澤英雄老，夢入蕉窗道路賒。遼海可拓千歲鶴，春洪長與共烟霞。

春曉

春來又見草萋萋，破曉郊游試馬蹄。驅犢有人過陌上，聽鶯無夢到遼西。藥欄旭射紅如抹，柳岸烟迷緑未齊。最愛小樓新雨霽，賣花聲起月痕低。

村醪

濁醪自適日巾車，閑取村沽野徑斜。田父攜來瓶塞草，牧童指去杏飛花。豐年有樂家家醉，古俗無猜處處賒。最愛茅簷杯共把，隔籬呼起語聲譁。

中泠泉

莫問吾生固有涯，中泠泉已遍桑麻。名高自古茶經著，味美當時玉局誇。欲取銅瓶堪漱石，惜隨鐵戟久沈沙。玉泉第一今猶在，歎息何年屬帝家。

枕

温公寢警未爲迂，一枕由來事業殊。鴻室書曾遺學子，黄粱夢弗到農夫。囊分秋色開三徑，玉引仙游入五湖。欲取虎頭何處問，不俟名將古今無。

棼尾春

藥欄攜酒餞芳辰，棼尾名花好殿春。綃綻獨争晨入市，金閶相待暮來人。魂追帝子留餘艷，色讓宫姬託後身。二十四橋堪贈别，莫將離恨怨風塵。

聞笳

萬里關河感不禁，清笳常與泪痕深。唤回公主傷春夢，驚碎征人出塞心。馬上風凄多急拍，城頭月落有遺音。沙場醉卧歌相和，莽莽烟塵自古今。

枇杷

四時遍歷物猶人，雨露風霜萃一身。太傅漫吟湓浦月，相如却賦上林春。槲宜并緑亭亭立，杏似初黄顆顆匀。最羨江南載酒客，楊梅過後又嘗新。

藕

不染淤泥不受塵，獨來真賞有佳人。風花影底疑無地，雲水光中好寄身。一片頭銜齊玉雪，滿腔心緒盡絲綸。豈知混迹烟波裏，菱芡偏霑雨露新。

海濱四首

萬里滄溟萬里風，乾坤淘盡幾英雄。掀天浴日尋常事，都在先生一笑中。

喜對驚濤醉眼開，百年何地避塵埃。太公雄武伯夷潔，盡自蒼茫雲水來。

艫舳峥嶸萬斛舟，源源鰜鰈敵琛鏐。獨憐蜃市能千變，望斷神仙十二樓。

衣香人影夕陽多，重譯輈輈笑語和。出没魚龍貪水戲，恨無仙子解凌波。

簾鈎

珠簾鈎上倍多情，春好揚州十里行。静院無聲來燕息，清池有影看魚驚。秋河倒卷當頭近，新月平分照眼明。却憶宫人斜掛處，御爐烟裊幾回縈。

黄山

五嶽尊雄外，江南第一山。星分吴越界，雲出海天環。黄山以雲海勝。絶頂蛟龍窟，山頂有大湖。窮崖虎豹關。近聞，山中有虎食人。丹砂泉可掬，洗耳聽潺湲。

丁香

雞舌奇香海國聞，移根得地重殷勤。蘭閨人解心中結，薇省郎生口角芬。豈獨臨風争皎皎，從教立雪自雰雰。粉身晚節名逾顯，靈苑猶傳濟世勛。

白鹿洞

鹿洞宗風不可忘，地靈人傑在綱常。表坊未緲條規教，金玉如聞義利章。一代偏安新學館，千秋正脉舊書堂。廬山面目今無恙，誰振斯文繼紫陽。

蓼花

行來蓼岸畫橋東，天水澄鮮意不同。儘有閑鷗依錦簇，絶無痴蝶入芳叢。緑垂疏柳烟痕外，紅映殘荷日影中。莫對西風歎摇落，江湖伴老是漁翁。

孔雀二首

嶺表生成密箐中，豈因翠羽慕雕籠。倚屏金殿開閶闔，始信文章命世雄。
射屏不掩美人羞，翠帚金根亦自愁。佛法光明回世界，也隨白鶴囀珠喉。

秋雲

翹首西風歲易過，雲容變態九秋多。凉天入夜輕如水，淡日初晴薄似羅。影落瀟湘宜有月，纖空霄漢欲無河。漫辭出岫師陶令，歸雁還思漢武歌。

太湖

萬頃清波動遠空，別開巨浸大江東。乾坤吐納烟濤裏，吴越平分島嶼中。澼絖有人留戰迹，扁舟何處起英雄。洞庭霜後山容好，飽看千林橘柚紅。

供菊

山家清供喜幽香，獨有籬邊野菊黄。薦到寒泉開壽宇，釀成芳醖入仙鄉。奇姿合種朱門裏，晚節偏宜繡佛旁。稽首高人思栗里，好留貞白殿秋光。

箏

聲技誰憐趙女工，伊州唤起幾英雄。神游玉柱金絲外，心醉燈紅酒緑中。一曲悲歌驚謝傅，千年哀怨憶秦宫。何由正月歡無歇，日日春生夜夜風。

前題有感

素手殷勤夜漏催，空房心怯忍歸來。拂弦不惜時時誤，赢得周郎顧幾回。

塞上二首

塞上誰令啓戰場，至今哀怨弔秦皇。雲邊雁斷腸千折，帳下笳清泪萬行。天地無情留古月，山川有意限遐荒。何時得見四夷守，策馬關河返故鄉。

華夷天限屬燕雲，塞上連屯昔所聞。赫赫長城終古在，巖巖疆土自中分。深閨望斷三春夢，列帳雄誇百戰軍。秦漢開邊千載恨，何如干羽策奇勛。

腌菜

御冬旨蓄喜芳鮮，甕甕冰壺自古傳。歲共簞瓢貧士樂，天留鉢飯老僧緣。飽含地脉多霜露，食厭人間有火烟。百事艱難根味好，更希畫粥慕前賢。

牧童

兒童放牧喜芳菲，豐草長林帶落暉。柳岸擁蓑衝雨過，秧堤吹笛趁風歸。詩人遥問青帘社，父老閑迎白板扉。莫謂飯牛多豎子，長歌扣角未應非。

虎邱

天教名勝擅東州，虎踞何年尚此邱。霸業消沈無片土，文人題詠有千秋。海空獨著亭當面，臺廢猶傳石點頭。却笑真娘欣託地，百花深處一坏留。

尋梅

風信頻傳未見梅，偏尋處處得詩催。心懸香海春無恙，興寄孤山日幾回。探遠每穿雲裏去，怕寒偏冒雪中來。何須化作身千億，一樹相逢笑口開。

葡萄酒

葡萄何幸上林栽，却歎邊疆爲酒開。漢殿添香王母下，唐宫含笑太真來。美人帳裏鳴筝勸，戰士軍前立馬催。絶塞功名同草木，于今贏得夜光杯。

春陰

老懷無那惜春暉，幾日輕陰正掩扉。病酒却嫌風料峭，養花還待雨霏微。杏涵紅潤鶯聲澀，柳暗青迷燕影歸。薄靄未妨游興在，尋芳晨發且添衣。

雨花台

諸天法雨不重來，憑弔興亡獨此臺。靖難忠魂祠有主，中興戰骨地無灰。石頑尚見花千片，塔廢空存礫幾堆。舉目江山今似昔，新亭咫尺好銜杯。

白鷗

伊誰精白十分清，雅有閑鷗共此情。雪月交暉孤影潔，江湖送老一身輕。紅橋畫舫多新侶，碧海青天有舊盟。且喜漁翁垂鶴髮，相逢雲水話平生。

琵琶

仙樂如聽有賞音，琵琶聲與泪痕深。輕攏花底多幽思，放撥燈前半苦吟。出塞凄風公主怨，繞船明月逐臣心。豈真千載終胡語，一曲東樓自古今。

送客

故人語重客心驚，一曲離歌腸斷聲。柳店酒香還共醉，桃潭波淼漫孤征。渭城朝雨殷勤唱，溢浦秋風慘別情。但去南山君莫問，白雲無盡慰平生。

露珠

夜氣生成仰化工，珠圓露潤百花紅。荷盤歷歷迎初日，桂粟纍纍趁曉風。月魄印來光正滿，雨絲穿去色皆空。凝香早摘無人會，喜看牟尼入掌中。

納凉二首

心凉隨地意悠哉，偏向湖山醉眼開。竹裏披襟忘暑退，荷邊揮扇帶香來。閑追野老臨風話，静領詩材待雨催。乘興不知天早暮，有時踏月放歌回。

不染車塵十丈紅，納凉幽事與誰同。羞眈綺枕三竿日，飽領縑衣五緉風。浴罷行吟斜照裏，酒醒放釣碧波中。天留俠骨炎囂外，別是人間清净翁。借香山句。

寒山寺二首

地據楓橋側，鐘聲動客思。吴中千載勝，方外幾人知。遺像僧兼俗，清詞偈似詩。寒山今在否，吾欲問豐師。

楓橋寺裏月曾看，依舊鐘聲到夜闌。千載文人傳片草，一時勝地著名蘭。龕中幻影猶凡俗，石上留題盡話端。覿面真仙誰識得，相從雲水訪豐干。

釣魚五首

一竿烟雨髪蒼蒼，回首磻溪日月長。八百開基如曉夢，太公應悔起鷹揚。

雲臺圖像幾英雄，堅坐苔磯獨此翁。千載江山無定主，終輸一縷釣絲風。

蓑笠高人寄意深，空江獨釣豁胸襟。直鈎去餌緣何事，洗盡平生得失心。
足重山游路苦艅，市朝徵逐厭紛譁。殘年無復安排處，好共漁翁傍水涯。
歷盡風波意已仙，分潭并釣亦前緣。扁舟不繫知何處，衹在蘆花淺水邊。

萍

萍蹤偶聚且婆娑，梗泛光陰等客過。飛絮無情辭故柳，隨波有意傍新荷。浮沈已拌江湖老，飄泊還禁雨露多。看醮漁扉秋水遠，一汀分緑上烟蓑。

秋色

莫笑秋雲薄似羅，得逢好景且婆娑。霜催艷菊黄盈圃，雨打殘荷緑醮波。村外稼收平野闊，樓頭木落遠峰多。正須策蹇尋詩去，紅樹青山滿眼過。

落葉二首

摇落悲秋後，千林葉漸疏。迎風疑墮鳥，點水誤游魚。爐畔供温酒，窗前誨校書。天教重晚景，紅艷滿階除。

木葉無邊落，淮南有客過。行來幽徑塞，望去遠山多。亂逐枝頭鵲，輕隨檻外波。蕭蕭驚旅枕，將奈月明何。

秋風二首

年光容易又秋深，蕭瑟西風動桂林。中夜讀書聲過耳，一庭落葉客驚心。催寒先到關城柳，向晚偏聞御苑碪。正是菊芳蘭秀日，白雲歌裏好披襟。

杖策臨風百感生，每逢秋至倍多情。清催畫角征夫老，寒徹書帷志士驚。萬里月明無過雁，千林霜重不藏鶯。江鄉樂事君知否，有約蒓鱸酒待傾。

星

霜星不覺白盈頭，收斂光芒静斗牛。借句。列宿郎官曾一瞬，少微處士却千秋。長空幾點雁横塞，斜照闌干月滿樓。自謝故人辭帝座，桐江作客儘風流。

花瓶二首

花好人長壽，銀瓶插亦鮮。幽香浮酒盌，古色映詩箋。凍釋朝暾候，妍生夜月前。涵春君莫逆，一掬且隨緣。

愛護銅瓶爲寫生，妒花風雨漫無情。姿横玉膽天然趣，香浸冰心分外清。净几春涵梅數點，明窗韻續月三更。東皇巧助詞人興，赢得芳名美擷英。

大庾嶺二首

東嶠窮高處，征人首重回。蠻荒從此限，瘴癘幾曾開。弔影全無雁，先春獨有梅。甘泉思卓錫，何地訪僧能。

梅枝開與落，寒燠一方殊。題驛詩人老，征軺逐客孤。天低雲幂寺，地迥樹規衢。南服今雄視，安危此奥區。

薪

薪槱壽櫟古猶今，散木偏教百感侵。析去無情虚假斧，爨餘何意續鳴琴。燃萁煑豆宗臣泪，落葉添槐節婦心。燭向松陰訪高士，一肩遥望白雲深。

金魚

喜見金魚逸興新，寄懷常得養天真。藏身且作池中物，避世還辭席上珍。洗硯有時堪守墨，吞鈎無意漫垂綸。化機要識盆山趣，風雨龍門憶孟津。

游山二首

茫茫塵海寄游踪，獨愛名山豁此胸。飽領烟霞幾緉屐，消磨歲月一枝筇。尋碑每戀崖前石，問寺時追嶺外鐘。太白已遥同好少，謝公行迹白雲封。

勝游乘興一身輕，老至看山倍有情。久入林深忘脚健，遠聞泉細覺心清。烟巒雨岫朝朝變，香椀詩囊處處行。白髮喜逢千里友，快談五岳慰平生。

古佛

時方商借西山長安寺屋，爲養痾計。

偶尋廢寺作幽棲，古佛森嚴眼欲迷。趺坐負牆塵漠漠，淡描畫壁墨凄凄。燈昏穴鼠隨時出，供闕臺烏入夜啼。無量光明無量壽，不禁翹首到天西。

春草三首

草色離離歲有常，天心予奪費思量。幾番野火難燒盡，一樣春風各短長。

造化流行總一般，春來草緑自閑閑。滿腔生意天心見，爲愛窗前不忍删。

寒盡春回草滿墀，太和景物自熙熙。河邊蕪淺鋪茵地，坡上莎長試馬時。待女踏來思進履，與兒鬥去慣輸詩。瀛洲有意年年緑，問着東風却不知。

春日即事

莫負光陰忽此生，一春能幾日晴明。借句。池塘水暖浮雛鴨，楊柳風和度曉鶯。隨處青帘邀客醉，儘多畫舫載歌行。看花樂事追康節，閑挽柴車遍洛城。

髮

束髮原非血氣乾，漫言一怒可衝冠。續來墜緒千鈞重，解到棼絲百結難。滿鬢風塵欺客況，垂肩霜雪歎儒酸。寧知白首心彌壯，褒鄂英姿尚據鞍。

落花

方惜輕寒花較遲，鳥啼催落又空枝。乍禁小雨飛無力，旋倚和風舞有姿。紅濕新泥添燕壘，艷飄香餌入魚池。山翁痴絶留春住，却愛家僮未埽時。

月夜

却忘夜久曳枯筇，皓月當空豁此胸。滿樹風聲驚塞雁，臨窗雲影伴秋蛩。輞川遠見林間火，太華時聞天外鐘。乘興清光争炳燭，花陰且喜社醅醲。

竹杖

漫誇筇杖竹痕斑，磥砢誰知道路艱。幾兩清風添足健，一竿瘦影伴身閑。芒鞋共領雲兼水，箬笠同參雨裏山。博望當年開萬里，寥寥此物得生還。

野花二首

攜筇野外欲何之，寄興尋花别有思。當路吹香隨地發，傍巖幽艷少人知。春光可惜風塵老，天意無私雨露滋。回首上林空寂寞，東籬贏得傲霜枝。

長安看遍一身輕，爲愛奇花野外行。樵叟逢來知有處，牧童問去本無名。山林毓秀幽還艷，泉石添香遠更清。開謝年年人未識，孤芳天地自生成。

巫峽

却從巫峽喜穿行，慣涉風波險不驚。十二峰凌千里遠，萬重山送一舟輕。魂飛神女朝朝夢，腸斷啼猿夜夜聲。天地何心限西蜀，撥開雲雨自清明。

晚霞

人間晚遇本難期，雨霽明霞景一奇。鶩影天垂秋水遠，魚鱗雲襯夕陽遲。看宜梅嶺初晴候，坐愛楓林欲暮時。莫笑照顔紅似醉，風光還稱白鬚髭。

楓

最宜楓葉嫩霜天，紅似春花特地妍。舉酒客留明月下，停車人愛晚風前。夢回蕭寺鐘來遠，吟到吴江句得仙。記取放翁扶杖處，范寬妙手畫中傳。

假山

假作山川聚米看，小庭風月倚闌干。丸泥忘却秦關險，拳石思通蜀道難。千里移來新錦障，一峰買得舊烟巒。閉門不覺攀躋苦，着脚方知寸步寬。

羽扇

閑拈羽扇思無窮，異物堪驚一世雄。飄擬鶴姿輕視雪，動如松籟凛生風。指揮相業三分定，飛翥功名八翮終。千古興亡誰在握，放教明月入懷中。

初晴

空齋昨夜雨蕭蕭，盼到初晴破寂寥。池面魚游欣驟暖，枝頭鶯語乍添嬌。風微水闊雲猶在，日薄林深霧漸消。且喜路干堪覓句，青鞋乘興過溪橋。

豆腐

精華糟粕共芬芳，隨事供盤日有常。盛饌儼然同玉版，和羹原不讓瓊漿。飽諳黌舍詩書味，領略僧堂匕箸香。平淡家風布帛粟，此君每飯弗能忘。

蛛網

從心規矩任縱横，一縷盤空自在行。珠綴樓頭知過雨，絲牽屋角報新晴。每嘶郎馬人争喜，却羡淵魚物有情。罥得落花明五色，容身偏愛錦爲城。

天台山

欲訪丹邱世莫逢，瓊台獨有最高峰。天留江海居閒地，山顯東南第一重。萬丈標霞迷絕境，千年採藥失仙蹤。國清寺裏豐干在，且向殘僧問觀宗。

古槐

矯首高槐費苦吟，千年存得幾園林。孤撑岱廟星霜久，飽受唐宫雨露深。摇落望穿貧婦眼，婆娑隱痛老臣心。古人不見今柯夢，一枕清風趁午陰。

古鼎二首

三代儀型杳莫昭，摩挲古鼎已寥寥。問從輕重周家舊，鑄始神奸禹室遥。籀篆幾行精鏤刻，斑斕五色任磨銷。尊彝壽世雖同久，何似圖書有列朝。

古人作鼎意何深，覆餗詒譏慨至今。款識難欺名士眼，重輕易啓世臣心。品追三代思宗器，秘洩千年覷故林。歎息子孫空永寶，孔家三命有誰欽。

酒家

典盡貂裘馬上誇，英雄落魄酒爲家。雨遮紅杏村邊遠，風颺青帘郭外斜。易水不聞燕市筑，秦淮猶唱後庭花。一杯殘日呼愁起，萬里江山咽暮笳。

蛤蜊

東海新添食譜傳，錫名內史號甘圓。浮沈身是池中物，開合光生水底天。久掩泥沙能煥彩，一登鼎俎實芳鮮。隔牆聞賣心偏喜，吟到橫塘句亦仙。

蜂

莫談蜂蠆重咨嗟，閑伴幽人逸興賒。世態恨無三尺喙，生涯喜有四時花。飽嘗甘苦方成蜜，歇盡顛狂始放衙。晝永渴來窺硯水，更添詩思放翁家。

莫愁湖

湖畔詩情望古遥，春愁如夢水迢迢。空思金粉留千載，不怨江山送六朝。棋局難消元老恨，鶯聲尚學美人嬌。緑楊城郭今猶是，剩買香醪問畫橈。

玫瑰

錦繡春藏帶露開，稱名特地擬瓊瑰。新妝艷奪珊瑚珮，芳醖光浮瑪瑙杯。翡翠凌風仙子過，胭脂映日美人來。天生玉質知多少，乞向階前萬樹栽。

尺

功名得尺付雲烟，分寸光陰老更憐。抛去金科繩檢外，絜來長劍短檠前。捫心枉直千秋業，放眼縱横萬里天。獨惜量才今古事，風塵識拔幾遺賢。

帆影二首

偏愛孤帆影，風輕雨霽時。粘天歸浦遠，依岸夕陽遲。鏡裏開圖畫，尊前勸客思。清游經赤壁，整理者按：「壁」通「壁」。却憶放翁詩。

浮生歲月苦鬖鬖，帆影迢遥感慨深。遠浦似懸高士畫，中流如見逐臣心。斜連雨白波兼湧，倒映潮青日欲沈。望眼思迎千里客，喜來無恙話山林。

蔗

美質天生重古歡，莫因庶出等閑觀。亭亭玉笋風難折，滴滴瓊漿露不干。世味悠長名士老，宦情冷落大官寒。虎頭漸入皆佳境，奚啻汾陽拜賜看。

象

虎豹同驅到遠邊，周公德澤至今傳。焚身齒莫知幾晚，作箸杯宜杜漸先。耕野尚聞明聖世，立朝曾見太平年。性仁得享無疆壽，天地生成豈偶然。

醉翁亭

太守清游孰與倫，意非在酒樂吾真。浮沈天地朝還暮，嘯傲林泉主亦賓。風月無邊輸野老，江山有幸屬高人。瑯琊名勝今猶昔，除却殘碑萬事新。

荷梗

天教秋露洗殘紅，閑看荷枯景不同。玉立自高萍影外，根深猶寄藕香中。招摇風月停詩舫，管領烟波繫釣筒。莫歎此身終泛泛，一心且喜萬緣空。

紡車

熙皥遺民不可名，家家惟聽紡車鳴。成來一縷驚秋早，轉去孤輪對月明。女伴燈前豐歲樂，征夫衣上別離情。如今誰挽豳風俗，夜績村村見太平。

待月二首

近水樓臺不可尋，遥遥林下美人心。憑欄久盼星光隱，沽酒安排日影沈。不寢三更先倚幌，相思千里尚停琴。清暉未厭遲遲見，古往今來寄意深。

人間樂事月當頭，東限連山尚小留。坐久不知天地迴，望深難遣古今愁。百年光景輸栖枕，千里心期入倚樓。未必浮雲終作祟，舉杯相待思悠悠。

種菜

小園半畝一身藏，恰有參軍地可商。早韭迎春看甲坼，晚菘趁雨伴丁忙。繞畦拾塊英雄老，閉户擕鋤日月長。要識人生須底物，滿天霜露得先嘗。

畫鷹二首

争看名畫重鷹鸇，摹寫英姿豈偶然。懸去干旗知勁翮，吟來鐵馬有題箋。綿州迹古千年地，遼海神傳萬里天。方識武揚深寓意，楚公筆底尚餘妍。

何事英雄畫裏收，鷹揚自古屬陰謀。廣寧妙筆無雙手，務觀題詩最上頭。點血圖成千里勢，風塵寫出一天秋。世間尤物宣和本，尺幅能令隘九州。

石鐘山二首

小山獨障大江東，奇響誰知水與風。勝迹常存天險外，清游偏在月明中。名傳玉局無雙記，師紀湘鄉第一功。奚止文人留片石，鐘聲曾閲幾英雄。

鐘鳴何處小烟鬟，界首江湖此一關。形自陰陽陶鑄始，聲來天地有無間。水風相搏山彌壯，星月交暉石不頑。留得坡仙夜游記，酈經名注欲從删。

羅漢松

難尋羅漢最高峰，隨喜來看古寺松。有相風姿如伏虎，無聲濤勢欲降龍。問師何處雲中去，訪道他年徑裏逢。獨會禪心人不識，静聽萬壑入霜鐘。

顯微鏡

顯微人事代天工，一鏡攜來氣自雄。日月真形收眼底，山河大勢聚胸中。管窺蝸角蠻爭觸，燭照蠅頭叟傲童。何日得窮千里目，掃開雲霧見晴空。

稻田二首

水利農田萬世資，東南稻美繫人思。芸芸遍野雲千鍤，汩汩平溝雨一犁。蜀壩已開前古制，涇渠還作太平基。羈懷夢入江鄉景，滿眼青秧畫裏詩。

久倦風塵故里回，田間觀稻幾徘徊。渾渾白水掀泥起，點點青秧趁雨栽。萬頃天連飛鷺去，千村人約踏車來。江南豐歲農家樂，艷説紅蓮笑口開。

銀魚

如銀魚族喜形藏，白石清泉樂未央。翁釣臨風鬚煥彩，鷺銜映日羽生光。躍舟天許興王業，賜袋人誇學士章。潛伏彌昭堪作鑑，休將香餌過濠梁。

蛙

一篇秋水寫詩情，井底終休與海争。得意軍容增怒氣，痴心天語問私聲。跳梁自恣空千里，待漏翻驚噪六更。好伴幽人供鼓吹，草間那復不平鳴。

汾水二首

汾水當年繞帝宫，晉陽兵甲古稱雄。懷襄底績居先地，利導平原第一功。美玉鍾靈傳世少，醇醪買醉與誰同。于今禹甸難回首，沮洳空歌采莫風。

神禹胼胝此首功，千年王氣水流東。于今贏得盲翁在，古柳斜陽説令公。

山茶

曼陀名卉出天南，誰向梅邊竹底探。春到枝頭先冷艷，夢回舌本尚餘甘。漢宫未許風流減，岷嶺偏禁雪意酣。烈士心情同歲晚，好尋三谷結茅庵。

馬鞍

莫言馬上貴乘時，一種雕鞍有所思。萬里風塵孤劍寄，半生鞅掌百壺知。淒涼撫髀英雄老，據盼驚心矍鑠姿。琴調難傳今古恨，名山何處訪鍾期。

炊烟

憑高一笑與誰同，點點炊烟入望中。百歲豐穰斯有象，萬家生聚此應雄。山村繞樹迎朝日，漁浦横舟送晚風。最是幽人會心處，黄粱未熟莫忽忽。

棗

莫嫌世味苦分明，取棗遺金且試嬰。曼倩奇聞來御苑，安期珍食出仙城。糕成柳色題名夢，花落桐陰送别情。何日上林重獻果，丹心绛質不虛生。

蟻陣

勾回蟻陣看兒嬉，却誦人間省事詩。鳩唤風聲方逐北，鸖鳴雨意决雄雌。待將都邑封遷後，等是侯王夢醒時。千載韜鈐青史上，腥膻况味祇如斯。

青塚

誰繪琵琶馬上妝，至今青塚尚流芳。天荒地老人何在，雪壓風欺土亦香。剩有圖形酬殿陛，永埋環珮鎮疆埸。年年春草生顔色，千載征夫欲斷腸。

桐葉

客舍春歸節序遒，滿庭桐葉怯登樓。千聲恨徹唐宫雨，一片心驚漢苑秋。金井夜飄霜信落，綺窗晴轉午陰收。棗花尚喜長相伴，且挽柴車爲小留。

鍼

一縷傳來萬法空，金鍼普度與誰同。穿絲難遣昏昏月，投芥相逢習習風。稚子敲鈎無事樂，謫仙磨杵有心雄。涪翁倘啓千年秘，壽世還先砭灸功。

聽雨

好詩偏向雨中成，聽到簷間劇有情。慣惹閨愁欺倦枕，却撩鄉思間疏更。小樓側耳春先覺，客舍拈毫韻亦清。最愛幽人茅屋底，銜杯静對一聲聲。

芹

名珍雲夢澤邊尋，此物由來重士林。鹿野聲中三代制，泮宫香裏百年心。清同荷芰污難染，臭比蘋蘩味更深。歎息千秋勿輕獻，漫從口腹覓知音。

駱駝

生從漠北本無羈，賦性含靈亦自奇。虜塞蹄輕趨水草，天厨峰美勝牲犧。木蘭歸夢飛千里，郭樹榮名噪一時。最惜東風吹血整理者按：「血」字誤植，當爲「雪」。夜，舊都來滿又誰知。

天目山

鳳舞龍飛第一山，東南靈秀此烟鬟。池懸峰外乾坤大，洞隱雲中日月閑。遺屐高人何處有，采芝仙侶幾時還。謝公卧去名千古，絶頂吾思挈榼攀。

冬青

何物青葱慣忍冬，巍然此樹見孤蹤。不殊凡卉春前色，獨占妍姿歲暮供。密葉正陪梅影瘦，繁枝翻襯竹陰濃。霜欺雪壓知無憾，松秀猶堪對遠峰。

竹榻

蘄春名竹古曾傳，處士清修榻可穿。對几正宜聽雨坐，臨窗還得看雲眠。移來逭暑深林地，横去生凉似水天。恩怨久空秋夜好，倘逢徐孺喜相延。

緑陰

陰陰緑樹護幽居，一味清凉爽有餘。翠袖添寒新雨後，碧窗便静午晴初。日斜屋角聲喧雀，風定橋邊影聚魚。却喜槐柯無俗夢，放懷高枕到華胥。

醉蟹

名蟹何須十二圖，但期佳釀醉相呼。竊來吏部新春瓮，夢入文君舊酒壚。浹髓已看埋俠骨，持螯猶喜見真腴。獨醒人笑禪中蝨，羞比監州世味殊。

黄蝶

小圃欣看一色黄，翩翩飛蝶弄秋光。如金點點穿花徑，似繭雙雙過繚牆。晚節留香貪伴菊，前生入夢笑炊粱。籬邊却助幽人興，沽得鵝鶵又舉觴。

洞庭湖

關山戎馬幾時休，生似湖天日夜浮。吴楚不分雲水界，乾坤同浸古今愁。扁舟來往三湘客，叢橘縱横八月秋。賢守難逢才士少，題詩誰上岳陽樓。

鷄冠花

奇花雄視血盈顛，冠冕群英舞欲仙。載月衝寒茅店外，傲霜争艷竹籬邊。黄如春曉鶯衣嫩，紅似秋高鶴頂鮮。常伴幽人叢裏立，峨峨翹首獨凌烟。

撲滿

滿多招損儘堪憐，却喜胸中志益堅。守口尚關經世計，積銖方羡起家賢。百年富貴輸銅臭，千古英雄愧瓦全。翻笑童心虛一擲，儻來聚散等雲烟。

秋池

無限秋光憶故鄉，園林勝境在池塘。一雙桂棹迎新月，四面菱歌送夕陽。夜雨巴山還作漲，清風洛社又催霜。樂天獨洗塵心浄，却置藤床是道場。

核桃

蟠桃留核笑人痴，佳果稱名却最宜。象外圜中雖作梗，剥膚存液尚如飴。堆盤喜薦同榛栗，繞膝分甘共棗梨。芳潤心脾稽本草，一般風味老方知。

蝸牛

蝸角牛名實不如，星精自是別蟲魚。峥嶸世界雙蠻觸，渾沌乾坤一室廬。錦字漫誇天子兆，枯形偏效野人居。但教風雨藏身固，素壁流連樂有餘。

釣絲二首

自古名傳幾釣絲，蘋汀醉把夕陽時。香飄菡萏隨風裊，倦立蜻蜓帶露垂。渭水千尋維世遠，富春一縷繫人思。直鉤去餌非無意，剩綰江山屬與誰。

一縷空明水底天，烟波嘯傲若登仙。季真風月身如繫，管領湖山五百年。

紙

一紙能令價有聲，褚先生號若爲情。風清漫喜鳶箏舞，雲白還教雁字成。世難司農虛擬幣，時危豎子侈談兵。洛陽騰貴知何日，待寫鴻文頌太平。

燈花

花好天教願不違，喜占燈焰是耶非。閑敲棋子聲聲落，静對爐香片片飛。冷艷空閨人易老，繁星遠塞客應歸。神仙也解尋芳夢，夜夜祥光照九微。

柳絮

弱柳依依未忍看，小庭飛絮又春殘。風吹壓酒香仍滿，雨灑霑泥色未干。高下如烟偏作態，飄零似雪不成寒。最憐萍逐橫流去，欲共梅花一曲難。

金谷園

石氏芳蹤不可留，澗邊金谷變荒邱。落花有意繁華散，啼鳥無心雅韵流。敵國富曾堪幾日，墜樓名亦足千秋。香塵已杳園何在，憑吊徒深萬古愁。

鰣魚

一美江鄉莫與京，獨憐四月趁潮生。登盤風味方思鮝，上市光陰正賣餳。多刺尚添才子恨，小鮮偏愛老臣烹。吴淞鱸膾雖同賞，豈待秋風始得名。

曉色

太平景象問庖犧，曉色清明得似之。柳態迎風多自在，花姿帶露尚迷離。青從麥隴烟消後，紅趁芸窗日上時。最好山居晨眺遠，蒼茫獨立自吟詩。

獨鶴

獨往無依亦快哉，凌空一鶴出塵埃。縞衣道士横江過，華表仙人渡海回。落落雞群憐顧影，煢煢鶩在愴餘哀。待看天際孤雲裏，萬里山河任去來。

桑葉

十畝桑田葉正肥，太平景象是耶非。牆頭執斧隨風落，陌上盈筐帶露歸。矯首雞鳴青似染，關心蠶老緑應稀。遲遲春日今猶昔，想見倉庚處處飛。

哈密瓜

百戰開邊自古愁，瓜名猶喜至今留。星霜西域尊天使，風味東陵抑故侯。浮去團圞關塞月，剖來凉澈漢宫秋。砂整理者按：「砂」同「沙」。場血染紅如許，獨抱丹心萬里游。

五臺山

自從胡虜服祇園，赫赫名山萬古存。形勢直疑天地窄，威靈翻失帝王尊。宏開東土無雙刹，妙顯西方不二門。五嶽風雲今變幻，常留此境鎮乾坤。

秋葵

老圃繁華事已非，秋容葵豔向依依。摘從松下含朝露，看到籬邊向夕暉。膏澤四時瓜讓美，風光七月菽同肥。菊黄共保霜前色，晚節飄香百卉稀。

深院

凉入簾櫳百慮清，沈沈院落有深情。鞦韆月落新秋色，絲竹風傳静夜聲。寂寞宫花通曲徑，依稀閨夢繞疏更。朱門甲第雖如海，茅屋三間樂此生。

月餅

新節家家薄夜忙，一年容易又秋光。形分天上團圞影，味識宫中不托香。丹桂漫誇名士畫，紅綾猶得大官嘗。飛空金鏡驚流序，細嚼飴酥樂未央。

熨斗

火乘金木若爲情，炎上翻教潤下成。雅有爐錘供赤手，好將衣被到蒼生。賦形坎壈回春煦，操柄縱横致泰平。但使風烟從此靖，歡騰挾纊萬家聲。

水紋

一水誰教百態生，如紋細浪却縱橫。風梭吹縐春無力，冰簟鋪成月有情。紅映窗光朝日麗，碧摇簾影夜雲輕。橈停潮落漁村晚，還愛清流鏡面平。

鄱陽湖

溢浦西連一片秋，五湖烟水弄扁舟。地潴彭蠡乾坤隘，溪匯昌江日夜流。堪頌中興開戰略，豈容縱賊破奸謀。匡廬峰頂聊東望，駭浪浮天點點鷗。

立冬

乾坤閉塞獨何爲，霜後冰前最可思。南畝滌場豐歲樂，北郊迎候漢官儀。水邊雉入非無故，天末虹藏合有期。豈特不周風信至，床隅蟋蟀也知時。

柏

一木難將大厦支，由來神力有扶持。棟梁豈待文章露，鸞鳳還經香葉栖。霜肅中河貞婦節，風高古廟相臣思。柯銅根石今誰惜，獨仰千秋際會時。

虎皮褥

下莞上簟夢熊羆，虎帳談兵又一奇。苛政無形安衽席，經生有味擁皋比。灾狐合去君侯位，蒙馬還驅敵國師。方錦龍鬚同八尺，可能大庇士寒時。

江雪二首

雪際人蹤絶，江空景最奇。洲蘆花一色，岸柳絮多姿。斷雁低垂處，孤舟獨釣時。最憐千里客，帆重棹歸遲。

雪境畫難描，長江入望遥。天低烏鵲起，波定白鷗摇。色映三城戍，整理者按：「戍」字誤植，當爲「戍」。寒生萬里橋。一簑身了事，買棹趁歸潮。

食粥

南山誰辨數弓田，藜釜方知粥味鮮。考父有銘傳達後，宛陵得法致神仙。雲堂早過香生鉢，月殿宵吟玉滿筵。憂樂要懷天下志，功名原始斷虀年。

爆竹

爆竹家家喜氣盈，清時樂事掃欃槍。千花銀合偏無燄，一樹珠聯却有聲。燦爛熙春童子戲，峥嶸餞歲老人驚。年年願祝平安字，簫鼓喧騰不夜城。

潼關

排闥山奔勢壯哉，漢唐門户若爲開。兩朝帝業從兹入，千里河聲到此迴。太華殘雲飛白去，中條疏雨送青來。驛樓題罷人何在，剩有漁樵共舉杯。

菖蒲二首

高齋無長物，清玩寄萍蹤。九節能師竹，千尋獨讓松。青留棐几净，香透綺窗濃。點綴盆山上，心親處士供。

安樂窩前詠，新蒲景物幽。清芬多繞鼻，净緑獨迎眸。常伴滋苔石，還依近柳樓。光陰隨分好，易足復何求。

夜坐

斗室端居夜氣深，窗前獨坐影沈沈。閑看飢鼠風過席，静聽驚鴉月滿林。酒後香消仍剪燭，花間露濕尚横琴。一龕贏得蒲團穩，洗净平生塵壒襟。

歸鴉

日落長空有暮鴉，歸來不覺在天涯。群飛點墨還如陣，一宿寒林便是家。欄外聲呼牛背立，巢邊影伴雁行斜。倚笻閑數添詩思，零落枝頭襯晚霞。

羅浮山

誰賦羅浮夢裏遭，夜游靈運獨拈毫。百巒近立奇峰壁，萬里遥吞大海濤。花首風雲臺畔聚，朱明日月洞中高。稚川丹竈今猶在，欲訪冲虚逸興豪。

食芋

西蜀蹲鴟卒歲糧，誰知芋食慶豐穰。燔煨候火寒灰底，磊落登盤野莿旁。一宿僧齋心自賞，十年相業味先嘗。何時雲水岷山去，羹煑東坡玉糝香。

畫屏

誰識屏風畫意饒，倚來寒盡怕春宵。相看銀燭秋光冷，不負香衾夜氣嬌。甲第豪誇金寶飾，草堂孤詠月雲謡。邊鸞花鳥今何在，想見征西一幅描。

返照

返影深林去似梭，魯陽何日有揮戈。天憐烏兔流光速，人重桑榆晚景多。花隱穿簾雙燕入，楓明迴陣萬鴉過。青苔復上空山裏，但見門前雀可羅。

紫藤花

藤陰小坐愛花開，紫色鮮明不染埃。棐几筵前清影墜，竹根爐畔妙香來。低垂曉露欺紅藥，飛趁斜陽點緑苔。莫恨閉門人事少，餘芳滿架且銜杯。

富春江

浙西圖畫是天開，獨羨江流美莫追。仙去桐君仍有廟，釣空嚴子尚留臺。無邊緑樹千帆隱，夾岸青山萬馬來。七里灘聲終不改，曾驚春夢幾人回。

蠶

一物猶堪作帝基，豳風蠶事入笙詩。微軀眠食春光老，滿腹經綸没世知。口角有聲聞下筆，胸中無染漫悲絲。束身自許尊王業，黼黻心期獻繭時。

擣衣石二首

寒衣欲寄是深更，石不能言最有情。縫憶室中慈母意，採原山上望夫名。半規斜月侵階色，一片清風近苑聲。似訴征夫千點恨，愁心如擣夜分明。

征衣擣徧幾曾休，此石堅頑孰與儔。爲送貞情馳塞外，難留黛色在山頭。驚回月下三更夢，唤起天涯一片愁。别恨年年消不盡，千家聲報漢宫秋。

鐘聲

何處鐘聲驚醉眠，清心常在早霜天。和烟遠墮荒寒外，激石虚飛浩淼邊。細徑僧尋雲隱寺，空江客詠月臨船。浮生祇此生晨覺，莫待人嘲飯後憐。

松子

寂寂柴門不掩關，貪看松子亦開顔。長生美佐千年食，採擷高從百仞攀。香引仙心來古寺，聲和詩思落空山。最憐月下垂清影，常伴幽人散步還。

峨眉山

欲問峨眉首重搔，幾人絶頂得游遨。雲容淡掃雙峰迥，月魄横描萬仞高。天使莊嚴開梵宇，地鍾靈秀有文豪。會看蜀道風烟净，歷井捫參不憚勞。

棉花

天教福利九州同，此物來從海舶中。衣被蒼生源宋代，畫圖丹扆補豳風。分苗雨足三春業，挾纊雲屯萬世功。誰使乾坤開浩劫，翻令霹靂助兵戎。

香爐

室無長物有餘妍，獨對香爐思邈然。風定捲簾留細縷，日斜欹枕看霏烟。新摹周鼎商彝式，常伴詩囊茗椀邊。心賞忽期游汗漫，匡廬峰影落尊前。

孤雲二首

掃空一切任沈浮，心迹孤雲得似不。海漾遥天看白起，峰擎特地有青留。九霄落落輸歸岫，千載悠悠入倚樓。且喜清風隨變滅，從來不慣惹閑愁。

孤雲變態獨奚如，一味升沈任卷舒。天外合依仙子去，嶺頭應伴野人居。雁聲遠入隨風墮，梅影蕭疏帶月耡。莫問無心仍出岫，直將天地作穹廬。

洛水

洛川雄勢至今存，熊耳東來萬壑奔。遠挹驚濤趨四闕，長流王氣聚中原。禮隆沈璧天家瑞，夢寫凌波帝子尊。獨有泛舟人望在，千年元禮問淵源。

蠟梅

不同紅蕊共争妍，别有新妝淡似仙。寒意衝山催臘盡，清容映雪占春先。飽看冷艷顔欺玉，細嚼酸風舌湧泉。且喜華堂天竹畔，歲朝雙供畫圖傳。

冬夜

隆冬靜夜四無聞，小住蝸廬亦所欣。花影寒侵簷外月，篆香細繞枕邊雲。夢回衾冷燈餘焰，詩就爐温酒半醺。待旦欲尋梅市去，鴉鳴窗白雪紛紛。

太湖石

太湖石透世間稀，皺（整理者按：「皺」字誤植，當爲「皺」。）瘦形容或庶幾。千載生成烟水闊，一拳擊出翠雲飛。牛公品第名園重，白叟輕裝罷守歸。輸入平泉無處問，何如伴釣傍苔磯。

春晝

春光九十滿庭芳，晝永還添詠事忙。柳岸有陰風乍暖，茅齋無客日偏長。聽鶯載酒朝朝醉，結駟看花處處狂。康節清游忘旦暮，小車隨地得徜徉。

萱草

人生難挽是慈幃，獨見萱叢悔去非。芳草留情知雨澤，黄花吐艷戀春暉。百年日月思親老，千里風塵入夢歸。未樹北堂餘舊恨，忘憂無計更牽衣。

長城

萬里雄圖笑祖龍，千年曾隔幾邊烽。于今姜女墳猶在，想見當年泪滿胸。

羊毫筆

且喜封羊換兔毫，雄封分得管城豪。昌黎不必誇毛穎，饗士家家重少牢。

白兔

明視由來名世雄，不因知白歎飄蓬。藏身銀穴風光裏，匿影冰輪月魄中。守墨豈居毛穎後，揮毫常與管城同。羲之獨有臨池興，換得鵝群色相空。

繩床

家無長物獨繩床，處士清風味可嘗。甕牖依來寬宇宙，户樞分得幾星霜。欲維白日情千尺，不負青天夢一場。誰似維摩空洞室，茅齋恰好在中央。

柳堤

柳色青青路欲迷，春來堤上好尋詩。烟籠一抹平于砥，雨浥千條弱似絲。馬迹多情十里處，鶯聲如夢六朝時。臺城不少游人屐，休唱陽關送別詞。

剪刀

誰知風力剪刀抽，人代天工孰與侔。二月難消吹面割，千金莫買解心愁。詩情筆似并州快，壯思杯澆易水流。悟得裁成春意妙，萬花錦繡一時收。

白芍藥

最愛深情芍藥枝，白欺紅艷更多姿。露迎旭色還添皎，雪殿春光不恨遲。欄外迎風飛片羽，池邊映水浸凝脂。美人持贈心中素，一樣香雲拂面吹。

山海關

第一關頭俯仰思，山形千古限華夷。開門迎敵伊誰責，三百年來悔已遲。

斧三首

王業艱難孰見之，承平志士獨憂時。欲知八百年基礎，熟讀三章破斧詩。
端拱垂裳十二章，如何黼黼獨生光。萬幾一日資干斷，猶是宵衣取則忙。
一斧從知造化工，古今得失繫吾衷。攜來樵塢松風裏，望去冰輪桂魄中。破刃元臣安帝室，爛柯豎子入仙宮。抗懷獨有龜山操，假手還思萬世功。

紅蜻蜓

別開生趣小園中，誰似蜻蜓特地紅。望杏晨飛初過雨，栖荷午倦不禁風。貍奴蹲視闌干角，鳳子相將錦繡叢。却向玉搔頭上看，花時寂寞怨深宫。

初晴

閑愛山光過雨看，初晴猶見白雲漫。烟銷柳染條猶重，日射花烘蕊未乾。屋角蛛絲忙網補，牆頭雀語乍聲歡。幽人收拾青簑笠，好趁溪清下釣竿。

夏雷四首

赤日行空暑莫當，村村田坼桔槔忙。一聲霹靂掀天地，贏得勞農趁午凉。耕

片雲頭上爲催詩，正是幽人逭暑時。隱隱隆隆疑近遠，拈毫揮灑不曾知。讀

東風堤外鵓鴣啼，蓮動漁舟下小溪。雲裏一聲波影黑，魚兒逐隊過橋西。漁

樵夫腰斧入雲深，浹背頳肩息午陰。電掣風馳方送爽，山鳴谷應又驚心。樵

晉祠

晉陽兵甲已千年，今日園林別有天。戎馬尚容甌脱限，蛟龍豈藉此中眠。一池清水迎朝旭，萬樹濃陰宿暮烟。霸主已無今片土，空餘名勝屬前賢。

湖景

湖游美景不勝收，老境方親范蠡舟。一笛聲吞湓浦月，千帆影帶洞庭秋。無邊烟雨迷歸棹，不盡江天入倚樓。何日石魚閑嘯傲，酒徒歷歷坐巴邱。

秋塞

塞上秋高古戰場，從來雄武喜開疆。雁聲落月砂先白，馬影斜陽草正黃。千里關河驚絕域，十年征戍整理者按：「戍」字誤植，當爲「戍」。動思鄉。將軍金甲知寒早，一笛風清引斷腸。

看雲二首

庭前倚杖久徘徊，一見雲生醉眼開。當户拈毫臨畫本，憑闌覓句取詩材。百年瞬息隨舒卷，萬里晴空任去來。等是無心閑處看，人間何事不悠哉。

何事能令笑口開，爲看雲氣重低徊。行如水上波無定，立似山中木不材。晴暖和烟歸浦去，陰濃帶雨過山來。放翁盟意堪怡悦，相對忘言亦快哉。

秦關二首

當年霸主逞雄圖，不信千軍敵一夫。畢竟天心歸長者，孑遺父老爲前驅。

河山百二等閑觀，形勢東臨盡膽寒。今日寂寥争戰地，征人吹笛月中看。

秋菊二首

漫誇春日滿庭芳，瞬見秋風草木黄。尊重人間珍晚節，淡香猶得傲清霜。

疏疏老圃竟何依，顧盼群芳已昨非。寄傲東籬還自笑，獨懷高士與誰歸。

菱角

誰採湖菱樂未央，寄身常在水雲鄉。堆盤磊落鋒仍露，入口模稜味更長。短棹浮來清露滴，長歌送去晚風香。貧家不識膏粱貴，溪女忻添一歲糧。

題柱

清江橋畔歎居諸，難蜀雄文譽不虚。畢竟梁園無諫草，茂陵秋雨又何如。

新雁

萬里秋高無片雲，動人鄉思最殷殷。一聲新雁來天末，常使深閨枕上聞。

楓岸

閑游斷岸喜霜前，幾樹丹楓色倍鮮。移棹貪看秋草外，停車坐愛晚林邊。吴江衣冷孤飛鷺，蕭寺鐘微夜泊船。可似春花紅二月，長亭十里着先鞭。

鴨爐

莫笑齋居長物空，小爐睡鴨伴冬烘。喜看露處原無水，却羡風摩尚有銅。古銹斑斑千點在，微烟息息一絲通。重簾鎮日縈香篆，常是幽人嘯傲中。

玉壺

莫羨青田白玉巵，壺中樂趣更誰知。芝蘭含蓄皆芳醞，瑚璉横陳有令姿。高士買春三斗後，仙人邀月百花時。江鄉親友情何極，一片冰心夢寐思。

初冬二首

歲歲嚴冬弱弗禁，初寒且喜意愔愔。雁聲甫斷更深過，蟲語新從床下吟。岸柳待舒期臘訊，嶺梅先放見天心。不須荷盡悲摇落，殘菊猶欣未雪侵。

容易秋風意已闌，初冬且喜歲仍寬。未妨釀酒枝梧老，却好添繒準備寒。柳蔭乍稀巢影露，楓林將落葉聲干。隔溪尚有清游興，始覺橋霜穩步難。

松濤二首

習習風來勢不平，却從松裏覺濤生。會當登岱輕輿去，洗耳千巖萬壑聲。

獨對松陰病眼開，一聲驚覺夢中回。世間萬事空如洗，却看潮頭立馬來。

晝錦堂

永叔文章翰墨香，千秋勛業重斯堂。從來門第因人盛，何怪平泉草木荒。

釣雪

寂寞寒江鳥不聞，一翁蓑笠雪紛紛。直鈎去餌休言釣，萬古清愁付與君。

貂裘

一龕坐破幾蒲團，布衲深宵及雪殘。寄語貂裘早朝客，五更待漏不勝寒。

除夕

百年日月捷飛騰，除夕翻驚一歲增。爆竹聲聲童稚樂，老人心事佛前燈。

椒酒

歲朝俗事却非輕，椒酒尊前見太平。三代遺風知敬老，禮從童稚得天成。

春暖

消盡餘寒喜不勝，春風送暖看雲蒸。重裘頓減尋芳客，破衲猶支在定僧。放鴨水深浮野艇，聽鶯林遠買行縢。山翁未覺吟肩聳，紅日烘窗釋硯冰。

走馬燈二首

一火能令焰上升，光陰走馬捷飛騰。千回萬轉皆空相，實此長明無盡燈。

行來未覺千山遠，看去原徒一紙輕。道上儘多名利客，不緣中熱曷長征。

佛手

有手能扶日月光，争傳佛國作資糧。不妨指竪參禪悦，正自心清得妙香。擎玉春花迎露白，拈金秋實帶霜黄。算來藥餌長生品，味美還超橘柚芳。

天津橋二首

方慶昇平已百年，年年春在小車前。洛陽久卜安居樂，何事驚心聞杜鵑。

天下雄都數洛陽，往來車馬此康莊。于今安樂窩何在？衹有鷄聲趁曉霜。《慤慎公年譜》載：『宣統二年游洛陽，見天津橋尚有一衖未塌。土人言：「北魏初造橋時，七十二衖過河，而南有邵氏宗祠，即安樂窩遺址，祠旁有邵氏子孫十數家，皆業農。」』

清明

清明時節泪痕潸，子厚遺書讀赧顔。柳緑桃紅迷野外，隻雞斗酒遍墦間。杜鵑啼去游人醉，蝴蝶飛來客夢閑。何日崩榛休塞路，年年寒食見家山。

雞舌香

誰數龍涎重上方，算來雞舌有奇香。漢宫奏事郎官貴，要使聲傳字字芳。

麒麟

靈物昭昭擬聖賢，由來瑞應總關天。詩徵周召呈祥日，書見春秋絶筆年。盛世幾曾郊藪現，深宫猶喜畫圖傳。昌黎一解情無盡，婦孺還知以德先。

梳風

神禹巍然萬世功，艱難沐櫛雨兼風。却懷士子名場日，簷下埋頭寸晷中。

銅雀臺

臺臨漳水起盤空，突兀原知一世雄。人自分香天自厭，二喬不必怨東風。

梨花

東欄如雪一株新，百草千花迹已陳。炫爛極時春亦老，柳陰常伴白頭人。

青衫

休將困頓怨功名，一領青衫百慮輕。柳汁染來文思進，松陰罩去道情生。雨中斑點春常好，江上琵琶泪已傾。留得杭州襟尚在，酒痕猶記舊縱橫。

豐年

從來民以食爲天，治世還期大有年。春暖新秧和雨插，秋深多稼看雲連。盈倉父老歌呼樂，拾穗兒童笑語顛。報賽村村簫鼓競，太平雞犬亦欣然。

送酒

客無問字欲誰親，獨喜良朋送酒頻。題壁尚留黄絹婦，叩門時有白衣人。赤泥乍坼來新餉，緑蟻旋傾接近鄰。從此幽居多樂事，銜杯不患腹中貧。

栗

霜露頻經實自開，辛盤珍果喜成堆。纍纍秋後連村熟，戰戰風前傍社栽。新婦清晨榛共薦，高人深夜芋同煨。淵明歸里方真隱，千載芳名首重回。

槐夏

爲愛高槐夏日宜，寒音長蔭繫人思。清陰滿地秋先到，炎景漫天午不知。北牖風光三伏日，南柯身世一炊時。長安夾道今猶昔，月掛雲屯有密枝。

盤

熟讀湯銘振振詞，日新三復繫深思。豈惟六百年王業，直紹心傳萬世師。

枕戈

千秋大節獨臨難，欲識艱危入夜看。夢裏魂飛關塞黑，宵深骨徹雪霜寒。中天回日心猶壯，待旦橫流泪未乾。壯士百年家國恨，豈圖帳下一身安。

鳩

天生弱質喜園林，拂羽桑顛有好音。緑野逍遥原獨樂，人間晴雨尚關心。

書帶草

窗前生意滿吾廬，天地菁英萃一儒。遍地干戈高卧老，山中草亦味經腴。

天河

河行天上歷星躔，雲漢昭回氣象鮮。誰挽空中無盡水，甲兵洗凈過千年。

琴匣

清獻當年白鶴攜，却偕琴匣入川西。百年塵積留珍秘，千里風輕付小奚。古調不傳常固鎖，詩囊未啓且親題。一肩行李還歸去，栗里幽人手自齎。

謝公墩

游屐平生萬里行，半山幽處偶經營。六朝風月原無主，留得高人百世名。

中元

百年邱壠感秋霜，底事浮圖作道場。千載北邙山下路，幾人鷄黍月中忙。

菽豆

采荼食鬱却非时，烹菽居然且療飢。三代承平人易足，豳風七月最堪思。

秋雨

秋來景物最多情，一雨郊原分外清。游子眼穿征雁杳，老農心切晚禾生。低垂葭葦波中影，蕭瑟梧桐枕上聲。獨有幽人意瀟灑，小詩偏向此時成。

枯荷

幾日新荷事已非，枯枝忽見傍苔磯。繞堤綠暗烟仍護，照水紅蔫露亦稀。殘蓋數莖風習習，餘香一縷雨霏霏。采蓮艇子知何處，勝欲尋芳載藕歸。

擊磬二首

滿腹憂時一磬聲，悠悠心事欲誰傾。過門莫解硜硜意，空得千秋荷蕢名。

萬緣歇盡愛禪房，擊磬晨昏上佛香。更喜中宵從定起，一聲清遠意悠長。

肉脯二首

修脯高堂佐酒漿，百年膰肉薦蒸嘗。盤飧日對心滋戚，誰識聞韶味更長。
煑鳳烹龍美食單，鸞刀縷切却登盤。誰知細嚼冰壷味，月夜高人作等觀。

泥二首

式微方詠問歸蹤，失足泥途困短笻。得志能平天下險，還教函谷一丸封。
春來塘水恰泥融，片片飛花落影中。燕子銜歸新雨後，堂前故壘又添紅。

居庸關二首

建瓴雄勢俯燕京，得失頻煩與寇爭。輪軌已無天下險，于今金翅御風行。
烟塵宣大限雄關，車駕頻經萬仞山。邊外風流天子恨，至今香塚尚班班。

菊樽

何事樽前喜欲狂，菊花晚景愛秋光。興來把盞看金色，詠罷銜杯覺齒香。几上近浮多淺碧，籬邊遥映恰深黄。會當佳節重陽日，痛飲人人祝壽康。

秋水

多難三秋出苦吟，盈盈一水更情深。難忘故國鱸鮮遠，不盡長天雁影沈。烟樹迷茫游子夢，霜葭洄溯故人心。扁舟短棹歸何處，家在江南黄葉林。

詠霜

詩思撩人是曉雞，感懷霜重板橋西。周行葛屨心如疚，遠水葭洄望欲迷。千里風清無雁過，三更月落有烏啼。最宜行旅秋山客，茅店間整理者按：「間」字誤植，當爲「閑」。吟步小溪。

皮冠

以旌一召失虞人，節重皮冠豈顧身。孔孟心傳綱紀在，千秋青史幾遺民。

習射

蓬矢桑弧有令名，由來男子不虛生。騶虞貍首蘋蘩節，三代于斯享太平。

鼠二首

誰知大患起田間，蜡祭迎貓防未然。巧竊豪偷原莫制，欲投忌器更堪憐。

恒言依社托身安，畢竟閑評得失難。倚勢縱横方恣意，豈知鴟吻嚇鵷鸞。

冬日

淺醉閑吟百不知，暉暉冬日更相宜。晒翎凍雀依簷久，弄影游魚出藻遲。野叟負暄農事畢，詩人映雪晝陰移。一年好景還堪愛，正是寒松鬱翠時。

茯苓

天地菁英金石堅，松根匿影已千年。幽人採藥深林下，一钁荒山自得仙。

花萼樓

開國曾操同室戈，居然花萼迓天和。他年南内傷懷抱，記否樓前風月多。

合歡鏡二首

影去形來任自逢，歡情合寄百年蹤。潛消暗換人誰識，還憶當前玉貌容。

色即是空象外詮，無端歡戚起纏綿。從來離合皆虛相，滅盡痴心便得仙。

臘日

魯陽何計可揮戈，佛粥春盤屈指過。欲放山梅風有信，待舒岸柳水無波。乍聽賽鼓催年近，閑看祥霙得瑞多。歲暮太平新景象，村墟父老且酣歌。

胡麻

菽粟今無一飯緣，子房避穀占幾先。何如劉阮天台去，但食瑶華自得仙。

景星

億兆惟星拱北辰，也曾景福錫斯民。從來邦本天心見，盛世卿雲一樣新。

春餅

已消臘雪透春光，麥隴風來餅餌香。但使公庭無猛虎，可教閭里得充腸。

歷下亭

濟南城北小滄溟，山色湖光共一亭。多少詩人鳴盛世，龍舟猶記此曾停。

鵲噪

鳥生非必不平鳴，鵲噪如何報曉晴。唤起人間痴夢醒，不辭樹杪一聲聲。

春宵

人生歲月苦驚心，分寸時時重惜陰。何事春來宵苦短，方知一刻值千金。

連理木

分形同氣本相連，物理人情總自然。此木倘教能化石，望夫名更足千年。

山情

天地忘情奈若何，古今無盡此山河。雄圖不爲興亡改，名勝偏驚感慨多。千里奔騰形突兀，百川縈抱氣中和。峰巒處處宜風月，輸與漁翁瞥眼過。

鴛鴦

誰將鷙鳥比鴛鴦，三代詩人怨不傷。終是聖明宜福禄，還賡君子萬年長。

觀舞

干羽兩階溯盛時，七旬苗格繫人思。于今艷舞盈街市，遑恤公庭八佾悲。

錦繡

令聞廣譽施于身，錦繡文章品孰珍。一襲千金空炫美，還輸市上敝枲人。

閏月

見月盈虧節不移，廿番風汛且須知。民生得閏方成歲，始信唐虞定四時。

靈芝

松壽千年瑞象成，靈芝飛節有仙名。九莖共染烟霞出，三秀還從岱岳生。獨立風前參造化，無根雲裏吐菁英。祥光寶劍分明在，天下應期洗甲兵。

穀雨

老農待澤是春深，布谷聲中雨似金。猶記聖明天子事，陰晴糧價最關心。

膾二首

一味肥甘豈療飢，徒貪口腹衹成癡。深宮莫識窮簷苦，翻命饑民食肉糜。
穀食神明壽且康，何須膾炙浼枯腸。詩書不厭百回讀，人口流芬味更長。

桃岸

物外田園寄意深，春來一水碧沈沈。桃花夾岸今猶昔，不辨仙源何處尋。

寶髻

無量精光佛頂圓，看來寶髻尚翩翩。螺旋自是盤空結，消盡塵根萬劫緣。

故宮

五百年來王氣終，年年秋月與春風。玄宗故事無人説，空見名花寂寞紅。

龍

一天風雨看雲從，隱現難窺首尾蹤。變化神明人莫測，却從老子識真容。

滇池

楚軍莊蹻始開藩，習戰昆明漢帝尊。今日滇池偏富庶，却教形勢控中原。

羊毫筆

一毫能拔勝中山，意態縱横出指間。鄭重中書托豪興，好將潑墨寫烟鬟。

喜雨

溽暑蒸人汗似漿，鋤禾當午老農忙。灑然細雨從東至，籬下桑根一味凉。

荷葉粥

雅詠荷杯號碧筒，更教緑葉粥如醴。色香兼味稱三絶，悦口清心六月中。

消夏雜詠

炎炎夏日半陰晴，何事能消暑不生。論畫嘗茶隨意適，浮瓜沈李覺心清。午看慵燕依濃蔭，宵聽私蛙噪短更。獨有幽人閑詠罷，溪游偏愛一舟輕。

扇

能消炎暑送清風，衹在斯人掌握中。秋後棄捐非薄倖，行藏原不負初衷。

新凉

殘暑無多日，新秋一味凉。乍能身自適，方覺意差強。桂霧晨初見，荷風晚更香。老人詩興發，清夢繞江鄉。

落日

日暮村居景，孤烟趁落暉。風清蟬噪急，霞斂雁聲稀。樵唱渡頭去，漁歌浦外歸。幽人興未減，手自掩荆扉。

天河

雲漢昭回照眼明，秋來景象一番清。不須架鵲成橋會，壯士還期洗甲兵。

早秋

新製縑衣未覺寒，扇猶在手意先闌。一天雲薄凉如洗，破曉蟬催暑氣殘。

殘暑

一入新秋暑氣平，殘荷帶雨尚孤擎。蟬吟日暮聲猶壯，雁過天高影已清。紈扇緩揮知汗少，縑衣初换覺身輕。幽人夢醒添詩思，卧聽私蛙噪五更。

中秋玩月

月到中秋分外明，浩然風露十分清。臨軒不盡天涯感，舉酒能生萬古情。

牽牛花

秋來百卉已全凋，一種凡花色更嬌。弱質不嫌生少干，却依松柏上干霄。

菊影

休嫌菊淡尚餘香，籬下猶堪傲夕陽。清影一枝無限好，恰看倒映入杯光。

尺

由來玉尺少遺材，長短縱横妙剪裁。鄭重善量天下士，不勞方寸費嫌猜。

登高

盛會年年九日遭，攜朋載酒不辭勞。心隨雁陣千山滅，興寄龍山一世豪。隱逸幽人還采菊，風流名士漫題糕。獨憐佳節思親客，插遍茱萸詠事高。

柹

橙黄橘緑正堪思，別有甘鮮一樹奇。最愛山村茅舍外，垂垂紅實得霜時。

雲峰

雲似山峰不善平，漫將春睡報春晴。卷舒自在知無意，起伏天然覺有情。疊障千尋時變滅，屏風九疊勢縱横。獨憐出岫還多事，常使幽人百感生。

華清宫

一脉温泉曲折通，高低依勢入離宫。貴妃浴後人争艷，千古興亡憑弔中。

茶鼓

靈鷲山前第幾峰，通通茶鼓暮烟濃。西湖不少僧行脚，誤急歸心飯後鐘。

立雪

卓立師門道義欽，不知積雪有寒侵。原來屋漏堅貞節，履薄臨深一樣心。

冰紈

忽覺冰肌玉骨清，飄然紈縠一身輕。誰知烈日蓬窗下，揮汗如珠織得成。

擫笛

長笛聲聲起遠村，滿腔心事指中論。風流名士知音少，一曲山陽欲斷魂。

冬蔬

見説東坡喜種蔬，心安題額愛吾廬。氣含霜露冬餐美，彈鋏誰歌食不魚。

金山

山隨塔影遏江流，名冠東南第一洲。千載文人添詠事，東坡玉帶至今留。

冰床

水澤冰堅何所施，一床安卧得游嬉。臨深無復驚濤險，履薄還同下坂馳。等是寢興高枕候，儼然横截亂絲時。何當乘興郵亭去，趁雪尋梅任所之。

雪夜

尋梅乘興夜深回，寂寞空庭雪滿堆。燈火鮮明銀世界，冰輪輝映玉樓臺。雲移清影窗前過，風送寒聲枕畔來。獨有衰翁吟不寐，短檠相對且銜杯。

走馬燈

走馬章臺寄意深，華燈猶伴白頭吟。三更簫鼓群兒興，千里關山獨客心。短焰風前光裊裊，一鞭月下影沈沈。何由喚醒幽閨夢，休問征夫墮地金。

春餅

休將春景等閑過，好事從來問畢羅。上巳還宜青艾染，元辰端合白羊和。花林湯湧留香久，月殿油蒸得影多。最愛曲江聞喜宴，紅綾拜賜沐恩波。

山桃花二首

年年花事首山桃，常趁春風二月朝。亭外松前紅欲遍，依稀草緑映新苗。

物外桃源無處尋，山花猶幸有芳林。小園千樹開方盛，聊慰幽人避世心。

早起二首

一輪紅日照高林，起聽窗前好鳥音。領得清明平旦氣，莫因寒甚戀重衾。

鴉鳴窗白正芳辰，起趁晴光早有人。村巷晨興供井臼，那堪朝市逐車塵。

春暖

莫嫌北地得春遲，驟暖還驚三月期。柳緑桃紅方遍處，風和日麗恰當時。花香小院憑鶯語，水活清江有鴨知。屈指山陰脩禊日，騁懷游目好尋詩。

送春二首

千紅萬紫幾多時，鶯逐花飛又一奇。日暖風和天正好，那堪更賦送春詩。

芳名有意費人猜，九十光陰最後開。今日送春春不住，明年仍殿百花來。

聽泉

泉聲不厭聽，入耳夜泠泠。枕上催詩意，尊前伴酒醒。貪廉無異地，豐樂有名亭。寄語山中客，還將清濁銘。

柳絮

三月春風費剪裁，庭中飛絮殿花開。天機鼓舞人難測，聚散無心任去來。

稻田

覽遍青秧稻隴游，一犁水滿正驅牛。休言多稼田家樂，沐雨櫛風直到秋。

蛙聲

入夏聲喧百草青，忽來蛙噪耳邊經。每臨野叟尊前鬧，常使幽人枕上聽。兩部恰添新鼓吹，千官不屬舊宮廷。最宜田舍茅簷底，半夜疏更伴酒醒。

清談

清言莊雅勝于詼，談笑曾能月幾回。正欲評詩逢客至，偶思數節報花開。風前月下無心遇，酒美茶甘有興來。王衍諸人多妙諦，罔干國事又何哉。

雄黄酒

蒲劍門懸百魅驅，一杯相屬勝醍醐。從來日午原當昃，正氣乾坤要力扶。

曉色

何處高樓報曉鐘，鴉鳴窗白正村舂。方瞻月落天容净，又見風柔樹影濃。一片紅霞迎日出，無邊緑野斷烟封。幽人晨起尋詩去，閑倚柴扉數亂峰。

比目魚

魚目如何可混珠，方將味美比蒓鱸。不嫌隻眼隨蓬梗，且喜駢肩逐藻蒲。收視境能空世界，曠觀心欲邈江湖。試援並翼雙飛鳥，物理原難問有無。

蟬聲

蟬噪風前端爲誰，最撩旅客動秋思。聽來摇曳斜陽裏，正是馬嘶人倦時。

荷葉二首

又見新荷出水鮮，延溪點點似金錢。淤泥不染無銅臭，却愛青蓮品是仙。
荷香未吐葉先之，碧玉亭亭態自奇。最好凌晨清露墜，珠圓正是走盤時。

殘荷

幾日新荷照眼明，秋容乍换最關情。香殘無復臨風趣，蓋立猶堪送雨聲。

冰

履霜冰至最驚心，千古詩人寄慨深。莫怪長安争苑賣，豳風先已詠凌陰。

病馬

世間無伯樂，病馬孰知音。歲月拳毛聳，風霜汗血侵。沙場身百戰，燕市品千金。冀北空回首，秋高萬厩喑。

聞雷

霹靂飛來百物驚，無如掩耳一聲輕。英雄喪膽尋常事，失箸何曾意氣平。

鴿

消息傳來碧落中，也曾羽翼著軍功。于今霹靂從天降，奚止鈴聲響半空。

秋熱

幾日西風一味凉，忽驚餘熱畏秋陽。茅簷晚稼期豐稔，正喜田間赤日光。

月餅

雅似紅綾景色鮮，中秋佳節幾家傳。桂花香裹堆盤出，相對蟾光個個圓。

聽雨

霏微點滴十分清，細雨初來可解酲。最喜讀書微倦後，焚香卧聽畫簷聲。

帆影

雲影天光一水通，布帆無恙喜乘風。倒懸日落成全白，斜映霞烘得半紅。入水波平流不去，凌虛浦遠逝如空。更看挂起清宵月，千里長空明鏡中。

得勝歌

八年抗戰迓天和，嘗膽卧薪夜枕戈。白髮將軍心力瘁，居然還我舊山河。扶持得力盟堪恃，儌倖成功理不頗。千載英雄造時勢，自來王霸等抛梭。君不見，七十二戰無不利，忽聞楚歌可奈何。天道好還從不爽，陰陽消長無愆訛。横空霹靂山爲動，掃浄風雲海不波。漫謂千年誇國祚，還將一彈靖夭麼。滿城赤幟迎朝氣，父老歡騰鼓腹歌。偃武修文開百世，勝殘去殺善人多。善人多，常使乾坤正氣與天摩。

嘉陵江

蜀道多名勝，嘉陵昔所經。建瓴千尺白，夾岸四山青。氣勢從天降，濤聲入畫聽。扁舟游客棹，隨處爲詩停。

東籬採菊

悠然何處見南山，獨有東籬意興閑。採菊幽人千載事，淵明高節孰能攀。

霜降

堅冰馴至惜年光，葛屨兢兢爲履霜。獨有幽人珍晚景，東籬偏愛菊花香。

落花生

一物還從落地生，春花秋實自分明。天工不惜多埋没，美質猶須重晚成。

墨梅

幾枝冷艷色無雙，疏影横斜映曉窗。淡墨生綃開畫本，天然一幅對寒釭。

乞新茶

喜見山頭露葉鮮，採茶歌裏曉鶯天。詩人何事添幽致，乞得銀毫就竹煎。

車螯

風味和羹最美時，小江烟雨正晨炊。桃花流水鮮肥外，別是輪囷又一奇。

江亭晚眺

獨上江亭意興豪，風聲不絶似江濤。捲簾却寄平生快，歸雁斜陽一樣高。

殘菊

留得殘花送夕陽，秋容疏菊最芬芳。精金淡後仍擎玉，寒露欺來尚傲霜。處士所珍惟晚節，高人相伴有餘觴。籬邊光景雖零落，歲暮還應歸枕囊。

自行車

日行百里若風馳，列子泠然或似之。兩足生雲多自在，豈勞趨步賴扶持。

初雪

久旱寒風凜凜催，忽如飛絮自天來。農民待澤心先慰，喜見祥霙第一回。

雁

千里音書不計程，江南塞北動關情。最憐獨客三更夢，忽聽孤明月下聲。

費宮人故里

乾坤浩劫等蟲沙，何似宮人尚有家。三百年前事回首，寒林落日剩栖鴉。

冬青樹

列樹園林勁不凋，隆冬雪裏尚抽條。最憐繞砌闌干角，一帶青青秀滿腰。

家書

一紙家書值萬金，太平極樂亂離喑。等閑何事分憂喜，同是乾坤愛育心。

天鵝

何處天鵝叫帝閽，天聰人聽更無言。大賢獨守千秋業，鹿洞尋來別有源。

春雪

料峭春寒景一奇，無香有色雨同滋。詩人合動游山興，恰似梅開萬樹時。

早梅

鵲噪簷前第一聲，寒梅初放雪新晴。安排躐屣尋芳始，山杏溪桃後有程。

踏青

青青草色好尋詩，竹杖芒鞋任所之。沽酒聽鶯宜有伴，踏來河畔不嫌遲。

蝴蝶

問渠何事爲春忙，繞徑穿花塞繭黄。蝴蝶是周周是蝶，似醒似夢兩相忘。

春柳

春來最愛雨霏霏，柳色初勻草正肥。樓畔客吟情脉脉，陌頭人見夢依依。青搖過燕枝還弱，黄露藏鶯葉尚稀。正是江南好風景，清陰常罩杏花飛。

蠶

一物輕微滿腹絲，經綸天下有誰知。詩人詠入豳風裏，常繫蒼生卒歲思。

太平花

上林一樹太平花，神武開邊萬里誇。市井移來和露種，清香猶似帝王家。

蟻鬥

蟻聚誠微物，紛紛鬥自誇。蝸涎猶據角，蜂蠆尚爭衙。逞勢增塗炭，甘心費齒牙。何當勤掃蕩，一雨净蟲沙。

滌硯

臨罷黄庭何所之，閑來滌硯俯清池。却看游戲魚吐墨，且看鬚眉涅不緇。

妙峰山

鍾毓王畿千里壯，岧嶢雲漢九天高。香辰不減承平盛，士女漫山似海濤。

楊梅

青杏朱櫻未可方，楊梅項里喜新嘗。枝頭垂實鮮如荔，舌本留甘雋似漿。

初夏雜詠

清和首夏日初長，贏得詩人詠事忙。喜見池塘秧水滿，閑迎門巷麥風凉。晴烘枝上楊梅熟，雨洗庭中梔子香。回數一春花事了，戲拈俚句入奚囊。

古槐

獨有高槐閲歲寒，誰遺後嗣子孫安。百年喬木風烟古，累葉三公屈指看。

飲冰

飲冷能教内熱蘇，陰陽交戰胡爲乎。何如保此雙清操，一片冰心在玉壺。

蝗

一物群飛能蔽天，關心民食豈徒然。休誇循吏捕蝗譜，吞食還應盛世傳。

湯餅會

誰家湯餅得先嘗，會食争看喜氣揚。廚下正稱新婦手，堂前增睹乳兒光。

絲瓜

豳風七月食瓜時，老喜羹香此最宜。齒豁不須嗟祝哽，天然縷膾軟如絲。

蓮鬚

蓮開萬柄露垂鬚，侵曉清風面面吹。贏得波心蜂蝶鬧，暗香惟有釣徒知。

竹椅

杖履優游老不支，閑來竹椅得相隨。花前息倦臨風久，松下安禪待月遲。隨地夜宜聽雨坐，有時晴爲看雲移。一般清潔凉如水，且喜先秋病骨知。

自鳴鐘

物不能平或使鳴，報來昏晚亦心驚。自強不息方成德，終日乾乾重力行。

秋興

容易光陰又到秋，興來美景不勝收。安排待雨催詩鉢，準擬乘風泛釣舟。目送征鴻來野思，心隨奔鹿作山游。新凉赢得身常健，到處尋幽爲小留。

美人蕉二首

靄靄停雲態寂寥，小園風雨正飄蕭。美人一覺相思夢，旋卷心情葉似蕉。
亭亭玉立美人姿，艷吐紅雲故故遲。却怪心情常是卷，爲傳衷曲寄相思。

祀孔

日月照臨天廣大，凡同血氣盡尊親。宫牆萬仞還如故，俎豆馨香百世新。

蟬二首

驛路蟬聲到曉鳴，游人征夢正難成。忽驚秋色凉如水，入耳西風一味清。
一物從來一羽輕，枝頭何事不平鳴。吸風飲露知無憾，堪歎炎凉畢此生。

嫦娥

月照宫幃舊恨深，碧天如水影沈沈。從教靈藥忘圓缺，一片孤明夜夜心。

芋

蹲鴟名産擅西州，白髮高僧歲月悠。丹詔不停煨芋火，衡山石窟亦千秋。

錢塘觀潮

誰識鴟夷意氣超，秋深八月勢干霄。會看白馬濤頭立，千載孤忠恨未消。

苔痕

終年無客叩柴門，不見蒼苔有屐痕。露濕烟籠成片緑，飛花點點映朝暾。

碧雲寺

佳城蘭若繫人思，六百年來迹尚遺。山水鍾靈仍自在，忠奸往事有誰知。相傳寺爲耶律楚材故宅，又爲魏忠賢生壙。

紅葉二首

不羡春花雨露滋，牆頭寂寞幾多時。休誇晚景紅如火，煅煉風霜衹自知。

孤高冷艷殿群芳，不數黄花伴倚牆。有色無香堪自喜，免教蝶戀與蜂狂。

聽歌

菱舟清唱不勝春，慷慨悲歌若有神。燕市難逢擊筑客，齊廷誰識飯牛人。三風恒舞官時儆，九叙惟功德日新。安得賡颺逢盛世，萬方側耳頌尊親。

白塔

番僧曾襲帝師隆，五百年前禮禁中。一塔尚留天際白，孤高獨映夕陽紅。

雷峰夕照

放棹西湖盡日忙，天空雲净水生光。雷峰歸去鐘聲晚，夕照波心塔影長。

故鄉

富貴浮雲別故鄉，錦衣踽踽夜偏長。大風歌裏英雄老，猛士何心念四方。

後記

點校《止庵詩存》今告竣事。此書能夠得以出版，多賴著名文史學者、《今晚報》高級編輯、副刊部主任王振良先生玉成。

得識王先生，其實頗爲偶然。《今晚報》副刊版有一專欄，名曰「人物天津」，旨在紹介學有專長之沽上先賢或寄跡津門之前哲，偶爾兼及時彦。二〇一三年秋，我撰就《印家安既韋》一文，擬在此欄目刊載。稿件寄出後，得到的答復是：稿件可用，但因欄目每周僅有一次，故此積稿較多，需「排隊」。

兩月之後，我遵囑爲津門篆刻名家曲世林先生即將梓行之《師黟山房印攈》作跋（古文）。此跋得到葉嘉瑩先生的稱賞。葉先生評曰：「十分典雅，頗有古風。」我希望此跋能在「今晚副刊」刊出，但由於這是一篇古文，屬「乖時」之作，故此，不知能否如願。稿件寄出後，只隔兩日，王振良先生便給我打來電話，稱對此跋十分欣賞，但因是古文，不便刊用，並告知安既韋一文，不日即可刊出。最後，王先生稱，希望與我見面詳談。

半月之後，王先生再次給我打來電話，約我見面。當日下午，王先生來到我供職之所。初識王先生，覺其「北人南相」，頗具士人風骨。臨別之時，王先生以多册文史書籍見贈。

小子何人哉？我未曾想到，《今晚報》副刊部的主任能夠主動來找我交流、約稿。後承天津社會科學院文學研究所副研究員孫愛霞學長見告，她與王振良先生相識有年，王先生以此種方式發現、團結了很多文史作者。

此後，我與王先生交往漸多，每次談話，話題皆圍繞讀書、藏書，別無他涉。多年來，王先生爲挖掘、整理、流傳天津的鄉邦文獻，弘揚津沽地域文化，不遺餘力，多方奔走，功莫大焉！

書之既成，更要感謝業師、南開大學中華古典文化研究所所長葉嘉瑩先生及天津社會科學院歷史研究所研究員涂宗濤先生賜序，爲本書增色。天津古籍出版社諸先生亦給予大力支持，謹此致謝！

丁酉徂暑　宋文彬識於迎齋

《問津文庫》已出書目（總計八十五種另三種）

◎天津記憶

沽帆遠影　劉景周著　五九圓
荏苒芳華：洋樓背後的故事　王振良著　四九圓
津門書肆記　雷夢辰原著／曹式哲整理　四九圓
故紙温暖：老天津的廣告　由國慶著　二八圓
沽上文譚　章用秀著　三八圓
百年留踪：解放橋的前世今生　方博著　三九圓
南市滄桑　林學奇著　七九圓
津沽漫記：日本人筆下的天津　萬魯建編譯　三九圓
憶弢盦：來新夏先生紀念文集　焦静宜編　九二圓
與山河同在：天津抗日殺奸團回憶録　閻伯群編　三八圓

楮墨留芳：天津文化名人檔案　周利成著　三〇圓
布衣大師：允文允武的藝術名家閻道生　閻伯群著　三〇圓
口述津沽：民間語境下的堤頭與鈴鐺閣　張建著　二八圓
大地史書：地質史上的天津　侯福志著　二九圓
丹青碎影：嚴智開與天津市立美術館　齊珏編著　二八圓
立憲領袖：孫洪伊其人其事　葛培林著　三〇圓
津門開歲：徐天瑞日記解讀　王勇則著　五八圓
水産教育家張元第　張紹祖編著　三六圓
八年夢魘：抗戰時期天津人的生活　郭文杰著　二八圓
沽文化詮真　尹樹鵬著　四八圓
圈外談藝録　姜維群著　三八圓
記憶的碎片：津沽文化研究的雜述與瑣思　王振良著　三八圓
水産教育家張元第集　張紹祖編　五八圓
應得的榮譽：女醫生里昂羅拉・霍華德・金的故事
［加］瑪格麗特著／胡妍譯　三八圓

海河巡鹽：國博藏所謂《潞河督運圖》天津風物考　高偉編著　五八圓
析津聯話　章用秀著　五八圓
頂上功夫：寶坻剃頭匠的歷史記憶　甄建波著　六八圓
四當明霞：藏書目里的章鈺及其交游　李炳德著　六八圓
津沽舊事　郭鳳岐著　一九八圓

◎通俗文學研究集刊

望雲談屑　張元卿著　三九圓
還珠樓主前傳　倪斯霆著　三八圓
品報學叢·第一輯　張元卿、顧臻編　三八圓
云雲編：劉雲若研究論叢　張元卿編　三八圓
品報學叢·第二輯　張元卿、顧臻編　三二圓
劉雲若評傳　張元卿著　三二圓
鄭證因小說經眼錄　胡立生著　七八圓
品報學叢·第三輯　張元卿、顧臻編　四八圓

劉雲若傳論　管淑珍著　四八圓

品報學叢・第四輯　張元卿、顧臻編　五八圓

◎**三津譚往**

三津譚往・二〇一三　王振良主編　三九圓

三津譚往・二〇一四　萬魯建編　三九圓

三津譚往・二〇一五　孫愛霞編　四八圓

三津譚往・二〇一六　孫愛霞編　五八圓

三津譚往・二〇一七　孫愛霞編　六八圓

◎**九河尋真**

九河尋真・二〇一三　王振良主編　五九圓

九河尋真・二〇一四　萬魯建編　五九圓

九河尋真・二〇一五　萬魯建編　八八圓

九河尋真・二〇一六　萬魯建編　九八圓

九河尋真·二〇一七　萬魯建編　九八圓

◎津沽文化研究集刊

《雷雨》八十年　耿發起等編　五五圓

陳誦洛年譜　張元卿著　四八圓

碧血英魂：天津市忠烈祠抗日烈士研究　王勇則著　九八圓

都市鏡像：近代日本文學的天津書寫　李煒著　三八圓

天津楹聯述略　李志剛著　三六圓

口述津沽：民間語境下的西沽　張建著　五六圓

口述津沽：民間語境下的西于莊　張建著　一〇八圓

紫芥掇實：水西莊查氏家族文化研究　葉修成著　五八圓

蘆砂雅韻：長蘆鹽業與天津文化　高鵬著　五八圓

王南村年譜　宋健著　七八圓

國術之魂：天津中華武士會健者傳　閻伯群、李瑞林編　七八圓

來新夏著述經眼録　孫偉良編　一九八圓

◎津沽名家詩文叢刊

王南村集　王煐原著/宋健整理　六八圓

嚴範孫先生古近體詩存稿　嚴修原著/楊傳慶整理　四八圓

星橋詩存　蘇之鑾原著/曲振明整理　五八圓

退思齋詩文存　陳寶泉原著/鄭偉整理　八八圓

待起樓詩稿　劉雲若原著/張元卿輯注　四二圓

劉大同詩集　劉建封原著/劉自力、曲振明整理　八八圓

碧琅玕館詩鈔　楊光儀原著/趙鍵整理　五八圓

石雪齋詩稿（附遂園印稿）　徐宗浩原著/張金聲整理　六八圓

紫簫聲館詩存　丙寅天津竹枝詞　馮文洵原著/楊鵬整理　八八圓

思闇诗集　华世奎原著/阎伯群整理　三八圓

止庵诗存　周学熙原著/宋文彬整理　一二八圓

◎津沽筆記史料叢刊

嚴修日記（一八七六—一八九四）　嚴修原著/陳鑫整理　一三八圓

桑梓紀聞　馬鴻翱原著／侯福志整理　四二圓
天津縣鄉土志輯略　郭登浩編　九八圓
嚴修日記（一八九四—一八九八）　嚴修原著／陳鑫整理　一二八圓
周武壯公遺書　周盛傳原著／劉景周整理　一二八圓
天后宮行會圖校注　高惠軍、陳克整理　一二八圓
津門詩話五種　楊傳慶整理　七八圓
《北洋畫報》詩詞輯録　孫愛霞整理　一九八圓

◎名人與天津

李叔同與天津　金梅編　六八圓
我與曲藝七十年　倪鍾之著　六八圓

◎梓里尋珠

傳承與突破：近代天津小説發展綜論　李雲著　七八圓
從租界到風情區：一個中國近代殖民空間在歷史現實中的轉義